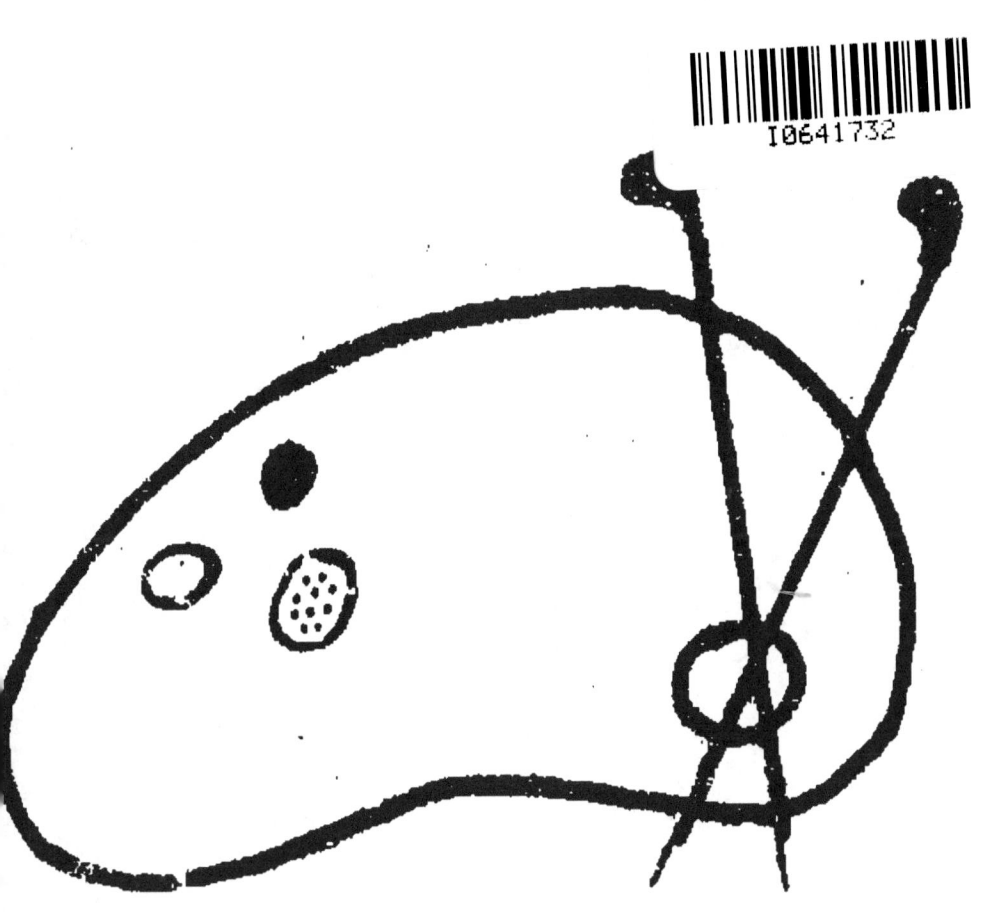

Couvertures supérieure et inférieure
en couleur

PATIRA

PAR

RAOUL DE NAVERY

DOUZIÈME ÉDITION

PARIS

LIBRAIRIE de BLÉRIOT et GAUTIER

Paris. — Imp. de l'Étoile, Bourlet, directeur, rue Cassette, 1.

PATIRA

OUVRAGES DU MÊME AUTEUR

ANGERS, IMP. BURDIN ET Cie, RUE GARNIER, 4.

PATIRA

PAR

RAOUL DE NAVERY

DOUZIÈME ÉDITION

PARIS

LIBRAIRIE CH. BLÉRIOT, EDITEUR

55, QUAI DES GRANDS-AUGUSTINS, 55

1884

A MONSIEUR DE BOISHAMON

Château de Monchoix (Plancoët).

———ᵥᵥᵥᵥᵥ———

MONSIEUR

L'amour des lettres est dans votre famille un héritage que vous a transmis Chateaubriand. Les scènes du récit que je vous envoie se sont passées dans le magnifique pays où fraternisaient jadis les manoirs de Coëtquen et de Combourg. Faites bon accueil au livre dont quelques feuillets sont empreints du parfum de nos landes sauvages, et recevez-le comme un témoignage de vive sympathie pour votre talent et votre caractère.

RAOUL DE NAVERY.

PATIRA

I

UNE PARTIE DE CHASSE

Le château de Coëtquen, un des plus magnifiques des environs de Dinan, retentissait ce matin-là des bruits entraînants d'un départ pour la chasse. Les hôtes du marquis Tanguy de Coëtquen, comte de Combourg, baron de Vaurufier, se pressaient dans la cour d'honneur. Les chevaux piaffaient d'impatience, les chiens donnaient de la voix et s'agitaient dans leurs laisses maintenues avec peine par des valets.

Une merveilleuse journée d'automne venait de se lever; les bois, sans rien perdre de la majesté de leur ombrage, devaient aux premières atteintes du froid des colorations pleines d'imprévu et de splendeur.

Les gentilshommes portant de riches habits de chasse, le large couteau passé à la ceinture, le fusil jeté en bandoulière sur l'épaule et munis d'épieux, se tournaient à de courts intervalles vers le perron; sans nul doute ils attendaient des retardataires, et à en juger par la beauté de trois chevaux de luxe tenus en main par des valets, et à la recherche des hautes selles brodées, ce ne pouvaient être que des femmes.

Le jeune maître du château de Coëtquen ne semblait pas le moins impatient. C'était un homme de trente ans à peine, à la physionomie énergique et douce. Une flamme de jeunesse et d'enthousiasme éclatait dans ses yeux bruns. Sa haute taille, élégante sous la veste de chasse, eût admirablement porté l'armure de ses ancêtres. Sa bouche avait la franchise du sourire, comme ses yeux avaient la franchise du regard. Sa voix sonnait juste; pleine et harmonieuse, elle ajoutait un charme et une conviction à la sincérité de sa parole. Le marquis Tanguy avait fait à l'armée ses preuves de courage. En attendant l'occasion de se battre pour le Roi et pour la France, il chassait en compagnie de ses voisins, et le château de Coëtquen était renommé à dix lieues à la ronde pour son hospitalité princière. Du temps de son père, Tanguy portait le titre de comte de Combourg; après la mort de celui-ci, quand il hérita de ses immenses domaines, il garda le nom familier à sa jeunesse, auquel il adjoignit seulement son titre nouveau. On l'appelait familièrement le marquis Tanguy, et le manoir conservait le nom plus rude et plus batailleur de Coëtquen.

A deux pas du marquis Tanguy se tenaient ses deux frères : le cadet, Florent, et Gaël, le plus jeune, ne ressemblaient en rien à leur aîné.

Florent avait l'exagération de la force élégante de Tanguy. Sa haute taille arrivait au gigantesque, et son visage, loin de respirer la joie comme celui de son aîné, gardait le reflet de mauvaises passions intérieures. Des éclairs de haine jalouse passaient souvent dans son regard, sa bouche se crispait d'une façon convulsive. Quand il parlait, une sorte de contrainte se devinait sous l'aménité de convention de son langage. C'était une nature dominante, volontaire à l'excès, et la situation de cadet de noblesse faite à Florent ne pouvait suffire à ses besoins de dissipation et à son excessive vanité.

Gaël de Coëtquen ne ressemblait en rien à ses deux aînés. Frêle et grêle, il eût inspiré une sorte de compassion, si le son mal assuré de sa voix, le rayon oblique de son regard et le rictus de ses lèvres minces n'eussent fait douter de sa bonté et de sa franchise. Incapable de commettre un crime, il pouvait en devenir le complice. L'énergie lui eût manqué pour l'accomplir, mais non point la perversité pour le rêver. Il n'éprouvait qu'à de rares intervalles des retours vers la foi, vers la famille, des aspirations vers ce qu'il avait jadis cru et aimé, quand sa mère lui parlait de Dieu en le couvrant de baisers.

Gaël et Florent restaient comme le marquis Tanguy les yeux tournés vers le perron de marbre, quand tout à coup un murmure flatteur parcourut les groupes, les longues plumes des feutres effleurèrent le sol : trois femmes venaient d'apparaître sur les marches du perron.

La première paraissait âgée de dix-sept ans à peine. Mignonne et délicate, d'une beauté rare rehaussée par un charme de douceur incomparable, elle semblait par l'expression de son visage donner à la vie un salut de bienvenue. N'avait-elle pas un grand nom, une fortune princière, et, pour bonheur plus grand, n'était-elle pas la femme de Tanguy de Coëtquen, une des plus braves épées de la Bretagne?

A côté d'elle se tenait altière et richement parée Jacqueline de Guingamp, dont le mari causait en ce moment avec Florent de Coëtquen. La troisième chasseresse était une jeune fille dont les cheveux dorés tombaient sur son dos avec une fantaisie charmante. Elle portait des armes de luxe réduites pour sa main mignonne, et dans ses yeux rieurs étincelait une mutine audace.

Au moment où les trois jeunes femmes descendaient les

degrés de marbre, Tanguy s'élança vers sa femme, et ce fut lui qui lui présenta le genou pour qu'elle se mît en selle.

Madame de Guingamp n'accepta aucune aide. Quant à Loïse de Matignon, au moment où Gaël s'avançait pour la saluer, elle se retourna vivement vers son père qui l'aida à s'élancer sur le dos de son cheval anglais noir comme la nuit.

Les deux cadets de Coëtquen s'approchèrent alors rapidement de leur belle-sœur et s'informèrent de sa santé avec une sorte d'affectation amicale. Elle leur répondit en souriant avec cette grâce qui rayonnait en elle, puis les chevaux de Jacqueline de Guingamp et de Loïse de Matignon se rapprochant du sien, Florent et Gaël s'éloignèrent.

— Tanguy, dit Blanche, j'ai mis ce matin le merveilleux collier trouvé hier sur ma toilette... Que vous êtes bon, mon Tanguy, et combien cette attention m'a doucement remué le cœur!... Savez-vous que votre devise courant sur ce ruban d'azur produit un effet ravissant? « *Que mon supplice est doux!* » voilà la devise des Coëtquen; moi, je ne puis dire qu'une chose, Tanguy : vous me faites la vie trop belle et trop facile.

— Blanche, je vous aime tant!

— Chut! fit la marquise; si l'on vous entendait, Tanguy!

— Eh bien! que l'on m'entende, Blanche! Je serais heureux que chacun sût à quel point vous m'êtes chère.

— Vous me l'avez assez prouvé, ami; ce matin nous nous devons à nos hôtes; ne devenez pas égoïste... faites donner le signal du départ.

Le marquis sauta sur son cheval.

Au même instant, les trompes sonnèrent le départ, et la brillante cavalcade s'élança hors de la cour d'honneur, franchit les doubles ponts-levis jetés sur l'étang; puis, tournant à gauche, elle pénétra dans le bois dont les grandes ombres allaient s'épaississant dans les profondeurs des fourrés.

Tandis que cavaliers et chasseresses couraient avec ardeur, le vieux comte de Matignon disait à la brune Jacqueline de Guingamp :

— Vous ne l'aviez pas trop vantée, cette ravissante petite marquise. Quelle grâce elle a sous cette robe de velours bleu galonnée de point d'Espagne ! Qui dirait à la voir qu'elle fut élevée dans la maison d'un vieux marin caboteur aux îles Mâlouines, et qu'avant son mariage avec Tanguy elle n'avait fréquenté que de petites bourgeoises comme elle !

— Fiez-vous aux femmes pour se transformer vite, répondit Jacqueline. Celle-ci possède du reste toutes les élégances, toutes les grâces physiques, et de ce côté il n'y avait rien à faire. Quant à ce savoir-vivre, à ce tact parfait qui vous surprennent, songez que Blanche met tous ses soins à se montrer digne de la position qu'elle occupe. Quand la noblesse bretonne apprit la nouvelle de la mésalliance qu'allait contracter le marquis, on résolut de mettre sa jeune femme en quarantaine; chacun jura de ne jamais recevoir la fille du caboteur Jean Halgan... Florent et Gaël refusèrent d'assister au mariage de leur aîné ; et vous le voyez, six mois se sont écoulés à peine et nous sommes tous là, conquis par cette grâce touchante, et gagnés par cette douce enfant qui semble nous remercier de concourir au bonheur de Tanguy.

— Croyez-vous donc à la sincérité des deux cadets de Coëtquen ?

— Pourquoi pas? On vous eût dit il y a quelques semaines que Loïse deviendrait l'amie de Blanche, vous l'auriez fermement nié, et j'en aurais fait autant que vous... Nous voici cependant, courant avec Blanche Halgan à la

poursuite du *solitaire* signalé par Thuriau... Florent et
Gaël ont subi comme nous l'influence de cette douceur
angélique, de cette bonté pleine de grâce, et ils se sont
ralliés... N'est-ce pas d'ailleurs leur intérêt?... S'ils eussent
abandonné Coëtquen, leur légitime se bornait à fort peu de
chose. Florent fût entré dans l'armée, mais Gaël ne paraît
pas disposé à prendre l'habit... Ils ont pardonné à leur
aîné d'avoir fait Blanche Halgan marquise, et tout est
pour le mieux.

— Je veux le croire avec vous, madame, et cependant
e me défie des Coëtquen... la transition a été trop brusque,
et j'ai surpris un regard de Gaël qui m'a fait trembler pour
la femme de Tanguy.

— *Ne me rendez ni triste ni incrédule, comte !* la causerie ralentit la marche de nos chevaux... Songez-y donc,
je veux donner mon coup d'épieu comme une véritable
chasseresse, quand ce ne serait que pour prouver à M. de
Guingamp que je suis incapable de m'évanouir en face
du danger.

Jacqueline frappa son cheval bai de sa souple cra-
vache, et rejoignit Loïse au moment où, le feutre de
celle-ci s'accrochant aux branches d'un chêne, la charmante
enfant entourait son front d'un large ruban bleu qui retint
avec peine sa luxuriante chevelure d'or.

Côte à côte et un peu en avant des femmes galopaient
Florent et Gaël. Depuis le commencement de la chasse,
tous deux gardaient le silence, mais à l'expression de leur
visage il était facile de voir que de semblables pensées les
préoccupaient.

— Eh bien ! s'écria Florent avec amertume, le château
de nos pères a-t-il jamais vu plus de fêtes et retenti de cris
plus joyeux ! D'honneur ! ils doivent tressaillir dans leur
tombe, ces grands seigneurs enveloppés de leur armure,
ces nobles dames ensevelies dans leurs robes blasonnées,

en voyant Blanche Halgan porter leurs armes! les armes des Coëtquen, des Combourg, des Vaurufier! Votre sang ne bouillonne-t-il pas de rage et de honte, Gaël?

— Et qu'y puis-je? répondit le jeune homme. Il a plu à Tanguy notre aîné de payer la dette de reconnaissance contractée avec le père en épousant la fille! Les puînés n'ont pas le droit de faire interdire le chef de la famille parce qu'il se marie sans les consulter... On lui laisse avec les biens qu'il aliène selon son bon plaisir le droit de commettre des folies.

— C'est un crime! dit Florent d'une voix âpre.

— Soit! mais, encore une fois, qu'y faire? le malheur est consommé, la honte est bue... Les amis de la famille renoncent à l'ostracisme dont ils frappèrent d'abord la fille du caboteur. Elle les a séduits par sa douceur, par sa modestie, car en vérité il semble parfois qu'elle s'excuse devant tous d'occuper un rang...

— Elle ne l'occupe pas, elle l'usurpe!

Gaël resta un moment silencieux; puis il ajouta en regardant Florent d'une façon significative :

— Tanguy m'a sauvé la vie, un soir que je me noyais dans l'étang de Coëtquen... Il faillit mourir et payer cher mon salut...

Florent haussa les épaules.

— C'est une bien vieille histoire, Gaël.

— Certains souvenirs aident à supporter le présent; d'ailleurs il semble que depuis son mariage Tanguy soit encore plus généreux à notre égard.

— Il ne lui manquait plus que d'humilier ses cadets en leur faisant l'aumône... Ne vous y trompez pas cependant, Gaël; vous avez beau trouver de l'or dans votre secrétaire, notre situation à tous deux s'est de beaucoup amoindrie depuis le mariage de Tanguy... Une union contractée avec une grande famille eût apporté dans notre maison un nou-

vel élément de richesse... Ne m'objectez pas que l'on parle
de la fortune de Jean Halgan, en lui prêtant un chiffre
fantastique : jamais Tanguy ne toucherait à l'argent gagné
par le vieux loup de mer sur la pêche des cabillauds et des
morues. La dot d'une fille riche aurait doublé les revenus
de Tanguy qui, sans nul doute, eût détaché pour nous une
terre du domaine paternel... Une alliance honorable
n'eût pas manqué de préparer des unions en rapport avec
notre naissance, tandis que la fille de Jean Halgan ne peut
avoir pour amies ou cousines que des héritières de cabo-
teurs comme elle...

— Et cependant, dit Gaël, nous tournons vous et moi les
yeux vers de plus nobles fiancées : vous ne sauriez nier,
Florent, que la veuve du baron de Granfeu vous soit chère ;
quant à moi, je vous ai supplié de parler en mon nom au
père de Loïse de Matignon.

Florent secoua la tête.

— Vous avez fait un mauvais choix.

— Un mauvais choix! répéta Gaël dont la figure
bilieuse s'empourpra.

— Tout beau! tout beau! n'allez point au delà de ma
pensée... la blonde Loïse est digne du culte fervent de
tout gentilhomme... Mais le comte de Matignon n'entend
pas raillerie, quand il s'agit d'unions mal assorties ou de
familles portant des barres déshonorantes. Qui vous dit que
le mariage de Tanguy ne ruine pas le vôtre?

— Regardez Loïse et Blanche ! dit Gaël.

— Sans doute, l'enfant naïve aime la bourgeoise ano-
blie... Elles sont presque du même âge, et cela se conçoit
aisément... Mais autre chose est la sympathie de cette
blonde idéale pour la marquise, et le consentement du
comte de Matignon à un mariage qui donnerait la fille de
Jean Halgan le caboteur pour belle-sœur à Loïse.

— Cependant vous m'avez promis...

— De parler en votre faveur, oui, dit Florent.

— Et vous le ferez?

— Aujourd'hui même.

— Merci, mon frère.

— Et maintenant, Gaël, vite! vite! reprenons le premier rang que nous avons perdu! Il semblerait que nous portons à cette chasse un intérêt médiocre. Vive Dieu! nous avons pourtant en vue un morceau royal. Thuriau l'affirme, il s'agit du plus ancien des solitaires, et sans nul doute il découdra plus d'un chien avant de nous livrer ses défenses d'ivoire! Si l'un de nous abat le sanglier, Gaël, retenez bien qu'en dépit de votre attachement pour Loïse de Matignon la hure doit être offerte à Blanche Halgan, marquise de Coëtquen, Combourg et autres lieux.

Le son éclatant des trompes apprit aux deux frères qu'ils se trouvaient à courte distance du sanglier. Ils enfoncèrent leurs éperons dans le ventre des chevaux, et rejoignirent le gros de la chasse.

Pendant que Gaël et Florent s'entretenaient de leur belle-sœur, la jeune femme s'abandonnait à la rapidité vertigineuse de sa course avec un enivrement d'enfant. La fraîcheur des grands bois, les sons éclatants des cors, le galop des chevaux, les aboiements des chiens la grisaient de mouvement et de bruit.

La timidité qui lui était habituelle avait complétement disparu de son visage et de son maintien. Elle se retrouvait la digne fille de cet Halgan dont les prouesses aux îles Mâlouines avaient acquis à son nom une sorte de célébrité. Elle ne voyait aucun danger autour d'elle. Où courait Tanguy, elle pouvait courir. Quant au côté sanguinaire qui aurait pu lui rendre odieux le spectacle d'une chasse s'il s'était agi de mettre à mort un cerf bramant d'angoisse ou un chevreuil en pleurs, il ne pouvait se présenter à son esprit, car il était question ce jour-là d'abattre un solitaire dont les ravages répandaient la terreur dans les campagnes environnantes. Se défaire d'un semblable ennemi était un acte de bravoure et non une preuve de cruauté.

Au signal donné par les trompes et par les chiens, la foule des chasseurs se précipita sur les traces du sanglier.

C'était une rude bête, aux défenses formidables, qui déjà deux fois avait fait tête aux chiens, secouant ceux qui s'attachaient des dents à ses oreilles déchirées. Cette défense acharnée, l'aspect formidable de la bête, doublaient l'ardeur des chasseurs. Une semblable proie ne devait pas leur échapper. Les maîtres et les invités du château de Coëtquen se seraient crus déshonorés s'ils n'avaient pu remporter le cadavre sanglant du vieux solitaire. Déjà plusieurs balles avaient glissé sur sa peau rugueuse; il courait toujours, écumant, les yeux comme une braise, éventrant à droite, à gauche les meilleurs limiers. Cependant il paraissait se fatiguer de cette course infernale; une balle, en pénétrant dans ses chairs près de l'épaule, rendait sa marche douloureuse; de cruelles morsures avaient mis en lambeaux ses lèvres et ses oreilles. Encore un moment et il ne pourrait plus trouver la force d'échapper par la fuite à ceux qui le poursuivaient. Une seconde balle qui l'atteignit à la cuisse lui fit pousser un grognement de sauvage fureur. Renonçant à chercher son salut dans la fuite et comprenant peut-être avec le merveilleux instinct de l'animal que son heure était venue, il se retourna brusquement, éventra les trois premiers chiens qui se présentèrent, et, superbe de colère, les défenses baissées, frémissant sur ses jambes, il parut chercher avec quel ennemi il se mesurerait.

Il y eut un moment d'angoisse poignante parmi les chasseurs. Tout à coup le cheval de Blanche se cabre, hennit, et sans que rien parût expliquer ce mouvement, il bondit du côté du sanglier, tandis que Blanche désarçonnée tombait à terre, un pied accroché dans l'étrier, à deux pas du monstre qui fixait sur elle ses yeux flamboyants.

Le sanglier allait s'élancer sur la jeune femme placée en ce moment dans un double danger, quand le marquis de Coëtquen, sautant à bas de sa monture son épieu à la main, se plaça entre sa femme et le sanglier. Tandis que Tanguy s'apprêtait à soutenir une lutte terrible, mortelle peut-être, Gilles de Tinténiac, accouru avant Florent et Gaël au secours de la jeune femme, dégageait son pied de l'étrier, et l'emportait à quelque distance, sous un gros chêne où Loïse de Matignon et Jacqueline de Guingamp la rejoignirent.

Pendant qu'elles s'efforçaient de la rappeler à la vie, Tanguy courait un terrible danger. Dès qu'il fut en présence de la bête, il cria d'une voix vibrante :

— Ne tirez pas ! messieurs, ne tirez pas ! c'est une lutte à mort !

Le sanglier s'élança du côté de Tanguy ; celui-ci évita le choc, mais la bête se retourna de nouveau avec une rapidité dont on n'aurait pu la croire capable après la course qu'elle venait de fournir et les blessures qu'elle avait reçues, et cette fois le choc fut si violent que le marquis de Coëtquen roula sur le sol.

Pendant une seconde, il devint impossible de rien distinguer dans la masse confuse s'agitant à terre. Le corps noir et hérissé du sanglier, les robes fauves et tachetées des chiens, l'habit éclatant du marquis s'agitaient dans un épouvantable désordre.

Nul n'osait tirer, car la balle pouvait atteindre Tanguy aussi bien que la bête ; quant à s'approcher de l'animal, la confusion de la lutte ne le permettait guère davantage.

Enfin un cri de farouche douleur fendit l'air, les chiens

se jetèrent sur le sanglier avec une ardeur qui parut une preuve de l'impuissance du monstre, et l'on vit le marquis de Coëtquen, son couteau de chasse rougi jusqu'au manche, se dresser en jetant autour de lui un regard rempli d'une indicible angoisse.

— Blanche! dit-il.

— Sauvée! lui répondirent vingt voix.

Il courut du côté du chêne où Loïse et Jacqueline souriaient à la jeune femme qui se réveillait de son évanouissement.

En apercevant son mari, Blanche se leva toute tremblante.

— Tanguy! dit-elle, j'ai cru mourir. Dieu est bon de ne pas nous avoir séparés.

Elle s'appuya sur le bras du marquis de Coëtquen, et d'une voix plus basse, empreinte de reconnaissance et de tendresse, elle ajouta :

— C'est que je veux vivre, Tanguy, vivre pour vous et pour notre enfant.

— Notre enfant! répéta le marquis avec une explosion de joie.

— Il faut bien effacer par une semblable nouvelle la terreur que je vous ai causée et les dangers que vous venez de courir.

— Ah ! chère femme! dit le marquis, vous avez raison, Dieu est bon, et je suis trop heureux.

Blanche de Coëtquen frissonna.

— C'est vrai, dit-elle, nous sommes trop heureux... Si vous le voulez, Tanguy, nous ferons cette semaine une distribution d'aumônes à tous les pauvres des environs, afin de remercier le ciel, et pour le prier de vous garder la félicité dont nous jouissons.

Si courageuse qu'elle fût, la jeune marquise ne pouvait songer à remonter à cheval; tandis qu'on allait chercher un carrosse resté dans la clairière du bois et destiné aux chasseresses fatiguées, Blanche disait à Loïse en l'embrassant :

— Tu m'aurais bien pleurée, n'est-ce pas?

— En doutes-tu, Blanche? je t'aime comme une sœur.

— Comme une sœur... répéta la marquise de Coëtquen peut-être dis-tu plus vrai que tu ne penses, ma blonde amie...

— Que signifie?... demanda la jeune fille.

— Gaël t'aime; ne l'as-tu pas deviné?

— Non, répondit Loïse.

Elle ajouta avec une sorte de terreur :

— Pourquoi me l'avoir appris?

— Ton père lui-même te l'aurait révélé.

— Je te chéris comme j'aurais chéri une sœur si Dieu m'en avait donné une, dit la jeune fille, et tu ne peux te blesser de ce que je vais te confier.

— Tu ne saurais me faire de peine, Loïse.

— Eh bien ! autant le marquis m'inspire de confiance, autant j'aurais peur du comte Florent ou de son jeune frère.

— Ah ! fit Blanche, toi aussi !...

— Voilà un singulier mot. Quoi ! tes beaux-frères...

— Me haïssent, dit Blanche en serrant fortement la main de Loïse.

— Il serait bien facile de les éloigner du château.

— Sans doute, répondit la marquise d'une voix triste, mais il faudrait pour cela causer une peine profonde à Tanguy... Il aime ses frères avec le dévouement le plus absolu... Il ne verrait dans ma demande que le caprice d'une jeune femme cherchant à séparer son mari de sa famille et à semer la zizanie entre des frères unis jusque-là... Et puis, sur quoi appuierais-je mes craintes... moins que mes craintes, mes pressentiments?... Florent et

Gaël se montrent pleins de respect... trop pleins de respect... ils m'acceptent, ils ne m'adoptent pas... leurs formules de politesse, souvent exagérée pour la fille de Halgan le marin, cachent souvent une raillerie dont je sens la morsure.

— Comment peut-on ne pas te chérir? demanda Loïse.

— Oh! toi, tu es une chère enfant dont l'âme s'ouvre aisément à la sympathie, comme celle de Tanguy à la tendresse et aux chevaleresques dévouements... Mais place-toi au point de vue de Florent et de Gaël, ces cadets envieux. Qu'ai-je apporté en dot? si peu d'or que Tanguy l'a distribué aux pauvres de la paroisse de Saint-Pierre. Quant à ma naissance, elle a été le sujet d'une humiliation pour Florent et Gaël... je n'ai pu écarteler de mon blason le blason de leur famille, et jamais ils ne me le pardonneront... C'est pour cela que comme toi, Loïse, je ne soutiens pas aisément le regard de Gaël ou celui de son frère.

En ce moment, le marquis vint offrir le bras à sa femme. Il avait présidé à l'arrangement intérieur du carrosse, et Blanche pourrait s'y coucher aussi aisément que dans une bergère.

Loïse seule y prit place avec elle; Jacqueline de Guingamp se tint à l'une des portières, tandis que Tanguy galopait près de l'autre. Cet incident attrista le reste de la chasse. Les trompes eurent beau sonner la victoire, on étendit en vain sur un char décoré de feuillages le cadavre du monstrueux sanglier, une oppression resta sur les poitrines et les visages demeurèrent songeurs.

Contrairement à ce qui s'était passé avant la chasse, Florent parut éviter Gaël. Celui-ci fit vainement plusieurs tentatives pour rejoindre son frère : le galop du cheval de Florent l'emportait si loin que la monture surmenée du dernier des Coëtquen ne   dre.

Après avoir forcé l'allure de sa bête, il fut obligé de ralentir le pas, et se trouva bientôt près d'un piqueur ramenant le cheval de la marquise.

— Vous expliquez-vous la terreur subite de *Thisbé?* demanda le jeune homme; ce n'est pas la première fois qu'elle chasse le sanglier...

Thuriau regarda Gaël en secouant la tête.

— Monsieur le vicomte, dit-il, le diable s'est mêlé de cette affaire... *Thisbé* est une bête légère à la course, paisible d'humeur... Il a fallu qu'on l'excitât d'une façon violente pour la faire se cabrer au point de désarçonner madame la marquise...

— Ma belle-sœur a la main douce, et je ne comprends pas...

Thuriau enleva la couverture qu'il avait jetée sur les flancs du cheval, et désignant une blessure saignante à la croupe de la noble bête :

— Devinez-vous maintenant, monsieur, pourquoi *Thisbé* s'est cabrée?...

— Une branche l'a blessée, sans doute...

— Monsieur le vicomte est trop loin pour bien distinguer le genre de plaie de *Thisbé*... c'est un poignard qui l'a faite.

Gaël devint d'une pâleur livide.

— Un poignard, dis-tu, un poignard !...

— Comme je vous l'affirme, monsieur le vicomte, et aussi vrai que le ciel châtiera celui qui a commis cette méchante action.

— Thuriau, fit Gaël, il est inutile de parler de cette découverte à mon frère; dans le désordre d'une chasse, quand chacun est armé d'un couteau, d'un épieu, un accident semblable n'est pas rare... et puisque les jours de ma belle-sœur ont été épargnés, le mieux est de ne point inquiéter Tanguy.

— Vous avez raison, monsieur le vicomte, je me tairai... Il faut, comme vous le dites, attribuer cette blessure à un accident, parce que sans cela...

— Eh bien! sans cela?...

— Il s'agirait d'un crime.

— Un crime! tais-toi, Thuriau; ne prononce jamais de semblables paroles : si Tanguy les entendait...

— Le marquis Tanguy ou le comte Florent... je vous l'ai dit, je me tairai; je suis un vieux serviteur dévoué à mes maîtres et qui pour eux donnerais ma vie... Dieu me garde donc de les affliger ou de semer des soupçons dans l'esprit de cet ange qui s'appelle la marquise de Coëtquen!

— Ah! vraiment, Thuriau, toi aussi, tu l'appelles un ange?

— Comme tous ceux qui la connaissent, oui, monsieur le vicomte... Depuis six mois qu'elle est la femme de mon maître, l'aîné de la noble famille des Coëtquen, il n'est pas une chaumière du pays qu'elle n'ait visitée, pas un malheureux qui ne lui doive des secours. Je sais bien que plus d'une grande maison de Dinan s'était d'abord promis de la traiter avec hauteur, mais elle a désarmé l'orgueil des uns et charmé tout de suite les autres... Vraiment, je ne m'en dédis pas, c'est un ange, et plutôt que de l'affliger par une parole, je me couperais la langue.

Thuriau rejeta la couverture armoriée sur les flancs de *Thisbé*, et le vicomte pressa l'allure de plus en plus lente de son cheval.

Une heure après, les chasseurs rentraient au château.

Tandis que le marquis faisait verser à ses convives un vin généreux, Blanche, Jacqueline et Loïse s'occupaient de leur toilette.

Quand sonna la cloche du souper, hommes et femmes avaient remplacé leur habit de chasse par un costume d'une élégance raffinée.

Blanche seule, souffrante encore et pâle à la fois d'émotion et de fatigue, parut dans un déshabillé de batiste d'une blancheur de neige, sans bijoux et presque sans rubans.

Les hommes dînaient avec un appétit de chasseurs.

A la fin du repas, le marquis se leva. Son regard parut demander pardon à Blanche de trahir si vite le secret appris au pied du grand chêne ; puis, d'une voix vibrante d'un bonheur dont rien ne saurait rendre l'expression, il dit en élevant son verre :

— A l'héritier des Coëtquen et des Combourg !

En ce moment, soit hasard, soit maladresse, Florent laissa tomber son verre sur le parquet où il se brisa.

Gaël devint d'une pâleur livide ; cependant, le premier, il choqua son verre contre celui de Tanguy.

Blanche confuse se pencha pour embrasser Loïse.

Les félicitations, les protestations de dévouement prouvèrent au jeune marquis que ses compagnons de plaisir méritaient de s'asseoir à la table de famille, et des larmes de joie montèrent aux yeux de Blanche Halgan.

Un quart d'heure après, la jeune femme, prenant le bras de Tanguy, regagnait ses appartements.

Loïse de Matignon et Jacqueline de Guingamp se retirèrent ensuite. En voyant s'éloigner la fille du comte, Gaël murmura à l'oreille de son frère :

— Il faut que je réussisse ! A tout prix, il le faut !

— Allons ! murmura Florent d'une voix indéfinissable, c'est à refaire !

II

LE COMPLOT

Gaël de Coëtquen se trouvait en ce moment seul dans la bibliothèque du château. Une fébrile impatience se lisait sur son visage plus pâle encore que de coutume. De temps en temps il prenait un livre sur un rayon, l'ouvrait distraitement, puis le jetait sur la table, et courait à la fenêtre pour voir si Florent n'arrivait pas. Deux heures se passèrent de la sorte; la fièvre commençait à s'emparer de Gaël, quand son frère entra brusquement dans la salle, jeta ses gants sur la cheminée et tomba dans un fauteuil.

Gaël s'approcha de Florent avec une sorte de crainte.

— Eh bien?

— Avez-vous du courage? demanda Florent.

— Vous m'apportez un refus...

— Je vous l'avais prédit; vous avez voulu en dépit de mes conseils vous exposer à une humiliation qui retombe sur toute la famille... Je vous aime trop pour ne pas vous plaindre...

— Ainsi le comte de Matignon refuse de me donner sa fille?

— Il emploie les formes les plus courtoises, je dois l'avouer; mais enfin vous ne serez pas son gendre.. Tenez-vous à connaître les détails de notre entrevue, Gaël?

— Parlez; rien n'est inutile ou indifférent.

Le jeune homme s'assit en face de son frère, et Florent commença :

— L'accueil du comte a été franc, gracieux. Il a commencé par se louer de l'hospitalité de Tanguy; puis, remontant plus loin dans le passé, il me rappela qu'il avait fait la guerre avec deux Coëtquen. Le moment me semblait favorable et j'allais prononcer votre nom, quand Loïse entra... Un rayon de soleil jouait dans ses cheveux blonds, sa robe blanche formait un nuage autour d'elle... Je me levai, je la saluai avec le respect d'un gentilhomme; Loïse me rendit froidement mon salut, s'informa de Blanche avec vivacité, embrassa son père, lui dit quelques mots tout bas, et sortit légèrement sur la plus belle révérence qu'une pensionnaire ait jamais faite...

« — Combien vous devez chérir une telle fille! » dis-je au comte.

« Il sourit, et pendant plus d'un quart d'heure il énuméra les qualités et les vertus de Loïse.

« — C'est un ange, me disait-il, un ange! elle ressemble à sa mère, et j'ai réuni sur cette enfant les plus vives tendresses de ma vie.

« — Vous souffrirez cruellement quand vous devrez vous en séparer? lui dis-je.

« — Moi! quitter Loïse! s'écria le comte; jamais! La douce créature aurait, je crois, souhaité rester au couvent où elle fut élevée; par tendresse pour moi, elle a renoncé à ce projet; elle comprend que la séparation me tuerait.

« — Ah! répliquai-je, le gendre que vous choisirez sera trop heureux de vivre à côté du père de sa femme... Je comprends que votre fille ait le droit de se montrer exigeante; mais si un homme jeune et de grande maison la demandait pour femme, aurait-il, monsieur le comte, quelque chance d'être agréé?

« — Venez-vous donc en ambassadeur? me demanda-t-il.

« — Je parle au nom de mon frère Gaël, » dis-je en m'inclinant.

« Le comte se troubla légèrement, et reprit au bout d'un moment de silence :

« — J'ai été, vous le savez, le compagnon d'armes de votre père; je fais le plus grand cas des Coëtquen, et je regarde presque Tanguy comme un fils. Je lui ai prouvé ma sympathie en acceptant son hospitalité; mais quelque honorable qu'il fût pour moi de resserrer encore les liens unissant nos deux familles, j'ai le regret de vous apprendre que votre frère Gaël doit renoncer à tout espoir d'union avec ma fille... Elle est trop jeune pour se marier...

« — Gaël attendrait, si vous lui donniez votre parole.

« — Ma fille choisira elle-même son époux. Loïse est une enfant sage et point romanesque, qui s'en rapportera à la raison plus qu'à une impression première; elle seule disposera de sa vie...

« — Mais si elle s'attachait à Gaël?...

« — N'insistez pas, me dit le comte, j'ai répondu.

« — C'est un refus formel, sans espoir?

« — Un refus sans espoir et un regret. »

« Je me levai, et m'inclinant devant M. de Matignon :

« — Je vais, lui dis-je, blesser cruellement le cœur de Gaël... Vous avez prononcé, monsieur, tout est dit... Jamais un seul mot ne révélera à mademoiselle votre fille, quand elle daignera accepter l'hospitalité au château de Coëtquen, les paroles qui ce matin ont été échangées entre nous. »

« Une minute après, j'avais quitté le château de Matignon.

— Ah! fit Gaël en se levant, vous m'avez mal servi, mon frère... Il fallait parler avec plus d'éloquence, plaider ma cause avec chaleur... Qu'avez-vous dit pour mettre en relief ce que je suis et ce que je vaux? Quoique cadet de famille, j'arriverai à quelque chose : j'ai de l'ambition. Si je végète à Coëtquen, entre des livres poudreux qui me lèguent leur science incomplète et leurs énigmes indéchiffrables, c'est que jusqu'à ce moment il ne s'est pas présenté pour moi d'occasion de me signaler par quelque chose d'utile, de grand ou de beau... Ce que j'ai de mauvais, Loïse l'aurait changé. Près d'elle je serais devenu bon! Je puis m'illustrer dans les armes! J'aurais fait ce qu'elle aurait voulu, enfin... Le comte de Matignon ne me connaît pas! Je vous envoyais là-bas parce qu'on est toujours à son aise pour louer autrui, et surtout un frère. Oh! tout n'est pas fini! Je n'accepte point le refus de Matignon sans garder le droit de plaider ma cause... Plus d'une fois les armes des Coëtquen se sont écartelées avec celles de la famille de Loïse, et ce qui se pouvait faire au dernier siècle...

— N'est plus possible aujourd'hui, Gaël.

— Pourquoi? mais pourquoi?

— Eh! mon Dieu! ce n'est pas vous que l'on repousse.

— Ce n'est pas moi!... Parlez, Florent, parlez vite!

— L'obstacle vient de celle qui sera toujours et partout désormais entre le bonheur, les emplois et la fortune.

— Blanche?

— Oui, Blanche Halgan, l'héritière d'un pêcheur enrichi! Croyez-vous que la belle Loïse de Matignon consentirait à l'avoir pour sœur?

— Elle semble l'affectionner beaucoup, cependant.

— Fantaisie de jeune fille! D'ailleurs, sans qu'il y paraisse, l'orgueil y trouve son compte. Lorsque Tanguy amena ici sa femme, chacune des femmes de la noblesse déclara qu'elle ne la verrait pas; Loïse et Jacqueline de Guingamp furent les premières à tendre la main à cette ambitieuse qui avait usé de toutes les ressources de sa

beauté pour séduire Tanguy.... Loïse joua donc la protection à l'égard de Blanche; elle chassa avec elle, passa
même un mois au château; mais entre ces complaisances
amicales, cette sympathie éphémère et le consentement à
entrer dans la famille des Coëtquen, il y a un abîme, mon
frère.

— Ainsi cette femme aura non-seulement déshonoré
notre maison, mais ruiné notre avenir?

— De la façon la plus absolue, dit froidement Florent.

— Ah! j'avais raison de ne pas l'aimer, cette intrigante
qui ose porter sur son front la triple couronne de nos sei
gneuries.... Maintenant je vais la haïr!

— Vous vous trompez, Gaël, vous ne la haïrez point!

— Ne me fait-elle donc pas assez de mal?

— Sans nul doute, mais vous ne savez pas haïr.

— Moi!

— Non, Gaël. Vous êtes nerveux, irritable, soit; vos
impressions sont vives, et je vous crois capable de beaucoup souffrir... mais à la façon de certains animaux qui se
cachent au plus profond des fourrés afin de dissimuler à
tous leurs blessures... Vous ne sauriez ni tenir tête à un
orage, ni jeter le gant après une insulte! On vous outrage,
et vous criez : « Je souffre ! » comme ferait un enfant. Oh!
s'il s'agissait de moi, de moi qui n'aimerai jamais personne, comme j'aurais autrement compris la passion,
qu'elle fût attachement ou haine!... Celui ou celle qui se
serait trouvé sur mon chemin en aurait été balayé sans
merci ! Je ne suis pas de ces cadets qui se contentent d'un
plat de lentilles! J'aurais voulu, demandé, exigé, dérobé,
s'il l'avait fallu, ma part du festin ! La lutte aurait été pour
moi un élément au sein duquel je me serais senti grandir.
La haine m'aurait soufflé des ambitions à satisfaire, des
châtiments à imposer... J'aurais voulu ou répandre le sang
de mon ennemi sur le terrain, ou bien une à une lui faire

verser toutes ses larmes... Point de tortures trop grandes
pour expier ce que j'aurais souffert! La peine du talion
m'aurait paru insuffisante, et j'aurais voulu sang pour
larmes et vie pour outrage!

— Florent, Florent, vous m'effrayez! dit Gaël.

Florent se leva, et regardant son frère avec dédain :

— Nous ne pouvons nous comprendre, vous le savez
bien; pourquoi me forcez-vous à vous dire comment je
penserais si j'étais dans mon rêve le fiancé de Loïse de
Matignon?

— Ne parlez plus d'elle! dit Gaël; il me semble que
vous m'enfoncez dans le cœur une aiguille de fer rouge.

— Parlons-en, au contraire... une douleur s'use quand
on l'exhale. Quand vous aurez retrouvé dans votre mé-
moire les yeux bleus de Mlle Loïse, son fin sourire, sa taille
charmante, quand les moindres détails de sa parure auront
rempli votre souvenir pendant des mois, une année peut-
être, cette figure s'effacera lentement et fondra comme
une nuée s'absorbe dans une autre nuée... Vous oublierez,
c'est la loi du monde!

— Je ne veux pas oublier! fit Gaël.

— Alors vous voulez souffrir?

— Je voudrais me venger, Florent! me venger!

— Sur Loïse?

— Non, pas sur elle...

— Sur qui, alors?

Gaël fut pris d'un frisson, et cacha son front dans ses
mains.

Quand il releva la tête, il semblait plus calme.

Florent devina quelle nouvelle idée venait de surgir
dans le cerveau fatigué de son frère, et il lui dit avec une
singulière intonation :

— Vous aimez beaucoup Tanguy?

— Oui, beaucoup, je l'avoue; tout petit, comme j'étais

faible, il me protégeait... même contre vous, Florent...
Plus tard, vous le savez, je me noyais dans l'étang quand
il me sauva au péril de sa vie. Vous dites que je ne sais
pas haïr, Florent... cependant regardez le titre des livrer
qui sont épars sur cette table... J'y cherchais! oh! j'ai
frayeur d'y penser, et honte aussi, car je suis gentilhomme... Blanche est mon ennemie... je fais retomber sur
elle tout le poids de mon malheur... et cependant jamais!
jamais, entendez-vous! je n'oserai attenter aux jours de
cette femme... Elle m'est sacrée parce que Tanguy l'aime,
et que Tanguy mourrait s'il la perdait...

— Que cette femme l'ait ensorcelé, Gaël, je ne le nie
pas, mais il se consolerait comme on se console... Vous
oublierez bien Loïse, vous!

— Moi! fit Gaël; non, je vous jure!

— Vous êtes fou! dit Florent en saisissant la main froide
de son frère... Au lieu de chercher un moyen facile et rai-
sonnable de triompher des obstacles qui vous barrent le
chemin, vous retournez dans votre cerveau de funèbres
idées... vous accueillez, puis vous repoussez avec horreur
l'idée d'un crime... Un crime! quoi de plus maladroit? Vous
imaginez-vous Blanche empoisonnée ou tuée à coups de
couteau?... C'est enfantin, sur ma parole!... Vous croyez
que Tanguy mourrait de la mort de Blanche, et vous aimez
Tanguy... Soit! Si je hais sa femme, je garde cependant
à mon frère une amitié réelle... Son mariage nous a nui,
nous avons le droit de réparer le mal dans une just
mesure, et c'est de cette réparation que nous avons
causer...

Gaël regarda son frère, mais il ne répondit pas.

— Supposons, reprit Florent, que Blanche disparaiss
subitement... Mon Dieu! ces choses arrivent... On dé-
trousse encore les voyageurs et on arrête les courriers...

de faire croire au trépas de la marquise... Tanguy se désole, s'habille de deuil, nous prenons ostensiblement une vive part à son malheur... Puis, lorsque en bon frère vous avez témoigné votre sympathie, vous songez à vous, à votre propre mariage... Blanche est morte pour tous, l'obstacle qui empêchait le comte de Matignon de vous accorder la main de sa fille se trouve levé... Vous épousez Loïse... Dans son désespoir, Tanguy s'est montré généreux, la baronnie de Vaurufier vous a été donnée, et nous avons alors la satisfaction de ménager le retour imprévu de Blanche à Coëtquen.

— Mais elle dirait...

— Elle raconterait une fantastique histoire, et dans l'impossibilité où elle serait de dire par qui elle fut enlevée et où elle a été conduite elle viendrait en aide au drame que nous aurions préparé...

— Tenez! dit Gaël en frappant la table du poing, vous êtes un démon.

— Je ne me donne pas pour un saint, tant s'en faut; je me présente seulement comme votre sauveur!

— Mon sauveur!

— Sans doute! Je vous fais épouser Loïse...

— Et les remords?... murmura Gaël.

— Eh! mon cher! quand on est capable d'en avoir, on ne se permet ni de haïr sa belle-sœur ni de convoiter une part de la fortune de son frère.... On prie son aîné d'acheter un bénéfice dont il nous fait don, et voilà tout!... Adieu, Gaël, je vous laisse à vos livres!

Florent se leva et quitta la salle de la bibliothèque.

Gaël ne fit pas un mouvement pour le retenir.

Il éprouvait le besoin d'être seul. Mot à mot, il se répéta les paroles de son frère, et en pesa la portée. A mesure qu'il songeait davantage au diabolique projet de Florent, il le trouvait plus réalisable... De quoi s'agissait-il

2

en effet? de faire disparaître Blanche pendant quelques
mois. Sans doute elle souffrirait; mais lui-même ne souf-
frait-il pas? Ces idées se changèrent en obsession. Il alla
dans le jardin, et la vue de Blanche se promenant avec
Tanguy lui remplit le cœur d'amertume.

Avec quelle confiance elle s'appuyait sur le bras de
son mari! comme elle lui souriait doucement et qu'ils semblaient heureux!

— Si Loïse était ma femme, pensait Gaël, je passerais
aussi, moi, de longues heures à errer dans ces parterres!
Et c'est elle... elle qui est le seul, l'unique obstacle!

Tanguy aperçut Gaël et l'appela.

— Mon frère, dit-il, devinez ce que me demande la
marquise?

— De nouveaux diamants, sans doute.

Blanche regarda Gaël avec tristesse.

— J'ai dû accepter ceux dont il a plu à Tanguy de me
faire don dit-elle; c'étaient les diamants de la famille, et
je les transmettrai aux héritiers des Coëtquen sans les
augmenter.. Je ne suis point coquette, vicomte, et vous
devriez déjà le savoir!

— Ce que je veux lui apprendre, c'est combien tu es
bonne. Tout à l'heure Blanche, me montrant la vallée aussi
loin que peut s'étendre notre vue, m'expliquait un plan
merveilleux... A droite on bâtirait une école pour les enfants, plus loin un hospice dans le genre de celui que
fondèrent près de Dinan M. et Mᵐᵉ de La Garaye... Puis
les enfants et les malades instruits et soignés, la chère
femme me proposait de faire élever en face du village des
cabanes aérées, gaies, couvertes de chaume, mais en-
tourées de fleurs, pour que les pauvres gens eussent sans
exception leur part de bonheur et de soleil... Ce serait sa
ville, à elle! Ma Blanche serait la reine de ce domaine
charitable, et son nom serait béni longtemps encore après

qu'elle aurait répandu ses aumônes et apporté ses consolations.

— Et vous avez répondu, Tanguy? demanda Gaël avec
une sorte d'impatience.

— Quand un ange nous donne des conseils, la seule
façon de lui répondre est de les suivre...

— Cette petite folie charitable est bien capable de vous
ruiner!

— Mais point, monsieur mon frère! répliqua Blanche
en souriant. Tanguy voulait me mener à la cour...

— Vous mener à la cour! répéta Gaël.

— Et depuis quand les marquises de Coëtquen et de
Combourg n'ont-elles pas un tabouret au cercle de la
reine? demanda Tanguy.

— J'aurais tenu fort modestement ma place, dit
Blanche; mais, appuyée sur le bras de mon mari, je l'aurais prise. Depuis que Jacques Cartier a découvert le Ca-
nada et que Duguay-Trouin a porté si haut notre gloire
maritime, mon frère, les voyageurs et les explorateurs
bretons ont bonne renommée... Et puis, ajouta-t-elle, la
reine Marie-Antoinette est si bonne et si peu fière, quoi
qu'on dise, qu'elle m'eût admise à lui baiser la main...

La jeune femme avait relevé le front avec une certaine
fierté; elle poursuivit gaiement :

— Donc je pouvais aller à la cour... L'achat des carrosses, l'installation dans un hôtel, les laquais, mes toilettes eussent coûté de grosses sommes... Qui eût trouvé
étrange que Tanguy les dépensât? personne... Je l'ai supplié de n'en rien faire... le carrosse et les toilettes se
changeront en chaumières, les bijoux se transformeront en
hospice, en école, et, comme une petite fée, je ferai sortir
tout cela d'un coup de baguette frappé sur le cœur de
Tanguy... Voyons, Gaël, dites-moi que vous vous ralliez
à mes projets, approuvez le plan conçu dans ma petite

tête, et faites davantage encore; vous pouvez m'aider beaucoup...

— N'oubliez point que je suis cadet de famille !

— Je sais que vous êtes le frère de Tanguy, et je vous chéris à ce titre.

— Que voulez-vous donc?

— Vous êtes le plus savant de la famille... Je puis le dire sans humilier Tanguy : lui-même l'avoue... Eh bien ! dessinez d'après mes indications le plan de l'école, de l'hospice et des chaumières.

— Je vous demande pardon, marquise, je ne suis pas architecte.

— Oh! cela ne fait rien. L'architecte prendra ses mesures; nous, nous préparerons l'ensemble... Vous comprenez bien qu'il s'agit d'une œuvre collective... mon frère Florent trouvera également à employer son zèle. Est-ce convenu?

— C'est promis! dit Gaël.

Puis, gagné par la douceur de Blanche, attiré malgré lui par le charme fait de douceur et de bonté qui semblait émaner d'elle, il lui dit plus bas :

— Ma sœur, je serai pour la vie le plus dévoué des frères, le plus soumis des esclaves, si vous voulez à votre tour devenir mon alliée.

— Mais je le suis, Gaël, je le suis d'avance, croyez-le.

La jeune femme ralentit le pas, laissa Tanguy s'enfoncer dans les bosquets, et reprit :

— Si vous saviez combien je souhaiterais faire quelque chose qui vous fût agréable... vous m'adopteriez alors, vous ne me donneriez plus seulement des lèvres ce titre de *sœur* qui semble souvent vous les brûler...

— Pouvez-vous croire... dit Gaël.

— Oh! ne vous en défendez pas... cela devait être ainsi... la fille d'Halgan le caboteur ne vous paraît pas digne de s'appeler aujourd'hui Combourg et Coëtquen... Allez, ce n'est pas à l'ambition que j'ai cédé, Gaël... Tanguy n'eût été ni marquis ni millionnaire que je l'aurais choisi entre tous... j'aurais même préféré qu'il fût simple pilote, afin de l'enrichir de ma pauvre dot. Mon cœur est à lui, bien à lui. Je m'efforce de grandir pour que vous ne rougissiez point de moi... je fais le bien afin de perpétuer les traditions de vos aïeules... si vous vouliez me venir en aide, j'arriverais sans doute plus vite à mon but... Gaël, parlez donc avec confiance : si je puis quelque chose pour votre bonheur, je le ferai avec hâte, avec joie.

Le franc regard de la marquise se leva sur le jeune homme. Il tressaillit de honte en se souvenant de l'entretien qu'il venait d'avoir avec son frère. A cette heure, comme il venait de le dire, il se sentait prêt à abjurer sa haine. Que la jeune femme devînt sa protectrice, et il se sentait capable de la défendre même contre Florent. De persécuteur il se ferait ami sincère, vigilant, loyal; les natures les plus perverses ont de ces revirements subits. D'ailleurs le mal fatigue, écœure et blase. Il est bien peu de criminels qui ne puissent compter dans leur vie quelques heures de franchise absolue, de désir ardent vers le bien, de générosité spontanée. Un mot pouvait conquérir sans retour le dernier des Coëtquen à la jeune femme. Débarrassé de la présence de Florent, il se sentait mieux disposé; l'amertume s'effaçait de son âme, son regard redevenait jeune et confiant.

Blanche s'en aperçut et lui tendit la main :

— Parlez maintenant, dit-elle.

— Écoutez, Blanche, j'ai chargé mon frère de remplir une mission délicate... il a échoué... c'est vous que j'aurais dû charger de prendre la parole pour vanter les quelques qualités que je possède, et de promettre en mon nom que je m'efforcerais d'acquérir celles qui me manquent encore...

2.

Florent est emporté, votre douceur eût triomphé des obstacles contre lesquels il s'est brisé...

— Je ne comprends pas, dit Blanche.

— Pendant un mois, mademoiselle de Matignon ne vous a pas quittée... je l'ai trop vue pour ne pas souhaiter qu'elle devienne ma femme.

— Pauvre Gaël! dit la marquise, pourquoi faut-il que je vous afflige le jour où pour la première fois vous me demandez mon aide?... Ne songez plus à mademoiselle de Matignon... Si elle évite d'en parler à son père, sa résolution n'en reste pas moins irrévocable... Loïse prendra le voile dès que la maturité de sa pensée prouvera au comte qu'il s'agit d'une vocation réelle, et non point d'un entraînement passager vers le cloître... Elle m'a confié ce secret, Gaël, et je l'aurais toujours gardé si je n'avais craint de vous laisser une espérance, si lointaine qu'elle fût!

— Mais Loïse a seize ans! dit Gaël; le cœur est muable à cet âge... elle vous aime tendrement, et vous avez sur elle une grande influence... si vous cherchiez à ébranler ses projets, si vous lui disiez...

— Gaël, dit gravement madame de Coëtquen, on ne dispute pas les anges à Dieu!

Le jeune homme crispa ses mains nerveuses et poussa un soupir étouffé.

Puis brusquement il cria à Blanche en s'éloignant :

— Que Dieu vous garde, ma sœur, et qu'il me juge!

— Gaël! Gaël! répéta la jeune femme.

Le malheureux ne répondit pas. Le cœur débordant d'une colère farouche, et ne se souvenant plus qu'un quart d'heure auparavant il se sentait prêt à devenir meilleur sous l'influence de la marquise, il erra comme un fou dans les jardins, ne répondit pas à l'appel de la cloche annonçant le dîner, et rentra dans sa chambre vers onze heures du soir.

Il y trouva Florent qui l'attendait.

— Qu'es-tu devenu? lui demanda celui-ci.

— Le sais-je! j'ai la tête perdue, le cœur broyé, les nerfs tendus comme des cordes...

— Il s'est passé quelque chose?

— Je l'ai trouvée... elle, Blanche Halgan... elle semblait douce, j'ai cherché à l'attendrir... Dieu m'est témoin qu'en lui promettant mon amitié j'étais sincère... j'ai parlé de Loïse, elle a changé de visage... je l'ai suppliée de plaider ma cause près de mademoiselle de Matignon, elle m'a répondu...

— Quoi donc? demanda Florent en serrant à la broyer la main de son frère.

— Qu'on ne disputait pas les anges à Dieu! fit Gaël avec un sinistre éclat de rire. Depuis cette heure...

— Qu'as-tu décidé?

— Je la voue au malheur, à la solitude et aux larmes; je te l'abandonne, Florent.

Les deux complices s'étreignirent les mains et se séparèrent sans oser se regarder.

III

LA TOUR-RONDE

Contrairement aux habitudes de l'époque qui avait vu s'élever le château de Coëtquen, le manoir était bâti dans la vallée. Il avait fallu chercher le moyen de suppléer à ce que cette situation lui créait d'infériorité, et trouver un autre système de défense que l'âpreté de l'escalade. L'habile architecte chargé par un des aïeux du marquis de construire ce manoir tira un merveilleux parti du voisinage d'un vaste étang. Il détourna une partie de ses eaux, creusa un double rang de fossés dont la maçonnerie défiait les siècles, puis il ouvrit la digue, et les eaux de l'étang coulèrent à pleins bords, entourant le château d'une double ceinture bleue. Deux herses, deux ponts-levis, assuraient la sécurité des maîtres de Coëtquen. Le manoir paraissait au loin s'élancer du sein des eaux froides et paisibles de l'étang, dont les dernières ondes allaient mourir sur les berges humides des prairies avoisinantes. Pour enclore le petit lac et lui former une ceinture, la nature prodiguait les flambes de marais, les touffes de jonc luisant, les roseaux dont l'automne fait blanchir les aigrettes, les iris bleus et jaunes qui parfument au printemps les prés humides. Cette situation à la fois coquette et très-sûre rendait presque inutile la présence des sentinelles sur la grosse Tour-Ronde où une guérite leur avait été ménagée. La largeur des fossés, la pierre lisse des murailles rendaient une escalade

impossible, et les sires de Coëtquen se trouvaient aussi bien
en sûreté au fond de leur vallée que les seigneurs de Léhon dont les murs couronnaient les masse granitiques do-
minant les bords sauvages de la Rance.

Bâti du quatorzième siècle, le château de Coëtquen avait
toutes les élégances dont l'ogive datait les monuments de
cette époque privilégiée. La légèreté de ses fenêtres, la richesse de ses balcons ressortaient d'autant plus que la lourde
masse de la Tour-Ronde présentait un ensemble plus sombre et plus effrayant. Toute la force et aussi toute l'épouvante du château se résumaient dans cette tour.

Au sommet, des pierriers et des couleuvrines de bronze
allongeaient leurs cous monstrueux à travers les meurtriè-
res; au-dessous, une salle d'armes remplie d'armures, de
piques, de lances, d'arquebuses, rappelait un vivant souvenir de chacune des époques écoulées depuis sa fondation.
Plus bas se trouvait une sorte de corps de garde, vide
désormais et sans utilité; au rez-de-chaussée, une partie
des équipements de chasse.

Sans doute c'était tout. Nulle porte ne se dessinait au
bas de l'escalier en spirale. Et cependant, si l'on faisait le
tour de la masse de pierre, on pouvait apercevoir à fleur
d'eau une fenêtre étroite coupée en croix par deux lames
de fer. Évidemment, elle se trouvait creusée à un niveau
au-dessous de l'étang dont les eaux devaient l'inonder au
moment des crues.

Le lendemain du jour où Gaël et Florent avaient eu un
entretien décisif, tous deux vers la chute du jour erraient
du côté de la meurtrière et cherchaient à se rendre compte
de la situation dans laquelle elle était placée.

— Si nous n'avons pas aperçu la porte des oubliettes,
dit Florent à son frère, elles n'en existent pas moins et reçoivent un peu de clarté de ce jour de souffrance. Il faut
que leur souvenir soit bien effacé de la mémoire, car nul,

pas même la vieille Renotte, ne nous a conté les drames dont elles ont été le théâtre. Ce qui importe d'abord, c'est de retrouver cette porte, et si nous n'y parvenons pas seuls, celui qui nous aidera dans l'exécution de notre projet pourra sans nul doute nous donner des renseignements précis.

Gaël regarda son frère avec terreur.

— Vous voulez confier notre secret à quelqu'un?

— Pensez-vous que nous puissions réussir sans aide?

— Je l'espérais, dit Gaël : un complice est toujours dangereux.

— Ce complice n'aura pas d'intérêt à nous vendre, puisque la moitié du crime retombera sur lui.

— Et si l'homme à qui vous comptez vous confier repoussait vos offres?

— J'y ai songé déjà, mais il faut oser.

— Il s'appelle?

— Simon.

— L'intendant du château?

— Lui-même, Gaël.

Le jeune homme secoua la tête.

— Mauvais choix, ce me semble, Florent : il est d'apparence douce, et reculera plein d'horreur à la pensée d'attenter à la liberté de sa maîtresse.

— Nul homme ne peut se dire qu'il résistera à une tentation violente... Simon est dévoré par une passion asservissante et fatale : l'avarice. Cette avarice ne suffirait peut-être pas à le mettre dans nos mains comme un instrument, si cette avarice ne se doublait d'une ambition effrénée.

— Lui, ambitieux!

— Si vous pouviez fouiller dans la bibliothèque de Simon, vous la trouveriez remplie de publications dangereuses tendant à établir un prétendu système d'égalité. Simon est un révolutionnaire sous son apparence chétive et souvent obséquieuse. Ne vous y trompez point; il appartient à la race éclose depuis peu et qui prétend brûler nos titres, anéantir nos priviléges et se partager nos fortunes. En attendant, Simon en prend les rognures. Les bénéfices réalisés à Coëtquen doivent former déjà une fortune honnête ou malhonnête. Offrons à la cupidité de Simon assez d'or pour acheter sa conscience, et tout sera dit.

— Agissez donc, dit Gaël, si vous ne trouvez pas d'autre moyen.

— Il serait impossible à l'un de nous de descendre souvent à la Tour-Ronde sans nous faire remarquer. Simon, au contraire, en sa qualité d'intendant, va et vient à toute heure... Je sais bien que mon plan présente des dangers... Si vous aviez moins de stérile pitié, il serait plus aisé d'en finir...

— Non ! dit Gaël avec épouvante, pas de sang ! pas de sang !

Florent prit le bras de son frère et acheva le tour du parapet séparant les deux fossés remplis d'eau. On s'y promenait rarement, et la nature s'était chargée de le transformer en parterre. Fleurs des champs poussées à la grâce de Dieu, graines de fleurs de parterre semées par le vent ou tombées du bec d'un oiseau avaient poussé, grandi sous la brise et la pluie, livrant leurs parfums et dessinant une ceinture diaprée au vieux donjon. Rien de charmant comme ce rapprochement de l'eau bleue et de la zone fleurie. On eût dit une guirlande flottant sur l'étang. Un seul point sombre trouait pour ainsi dire ce tableau plein de fraîcheur et de lumière : la baie noire formée par la meurtrière à croisillons de fer.

Après s'être orientés le mieux possible, les deux frères passèrent le pont-levis et rentrèrent chacun dans son appartement.

Le soir seulement après le souper, Florent traversa la

cour et se rendit dans la partie des communs qu'habitait l'intendant Simon.

C'était un homme de quarante ans, malingre et grêle. Habile comme un avocat dans l'art de la parole, il joignait à l'avarice d'un juif la persévérance d'un forçat qui poursuit un moyen d'évasion. Pour Simon, la fortune était l'affranchissement.

Quand ses vingt ans sonnèrent, il se dit qu'il voulait être riche, et jamais il ne manqua aux résolutions prises à partir de ce jour. Bertrand, l'intendant de Coëtquen, se faisait vieux. Simon, dont le père était garde-chasse, lui aida dans le règlement des comptes et l'initia lentement aux affaires. Il passa de longues heures à lire les archives du château, à étudier le chiffre des baux, à visiter les fermes en comparant le chiffre de leur produit présent avec l'augmentation qu'il pourait recevoir.

Bertrand, secrètement rongé par un chagrin ou par un remords, lui abandonna aisément la direction des affaires, et quand par un matin de décembre on trouva le corps du vieil intendant flottant sur le lac, Simon, après l'avoir suffisamment pleuré devant ses camarades, offrit à ses maîtres de le remplacer.

Depuis deux ans le marquis s'adressait au jeune homme de préférence à Bertrand : la disparition de celui-ci ne laissa aucun vide. Du reste Simon s'attacha à mériter la confiance absolue de M. de Coëtquen. Les terres rapportèrent davantage, de savantes coupes de bois doublèrent l'épargne du marquis, et Simon, tout en augmentant les revenus des fermages, commença l'échafaudage de sa fortune personnelle.

Quand ses économies s'élevèrent à une somme un peu ronde, il épousa la fille d'un marchand de graines de Dinan dont la laideur se rachetait par une grosse dot. Si elle fut malheureuse en ménage, elle ne l'avoua point, et mou-

rut un an après avoir donné le jour à une petite fille qui
fut appelée Rosette, et à laquelle le médecin ne prédisait
pas huit jours d'existence à l'heure où elle poussa son premier cri. La femme de Simon la garda dans ses bras, la
couva pour ainsi dire sous les ailes de sa tendresse ardente,
et après lui avoir communiqué une seconde fois la vie, elle
s'en alla, emportant avec elle le secret de ses larmes solitaires et de son muet désespoir.

Chose étrange! Simon, qui n'avait pas aimé sa femme,
se prit à adorer sa fille. Jusqu'à cette heure il avait chéri
l'argent pour lui : il en voulut pour Rosette. Cet avare rêva
des prodigalités sans nom au bénéfice de la frêle créature
endormie dans son berceau. Rosette devint sa joie, sa
préoccupation. A cause d'elle, il fut jaloux de la beauté et
de la fortune des autres femmes. Quand elle eut dix ans,
il l'envoya au couvent, bien résolu à ne l'en faire sortir que
le jour où il lui serait possible de lui faire une large existence. Rosette portait des déshabillés de soie, de riches
dentelles; elle gardait dans un écrin les bijoux de sa
mère, et Simon lui répétait souvent qu'il lui donnerait une
parure le jour de ses noces. Pauvre Rosette! ce mot n'avait
point pour elle de signification précise. Élevée dans un
monastère, elle ne trouvait rien de plus beau que les céré-
monies religieuses, et toute son ambition était de revêtir
un jour la robe noire et le voile d'étamine porté par ses
maîtresses.

Les ambitions de Simon ne trouvaient en elle aucun
écho. Elle se sentait moins flattée qu'humiliée de l'élégance
de ses habits, et supplia plus d'une fois son père de lui
permettre de porter des robes très-simples; mais Simon
s'emporta de telle sorte que force fut à Rosette de se résigner à une apparente coquetterie.

Quand elle atteignit l'âge de seize ans, Simon trouva
qu'elle était suffisamment instruite et la retira du couvent.

Le marquis venait d'épouser Blanche Halgan.

Tandis que la plupart des valets du château déploraient une mésalliance qui désespérait Florent et Gaël, Simon se posa en défenseur du marquis Tanguy et en admirateur de la jeune femme.

Celle-ci apprit avec quelle ardeur Simon s'était fait son champion, et trouvant un matin Rosette dans le parterre elle lui passa au doigt une riche bague et l'embrassa. La jeune fille rougit de plaisir, et, avec la charmante et franche effusion de son âge, elle témoigna à la marquise cette sympathie respectueuse, ardente, qui est le propre de la jeunesse.

Lorsqu'elle montra sa bague à Simon, celui-ci sourit et se frotta les mains :

— Ne crains rien, petite! dit-il; tu es aussi jolie que la marquise de Coëtquen, et ta dot dépassera la sienne; si tu n'épouses pas un marquis, je ne te marierai du moins qu'à un cadet de famille ou au descendant d'une bonne maison parlementaire.

— Père, répondit Rosette, ne parlez point de choses semblables, je vous prie... Il me semble que je mourrai jeune comme ma mère... dans mes rêves, je vois souvent flotter des voiles de deuil, jamais des voiles de mariée... oh! je vous en supplie, ne tentez point de m'attacher à la terre où je passerai sans laisser de trace!

Simon saisit sa fille par les poignets avec une sorte de tendresse brutale.

— Tais-toi! fit-il, tais-toi! que deviendrais-je si tu venais à me manquer!

— Vous attendriez en priant l'heure de me rejoindre.

Simon attira convulsivement sa fille sur son cœur.

— Tu es ma vie, ma joie, tu es tout! fit-il. Si tu m'aimes, il faut vouloir ce que je veux, ton bonheur! Jadis je songeais à une foule de choses avant de t'avoir dans les bras;

depuis, ton avenir seul me préoccupe... Tu seras riche, Rosette, très-riche! Ne jalouse personne, mon ambition est sans limite comme ma volonté! ce que je veux se fera!

— Il ne sevait que ce que Dieu veut! murmura Rosette en jetant ses deux bras autour du cou de son père.

Simon n'insista pas, dans la crainte de contrarier sa fille, mais il ne perdit aucune de ses espérances si folles qu'elles pussent être. Il voulait pour sa fille le sort de Blanche Halgan, et son âpreté au gain se doubla de sa persistance à faire une grosse dot à Rosette.

Il continua de faire rapporter davantage aux terres et aux bois, mais il exigea des pots-de-vin, accepta des cadeaux de toute nature, et, dans la prévision d'événements que seul dans la maison il paraissait attendre, il fit passer en Angleterre des sommes relativement considérables.

L'amitié que Blanche témoignait à la jeune fille rendit Simon plus respectueux encore et plus dévoué en apparence, mais Florent connaissait trop bien l'empire d'une passion tyrannique sur un homme de la trempe de Simon pour s'effrayer des témoignages publics de son zèle. Il devinait que sa conscience resterait au plus offrant, et il comptait se montrer généreux.

Tandis que les deux frères se promenaient sur le parapet fleuri des fossés, Rosette, assise devant son clavecin, chantait un vieil air breton plein de mélancolie et de grâce. On eût dit un écho lointain de la voix d'une pastoure égarée dans la campagne. Rien de suave comme son accent, de doux et de ravissant comme son pur visage. Rosette aimait la musique d'instinct, comme les enfants, comme les oiseaux, et parfois on eût dit à l'entendre qu'un grand souffle artistique l'emportait plus haut dans une région inconnue. Elle ne paraissait plus s'appartenir, et quand elle cessait de chanter on eût dit qu'elle sortait d'un rêve.

Ce soir-là, soit que les pressentiments lugubres qui assombrissaient son jeune front exerçassent sur elle plus d'influence, soit qu'elle se sentît physiquement souffrante, Rosette avait la blanche transparence du marbre, et une sorte de fièvre brillait dans ses grands yeux bleus.

Simon, absorbé par la vue de sa fille, n'entendit point ouvrir la porte de son logis, et le comte Florent se trouvait debout près du clavecin de Rosette avant que la jeune fille eût fini sa mélodie et que Simon cessât de la regarder.

— Mes compliments, Rosette la blonde, dit le comte Florent. On ne chante pas avec plus de goût et l'on n'est pas plus jolie.

La jeune fille rougit moins de plaisir que d'embarras.

Quant à Simon, il regarda fixement le comte Florent, puis Rosette, et murmura :

— Pourquoi pas?

Puis, présentant un siége au comte, et restant respectueusement debout :

— Je suis aux ordres de monsieur le comte, dit-il.

— Oh! je n'ai à formuler qu'un désir, Simon.

— Il se chiffre par...

— Pour l'instant il ne s'agit point d'argent. Mon frère Gaël s'occupe beaucoup, comme vous le savez, d'études sur la Bretagne, et ses recherches en ce moment ont pour objet la famille de Coëtquen et la construction du manoir que nous habitons encore... Tandis que tous deux nous en faisions le tour, cette après-midi, nous sommes restés frappés du caractère passablement lugubre de certaine fenêtre grillée...

— La fenêtre des oubliettes? dit Simon.

— Ah! s'écria Florent, il y avait donc des oubliettes au château, de vraies oubliettes? J'ai parié le contraire.

— Et vous avez perdu, monsieur le comte.

— Cependant la porte...

— Il y en a deux... la première, celle qui donne au rez-de-chaussée contre la spirale de l'escalier, se compose d'une seule pierre tournant aisément sur un pivot, et dont la clef étiquetée, mais inutile, repose depuis plus de cent ans dans cette armoire où Bertrand l'avait enfermée, et dont je n'ai eu aucun motif pour l'ôter.

— Je serais curieux de la voir... dit Florent.

Simon ouvrit un meuble, en tira un paquet de clefs rouillées, consulta une étiquette de parchemin, puis faisant glisser la clef dans un anneau de fer il la tendit à Florent. Certes il y avait plus d'un siècle qu'elle n'avait tourné dans une serrure; elle était mordue par places de telle sorte que l'on pouvait se demander si jamais elle serait capable d'ouvrir encore la porte de pierre.

Florent garda la clef et se mit à jouer machinalement avec elle.

— Et la seconde porte? demanda-t-il.

— Celle-ci, monsieur le comte, a été murée.

— Depuis quand?

— Je l'ignore... Voici ce que Bertrand, qui le tenait de son prédécesseur, m'a raconté... Un seigneur de Coëtquen, soupçonnant sa femme d'une faute grave, la jeta dans le cachot, où elle resta renfermée cinq ans... Au bout de ce temps, ayant acquis la preuve de son innocence, il l'en arracha en lui demandant grâce.... C'était une sainte, elle pardonna... En signe d'expiation et de repentir, son mari jeta dans l'étang la clef de la porte des oubliettes, et, afin qu'on perdît jusqu'au souvenir du cachot maudit, il ordonna de murer la baie de pierre qui lui servait d'entrée... Si M. le vicomte Gaël souhaite apprendre avec plus de détails cette lugubre légende, il trouvera dans les archives de la famille une chronique qui la relate d'une façon complète. On fit même jadis sur cet événement une sorte de complainte... La sais-tu, Rosette? demanda Simon.

— Père, je t'en prie, ne m'oblige pas à la dire.

— Je voulais seulement vous en prier, mademoiselle, ajouta Florent.

— J'obéirai, murmura la jeune fille, mais c'est affreux... Songez donc, monseigneur, cette angélique créature enfermée dans ce cachot sombre... et pendant cinq ans! Ah! combien dut lui être compté son martyre!

Elle cacha son front dans ses mains et frissonna, puis relevant sa tête pâle, effleurant à peine le clavier de ses doigts transparents, elle commença.

La ballade était l'œuvre naïve d'un poëte du pays; la rime était pauvre, et le sentiment avait plus de part que l'esprit dans cette composition si vieille de date. Mais la fille de Simon la chantait avec une émotion indéfinissable, et ni le jeune homme ni l'intendant ne purent se défendre d'une crainte superstitieuse. La voix de Rosette s'éteignit dans un soupir, puis elle se leva chancelante, et saluant Florent :

— Bonsoir, monsieur le comte! dit-elle ; bonsoir, mon père! Dieu vous garde du péché et fasse servir nos douleurs à votre salut!

— L'étrange enfant! murmura Florent.

Simon attendit que son maître renouât l'entretien.

— Avez-vous, lui demanda brusquement le jeune homme, blâmé ce sire de Coëtquen du châtiment appliqué à une femme que, de bonne foi, il croyait coupable?

— Les familles de vieille noblesse portent haut leur honneur et elles ont raison, monseigneur.

— Et vous ne croyez pas que le temps ait attaqué ces priviléges?

— Qui oserait les attaquer? fit Simon.

— Bien des brochures actuelles sont sans doute de cet avis.

— Je lis peu, dit l'intendant.

— Et, demanda Florent, si jadis le sire de Coëtquen vous avait demandé de lui aider à châtier l'accusée, qu'auriez-vous fait?

— J'aurais obéi, monsieur le comte.

Florent marcha un moment dans la salle, puis se rapprochant de Simon :

— Mon frère et moi nous désirons visiter le cachot... le travail à faire pour démasquer la porte des oubliettes excède nos forces réunies... voulez-vous cette nuit nous guider et nous servir?...

— Soit! dit l'intendant; mais quand nous aurons démasqué la porte condamnée, vous savez que la clef fut jetée dans l'étang...

— C'est vrai! dit le jeune homme.

Il réfléchit un moment, reprit brusquement sa place en face de Simon et lui dit :

— Vous convient-il de faire votre fortune d'un seul coup?

— Cela dépend; à quoi m'exposerai-je?

— A une peine moindre que la nôtre.

— Il s'agit d'un crime? demanda Simon en se reculant.

— Le mot est exagéré... Il s'agit de rétablir un équilibre détruit par une personne que nous regardons comme une ennemie mortelle, de la châtier provisoirement de son orgueil, puis de lui rendre à la fois sa liberté et sa fortune.

— Si vous choisissez pour l'enfermer le cachot de la dame de Coëtquen, c'est qu'il s'agit d'une prisonnière prise dans la famille...

— Et quand ce serait? demanda Florent.

— Mais qu'a-t-elle fait? qu'a-t-elle fait? demanda Simon.

— Elle est l'obstacle empêchant le mariage de Gaël avec Loïse de Matignon; tant que la fille de Jean Halgan sera de ce monde, nulle alliance n'est possible pour nous... Nous ne demandons pour elle ni torture raffinée ni supplice... Une année de séquestration ne la tuera point : notre aïeule resta cinq ans dans les oubliettes...

— Ce serait un crime! un grand crime! répéta Simon : la marquise a la douceur d'un agneau... Elle ne se montre ni dure ni hautaine... Elle embrasse ma Rosette quand elle la rencontre, et a tiré un brillant de son doigt pour le passer à celui de ma fille... J'aime la marquise de Coëtquen, sur mon salut, monseigneur Florent!

— Dix mille livres pour ton affection! dit le comte.

— Ce serait un beau denier sans doute pour un pauvre intendant comme moi; mais tout le repos de mes nuits s'en irait si je consentais à devenir votre complice... les remords m'ôteraient le sommeil, et...

— Dix mille livres pour tes remords! ajouta Florent.

— Et je ne parle que de mes angoisses secrètes, des reproches de ma conscience... Mais si le marquis soupçonnait jamais... Il me tuerait, monsieur le comte, il me tuerait comme un chien... Vous êtes ses frères, vous, sa colère tomberait devant ce titre, ou du moins il vous ferait grâce de la vie; mais moi, un serviteur! un homme à gages! je serais vite bon pour le bourreau!

— Estime ta peau vingt mille livres, et décide-toi!

Simon continuait à réfléchir.

Une pensée nouvelle grandit dans son cerveau.

Nous avons parlé de son ambition démesurée. En ce moment, elle lui parut presque réalisable. S'attacher Gaël et Florent était un coup de maître et non une imprudence. Quand Simon serait le complice des deux frères, au lieu de leur obéir, ce serait à son tour de les faire trembler.

Au besoin, ne pouvait-il user et abuser de la chaîne criminelle qui les riverait l'un à l'autre?... Simon rêvait un riche et noble mariage pour Rosette : qui empêcherait qu'elle devînt la femme de Florent? L'héritière du marin Jean Halgan valait-elle mieux que l'enfant de l'intendant Simon? Celui-ci ne pouvait-il en quelque sorte imposer ce mariage à son complice? De quel droit Tanguy s'y opposerait-il? La mésalliance passerait dans la famille à l'état d'habitude, voilà tout. Florent n'oserait se soustraire à une union qui lui assurait le secret. Simon atteindrait d'un seul coup le but de sa vie : faire de sa fille une grande dame et devenir riche, bien riche, plus riche que la plupart des hobereaux de province dont les gentilhommeries entouraient Coëtquen.

Il regarda Florent bien en face.

— Cent mille livres! dit-il.

— Cent mille livres! c'est de la folie, Simon; ce que tu demandes est inacceptable.

— Vous me proposez bien un crime!

— La mort de Blanche Halgan ne vaut pas cela.

— Sa vie vous coûte encore plus cher.

— Mais je n'ai pas cent mille livres.

— J'accepterai votre signature; d'ailleurs le vicomte me soldera la moitié de la somme le jour de son mariage avec Mlle de Matignon.

— Soit! dit Florent, je te donnerai cette obligation le soir du jour où Blanche aura disparu du monde.

— S'il vous plaît, monsieur le comte, nous en finirons tout de suite.... L'obligation des cent mille livres en mon pouvoir, nous descendons cette nuit même à la Tour-Ronde, et nous abattons la muraille cachant la porte des oubliettes. A travers la meurtrière, nous lançons dans le lac les pierres et les morceaux de maçonnerie, la poussière sera balayée dans le cachot... Le reste vous regarde... car,

3.

entendons-nous bien, je consens à garder le silence et à vous servir dans une certaine proportion, mais n'attendez de moi qu'une aide en quelque sorte passive... Je n'irai point chercher la marquise, vous-même l'apporterez dans le cachot de Coëtquen ; j'accepte la complicité, je n'assume pas sur moi la responsabilité du crime.

Florent s'assit près de la table.

— Du parchemin, de l'encre, une plume, vite !

Simon lui passa ce qu'il demandait ; une minute après, une obligation de cent mille livres signée de Florent de Coëtquen était en la possession de l'intendant.

— A ce soir, lui dit Florent, au bas de la Tour-Ronde !

— J'y serai à onze heures, répondit Simon.

Dans la journée, Simon alla au jardin chercher dans la resserre du jardinier un pic et une pelle. Quand tous les bruits se furent éteints au château, il se glissa le long des murailles et gagna la Tour-Ronde, au pied de laquelle Gaël et Florent l'attendaient.

Quand ils se trouvèrent tous trois au rez-de-chaussée de la tour, ils démasquèrent leurs lanternes sourdes, et Simon essaya de faire jouer la clef rouillée dans la serrure. Après vingt tentatives infructueuses, il y réussit ; la pierre roula sur ses gonds, et un escalier intérieur étroit et glissant se démasqua au centre d'une cavité béante. Les rayons des lanternes ne parvenaient pas à percer l'obscurité ; ils commencèrent à descendre avant de se rendre compte de la profondeur de la spirale qui paraissait s'enfoncer dans les entrailles de la terre. Simon compta cent six marches, et promena les rayons de sa lanterne sur la muraille placée en face de lui.

Malgré la longueur du temps écoulé, il était facile de reconnaître un carré de maçonnerie plus récente. L'intendant le heurta du pic qu'il tenait à la main, et la muraille sonna comme si derrière elle se trouvait un vide.

— C'est là ! fit Simon.

Le premier il attaqua la maçonnerie ; quand ses bras roidis refusèrent le service, il passa le pic à Florent. Chacun d'eux travailla tour à tour pendant toute la nuit. Aux premières blancheurs de l'aube, la porte se trouva complétement démasquée.

Cette porte était en bois et couverte d'un treillis de fer qui la rendait d'une solidité à toute épreuve.

Florent fouilla dans la poche de son habit et en retira un morceau de cire. Il l'amollit dans la paume de ses mains, puis, l'appuyant fortement sur l'ouverture de la serrure, il retira une empreinte exacte qu'il soumit à l'appréciation de Gaël.

— C'est bien, dit celui-ci ; et maintenant, que vas-tu faire ?

— Commander la clef chez Jean l'Enclume, répondit Florent.

Un moment après, les trois complices remontaient l'escalier, la porte de pierre se refermait, et les deux frères rentraient chez eux, tandis que Simon suivait la muraille des communs avec un redoublement de précautions.

Quand il pénétra chez lui, il fut tout surpris d'entendre les sons du clavecin et la voix de Rosette. Seulement cette musique était assourdie en quelque sorte. Les notes s'étouffaient sous les doigts légers, et l'accent était faible comme un murmure.

Simon appuya son oreille contre la porte, et il écouta.

Rosette chantait la ballade de la *Dame de Coëtquen*.

Un effroi superstitieux éloigna d'abord Simon de la chambre de sa fille ; mais se gourmandant lui-même, poussé par sa sollicitude pour Rosette dont les veilles altéraient la santé, il ouvrit la porte et resta par le seuil cloué sur la surprise.

Vêtue d'un long peignoir blanc, ses beaux cheveux

dénoués flottant sur son dos, Rosette chantait, l'œil perdu dans un vague incommensurable; ses lèvres remuaient à peine; une sorte de rigidité étrange mettait un voile sur son visage candide. On eût dit qu'elle chantait pour d'invisibles auditeurs.

Puis, quand la dernière note s'éteignit sous ses doigts, Rosette laissa tomber son front dans ses mains :

— Blanche! pauvre Blanche! dit-elle.

Quelques instants après, elle se leva, passa devant son père, le regard fixe, la prunelle dilatée, et d'un pas automatique elle regagna sa couche sur laquelle elle s'étendit.

Simon n'osa ni l'arrêter par ses vêtements ni élever la voix pour lui parler; une crainte superstitieuse l'éloigna de sa fille, et il s'enferma dans sa chambre en murmurant :

— Elle m'a fait peur.

IV

JEAN L'ENCLUME

La demeure de Jean l'Enclume était moins une maison qu'une caverne et répondait admirablement à l'idée que nous nous faisons de cette forge antique dans laquelle Vulcain le boiteux martelait les armures des héros d'Homère. Un matin, Jean l'Enclume était allé trouver le propriétaire d'un terrain pierreux ou plutôt d'un amoncellement de roches, et avait acquis pour quelques écus l'espace d'un *journal* qu'il prit le soin de palissader. Après avoir indiqué les limites de sa propriété, Jean songea à y bâtir une sorte de maison en rapport avec ses goûts et bien aménagée pour son genre de labeur. La grande caverne, qui s'étendait sous les rocs à une distance d'un quart de lieue, forma de vastes magasins dans la partie la plus large; celle qui s'ouvrait en face de la route servit d'atelier, et la forge y fut installée.

Une fissure de la voûte marqua l'emplacement de la cheminée; une fenêtre et une porte donnèrent un aspect civilisé à cette grotte de Troglodyte, et au bout de trois mois Jean l'Enclume y plaçait son établi, ses enclumes et son gigantesque soufflet.

Plus tard, une maison plus commode s'adossa aux parois de la roche; cette amélioration fut apportée à l'habitation de Jean quand il prit pour femme Claudie, qu'on appelait alors Claudie la blonde et dont le nom fut bientôt changé en celui de Claudie la pâle.

Jean l'Enclume paraissait avoir quarante ans.

Sa taille dépassait six pieds, et sa force musculaire répondait à son apparence robuste.

On racontait dans le pays qu'un dimanche, au moment où les paysans sortaient de la messe de Saint-Hélen, un taureau noir s'étant échappé menaçait de causer de grands malheurs. Jean l'Enclume alla seul se placer sur son chemin, l'attendit de pied ferme, le saisit de la main gauche par une de ses cornes, et levant son poing énorme, lui asséna de la main droite un si formidable coup que le taureau tomba assommé!

Le visage de Jean l'Enclume, bistré par la fumée, s'éclairait des rayons de deux prunelles fauves pailletées d'or. Des sourcils épais buissonnaient au-dessus de ses yeux profondément enfoncés sous l'orbite. Une chevelure noire, épaisse, rude comme des soies de sanglier, se hérissait sur un front bas traversé dans toute sa largeur par une ride profonde. Le nez se relevait comme celui d'un chien de chasse. La bouche, d'une largeur énorme, aux lèvres trop courtes, laissait éclater sous leur rouge ardent des dents aigües, blanches, espacées comme les dents d'un loup.

Quand Jean l'Enclume travaillait dans son atelier, sa chemise de toile ouverte sur la poitrine et les manches retroussées jusqu'à l'épaule, son torse poilu se dessinait avec une vigueur étrange. On eût dit un de ces colosses dont Michel-Ange aimait à rendre la musculature puissante, une de ces cariatides auxquelles Puget faisait supporter l'entablement d'un palais.

Il était superbe dans sa laideur, cet homme plus grand que nature, qui soulevait des marteaux aussi lourds que celui de Thor, le dieu scandinave, et tordait des barres de fer rouge comme un enfant plie une corde de jonc.

Lorsque le foyer flambait, jetant ses lueurs incandescentes au fond de la forge, que les étincelles tourbillonnaient, que le soufflet grondait, que dans l'atmosphère embrasée passait, se dessinant en noir sur ce fond écarlate, la forme gigantesque de Jean l'Enclume, on se croyait transporté dans un autre monde, et les plus fantastiques récits semblaient possibles.

Jean était né personnage de légende. Il s'irrita d'abord de se voir repoussé de tous avec une sorte de crainte ; il s'y habitua ensuite, et finit par s'en réjouir. Il prit goût à son isolement. Il se plia à la vie sauvage et rude qu'on lui imposait. Ce forgeron se prit à aimer sa forge, ses outils, sa fournaise, avec une sorte d'emportement passionné. Loin de tenter d'adoucir l'expression de son visage, il s'efforça de la rendre plus terrible. Dès qu'on apercevait Jean, ceint de son tablier de cuir et son marteau sur l'épaule, les maisons se fermaient, les enfants poussaient des cris d'effroi, les femmes se signaient, et les hommes détournaient la tête pour ne point être obligés d'échanger un salut avec lui.

A partir de l'heure où il comprit que jamais il ne trouverait de sympathie et d'accueil dans le village, Jean l'Enclume prononça cette parole que la suite devait rendre terrible :

— On ne veut pas m'aimer, on me redoutera !

Une pauvre créature eut cependant pitié de ce colosse traité de paria et d'une laideur de monstre. Elle venait de perdre sa mère et cheminait pieds nus dans la poussière, quand elle passa devant la forge de Jean. Sa lassitude était grande, la souffrance avait laissé sur son visage des traces touchantes ; elle s'en allait devant elle, sans but, sans espoir, résignée pourtant à la volonté du ciel, mais ne sachant point où la nuit suivante elle reposerait sa tête. Elle venait dans la matinée d'échanger ses derniers liards con-

tre un morceau de pain... Le bruit de la forge ronflant
dans la solitude de la campagne lui semblait gai ; elle
s'assit à terre au pied d'un arbre; puis, le sommeil s'empa-
rant de la pauvre fille, elle s'endormit.

Quand elle s'éveilla, Jean l'Enclume était devant elle,
la regardant tout songeur.

Elle rougit, se leva, rajusta sa chevelure déroulée, et
s'excusa par quelques paroles timides.

— Est-ce que je vous chasse? demanda Jean.

— Non, dit-elle, je suis reposée et je pars.

— Attendez un peu, dit Jean.

Il s'éloigna et revint un moment après, tenant dans ses
larges mains une écuelle de lait chaud et couvert de
mousse.

— Buvez, dit-il, la journée est lourde.

Elle but et le regarda avec un remerciement dans les
yeux.

— Où allez-vous? lui demanda-t-il.

— Je n'en sais rien.

— Vos parents...

— On a enterré ma mère il y a huit jours.

— Vous cherchez une condition?

— J'espère me placer dans quelque ferme. Je connais
le travail des champs et je file aussi bien que pas une.

Le forgeron prit la main de la jeune fille dans ses mains
calleuses :

— Je suis laid, dit-il; ce n'est pas ma faute, mais je
suis aussi dur et mauvais... Je ne sais pas bien si je vous
rendrais heureuse et si vous parviendriez à assouplir mon
caractère. Mais enfin, tel que je suis, me voulez-vous pour
mari? Servir chez les étrangers est pénible, autant vaut
être chez soi, même si le maître du logis est un peu rude.

La jeune fille regarda Jean.

Une bonté inaccoutumée éclairait ses yeux; sa voix

s'était adoucie. Puis Claudie était seule, toute seule; le monde semblait bien grand, bien effrayant à la pauvre fille; elle se dit qu'elle servirait son mari, son maître, avec soumission; que sans doute Dieu le plaçait sur sa route dans une vue de miséricorde. *Elle n'hésita guère, et dit en baissant les yeux* :

— *Je serai votre compagne fidèle et dévouée.*

Le même jour, l'orpheline s'installait chez une vieille femme connue dans le pays sous le nom de Jeanne la Fileuse, et trois semaines plus tard le curé de Saint-Hélen les mariait. Claudie eut une riche toilette de noces qui la préoccupa moins que la messe et la bénédiction du prêtre. Jean l'Enclume scandalisa fort les assistants par sa tenue irrespectueuse. Il s'inclina à peine pendant l'élévation de l'hostie, et s'empressa d'entraîner sa femme hors de l'église après avoir tracé sa croix sur le registre de la paroisse.

Cependant son caractère s'adoucit pendant quelques mois. *Il était difficile du reste de se mettre en colère contre Claudie, dont l'égalité d'humeur eût désarmé l'homme le plus méchant du monde.* Cependant la pauvre femme comprit vite qu'elle ne serait point heureuse. L'intimité ne vint pas entre cet homme qui semblait une exagération de la force physique, et cette créature si frêle qu'un seul coup de Jean l'Enclume pouvait la briser. Elle souffrit de l'heure où elle comprit que ce maître implacable ne serait jamais son ami; elle se résigna à se regarder comme sa servante. Il lui donnait assez largement la vie matérielle qui peut-être lui aurait fait défaut; elle voulut encore se regarder *comme obligée à la reconnaissance.* Dieu, qui mesure l'épreuve à nos forces, envoya du reste à Claudie une ineffable compensation. Elle devint mère, et de ce moment il lui sembla que tout lui souriait. Son enfant résuma ses joies, ses espérances. Elle pleurait souvent : elle voulait le voir toujours sourire.

Jean s'était d'abord réjoui à la pensée de voir des enfants autour de lui, mais quand il vit la frêle créature couchée entre les bras de Claudie, il ne put se défendre de laisser paraître un mécontentement amer : autant il eût été fier d'avoir un fils robuste comme lui-même, autant il s'irrita à la pensée que ses enfants auraient la mièvrerie de Claudie. Aussi, quand la famille se fut augmentée, jamais les pauvres petits êtres n'obtinrent de caresses. Claudie les dérobait à la vue du père au lieu de s'en parer et de les pousser dans ses bras. Elle les élevait craintivement dans la petite maison où il venait prendre ses repas en toute hâte, mais presque jamais ils ne franchissaient le seuil de la forge.

Les femmes du village plaignaient Claudie et tentaient d'attirer ses confidences : elle n'en fit point, et se loua toujours des procédés de son mari. On cessa de la plaindre; la curiosité ne trouvait pas son compte à cette réserve; et cette jeune mère ne tarda pas à se sentir frappée de l'ostracisme qui atteignait Jean l'Enclume. Elle s'en inquiéta peu. Deux sentiments suffisaient à cette âme simple : la foi qui lui montrait Dieu comme le couronnement et la récompense de sa vie éprouvée, la maternité qui lui permettrait de répandre à flots les tendresses de son cœur.

Lorsque Jean soupait le soir avec sa femme et ses enfants, le repas était silencieux et rapide; mais le plus souvent, quand l'ouvrage pressait surtout, il se faisait servir dans la forge même.

L'établi de serrurerie servait de table; le maître et les ouvriers traînaient à côté des escabeaux, et bientôt les pichets de cidre vides couvraient l'appui de la fenêtre, et des chansons dites à plein gosier faisaient tourner la tête avec effroi aux rares passants s'aventurant la nuit du côté de la forge.

Jean l'Enclume avait deux ouvriers et un apprenti.

Le premier des ouvriers, Trécor le Borgne, titubait sur deux jambes mal équilibrées et d'inégale longueur. Le tronc était maigre, la poitrine étroite; le dos voûté, les bras grêles. La tête de Trécor était une de celles que les fabricants de jouets de Nuremberg dessinent pour leurs casse-noisettes. Un accident ayant privé Trécor d'un de ses yeux dès son enfance, le second semblait s'être agrandi outre mesure. Puis la chute faite par le petit malheureux ayant coupé et déchiré le sourcil, les poils étaient tombés et n'avaient jamais repoussé. On ne voyait donc dans ce visage jaune comme la cire qu'un œil proéminent, un œil de batracien à paupière flasque, surmontée d'une ligne de poils rouges frisottants et de longueur démesurée. C'étaient l'œil unique et le sourcil de ce cyclope moderne. La barbe et les cheveux, de la même nuance que les sourcils, se tordaient sur les épaules et sur la poitrine, confondant leurs masses rougeâtres passant par toutes les nuances imaginables. La coquetterie de Trécor, car ce monstre avait de la coquetterie, consistait le dimanche et les jours de fête à oindre cette barbe et ces cheveux étranges d'une pommade dont le secret ne nous est pas parvenu, et qui semblait parfumée au serpolet. Une vieille femme du pays, la Râleuse, qui vendait de la graisse de morts pour les douleurs, des poudres pour lever les sorts jetés sur le bétail, et coupait la fièvre avec des oraisons, vendait à Trécor cette étrange parfumerie. Trécor qui gagnait d'assez belles semaines, car s'il était de faible complexion il fignolait assez son travail, dépensait son gain chez le couturier du village qui lui confectionnait des gilets à fleurs, des vestes et des culottes de ratine bleue, et chez la Râleuse qui embaumait à prix réduit ses mouchoirs de chollet et ses chemises de chanvre.

Malgré sa laideur, Trécor ne manquait pas d'une sorte de gaieté. Sans doute elle était plus caustique que franche.

Il faisait comme les bossus qui commencent par railler leur gibbosité afin d'empêcher les sarcasmes. Chose étrange! Jean l'Enclume redoutait presque ce nain. Le colosse avait peur du scorpion. Le rire de Trécor le Borgne l'effrayait plus que ne l'eussent fait bien des menaces.

Le troisième travailleur de forge n'avait guère le droit de reprocher à Trécor sa laideur et son œil unique. Kadoc était assez bien bâti, solide sur ses hanches, et muni de bons poumons. Ses mains énormes maniaient aisément les outils, sa tête était trop large du front peut-être, mais enfin on aurait pu passer sur ce défaut, si une fantaisie de la nature dont l'histoire des phénomènes cite un assez grand nombre d'exemples n'avait rendu la tête de Kadoc la plus bizarre du monde. Une petite corne de bélier, menue et de longueur moyenne, avait poussé à sa tempe gauche, et s'y contournait avec une grâce bizarre. La mère de Kadoc désespérée avait porté son enfant chez un savant médecin : celui-ci après bien des hésitations consentit à faire l'ablation demandée, mais l'appendice cornu repoussa, et le savant déclara que Kadoc devait se résigner à son infirmité. Il essaya de consoler la mère, en lui racontant qu'une femme irlandaise avait vécu jusqu'à plus de quatre-vingts ans quoiqu'elle portât au milieu du front une corne de vache de la plus belle venue ; la malheureuse femme n'en resta pas moins désespérée de la mauvaise chance de Kadoc que ses camarades appelaient Kadoc l'Encorné ! Il eut beau ramener d'un seul côté la masse de ses cheveux noirs, la malicieuse corne n'en restait pas moins visible. Raillé par tous, humilié, devenu haineux et jaloux, Kadoc vint s'offrir comme apprenti chez Jean l'Enclume. Au moins le colosse et Trécor le souffriraient près d'eux sans le faire souffrir.

On comprend que la bonne renommée de la forge ne s'augmenta pas, à mesure que son personnel prit une apparence plus étrange. Celui qui, pour la première fois avançant une tête curieuse à travers la partie haute de la porte, apercevait le torse d'Hercule de Jean, la face bilieuse de Trécor éclairée par un œil vert et phosphorescent, et la figure étrange de Kadoc dont la petite corne mobile remuait suivant qu'il se sentait en proie à une émotion vive, se fût reculé avec terreur, en se demandant s'il se trouvait au milieu d'un monde de Cyclopes et d'Ægypans.

Kadoc s'enivrait régulièrement deux ou trois fois par semaine. Il traînait de sordides haillons cachant mal l'absence de linge, et le mauvais cabaret dont le propriétaire Guirdoux vendait du cidre et de l'eau-de-vie savait où passait l'argent gagné par Kadoc l'Encorné.

On comprend que les trois petits enfants de Claudie s'effrayassent à la vue de pareils compagnons. La jeune femme elle-même supportait leur présence avec peine, et comme Trécor et Kadoc s'en apercevaient, ils ne manquaient aucune occasion d'irriter Jean contre sa ménagère.

Le forgeron en vint à haïr cette créature dont l'inaltérable douceur eût désarmé un tigre. Ne sachant comment la tourmenter au plus profond de son cœur, il s'en prit aux enfants, sachant bien lui causer une blessure nouvelle, inguérissable, chaque fois qu'il rudoyait et battait les innocents. Plus d'une fois la malheureuse femme se demanda si elle ne ferait pas mieux de s'en aller un soir par les chemins, pour ne jamais rentrer dans la maison de la forge; mais le saint prêtre à qui elle confiait ses douleurs lui dit qu'elle n'en avait pas le droit. Elle resta, se jetant au-devant des enfants pour recevoir les coups qui leur étaient destinés, et jamais un mot de plainte ne passa ses lèvres. Ses larmes seules parlaient; mais ces larmes doublaient loin de l'affaiblir la colère de Jean l'Enclume, et Claudie crut souvent qu'elle ne se relèverait jamais du carreau sur lequel elle avait été jetée. Après avoir roué de coups la martyre, Jean rentrait dans la forge, et vidait force pots de cidre en compagnie de l'Encorné et de Trécor.

Quand l'ouvrage donnait ferme, quand les paysans demandaient des socs de charrue, des faux, lorsque les roues d'attelages avaient besoin de ferrures, c'était fête dans la caverne de Jean. Les trois ouvriers luttaient d'ardeur tentaient mutuellement de se dépasser. Le marteau faisait loin voler des étincelles, la fournaise jetait des lueurs effrayantes, le soufflet gémissait comme une gigantesque poitrine humaine. De temps à autre un chant prolongé aidait aux travailleurs. C'étaient le plus souvent des paroles de malédiction et de haine répétées sur un rythme sourd scandé par le bruit des marteaux. De sinistres légendes se déroulaient pareilles à des tableaux fantastiques, et quand ces trois hommes qui représentaient aux regards trois types de damnés entonnaient une de ces chansons funèbres ou menaçantes, on se demandait qui pouvait leur avoir non pas appris, mais inspiré de semblables paroles et une si étrange musique.

Un soir, les trois compagnons avaient déclaré qu'ils passeraient la nuit. Dix pots de cidre vides attestaient à quel point le feu de la forge les avait altérés. Jean venait de tirer du foyer une barre de fer rougie à blanc et la martelait à tour de bras, Trécor trempait des lames de faux, et l'Encorné jetait du bois dans la fournaise, quand la porte s'ouvrit subitement sous la main d'un homme enveloppé d'un long manteau, et dont un large chapeau couvrait le haut du visage.

Il s'avança rapidement vers Jean l'Enclume.

— Êtes-vous capable, lui demanda-t-il, de faire de menus objets de serrurerie ?

— Monsieur le comte me demande cela parce que, en général, il sort de ma forge plus de socs et de lames de fer que de menus objets... Mais monsieur le comte peut être tranquille : on cisèlerait ici des bijoux non pas de fer, mais d'acier, s'il le fallait.

Le nouveau venu jeta autour de lui un regard dont Jean l'Enclume comprit la signification, car il ouvrit une petite porte communiquant à sa maison particulière.

— Tout le monde dort ici... dit-il.

Florent de Coëtquen tira de sa poche l'empreinte prise sur la serrure du cachot de la Tour-Ronde.

— Pouvez-vous me faire une clef ouvrant cette serrure? lui demanda-t-il.

Jean examina longtemps l'empreinte.

— C'est difficile, dit-il, mais non pas impossible.

— Quand vous engagez-vous à me la livrer?

— Dans cinq jours.

— C'est long, fit le comte.

— Je ne le nie pas, mais l'ouvrage est compliqué. Il ne s'agit pas ici d'une clef simple et aisée à fabriquer. Le double trèfle dont vous me donnez le modèle présente de grandes difficultés... celui qui a ciselé jadis cette serrure était un maître dans son art.

— J'attendrai cinq jours, dit le comte.

— Je serai exact à porter cette clef au château.

— Non pas ! dit Florent : je viendrai la prendre.

Le forgeron s'inclina.

— A la volonté de monsieur le comte, dit-il.

Florent jeta un louis sur la table.

— Je paie d'avance, dit-il.

— C'est cher pour la clef, monseigneur, fit le forgeron.

— Tant mieux pour vous ! profitez de l'aubaine.

— Monseigneur ne m'a pas permis d'achever...

— Parlez !

— C'est cher pour la clef, et mal payé pour le secret.

— Qui vous dit que je demande le secret?

— C'est que monseigneur venant lui-même prendre la clef ici...

Florent fouilla dans sa poche, et y prit cinq pièces d'or qu'il posa sur la table.

— Cela fait-il votre compte ?

— Monseigneur est généreux comme un prince.

Florent se leva et sortit.

— Dans cinq jours, répéta-t-il sur le seuil.

— Dans cinq jours, monseigneur.

Quand il se trouva seul dans la petite salle basse, Jean rapprocha l'empreinte de la lumière de la lampe, et l'examina soigneusement :

— Un curieux travail, se dit-il, et ancien, j'en jurerais !... la clef que me commande le comte Florent est destinée à ouvrir une porte fermée depuis de longues années... la rouille a coloré la cire... Ce n'est pas la clef d'une armoire : elle est trop forte pour cela... On se rend rarement dans la chambre qu'ouvrira la clef commandée, puisque cinquante, cent ans se sont peut-être écoulés depuis qu'elle est close... Pourquoi le mystère dont s'enveloppe le comte Florent?... Craignait-il que le marquis Tanguy connût l'existence de la clef nouvellement forgée?... On le dirait... On a raconté bien des choses sur le château de Coëtquen... d'abord la légende de la Dame qui y fut enfermée... puis je me suis laissé dire qu'il existait au manoir un trésor dont le chef de la famille connaît seul l'existence... Les cadets sont jaloux, envieux... Qui me dit que cette clef demandée dans le secret et soldée d'avance au prix d'une mauvaise action ne donne pas accès dans la salle du Trésor?...

Jean l'Enclume se leva, et des lueurs de convoitise passèrent dans son regard.

— Un trésor ! répéta-t-il, un trésor! Si j'en possédais un, je remuerais le monde... Sont-ils heureux, les riches !

Il s'interrompit encore, et marchant rapidement dans la salle :

—Pardieu ! j'amasse, et à mon tour je connaîtrai les joies de la fortune. Mes économies augmentent chaque semaine, sans que Claudie s'en doute... J'ai entendu des gens qui savaient lire l'imprimé et les lettres moulées dire qu'un jour viendrait où l'on partagerait les terres... Ils soutenaient que tous les hommes sont égaux, et vantaient les *droits de l'homme*... Tonnerre ! Si nos droits étaient au bout de nos bras, il me semble que d'un coup de poing je pulvériserais la gentilhommière et j'écraserais les gentilshommes sous ses ruines ! Mais ce temps-là viendra-t-il jamais ? A Paris peut-être, dans les grandes villes encore, où le parlement ose répondre au Roi; mais dans les campagnes de Dinan ! jamais ! Et cependant, si ce jour venait?

Jean n'acheva pas sa pensée, et reprenant le morceau de cire :

— Ce ne sont pas mes gros doigts qui cisèleront cela ! fit-il. Ma main a la pesanteur d'un marteau et la force d'une paire de tenailles, voilà tout ! Pour ce qui est de l'adresse, bonsoir ! Trécor lui-même ne forgerait pas cette clef. Trécor est adroit comme un singe, mais je redoute sa finesse... Il flairerait un secret... Ce que je veux faire, il l'accomplirait. Il me volerait mon idée ! Une idée qui vaut peut-être une fortune ! Misère ! Il faudra bien que j'en passe par là, cependant!... Qui sait déjà ce que les compagnons pensent de la visite du comte Florent...?

Jean l'Enclume reprit sa lampe après avoir caché la cire dans sa poche, puis il quitta la salle et regagna l'atelier.

Le feu baissait dans la fournaise, Kadoc l'Encorné venait de tomber sur un banc, Trécor frappait son morceau de fer avec somnolence. La fatigue s'emparait des membres robustes des cyclopes, et pour tenter de se défendre contre

4

le sommeil, Kadoc avait sans résultat vidé cinq pichets de cidre. Nous nous trompons, il avait obtenu un résultat : il était ivre comme une grive égarée dans les vignes.

— S'il s'agit d'une commande, dit Trécor à Jean, bonsoir la compagnie... ce sera pour demain... les cruches sont vides et nous avons les bras lourds... Et puis nous manquons de feu, le charbon ne chauffe plus...

Trécor allongea un coup de pied à la Flamme qui poussa un hurlement de douleur.

En entendant ce cri, un enfant qui travaillait dans un coin de l'atelier laissa retomber sa lime et courut au chien qu'il prit dans ses bras comme pour le défendre.

— Eh bien ! eh bien ! fit Trécor, on se rebiffe, je crois, on se permet de se révolter... Je n'ai plus le droit de battre la Flamme à présent, et toi, Patira, par-dessus le marché !

Et le forgeron s'avança menaçant, une barre de fer à la main. Patira eut peur : il s'enfuit du côté de l'établi et se colla contre la muraille pour éviter l'arme de Trécor.

— Ah ! gueux ! bandit ! misérable vagabond ! hurla le Borgne ; tu vas payer pour toutes tes sottises ce soir : je t'aplatis, je te pulvérise, je t'extermine.

Trécor s'élançait pour mettre sa menace à exécution, quand la main qui tenait la barre de fer fut subitement serrée comme dans un étau. Il se retourna et reconnut Jean l'Enclume.

— J'ai dit que je l'assommerais, fit l'ivrogne : je l'assommerai.

— Tu vas rentrer chez toi ! dit Jean qui serrait progressivement le poignet du compagnon.

— C'est toi qui protèges Patira à cette heure ?

— Patira est mon apprenti et non le vôtre ; je le corrige quand il fait mal, je ne cède ce droit à personne.

Trécor lâcha la barre de fer, et Jean l'Enclume desserra ses doigts.

Un moment après, l'Encorné et le Borgne quittaient la forge, en se tenant par le bras et titubant le long des chemins.

— Tu n'es pas blessé? demanda Jean à Patira avec une certaine douceur.

— Non, répondit l'enfant.

— C'est bon, dors vite, il y aura de la besogne demain et nous serons debout avant le jour.

— Comme vous voudrez, maître, dit Patira.

— Il ne faut pas qu'il forge la clef devant les camarades, pensa Jean l'Enclume; ils n'auraient qu'à deviner.

Il quitta la forge et rentra chez lui, tandis que Patira s'endormait la tête posée sur les flancs de la Flamme.

V

PATIRA

Ce nom résumait toute la destinée de l'enfant : *Patira*. Né sans nul doute de parents malheureux, adopté ou volé par une troupe de saltimbanques, le pauvre petit être dut, dès l'âge de trois ans, torturer ses membres débiles, en plier les jointures jusqu'à les briser, apprendre à sourire quand une terreur folle faisait courir des frissons dans tout son être. S'il tentait de se révolter ou si la réussite trahissait son vouloir, on le battait sans merci, plus fort que le chien savant, que l'âne merveilleux, que le singe acrobate. On battait Patira quand la pluie empêchait les nomades de dresser leur tente, quand l'autorité soupçonneuse leur défendait d'exhiber leurs phénomènes apocryphes, quand le pître manquait d'esprit à la parade, quand les gros sous ne pleuvaient pas dans la tire-lire du premier sujet. On le battait toujours, partout, sans raison, sans cause, parce qu'il ne tenait à personne, que personne ne tenait à lui, qu'il faut un souffre-douleur dans chaque milieu de ce genre, parce qu'il était Patira, enfin.

L'enfant ne se rebellait pas; la douleur qui l'avait pris dans son berceau le rendait malléable et craintif. Il ne songeait pas plus à fuir ceux qui le maltraitaient qu'à leur rendre injure pour injure et coup pour coup. D'ailleurs il croyait aux saltimbanques qui le gardaient, le nourrissaient et l'instruisaient, une puissance occulte sur lui. Peut-être son père était-il un de ces hommes à visage sombre qui maquignonnaient dans les foires avec la même habileté qu'ils mettaient à inspecter les poches d'un badaud. Le sentiment de la famille semblait si peu lier les uns aux autres ceux qui l'entouraient que jamais il ne se demanda si une vraie mère l'avait bercé dans ses bras. Peut-être une nécromancienne semblable à celles de la troupe l'avait-elle oublié au milieu de la bande. Il ne s'inquiétait pas de le savoir; à quoi bon? Sa vie lui paraissait fixée. Il passerait d'un exercice à un autre et userait des maillots plus ou moins grands, voilà tout. Il apprendrait aussi, lui, à monter sur une boule roulant sur un plan incliné, à gravir l'échelle que l'hercule tenait entre ses dents, à jouer sur le trapèze comme voltige l'oiseau sur sa branche.

Parfois il se disait qu'on le battrait moins à mesure qu'il deviendrait grand, sans se dire que ce serait lui qui, à son tour, tyranniserait les autres.

Pauvre petit! il n'avait reçu nulle notion du bien; jamais on ne lui parlait de Dieu; il n'entrait pas plus dans les églises que dans les palais des rois. Les blasphèmes hachaient la causerie des saltimbanques, et il parlait leur langue odieuse avec une naïveté inconsciente.

Les meilleurs moments qu'il se souvînt d'avoir passés dans sa vie étaient les nuits pendant lesquelles la troupe campait près des meulières. Il s'endormait sous la voûte bleue du ciel constellé d'étoiles; la brise caressait son visage; les rainettes chantaient près des mares, les rossignols dans les buissons, les grillons dans les blés, avec les sauterelles. Les caresses du vent rafraîchissaient son âme; les concerts du soir lui parlaient une langue inconnue, autrement harmonieuse que la langue gutturale et sonore du grand chef de la bande.

Aussi, quand Patira, ayant rempli sa tâche, répété ses

exercices, dansé ses pas et obéi aux ordres comme aux caprices des bohêmes, avait une minute de liberté, il courait se vautrer dans l'herbe, il plongeait son pâle visage dans les touffes de fleurs, et leur parlait comme à des amies. Ou bien, s'asseyant à l'ombre, il chantait sans paroles des airs qui rendaient d'une façon étrange les bruits divers de la campagne s'endormant à la chute du jour, ou le concert matinal qui la réveille. Quand il s'était retrempé dans l'eau bleue, l'herbe épaisse, les parfums âpres des champs, il sentait moins les coups, il ne s'irritait plus des injures, et se réfugiait dans une part de lui-même inaccessible à ses bourreaux.

Les années se passèrent, il paraissait de plus en plus faible; ses nerfs et ses muscles lui refusaient le service. La fièvre de la croissance le dévorait. On ne pouvait plus obtenir de lui le plus simple exercice. Il fût mort sous le bâton avant de réussir un saut périlleux.

A mesure qu'il devenait plus inutile à la troupe, le pain lui fut mesuré avec plus de parcimonie. On lui reprocha les miettes qu'il dévorait.

Un soir la bande campa dans la campagne, près d'un grand abatis de bois confinant une forêt. Le lendemain, quand Patira ouvrit les yeux, il n'aperçut ni la voiture servant de maison roulante, ni l'âne pelé qui la traînait, ni aucun membre de la troupe.

Il comprit qu'on l'avait abandonné!

Chose étrange! il regretta ces méchants compagnons, ce maître bourreau, ces femmes qui l'avaient repoussé et dont pas une ne lui fit jamais l'aumône d'une caresse. Après tout, il ne connaissait que ces misérables au monde, et l'habitude garde une puissance irrésistible sur tous les êtres.

Combien de pays avait déjà parcourus Patira, il l'ignorait. La terre lui semblait bien vaste, mais après l'abandon que l'on avait fait de lui elle lui parut plus grande encore.

On avait laissé le petit malheureux tel qu'il s'était endormi, vêtu d'un maillot rose déteint, et d'une culotte courte en velours rouge pailletée de cuivre. Un cercle pareil entourait son front sur lequel frisaient des cheveux d'un blond trop pâle et qui semblaient privés de vitalité.

Pendant près d'une heure, Patira, le front dans ses mains, se demanda ce qu'il allait faire. Il n'aurait jamais l'audace de tendre la main, et la force lui manquait pour faire des tours. Si peu que les bohémiens lui donnassent de pain, il mangeait. N'allait-il point mourir de faim dans un fossé?

Ce premier moment de découragement passé, et quand Patira se fut habitué à la pensée de la solitude, il tomba dans une de ces rêveries qui le consolaient jadis des coups, de la faim et des injures; puis, reposé par une pleine nuit de sommeil, abrité par les branches des arbres, il marcha les pieds sur la mousse, allant devant lui comme un ruisseau ignorant de son chemin.

Une hutte de charbonniers, qu'il reconnut à la colonne de fumée que sa toiture conique laissait monter vers le ciel, l'attira. Près de la hutte se roulaient à terre trois beaux enfants roses et potelés tenant à pleines mains des morceaux de pain frottés de miel. Le costume du petit bohémien leur fit pousser des cris de surprise, la tristesse de sa physionomie les toucha, et l'aîné lui porta son déjeuner, en disant :

— Tiens !

Le saltimbanque accepta, mangea avec un appétit de onze ans, paya les marmots d'un baiser et reprit sa marche. Peut-être, si le maître charbonnier eût été là, Patira aurait-il eu le courage de lui demander une place dans la hutte en échange de son travail. Il aurait été si heureux d'habiter sous le dôme de la forêt verte!

Tout le jour il marcha. Il dormit sur l'herbe, s'éveilla comme la veille, reprit sa course au hasard, mais cette fois il ne rencontra point d'enfants souriants. Quelques baies, des châtaignes crues le soutinrent tant bien que mal. Mais la forêt, qui étendait sous ses pieds nus son tapis de mousse et au-dessus de sa tête son dôme verdoyant, s'éclaircit par degrés; les futaies remplacèrent les grands arbres; il fallut quitter la mousse verte et l'herbe touffue et marcher sur la route caillouteuse.

Le pauvre enfant se traîna affamé, las, découragé!

Où allait-il? qu'allait-il faire? On lui avait appris un ignoble métier qu'il ne trouverait pas même l'occasion d'exercer dans les campagnes.

Son costume le signalait de loin au mépris.

Un petit pâtre lui jeta des pierres, le prenant pour quelque méchante apparition.

Vers le soir, le temps changea; le ciel devint noir et de gros nuages se traînèrent sur la cime des grands arbres. Des roulements de tonnerre sourds d'abord, puis rapprochés, éclatants, terribles, remplirent l'âme de l'enfant d'une crainte instinctive. Sans doute, depuis qu'il était au monde, il avait plus d'une fois assisté à des spectacles grandioses, il avait vu la clarté fulgurante des éclairs et tressailli aux grondements de la foudre, mais alors il n'était pas seul, tout seul... Si méchants que fussent pour lui les bohémiens, ils l'entouraient. Puis leurs rires, leurs chansons insultant au danger le lui faisaient paraître moins redoutable.

Mais cette fois, isolé dans cette campagne, allant sans but comme un chien égaré, enveloppé de nuit, assourdi de fracas, il lui semblait qu'il devait périr au milieu de cette tempête.

C'était d'ailleurs un être si faible, si peureux ! Il attendait toujours et sans fin le coup, la morsure, le malheur, la souffrance !

Transi de froid, espérant échapper à la lueur des éclairs qui l'environnaient de clartés sinistres, il se traîna sous un buisson dont les épines perçaient son mince maillot.

La faim criait dans ses entrailles, une faim d'enfant qui ne comprend pas l'attente. Nul n'avait enseigné à Patira la résignation ; il ne se résignait pas, il répétait avec amertume :

— C'est mon sort ! c'est mon sort !

Car il savait bien que tous les petits enfants n'étaient pas comme lui rudoyés et battus. Il en avait vu rire dans les bras de leur mère... Parfois sur les grands chemins une image de la maternité divine lui était apparue :

Une vierge berçant un bel enfant qui levait sa petite main pour bénir !

Tout à coup, comme si ce n'était point assez des épouvantes de l'orage, un hurlement lugubre s'éleva dans le lointain. Patira avança la tête hors du fourré d'épines, et il écouta. Le hurlement se fit entendre encore une fois, mais plus rapproché. Le saltimbanque tremblait de tous ses membres. Il n'avait jamais vu de loup, mais souvent, pour l'effrayer, on lui avait parlé de la férocité de cette bête gîtant au fond des bois et dévorant les enfants et les agneaux. Que faire? Patira se le demandait plein d'angoisse.

Pourtant la clarté d'un éclair lui montra un pommier à demi ébranché, et l'enfant recueillit ses forces pour l'atteindre. Aurait-il la force d'y grimper pour se soustraire à la bête horrible dont il lui semblait voir les prunelles dans la nuit?

Il se traîna sur le sol, et, aussi vite qu'il le put, il se

dirigea vers le pommier. Il n'en était plus qu'à cent pas,
quand une sorte de tourbillon de flammes parut l'envelopper : un bruit sec, cassant, effroyable, cloua l'enfant
au sol, un losange de feu traversa l'espace, s'enroula
comme un serpent autour de l'arbre à demi mort, et
bientôt une colonne de fumée monta vers le ciel. L'arbre
s'enflammait.

Ce fut le dernier incident de l'orage. A la sécheresse
brûlante de l'air succéda une pluie torrentielle trans-
perçant sur le dos de Patira le mince maillot de coton
rose.

Il retourna en hâte vers le buisson ; ses dents claquaient. Une fièvre ardente s'emparait de lui, et jusqu'à
l'aurore il resta tapi sous son abri d'épines, grelottant et
se demandant quel danger allait le menacer encore.

Sans doute le loup en quête ou le chien errant avait
changé de route, car Patira fut du moins débarrassé de
cette terreur.

Quand la lumière matinale chassa les fantômes de la
nuit, le saltimbanque essaya de marcher pour se réchauffer ; ses pauvres jambes roidies lui refusaient presque
complétement le service. Il cassa un bâton dans une haie,
et se traîna péniblement.

Le soleil se leva lumineux, répandant sur la nature une
jeunesse, une fertilité nouvelle. Ses rayons séchèrent le
misérable vêtement de l'enfant. Mais bientôt leur ardeur
devint une nouvelle souffrance ; il avançait à peine, ses
pieds saignaient. Autour de lui il cherchait vainement un
pâtre conduisant son troupeau, un travailleur dans les
champs ; la moisson était faite, et pour quelques jours la
campagne resterait déserte. Au loin, bien loin, il crut voir
le pignon d'un clocher ; mais peut-être prenait-il pour le
faîte d'une église de village la cime haute d'un peuplier.

Quelques mauvaises pommes tombées trompèrent, sans

le satisfaire, l'appétit de l'abandonné. Enfin il aperçut un amas de roches sombres décorées de bruyères, de genêts et de touffes de jeunes chênes. Un nuage de fumée s'en dégagea. Peut-être approchait-il d'une maison?

Cet espoir lui rendit des forces : il redressa son pauvre corps agité des tremblements d'une fièvre ardente, il enveloppa ses pieds meurtris dans la feuille repliée d'une plante qui croît en abondance dans cette partie de la Bretagne, et que le peuple appelle *pied de poulain*. Large comme les feuilles de patience, elle s'étend avec une richesse inouïe dans les prairies basses et sur les berges des rivières. Patira en plaça une sur la tête pour se garantir du soleil, puis allongeant le pas il se dirigea du côté où montait la petite fumée, au milieu de l'amas des grosses roches. Mais Patira ne put atteindre le seuil de la maison : il tomba sur le sol, meurtri, défaillant, à demi mort...

Le bruit de sa chute attira trois jolis enfants. Ils s'approchèrent craintifs, regardèrent le petit être pâle bizarrement vêtu; l'aîné se pencha, lui prit la main pour essayer de le relever; le second rentra dans la maison; le plus jeune se mit à pleurer. Adorable pitié de l'enfance pour tout ce qui souffre! Jamais encore personne n'avait versé de larmes sur le sort de cet enfant du hasard : les premières tombaient des yeux d'un ange, et le Seigneur les dut recueillir.

Quand le cadet de la jeune famille, qui répondait au nom de Gwen, rentra dans la maison, il courut à sa mère, la tira par sa jupe, et répéta :

— Viens! viens!

La jeune mère céda et suivit Gwen qui tirait sa jupe de plus en plus fort.

Claudie aperçut alors le petit saltimbanque évanoui, Noll l'aîné de ses fils agenouillé et soutenant sa tête

blessée, et Françoise la blondinette pleurant, ses deux
poings roses sur ses yeux gonflés.

D'un mouvement rapide Claudie souleva l'enfant inconnu, pesant peu à ses bras tant la misère l'avait flétri,
et l'emporta comme une proie. Elle le plaça sur le lit d'un
de ses propres enfants, alla ensuite vers la porte de communication s'ouvrant sur la forge, prêta l'oreille, et entendant le refrain bachique de l'Encorné elle murmura :

— J'ai le temps.

Alors s'agenouillant près du saltimbanque, se faisant
apporter par les enfants de l'eau fraîche et du linge, elle
bassina les tempes du malheureux, lui fit respirer un peu
de vinaigre et parvint à le ranimer.

Jamais Patira n'avait vu une femme lui sourire; le visage de Claudie lui épanouit le cœur. Ce qu'il n'eût osé
dire à personne, il le lui avoua avec abandon.

— J'ai bien faim! dit-il.

Les trois petits anges tendirent l'un du pain, l'autre
des noix, Gwen une pomme rouge, et Patira mangea jusqu'aux miettes.

Il regarda ensuite la maison, la jeune femme, les enfants; une expression d'intraduisible regret passa sur sa
physionomie, mais pourtant il se leva pour s'en aller.

— Merci et adieu! dit-il.

— Où vas-tu? demanda la femme.

— Je n'en sais rien!

— D'où viens-tu?

— De la grande route

— Et tes parents?...

— Je ne sais point si j'en ai eu, répondit naïvement
Patira, car ces enfants sont à vous, et vous les embrassez...
Puisqu'on ne m'a jamais embrassé, c'est que je n'ai pas eu
de mère... Les gens qui m'élevaient m'ont abandonné...
je ne faisais plus de tours de souplesse; au lieu de gagner

de l'argent à la bande, j'en dépensais : alors on m'a oublié comme un paquet de guenilles!

— Et tu n'as pas d'autres vêtements?

— Non, répondit l'enfant honteux.

— Écoute, dit Claudie, mon homme est brusque... je ne dis pas qu'il soit méchant, mais sa parole est souvent terrible... Je ne veux pas qu'il te voie ce soir quand il viendra souper... Entre là... les chèvres te feront place sur leur litière, je te porterai à souper et tu dormiras au mo sous le toit d'une maison chrétienne.

— Vous êtes bonne, vous! fit Patira.

Claudie crut entendre son mari : elle poussa doucement Patira par les épaules, ferma la porte, et se mit à chercher dans les armoires quelques vieux vêtements mis par Jean à la réforme. Elle trouva ce qu'il lui fallait, brossa, repassa, tailla, puis commença à coudre. A l'heure du souper, Jean se plaignit de tout. Le travail ne donnait pas, les rentrées d'argent se faisaient mal, le cidre était léger, les enfants mangeaient trop. Claudie le laissa se plaindre avec sa patience ordinaire. Il lui reprocha alors de ruiner sa maison, de gaspiller le produit de son travail.

— Quel besoin avais-je, lui dit-il, de prendre une mendiante et d'amener la famine dans ma maison? Si encore j'avais une femme avenante et gaie, apportant sa bonne humeur dans la forge et achalandant la boutique! Mais tes yeux rouges racontent à qui veut le voir que tu te trouves malheureuse... c'est une façon comme une autre d'accuser son mari.

— Non, Jean, dit Claudie, je ne me plains pas, je ne me plaindrai jamais; Dieu me défend d'élever la voix contre mon mari; je n'oublie pas d'ailleurs que vous m'avez abritée orpheline et pauvre : ma reconnaissance est à vous pour ce bienfait; et puis vous êtes le père de mes enfants!

— Me les préfères-tu assez! dit Jean l'Enclume.

— Non, Jean, ne le croyez pas! leur place dans mon cœur n'enlève rien à la vôtre, et si vous vouliez...

Le dur regard de son mari l'empêcha de poursuivre.

— C'est bon! c'est bon! Du cidre à la forge, et qu'on renferme les larmes!

Six pichets s'alignèrent bientôt sur l'établi.

Rentrée dans la salle, Claudie coucha ses enfants et se mit à coudre. Tandis qu'elle s'employait à sa tâche de charité et de patience, Jean l'Enclume, Trécor le Borgne et Kadoc l'Encorné riaient et chantaient tour à tour en vidant les pots. Pendant qu'ils buvaient, le chien qui lui aussi était un ouvrier de la forge, mais que l'on avait oublié de gratifier de sa pitance ordinaire, vint frôler doucement son maître et appuya son museau sur son genou.

Jean l'Enclume le repoussa rudement, et le chien hurla d'une façon plaintive. Il alla se coucher soumis et résigné dans un coin de la forge; mais, les cruches épuisées, le forgeron voulut reprendre le travail, et ordonna au chien de faire mouvoir le soufflet. Le pauvre animal allongea ses pattes pour les dégourdir, se secoua, dressa la tête comme s'il prenait une résolution, et se dirigea vers la roue. Mais si bien résigné qu'il fût à travailler quoiqu'il eût le ventre vide, les forces lui manquèrent; il était vieux, on le traitait mal, la besogne se trouva dépasser son énergie.

Jean l'Enclume lança au chien un violent coup de pied, en lui répétant l'ordre d'entrer dans la roue. Jusqu'à cette heure la pauvre bête avait toujours été soumise. Cette fois elle se révolta contre l'injustice de l'homme qui, sans la nourrir, voulait l'obliger à travailler. Ni menaces ni coups ne firent bouger le chien. A la colère grandissante de son bourreau il opposait une inertie pleine de la nécessité de mourir plutôt que de céder.

Emporté par un mouvement furieux, Jean l'Enclume

saisit un marteau et le lança à la tête de l'animal. Celui-ci vit le mouvement, le comprit avec le merveilleux instinct des bêtes, mais résigné sans doute à subir son sort, il ne fit rien pour l'éviter. La masse de fer lui broya le crâne, et la cervelle du fidèle serviteur rejaillit sur la muraille.

Au bruit, Claudie accourut.

Elle resta un moment immobile devant le cadavre de la pauvre bête qui avait par son labeur aidé à la nourriture de la famille, puis elle se baissa pour soulever le corps palpitant.

L'Encorné eut un sentiment de pitié dans le cœur.

— Rentrez, dit-il, la Claudie; ça nous regarde.

Il traîna le cadavre du chien loin sur la route et le laissa rouler dans un fossé!

Quand la jeune femme rentra chez elle, sa besogne se trouvait presque achevée; elle fixa quelques boutons, secoua la veste et le pantalon confectionnés avec autant de rapidité que de goût, puis elle les porta dans l'étable sur le bord de la petite crèche.

A l'aube, elle se leva, ouvrit la porte de l'étable aux chèvres, et vit le pauvre enfant profondément endormi.

Claudie rangea son ménage, ses enfants commencèrent leur gazouillis d'oiseaux, elle les prit dans ses bras, fit leur toilette matinale, et les embrassa avec une tendresse ardente.

— Et le petit pauvre? demanda Gwen.

— Va lui porter à déjeuner, dit la mère.

Gwen tout fier prit l'écuelle de lait, le chanteau de pain, et entra dans l'étable au moment où Patira se frottait les yeux.

Il avait bien dormi sur le foin odorant: la robe soyeuse des chèvres le réchauffait; l'atmosphère était douce, et puis, même dans son rêve, il se souvenait vaguement d'avoir été embrassé par une jeune femme pâle qui lui parlait d'une voix douce et le regardait avec une angélique pitié.

Gwen tendit d'une main l'écuelle, de l'autre du pain, et regarda le saltimbanque faire honneur à son déjeuner avec le sentiment d'une joie charmante qui rayonnait dans ses regards limpides.

Puis il s'assit près de Patira, sur le foin, entre les têtes des chèvres bêlantes, lui passa son bras rond autour du cou et l'embrassa.

Patira se mit à pleurer.

— Je t'ai fait mal? demanda Gwen.

Le pauvre chérubin apprenait davantage à Patira combien sont douces les caresses dont on l'avait sevré jusqu'à cette heure, et peut-être il ne sentirait plus jamais effleurer ses joues brûlantes et rafraîchir son cœur brisé.

Claudie entra à son tour.

— J'ai préparé pour toi des habits, dit-elle; il ne faut pas qu'un enfant du bon Dieu porte une livrée dégradante... j'ai glissé dans ta poche une pièce de quinze sous, elle pourvoira à tes premiers besoins... gagne la ville, et tâche de trouver du travail,

— Quel travail? je ne sais faire que des tours.

— Tu es un innocent! dit Claudie, Dieu te mesurera le vent, mon agneau.

— Vous ne pouvez pas me garder? demanda l'enfant.

— Hélas! non, dit Claudie.

L'enfant baissa la tête et deux grosses larmes roulèrent sur ses joues.

Claudie l'attira brusquement vers elle. Les mères, les vraies mères aiment tous les enfants.

La jeune femme habilla le pauvre petit, peigna ses cheveux blonds, roula en paquet son maillot, sa culotte à illettes, son cercle de cuivre, et le lui tendit.

Comme elle traversait la salle avec Patira, Jean l'Enclume parut.

Une craintive rougeur colora les joues de Claudie.

— Quel est cet enfant? demanda-t-il.

— Un abandonné que j'ai trouvé hier mourant sur le seuil.

— Il a trouvé ici le logement et le souper, sans doute?

— Il est plus pauvre que nous.

— Je me plains de la dureté du temps, des charges de la maison, et tu les doubles par tes aumônes... misère du ciel !

Puis secouant le saltimbanque par les épaules :

— Comment t'appelles-tu? que fais-tu? où sont tes parents?

— Je n'ai pas de parents... je sais danser sur la corde... je m'appelle Patira....

Ce nom fit pousser à Jean un éclat de rire.

Il ouvrit ensuite la porte de la forge et cria à ses compagnons :

— Eh! vous autres! en voici un qui s'appelle Patira! faut pas le faire mentir !

Le forgeron se retourna vers l'enfant :

— Comme ça, tu ne vas nulle part?

— Nulle part...

— La maison te plaît-elle?

Patira regarda Claudie avec l'expression d'une enfantine gratitude.

— Eh bien! c'est convenu, dit Jean, tu restes !

— Je reste! s'écria l'enfant rayonnant.

— Mais... objecta Claudie.

— Mais quoi?... tu gaves cet enfant à mes frais, tu le loges, il trouve le logis chaud et la table bonne... j'entre dans tes vues en complétant ta bonne action...

— Sans doute... balbutia Claudie.

Cependant elle ne se sentait pas tranquillisée. Une bonne action accomplie par Jean, cela semblait si peu probable ! Que voulait-il faire de cet enfant? S'il devait souffrir, autant le rendre aux hasards de la grande route et le laisser aller à la grâce de Dieu.

Mais tandis que Claudie s'effrayait de la complaisance de Jean, Patira se sentait le cœur plein de joie, et il saisit la main du forgeron pour y porter ses lèvres.

— A bas les pattes ! fit Jean l'Enclume.

Puis, le poussant devant lui, il ajouta :

— Entre dans la manivelle et tourne la roue... tu remplaceras le chien...

VI

LA CLEF

Patira ne résista pas : le premier regard, le premier mot, le premier geste lui apprirent que cet homme serait sans nul doute un maître plus dur que le chef de la bande bohême; mais le pauvre enfant avait l'habitude du joug, et il lui semblait être destiné à le porter toute sa vie. D'ailleurs, épuisé par la fièvre lente qui le minait depuis longtemps, affamé, las de se traîner dans les chemins, de coucher dans les fossés, d'entendre les petits paysans le poursuivre de huées et les chiens de garde aboyer après lui, il acceptait une hospitalité si dure qu'elle fût avec une sorte de soulagement.

Et puis, si Jean l'Enclume parlait d'une voix rude, l'accent de Claudie était doux comme une musique. L'idée de voir chaque jour cette femme qui l'avait pansé, nourri, vêtu, qui lui avait souri en le veillant comme une vraie mère, le fortifiait d'avance contre les rigueurs de l'avenir. Ne pourrait-il point de temps en temps tendre sa joue pâle pour un baiser et se faire l'illusion qu'il était le frère des trois chérubins jouant dans la maison du forgeron? Il était las de tout, las de vivre, le malheureux! et il avait onze ans! Quelle raison l'aurait attaché à l'existence? Il ignorait dans quel pays il avait reçu la vie. La blancheur de son teint lui prouvait seule qu'il n'appartenait pas à la même race que les Tziganes. Bien souvent, répétant machinalement

un chant bohême : « *Mon père était oiseau, ma mère était oiselle,* » il regarda voler les passereaux étourdis et les hi-
rondelles voyageuses, se demandant s'il n'appartenait pas à
cette tribu des nomades de l'air, regrettant de n'avoir pas
des ailes comme eux, et se perdant au sein de longues rêveries quand il les voyait disparaître dans les profondeurs
de l'air. Se poser quelque part, si triste que fût le lieu,
consolait ce voyageur si jeune et déjà si fatigué du chemin
parcouru. Il aspirait à rester où il se trouvait. La fièvre et
la tristesse le clouaient au sol. D'ailleurs, s'il était parti de
la forge, qu'aurait-il fait? son seul métier lui était devenu
impossible; ses membres grêles se roidissaient, son cœur
menaçait d'éclater dans sa poitrine... Mendier? il n'osait
pas... Dans la forge, il mangerait au moins le pain gagné
par son travail.

— Puisque je remplacerai le chien, pensa-t-il, il faudra
bien qu'on me nourrisse comme lui.

Quand il se trouva dans cette pièce noire, au fond de
laquelle rougissait comme un trou de l'enfer la gueule de
la fournaise, il se sentit pris d'une sorte de suffocation.
Avec un effort de volonté, il se remit, écouta Jean lui expliquer ce qu'il avait à faire, et obéit avec la régularité
d'une machine.

Pauvre frêle machine, composée de nerfs délicats,
de muscles défaillants, d'un cœur battant trop vite,
d'un cerveau dans lequel l'ignorance laissait ses ténèbres !

La machine travailla, haletante, surmenée, et quand
l'heure du repas sonna pour les travailleurs, quand le feu
s'éteignit dans la cheminée, que le battement du soufflet
devint inutile pour quelques moments, Jean l'Enclume jeta
un morceau de pain à l'enfant épuisé et lui cria :

— Mange !

Patira avait faim, il mangea.

Il recommença son manége de chien aveugle jusqu'au soir.

Pendant qu'il sentait sa poitrine brûlante, son front glacé, tandis que le bruit des marteaux sur l'enclume lui brisait le tympan et se répercutait jusque dans son cerveau, Kadoc l'Encorné chantait d'une voix avinée et Trécor le Borgne se querellait avec son patron.

Patira ne voyait pas les travailleurs, il n'entendait pas les chansons, il marchait dans la roue comme ces écureuils prisonniers qui bondissent sans cesse croyant arriver au bout d'un voyage, et qui se heurtent sans fin à l'obstacle renaissant.

Tout en marchant, il se disait que le soir il verrait Claudie; il se rappelait Gwen, Noll, son frère aîné, les chèvres bêlantes dont les flancs soyeux lui avaient servi d'oreiller, le parfum du foin séché mêlé de fleurs, et il songeait qu'il dormirait de nouveau dans l'étable, sous la garde lointaine de Claudie.

Mais quand Trécor et Kadoc s'éloignèrent, Jean l'Enclume montra à Patira un vieux banc placé dans l'angle de la forge :

— Voilà ton lit, dit-il.

Il sortit, revint avec une écuelle pleine de cidre et du pain.

— Voilà ton souper, ajouta-t-il.

Claudie demanda à son mari pourquoi l'apprenti ne mangeait pas avec eux.

— Tu le gâterais, répondit-il.

— Ah! Jean, répliqua la douce femme, il n'en abuserait pas, car il n'y est point habitué.

— Où couchait la Flamme?

— Dans la forge.

— Que mangeait-il?

— Du pain et de l'eau

— Ce vagabond fait la besogne de la Flamme, il n'a droit à rien de plus.

— Tu te trompes, Jean, dit Claudie d'une voix grave; cet enfant a une âme et nous lui devons la lumière; cet enfant a un cœur et nous lui devons la charité de l'amour.

Jean se leva de table, et avançant le poing :

— Si tu t'occupes de l'apprenti, fit-il, je ne te dis que ça !

Claudie baissa la tête en attirant près d'elle ses petits enfants que la sauvage expression de la physionomie de Jean l'Enclume effrayait.

Cette nuit-là, Claudie dormit mal. La chère créature, en entendant son mari dire qu'il garderait Patira, avait espéré continuer à l'égard de celui-ci une œuvre d'adoption maternelle. Il lui semblait que tout à coup le bon Dieu lui envoyait un autre enfant, saignant, meurtri, ne sachant ni les choses du ciel ni les bonheurs de la terre. Dans sa vie dont le sillon était tracé, Claudie avait vu soudainement s'épanouir cette mystérieuse fleur d'or qui s'appelle la charité. Prendre dans ses mains cette âme d'enfant, la rendre lumineuse, en doubler la valeur par la patience à souffrir, la donner toute blanche à Dieu, toute vierge de souillure, pour y inscrire les commandements divins et les saintes promesses, cette œuvre avait paru à Claudie une compensation immense.

Mais tout à coup l'orphelin, à peine abrité sur sa poitrine, lui était enlevé !

Loin de lui devenir salutaire, le séjour à la forge présentait mille dangers.

Patira y entendrait des blasphèmes, des chansons obscènes; il verrait l'humanité dégradée par l'ivresse et descendue plus bas que la brute !

Elle profita à l'aube d'un moment pendant lequel Jean

affilait un outil près du ruisseau coulant dans le jardinet, et courant à Patira :

— Tu ferais mieux de partir, mon gars, lui dit-elle ; mon homme a la main lourde.

— J'ai été souvent battu.

— Tu seras malheureux.

— Vous me plaindrez donc !

Claudie l'embrassa dáns les cheveux !

— Je reste ! je reste ! fit l'enfant. Je souffrirais sans doute ailleurs, et je crois que personne ne m'aimerait.

Le bruit des sabots de Jean retentissait dans la cour.

Claudie se sauva.

Patira se mit à chanter comme son père l'oiseau, comme sa mère l'oiselle.

Lestement il s'habilla et attendit le maître.

Celui-ci lui ordonna brutalement de ranger les outils, puis d'allumer le feu.

Les ouvriers arrivèrent et Patira rentra dans la roue.

Et chaque jour ce fut ainsi.

Pendant les matinées pleines de rosée et de soleil, durant les jours d'été chauds et lourds, d'un crépuscule à l'autre...

Quand décembre assombrissait les heures et jetait sur la campagne son manteau de neige...

Il tournait, tournait sans cesse, comme un être inconscient, une bête enchaînée... Il tournait sans trêve, jusqu'à ce qu'il tombât demi-mort sur le banc qui lui servait de lit.

De temps en temps, lorsque Jean l'Enclume s'absentait, et que Trécor et Kadoc ne pouvaient la voir, Claudie entrait dans la forge, remplissait de fruits les mains de l'enfant, l'embrassait, le consolait par de bonnes paroles, et, si rapides que fussent ces moments, ils suffisaient pour lui rendre un peu de courage.

Mais Claudie devait se cacher pour l'aimer, se cacher pour lui prouver qu'une créature lui gardait une part d'affection, se cacher pour lui apprendre des mots de prière qu'il répétait sans en comprendre le sens divin et qui pourtant le consolaient comme ferait une douce parole dite dans une langue inconnue.

Il n'était possible à Claudie ni d'amener Patira aux offices, ni de lui enseigner les éléments de la foi. Le dimanche, la forge de Jean l'Enclume ronflait plus que jamais. Le mari de Claudie ne passait jamais le seuil d'une église, et quand il ne savait comment torturer sa femme il tenait devant les enfants des propos infâmes. Claudie s'enfuyait en les serrant contre elle, et ses larmes coulaient sur les fronts ingénus, comme si les blasphèmes de Jean l'Enclume y avaient laissé une souillure.

Trois ans se passèrent.

Au bout de ce temps, le forgeron se dit que Patira pouvait faire autre chose que tourner la roue. L'enfant semblait adroit, intelligent; il passerait aisément du rôle de machine inintelligente à celui d'outil habile.

Un jour de foire, Jean sortit, et quand il rentra il ramenait un chien.

— Voilà ton remplaçant! dit-il à Patira.

Sauf que l'enfant ne marcha plus tout le jour la tête baissée, alourdie, les jambes douloureuses, sa situation ne s'améliora pas d'une façon sensible.

On comprend que Jean l'Enclume, Trécor et Kadoc furent de rudes maîtres.

Patira faisait d'incroyables efforts pour apprendre, mais l'enseignement venait tard. A force de bonne volonté, il profita cependant des leçons d'une façon assez rapide. Ses doigts étaient minces, il pouvait réussir des objets plus fins que Kadoc et Trécor. Mais plus d'une fois le lourd marteau de Jean faillit broyer la tête de Patira;

plus d'une fois un fer rougi laissa sur sa chair une douloureuse empreinte.

Un jour même, Patira ayant manqué une serrure trop difficile d'exécution, Jean lia les mains de Patira avec une corde, et, criant à Trécor et à Kadoc de le maintenir immobile, il lima jusqu'au sang le bout des doigts du petit martyr.

Pendant quinze jours, Patira fut dans l'impossibilité de travailler.

Le chien léchait ses blessures pendant la nuit. Ces deux souffrants n'avaient pas tardé à devenir amis.

Peu à peu cependant, Jean, sans rien perdre de sa dureté, apprécia son apprenti.

Si l'école était rude, on y apprenait vite. Durant une année, Patira fit plus de progrès que Trécor et l'Encorné en quatre ans.

— Ah! si vous aviez été orphelins! leur disait Jean, comme vous auriez vite connu les secrets du métier.

Forcément la nouvelle situation de Patira lui laissa plus de facilité pour voir Claudic, embrasser les enfants. On lui donnait parfois des courses à faire. Alors il s'enivrait de liberté, de grand air. Il lui semblait voir les prés, les champs, les grands chênes pour la première fois.

Un soir, après que Jean se fut retiré, au lieu de s'allonger sur son banc comme d'ordinaire, Patira saisit la tête du chien, son compagnon, à deux mains, et lui dit tout bas :

— Je sors, la Flamme (car ce nom avait été donné à l'animal en souvenir de son prédécesseur); ne me suis pas, n'aboie pas! veille.

La Flamme lécha la main de Patira en guise de promesse, et l'enfant, ouvrant la porte sans huis, s'élança à travers champs.

Ce fut une course folle, une joie inouïe, des extases

sans fin. Il se roulait sur l'herbe, il cachait son visage dans les touffes de fleurs. Il écoutait les voix de la nuit et les recueillait comme une musique. Les étoiles lui souriaient, le ruisseau le désaltérait et rafraîchissait ses pieds meurtris; il s'enivrait d'espace, d'air, de parfums vivaces, de clartés rayonnantes. Et sous la voûte bleue du ciel, prosterné sur la mousse, il joignit les mains et récita la seule prière qui fleurît sur ses lèvres d'enfant : l'*Ave Maria*.

Quand le ciel blanchit, Patira regagna la forge. Tout le jour il se sentit fort et joyeux. Un air pur avait rempli ses poumons, le calme de la nature était en quelque sorte descendu dans son âme. La nuit suivante, il sortit encore.

Tant que durèrent les clairs de lune, il parcourut les alentours, passant les ruisseaux, franchissant les fossés, dormant sous les arbres, errant le long de l'étang de Coëtquen dont les grands roseaux dépassaient sa taille frêle.

Bientôt il vécut d'une double existence : le jour il travaillait comme un mercenaire, le soir il prenait la clef des champs comme un écolier.

Il s'accoutuma à se diriger dans la nuit. Chaque buisson lui devint familier. Il eut des amis parmi le petit monde des insectes, des lézards et des oiseaux. Des êtres doux et timides s'attachèrent à lui : il les aimait.

Quand il pleuvait, Patira devenait triste. Il ne pouvait quitter sa prison. L'hiver, la neige le cloua dans la forge. Mais quand la glace craquait sous les pieds, que le bleu du ciel d'hiver était plus sombre et que les étoiles scintillaient plus lumineuses dans ses profondeurs, il emplissait son regard des blancheurs de la campagne, il regardait sous les pâles clartés de la lune les arbrisseaux givreux, les grosses branches des chênes supportant des stalactites de glace; il courait sur l'étang avec la rapidité d'un patineur, et rentrait refroidi mais heureux.

La flamme le réchauffait de sa tiède haleine., et le matin, la lime et le marteau se succédaient rapidement entre ses doigts.

Claudie seule devina les courses nocturnes de l'enfant. Elle trouvait parfois un bouquet de genêts d'or sur sa fenêtre, ou une guirlande de centaurée rose. Un regard, un couplet de chanson payaient Patira. Ces deux êtres opprimés par le même bourreau échappaient à la haine grâce à l'échange de ces sentiments sacrés qui s'appellent la compassion et la reconnaissance.

Patira était donc devenu un excellent ouvrier, et au moment où le comte Florent chargea Jean l'Enclume de fabriquer une clef capable d'ouvrir la serrure dont il avait laissé l'empreinte, le forgeron se rendit assez de justice pour comprendre que ni lui ni ses compagnons ne seraient capables de la faire.

Le forgeron permit à l'enfant de dormir pendant quelques heures, puis vers l'aube il le réveilla.

— Il s'agit d'une besogne pressée, lui dit-il, et dont tu ne parleras ni à Trécor ni à l'Encorné.

— Cela suffit, dit Patira.

Jean l'Enclume tira le morceau de cire de sa poche.

— Es-tu capable de copier cela?

L'enfant regarda attentivement le modèle, posa la cire sur la table et répondit doucement :

— Je ferai de mon mieux.

Immédiatement il se mit à la besogne.

La tâche était difficile : les trèfles de la clef présentaient d'énormes difficultés.

L'enfant ne se rebuta pas cependant. Il amincissait, il évidait, il maniait la lime avec des précautions infinies. Sans que Jean l'Enclume l'eût dit, il comprenait que le châtiment serait rude s'il ne réussissait pas ce travail important et mystérieux.

Quand les deux compagnons parurent sur la porte, Jean dit à Patira :

— Va dans le jardin, si tu veux; les petits y sont.

C'était la première fois depuis qu'il habitait la maison du forgeron que le mari de Claudie l'autorisait à se mêler à la petite famille.

En trois bonds, Patira rejoignit les enfants. Il se roula avec eux sur l'herbe, il tressa un collier de fleurs pour la chèvre, lança vers le ciel un trille qu'un oiseau lui avait appris, et lorsque Claudie surprise le trouva occupé à jouer avec Gwen, il lui dit en souriant de sa terreur :

— Le maître m'a donné congé.

— A toi, mon pauvre Patira?

— Oui; j'ai travaillé une partie de la nuit.

Jean l'Enclume ne rappela point Patira; et celui-ci, libre pour la première fois de sa vie, suivit Claudie dans la maison, inspectant la salle basse et s'émerveillant des moindres choses.

Sur la cheminée se trouvait une antique statuette de bois représentant Marie tenant dans ses bras Jésus enfant. Cette suave figure de femme avait souvent attiré Patira sur les grands chemins. C'était pour lui l'image de la bonté unie à la grâce; s'il ne couronnait point d'étoiles la Vierge sainte, s'il ne mettait point sous ses pieds un croissant lumineux, c'est que nul ne lui avait appris que cette fille des hommes avait été soulevée jusqu'au ciel par les bras des anges, et que l'enfant endormi sur son sein était le maître du monde auquel il semblait sourire.

Mais si ignorant qu'il fût, Patira prêtait à cette image une influence de douceur et de grâce; plus d'une fois il s'était senti protégé par elle, et ce matin-là, la retrouvant sur la tablette de la cheminée, il demanda à Claudie d'une voix basse et respectueuse :

— Quelle est cette image?

— Mon enfant, reprit la simple femme qui, pour expliquer à Patira les choses du ciel, ne savait que les mots de la prière, c'est le lis sans tache, le miroir de candeur, la reine des martyrs, la rose mystique, l'arche d'alliance, la mère des orphelins.

— Alors, dit Patira, j'ai une mère aussi, moi !

— Une mère puissante, invisible à ton regard, mais qui te protége et qui t'aime ! C'est à elle que tu dis : *Je vous salue, pleine de grâces!* Et ces grâces, elle les répandra un jour sur toi avec profusion, si tu te montres fidèle.

Patira murmura :

— Que puis-je, dites-moi, Claudie, que puis-je faire ? je suis si faible et si pauvre !...

— Tu souffriras avec patience, comme elle a souffert... tu prieras pour garder du courage, et si jamais, entends-tu bien, on te demande aide et secours en son nom, tu le prêteras sur l'heure, sans réfléchir, sans trembler, puisque tout appel en son nom doit être entendu.

A midi seulement, Jean l'Enclume entra dans la salle.

— C'est jour de paresse ! dit-il.

— Maître... balbutia Patira.

— Je ne te gronde pas ! tu n'as pas besoin de tressaillir, que diable ! je ne suis pas aussi méchant que je suis noir ! Et par les cornes de Belzébuth, qui a dû en prêter une à Kadoo, si ces mauvais compagnons ne m'aigrissaient pas le caractère... Enfin, on verra plus tard, quand tu auras fait ton chef-d'œuvre.

— Qu'est-ce que cela, un chef-d'œuvre ?

— Un travail réussi comme rien ne peut être réussi.

— Et quand on a fait un chef-d'œuvre, maître Jean ?

— On cesse d'être apprenti.

— Que devient-on ?

— Ouvrier.

— Et quelle différence existe entre l'apprenti et l'ouvrier, puisque tous les deux travaillent?

— Imbécile! l'un bûche sans fin et reçoit des coups... l'autre fignole son ouvrage à son aise et touche de l'argent.

— C'est bon! dit Patira, je ferai un chef-d'œuvre.

— En attendant, mange la soupe à table, avec moi... Je ne veux pas que tu fréquentes l'Encorné et le Borgne, des paresseux qui volent mes liards et des ivrognes qui tireraient la Vérité de son puits... Tu te coucheras de bonne heure, avec le soleil, et tu te lèveras à la fine aube.

— Comme cela, dit Patira, nous pouvons aller nous promener?...

— Allez, dit Jean l'Enclume à Patira et aux trois enfants.

Claudie adressa un bon regard à Jean qui lui prit la main et la serra avec une sorte de tendresse bourrue.

— Faut savoir me prendre! dit-il, faut savoir me prendre!

A peine le forgeron fut-il rentré dans la salle où flambait la fournaise et où la Flamme remplaçait Patira, que le petit saltimbanque entraîna les trois enfants.

Un désir soudain venait de surgir dans sa tête. Jamais il n'avait vu autrement que sous les clartés de la lune le château de Coëtquen, majestueux et sombre au milieu de sa double ceinture d'eau bleue.

Il éprouvait un désir fou de l'admirer baigné dans la chaude lumière de l'automne, de voir miroiter au soleil les vagues de l'eau frémissante sous le vol des libellules et les caresses de la brise. Gwen et Noll ne demandaient pas mieux que de suivre cet ami qu'ils voyaient si peu, qui les regardait doucement et pleurait comme souvent pleurait Claudie.

Patira, ce jour-là, le jour où il travailla pour la première fois à la clef mystérieuse, ne ressemblait guère au Patira captif dans la forge noire et retentissante. Il bondissait avec des allures de chevreau échappé; les notes de sa chanson fendaient l'air comme le chant de l'alouette. Pour mieux témoigner aux enfants sa joie et sa folie, il se souvenait de son premier métier, et avisant une forte branche de chêne, il s'y suspendit des deux mains, s'enleva à la force des poignets et réalisa sous les regards surpris de ses amis tous les exercices du trapèze aérien.

— C'est donc vrai, demanda Gwen émerveillé, ce que tu dis dans ta chanson : *Ton père était oiseau, ta mère était oiselle?*... car un peu plus tu volerais comme eux à la cime de l'arbre.

Patira, ne voulant pas donner de démenti à Gwen, s'élança jusqu'à l'extrémité touffue du chêne avec une grâce élégante; puis, se laissant glisser dans le feuillage, il se trouva assis sur la mousse avant que les enfants de Claudie l'eussent vu descendre.

Le spectacle terminé, ils poursuivirent leur route, s'arrêtant ici et là, cueillant des fleurs, attrapant des mouches, faisant prisonnières des grenouilles grosses comme la moitié d'une noisette et qui leur échappaient d'un saut. Ils atteignirent ainsi l'étang de Coëtquen.

L'architecture du manoir, de la plus belle époque du gothique fleuri, formait un bizarre contraste avec la Tour-Ronde, dont la construction était de beaucoup antérieure. Le granit s'épanouissait en vignes, en trèfles, en fleurons. Des gargouilles grinçaient des dents au-dessous du toit; les balcons se découpaient dans les feuillages; les grandes herses complétaient l'ensemble de cette masse dans laquelle la force servait à faire valoir la grâce.

— L'étang est-il bien profond? demanda Patira à Gwen.

— Je crois bien, répondit Gwen, Bertrand, l'ancien intendant, s'y est noyé...

Patira aperçut un trou noir placé au niveau de l'eau et
garni de deux croisillons de fer.

Gwen, qui suivit la direction du regard de Patira,
ajouta :

— Ce sont les oubliettes de Coëtquen.

— Ah! fit Patira, des cachots?

— Oui, des cachots.

Gwen se rapprocha de son ami.

— Je suis venu avec toi parce qu'il fait grand jour;
mais, la nuit, la vieille Jeanne la Fileuse dit que la Dame
de Coëtquen y revient... Elle glisse sur l'étang, blanche,
pâle, tordant ses petites mains et pleurant, pleurant...

Patira frissonna à la pensée de la terreur qu'il aurait
éprouvée s'il avait entrevu aux rayons de la lune cette
impalpable et terrifiante figure.

Au même instant parut sur le seuil du château Blanche
de Coëtquen, vêtue de bleu, ses cheveux sans poudre flottant sur son dos en longues boucles, et si souriante, si radieuse, qu'elle semblait plus belle que les fleurs.

Blanche traversa les ponts et s'avança du côté des enfants.

Ceux-ci se reculaient craintifs, mais Blanche avançait
toujours, et Patira trouvait en elle une vague ressemblance
avec la vierge protégeant la maison de Claudie.

La jeune marquise rejoignit les enfants, les caressa,
parla doucement à Patira; puis, tirant deux pièces brillantes de sa poche, elle les lui tendit.

— Garde ceci pour l'amour de moi, dit-elle, et prie
pour mon petit enfant...

« Je ne te fais point l'aumône, je t'offre un souvenir...
Si j'ai besoin de toi quelque jour, je t'appellerai. »

Le marquis de Coëtquen s'approcha de sa femme.

— Tanguy, dit-elle, je voudrais voir tous ces petits heureux ! Nous habillerons de neuf les innocents du village, le jour du baptême de mon ange, n'est-ce pas ? Et puis nous donnerons au curé un ornement brodé d'or, plus beau que les ornements des églises d'Espagne ?

— Je ferai tout ce que tu voudras, Blanche.

— Tu me rends heureuse ! Dieu heureuse ! dit la jeune marquise en s'éloignant...

Aussi longtemps qu'il put la voir, Patira la suivit des yeux. Elle avait laissé dans son regard une sorte d'éblouissement. Sa fière beauté, sa robe bleue, sa chevelure dorée ondoyante sur sa robe lui semblaient choses surnaturelles. Et puis avec quelle voix douce elle avait parlé ! c'était une musique autrement pénétrante encore que celle de Claudie.

Quand les enfants rentrèrent à la maison de la forge, Patira n'oublia point de parler de la jeune marquise.

— Que Dieu la garde, la chère âme ! dit Claudie.

— Vous dites cela comme si elle était en danger ! s'écria Patira.

— On court toujours des dangers au milieu des méchants.

Le saltimbanque tira de sa poche les deux gros écus :

— Elle m'a donné cela, dit-il ; les voulez-vous ?

— Non, mon enfant, répondit Claudie... garde ce pauvre trésor, cette mince ressource en cas de malheur... Si jamais tu entreprenais un voyage...

— Vous voulez donc partir, Claudie ?

— Non, mon enfant ; mais toi, sais-tu quel sera ton avenir ?

— De vivre où vous vivrez et de vous suivre où vous irez.

— La vie ne renferme pas seulement des affections, mais des devoirs... Si un devoir s'impose à toi, tu le suivras...

— Je ferai ce que vous me direz, Claudie.

— Cache donc cet argent, mon enfant, et ne parle à personne de ce cadeau.

Patira le promit. L'heure du repas interrompit la causerie. Patira alla se coucher de bonne heure, et, comme la veille, Jean le réveilla à trois heures du matin. La clef avançait, s'affinait. Elle avait les mêmes proportions que le modèle. Légère et forte à la fois, elle devait tourner facilement dans la serrure pour laquelle elle avait été faite. Quand Patira l'eut frottée de cendre pour l'unir encore, quand il la vit brillante comme l'acier, il ne put se défendre d'un mouvement d'orgueil.

— Est-ce bien, maître Jean? demanda-t-il.

— Ce n'est pas mal, répondit le forgeron, pas mal pour essai; mais tu peux mieux faire encore, maintenant que ta main est plus exercée... Copie cette clef pour la seconde fois, ce sera le moyen de rectifier certains petits défauts.

Patira se remit au travail. Cette fois il ne se coucha pas du tout, et à l'aube la clef était finie.

— Eh bien! cette fois, maître Jean, ai-je réussi?

— Tu as fait un chef-d'œuvre! dit le forgeron.

— Voilà un mot que je vous rappellerai, murmura tout bas l'enfant.

Jean enveloppa soigneusement celle des deux clefs qui lui sembla la plus finement ciselée, puis enfonçant la première dans sa poche :

« Qui sait si je ne trouverai pas l'occasion de m'en servir? » pensa-t-il.

Le soir, tandis que le petit saltimbanque parlait encore à Claudie de la beauté et de la grâce de la jeune marquise de Coëtquen, Florent entra dans la salle de la forge avec les mêmes précautions que la première fois.

— Est-ce fait? demanda-t-il.

— C'est fait, répondit laconiquement Jean l'Enclume.

— Je ne vous recommande pas le silence.

— Tout est payé... dit le forgeron.

Florent franchit le seuil, et Jean l'Enclume le regarda longtemps se perdre dans la nuit.

«Il me semble, murmura-t-il, que le comte Florent va travailler à quelque œuvre d'enfer, et que je suis devenu le complice d'un crime. »

VII

CATASTROPHE

Tanguy de Coëtquen était près de sa femme dans le grand salon or et rouge du château. Blanche brodait au métier, et le marquis la regardait avec une tendresse pleine d'émotion.

Après un moment de silence, il lui dit d'une voix affectueuse :

— Laisse cette tapisserie, chère enfant; il faut que tu m'écoutes bien attentivement.

— Mais je t'écoute toujours ainsi, Tanguy.

— Je demande davantage aujourd'hui encore; je veux trouver en toi, non-seulement de l'affection, mais de la raison.

— J'en manque donc? demanda Blanche avec un sourire.

— Tu crois à mon dévouement, à ma tendresse, n'est-ce pas?

— Mais à quoi croirais-je, Tanguy, si je n'y croyais pas?... Dieu dans le ciel, toi sur la terre avec l'enfant que nous attendons, voilà ma vie.

« Tu le sais bien, Tanguy. N'est-ce pas pour vivre plus et mieux auprès de toi que j'ai refusé d'habiter notre hôtel à Paris? S'il me fallait te quitter un seul jour, je ne sais pas si j'en aurais le courage.

— Tu vois bien, Blanche, que j'avais raison tout à l'heure.

— En quoi?

— En te suppliant de m'écouter avec patience et fermeté!

— Oh! mon Dieu! s'éria la marquise, il est arrivé un malheur?

— Non, chère enfant, seulement...

— Il y a quelque chose!

— J'ai besoin d'aller à Rennes pour peu de temps, une semaine, moins peut-être.

— Alors, emmène-moi, Tanguy.

— Ma chère femme, répliqua le marquis en serrant les mains de Blanche, je ne veux pas que tu supportes les fatigues d'un voyage qui, pour n'être pas très-long, n'en serait sans doute pas moins dangereux... J'y avais songé avant toi... j'ai consulté le docteur... Il interdit formellement les grandes routes à ma chère femme... et, si elle s'ennuie pendant mon absence, elle songera qu'elle fait ce sacrifice pour moi et pour l'ange qu'elle attend.

Blanche eut un sourire, mais ce sourire disparut vite, et une expression de mélancolie profonde envahit son charmant visage.

— J'attendais plus de courage de toi, dit le marquis; voyons, une semaine d'absence! Les routes sont faciles. Il n'y a pas de voleurs en Bretagne. Que peux-tu craindre?

Blanche laissa tomber ses bras sur ses genoux.

— Je ne sais pas... dit-elle; mais la nouvelle de ton départ me donne un coup au cœur... Songe donc... depuis notre mariage nous avons vécu l'un près de l'autre, n'allant jamais plus loin que la forêt... Je me dis comme toi que je me montre déraisonnable, mais je cède à une impression double, physique et morale à la fois... Je souffre, et, pardonne-le-moi, j'ai peur!

— Quelle folie! dit Tanguy.

Blanche se leva et prit les mains de son mari.

— Il ne s'agit pas d'une affaire d'intérêt, car tu la ferais régler par Simon?

— Non, Blanche; je vais à Rennes pour user de mon influence sur quelques membres du parlement au sujet d'une cause grave et juste.

— Ainsi, demanda Blanche, il s'agit d'un devoir à remplir?

— Un devoir impérieux,

— Va donc! répondit la jeune femme. Je t'aimerais mal si je me plaçais entre toi et les obligations sérieuses de la vie. Oublie que je suis impressionnable et nerveuse... le docteur me grondera, montre-toi indulgent...

— Eh! puis-je t'en vouloir d'un excès de tendresse, chère Blanche?... Si tu crains l'ennui, veux-tu écrire à Loïse de Matignon? elle restera près de toi pendant mon absence.

Blanche secoua la tête.

— Loïse ne viendrait pas, mon ami.

— Pourquoi cela?

— N'as-tu rien deviné, rien compris? n'as-tu pas vu que ton frère Gaël la poursuivait d'hommages qu'elle repousse?

— Gaël songerait à épouser Loïse! Je me sentirais prêt à faire tous les sacrifices pour réaliser ce mariage.

— Loïse n'y consentira jamais, mon ami... Elle m'a ouvert son cœur avec l'abandon de la plus sincère tendresse... Quand le comte de Matignon lui permettra de disposer d'elle-même, Loïse entrera dans quelque couvent austère... Ne vous fiez pas à la grâce de son sourire, à l'harmonie de son ajustement; Loïse est dans le monde, elle vit selon son rang et selon qu'il plaît à son père; quand il lui donnera sa liberté, elle ira cacher sa vie dans un cloître... Vous comprenez bien que Loïse ne peut plus désormais venir aussi fréquemment au château.

— Je le regrette doublement ; car tu l'aimes beaucoup ?

— Oui, beaucoup ! dit Blanche d'une voix émue.

Tanguy rassura de nouveau sa femme, la consola, la gronda un peu. Elle rougit de sa faiblesse et promit de la surmonter.

— Écoute, dit la marquise, si tu veux que je ne songe point à avoir peur, donne-moi beaucoup d'or ; pendant que je soulagerai des misères autour de moi, je m'oublierai moi-même... Il faut que tout le pays aime la dernière châtelaine de Coëtquen... Il faut que les infortunés demandent que Dieu la préserve de tout mal... Et si elle mourait, Tanguy, car notre vie est dans la main de Dieu, elle voudrait voir à son convoi un cortége de malheureux secourus par elle demandant au ciel le repos de son âme.

— Tais-toi ! tais toi ! s'écria Tanguy ; peux-tu bien dire de si cruelles paroles !

Blanche secoua la tête comme pour chasser une pensée importune.

Tout à coup elle demanda au marquis :

— Pourquoi Gaël et Florent ne t'accompagnent-ils pas ?

— Mais, chère Blanche, l'affaire dont je m'occupe ne les regarde en aucune sorte... Je suis même bien plus rassuré en les laissant à Coëtquen... Tu n'es plus seule, si mes frères y restent... Ils t'aiment, Blanche, crois-le

La jeune femme ne répondit pas.

Le marquis reprit plus vivement :

— Si, lorsque je leur annonçai mon mariage avec toi, ils n'accueillirent point cette nouvelle avec satisfaction, c'était une faute de leur esprit plus que de leur cœur... Ils ne te connaissaient pas, ils ne pouvaient t'apprécier et t'aimer... Mais plus tard, quand ta beauté ingénue, tes douces vertus se sont révélées à eux, n'ont-ils point changé complétement de façon d'être?... L'éloge est sans cesse sur leurs lèvres... Ils se montrent empressés, respectueux... Oh! je t'en supplie, ne punis point leur première injustice par une rancune qui me rendrait malheureux!... Ils ont des défauts, soit! mais je ne les crois ni hypocrites ni méchants... Gaël fut longtemps mon Benjamin... Je lui ai jadis sauvé la vie... S'il m'a parfois affligé, il ne m'en est pas moins toujours cher.

— Et je dois aimer ceux que tu aimes, dit la marquise en faisant un violent effort sur elle-même.

— J'espère que ce devoir ne te coûtera pas trop.

— Sois tranquille, Tanguy, je le remplirai.

Le marquis embrassa le front de sa femme, et cette caresse ramena la sérénité dans l'esprit de Blanche.

Cependant, quand elle apprit que le départ du marquis aurait lieu le lendemain, elle dit avec insistance :

— Pas demain, Tanguy, pas demain! accorde-moi un jour encore... Je n'étais pas prévenue... Je ne savais pas... Il faut que je rassemble mes forces... Qu'est-ce que cela te fait, quelques heures de retard?... Pendant ces heures, moi, je remplirai mon regard et mon cœur de ton souvenir pour longtemps, pour bien longtemps...

Et une larme furtive, qu'elle s'empressa d'essuyer, roula sur sa joue décolorée.

— Eh bien! je ne partirai qu'après-demain.

— Merci! dit Blanche, merci!

Pendant ces deux jours, la marquise ne quitta pas son mari. Elle trouvait un charme mêlé d'attendrissement à parcourir avec lui le grand jardin rempli de fleurs éclatantes. Elle s'asseyait sous les grands ifs taillés en boule suivant la mode de l'époque, elle rappelait à Tanguy les moindres souvenirs de leur jeune vie remplie de tant de bonheur et enrichie de tant de nobles et généreuses actions. Elle eut même une fantaisie qui, quelque bizarre qu'elle parût à Tanguy, fut cependant satisfaite. Elle demanda à faire le tour de la plate-forme séparant les deux fossés remplis par les eaux de l'étang de Coëtquen. Quand elle passa près de la Tour-Ronde, la meurtrière noire avec ses barreaux de fer en croix frappa ses regards. Elle s'agenouilla parmi les fleurs et plongea son regard dans le cachot.

— Tanguy, dit-elle, je ne connais de la Tour-Ronde que les salles remplies des souvenirs du passé; qu'est-ce que cette prison obscure?

— Ma chère, depuis plus de deux cents ans, la porte en est murée, et la clef en avait précédemment été jetée dans l'étang, ce qui te prouve que jamais prisonnier n'y sera enfermé désormais.

— Si ce cachot n'était à jamais fermé, dit Blanche, je t'aurais prié de le combler, Tanguy... De quel froid on souffrait là-dedans, et combien les nuits y devaient paraître longues!

— Ma chère, répondit le marquis, nos aïeux ne centralisaient pas la justice. Chacun l'exerçait dans son comté ou sa baronnie. Or l'espèce humaine n'a jamais été parfaite. On volait, on assassinait dans ce temps comme aujourd'hui; la répression était donc indispensable... Nos aïeux exerçaient le droit de haute et basse justice; mais je crois, d'après les archives de la famille, que pas un d'entre eux ne se montra cruel. Un seul, celui qui fit murer les oubliettes, eut à s'adresser le reproche d'avoir trop hâté un jugement sévère...

— Et sur qui tomba cette sévérité?

— Sur sa femme, répondit Tanguy... Une calomnie, appuyée sur toutes les preuves qui la pouvaient étayer, s'attaqua à une comtesse de Coëtquen... Le mari se constitua seul justicier de son honneur, et celle qu'il croyait

6.

coupable languit cinq années dans ce cachot dont la vue seule te fait frémir d'épouvante... Le misérable qui avait terni la réputation d'Ivonne de Coëtquen se repentit à son lit de mort... Une réparation tardive fut donnée à l'innocente martyre... et ce fut elle qui obtint de son époux le serment que jamais on ne rouvrirait le cachot témoin de sa longue captivité.

— Quelle horrible histoire! dit la marquise... Je regrette maintenant que tu me l'aies apprise... Il me semble que le souvenir d'Ivonne hantera mon sommeil.

— Les gens du pays sont superstitieux, dit Tanguy; le soir, quand des brumes blanches s'élèvent du lac, ils ne manquent pas de répéter que le fantôme de la Dame de Coëtquen erre autour du manoir... Si quelque plainte traverse les branchages dans la nuit, ils affirment que sa voix pleure et se lamente.

— Marchons plus vite! dit Blanche en prenant le bras de Tanguy.

La marquise traversa le second pont et se trouva sur la berge de l'étang.

Là tout était repos, gaieté, fleurs et verdure. Ce spectacle la reposa de l'impression pénible qu'elle venait de ressentir. Elle s'entretint avec Tanguy de ses projets d'école et d'hospice, elle retrouva l'entrain habituel de sa conversation; elle s'anima à mesure qu'elle développa ses plans pour le bonheur des gens de Coëtquen, et quand elle rentra au château, toute trace de préoccupation avait disparu. Une visite du curé de Saint-Hélen acheva de la calmer; elle s'accusa de ses pressentiments, de sa faiblesse, et promit de se corriger avec une telle bonne grâce que l'abbé Montreuil, après l'avoir réconfortée, ne put s'empêcher de dire au marquis de Coëtquen qui le reconduisait:

— Remerciez Dieu de vous avoir donné une telle femme, monsieur le marquis.

Blanche poussa le courage jusqu'à l'héroïsme; elle se montra gaie tout le jour suivant, afin de ne pas attrister le départ de Tanguy.

Quand le dernier moment arriva, elle devint cependant d'une pâleur mortelle. Le marquis venait de monter en carrosse, quand la jeune femme, qui lui avait dit adieu, courut à la portière, y encadra son visage bouleversé par la douleur, et tenant les deux mains de son mari, elle répéta dans un sanglot :

— Adieu, Tanguy !

— Au revoir chère Blanche ! au revoir dans huit jours !

Elle regarda le marquis avec une sorte d'égarement; ses lèvres frémissaient d'une façon convulsive : elle craignit de s'abandonner à l'explosion d'une douleur que rien ne semblait justifier, et elle s'enfuit en répétant d'une voix déchirante dont le timbre entra dans le cœur de Coëtquen comme un coup de couteau :

— Adieu, Tanguy, adieu !

Les chevaux traversèrent les deux ponts séparant le manoir de la route, et le marquis de Coëtquen en se penchant à la portière put voir Blanche appuyée contre l'une des herses lui envoyer de la main un dernier signal.

Elle rentra brisée. Miette, sa fille de chambre, s'efforça vainement de la rassurer; elle lui répéta que le marquis serait de retour la semaine suivante, qu'aller à Rennes était une promenade et non pas un voyage; la marquise s'accusait d'enfantillage, de faiblesse, et ne retrouvait rien de sa tranquillité accoutumée.

A l'heure du repas, elle s'efforça cependant de faire bonne contenance. Ses deux beaux-frères prirent comme d'ordinaire leur place à table; ils s'efforcèrent de la distraire; Gaël raconta des légendes, et Florent offrit à Blanche de lui lire quelques pages après souper. Jamais

ils n'avaient montré tant de bienveillance à la jeune femme.
Elle en parut surprise, puis elle en fut touchée, et murmura au moment où ils se retiraient :

— Si je me trompais, cependant?

Elle rentra de bonne heure dans son appartement, et demanda à Miette, tandis que celle-ci l'accommodait pour la nuit :

— Miette, crois-tu aux pressentiments?

— Si j'y crois, madame la marquise? Et à quoi croirais-je, si je niais les pressentiments? C'est pour le coup que ma marraine Jeanne la Fileuse me renierait! En voilà une qui a des convictions... Pas de danger qu'on la fasse se mettre en route un vendredi, comme M. le marquis!

— C'est donc vendredi, aujourd'hui?

— Oui, madame la marquise.

— Mais, mon enfant, pourquoi veux-tu que ce jour porte malheur? Si tu réfléchis, tu verras au contraire que notre salut s'est opéré un vendredi; pourquoi veux-tu que l'immolation du Sauveur, qui purifia la terre et ouvrit la porte des limbes, ait marqué ce jour d'un sceau fatal?

— Je ne sais pas, madame la marquise; vous êtes savante, et je ne lis pas dans les livres imprimés; mais Jeanne la Fileuse le dit, et c'est comme si les hommes noirs de la montagne avaient parlé!

— Les hommes noirs de la montagne! Tu admets l'existence des poulpiquets et des korigans?

— Certes, ma chère maîtresse! Qui donc tresse la crinière des chevaux, mêle le lin des filandières et renverse les sacs de mil, si ce ne sont les korigans? Et pourquoi certaines gens à qui les poulpiquets veulent du bien trouvent-ils de l'or à remuer à la pelle, sinon parce que ces malins petits lutins leur découvrent des grottes remplies d'or?... Je ne les attends pas aux quatre chemins parce que ce serait commettre un péché; mais ils existent, madame, et la tante de ma grand'mère en avait vu un près de la pierre levée de Saint-Samson.

— C'est bien vieux, Miette !

— Vous ne croyez donc pas aux pronostics? Vous ne savez donc pas que celui qui marche sur l'*herbe qui égare* ne peut retrouver son chemin dans la nuit?... que les araignées sont comme qui dirait l'horloger du bonheur : le matin chagrin, le soir espérance. Et le nombre treize, y avez-vous jamais songé, au nombre treize, *madame*?

— Non, Miette ; à quelle date sommes-nous?

— Au 14 octobre, madame la marquise.

— Mais, mon enfant, tu t'accuses, j'espère, de ces superstitions?

— Sûrement, madame... Mais il n'empêche pas que la nuit m'effraie, que le vendredi me semble un jour fatal, et que le treize du mois... Oh ! je comprends que cela vous fasse rire comme les histoires de poulpiquets et de korigans ; mais il n'empêche, madame : les paroles des vieilles gens ne sont pas toutes menteries...

— Miette, dit Blanche, ce qui ne ment pas, c'est le Seigneur ; ce qui ne trompe point, c'est la foi dans l'aide de la Providence. Avant *tout, nous sommes chrétiens*, et je devrais m'efforcer de vaincre mes pressentiments comme toi de triompher de ta terreur du vendredi et du treizième jour du mois. Le Seigneur nous tient dans ses mains, et ce qu'il garde est bien gardé.

Miette venait d'achever de natter les cheveux blonds de sa maîtresse ; elle les tourna autour de sa tête et ajouta doucement :

— Que Dieu vous garde, ma chère maîtresse !

Au même moment, un bruit étrange frappa l'oreille de la marquise : les vitres de la chambre furent heurtées avec violence, et Miette, qui courut à la fenêtre, vit un énorme hibou frappant les châssis de rapides coups.

— On ! l'oiseau de malheur ! s'écria Miette.

La marquise appuya son front sur le vitrage :

— Contre le malheur, dit-elle, nous avons la résignation !

Elle congédia Miette et tomba sur son prie-Dieu.

Sa prière fut une sorte de plainte désolée, le cri d'un enfant que la terreur envahit en dépit de la raison résistante, et qui cherche un refuge contre ses épouvantes.

Elle s'abandonna sans réserve, dans la solitude et le silence, à un indéfinissable sentiment d'angoisse que Tanguy ne comprenait pas, et qui semblait complétement déraisonnable. Elle pleura, elle se jeta dans les bras de Dieu, elle lui demanda d'écarter la douleur de Tanguy et de la rendre forte contre elle-même.

Pauvre Blanche ! elle avait dix-sept ans, la tendresse de son mari ; les joies futures de la maternité l'attachaient à la vie ; elle souhaitait répandre longtemps autour d'elle les bienfaits et les sourires.

La prière la calma. Cette pensée que nous sommes dans la main de Dieu est souverainement consolante. Malgré nous, elle nous force à l'abandon de notre volonté dans les mains du Seigneur.

Blanche se releva fortifiée et dormit paisiblement pendant plusieurs heures.

Vers le matin, cependant, un songe effroyable s'empara de son esprit. Il lui semblait qu'on venait de l'enterrer vivante ; elle entendait les pelletées de terre tomber de plus en plus lourdes sur son cercueil... Sa poitrine se soulevait, sa gorge serrée ne laissait passer aucun cri ; ses membres raidis lui refusaient le service, et pendant ce temps il lui semblait entendre la voix railleuse de Florent de Coëtquen crier à ses complices :

— Jetez dans l'étang la clef des oubliettes !

La jeune femme s'éveilla le front baigné d'une sueur

froide. En retrouvant la lumière du jour, elle éprouva un élan de joie plein de reconnaissance.

Un rêve ! elle avait fait un rêve !

Aussi pourquoi s'était-elle fait raconter l'histoire lamentable de la Dame de Coëtquen ? Quoi d'étrange que ce souvenir eût hanté son sommeil ?

Blanche se leva rapidement, se fit donner par Miette un déshabillé fort simple et lui déclara que pendant toute la journée elle parcourrait la campagne avec elle, afin de porter des secours chez les pauvres dont elle avait fait ses amis.

Si la jeune femme conservait encore l'impression et la lassitude du cauchemar qui l'avait brisée, cette impression acheva de s'évanouir dans les chaumières où elle porta l'aumône et la consolation.

Tant d'aïeules à demi engourdies par la glace des années la bénirent pour son inépuisable charité; tant de jeunes mères berçant des nourrissons dans leurs bras lui souhaitèrent une félicité semblable; tant de baisers d'enfants effleurèrent ses mains prodigues, que, vers la fin de cette journée donnée à l'accomplissement du plus saint des devoirs, celui de soulager ceux qui souffrent, elle se sentait pleine de force et de confiance.

Les rêves sombres étaient loin, comme un vol d'oiseaux funèbres emportés par une trombe de vent d'hiver. Le nom de Tanguy éveillait dans son cœur un écho confiant et joyeux. Une journée déjà s'était écoulée depuis son départ; elle les remplirait toutes de la sorte, et quand elle raconterait à son mari l'usage qu'elle en avait fait, il l'en remercierait par une de ces douces et graves paroles qui lui causaient autant d'orgueil que de joie.

Par un caprice d'enfant, elle avait voulu dîner chez de pauvres gens qui lui avaient offert leur pain bis, le fromage de leurs chèvres et les fleurs du verger. Elle revint donc au château bien après l'heure du dîner, et apprit que ses beaux-frères étaient partis pour une longue promenade à travers bois.

Miette fit son service dans la chambre à coucher de sa maîtresse, tandis que celle-ci, enfermée dans son oratoire, donnait à Dieu sa dernière pensée.

La jeune fille de chambre inspecta l'appartement pour voir si elle n'avait rien oublié, puis elle s'écria :

— Folle que je suis ! madame n'a pas son verre d'orangeade !

Elle descendit rapidement et ne tarda pas à revenir, les bras chargés d'un plateau d'argent sur lequel se trouvaient un carafon laissant voir la liqueur couleur d'ambre et un verre de Venise étincelant comme une coupe de diamant.

Quelques minutes après, Miette quitta la chambre.

A peine venait-elle de disparaître que la porte d'un cabinet de toilette s'ouvrit avec précaution.

Le comte Florent parut.

Il se dirigea vers la petite table placée près du lit de la marquise, enleva le bouchon de la carafe, puis tirant de sa poche un flacon d'argent il en vida le contenu dans la carafe.

Du même pas léger, il regagna le cabinet de toilette, et lorsque Blanche quitta son oratoire rien ne pouvait faire supposer qu'une personne y fût entrée après Miette.

La marquise de Coëtquen semblait heureuse et calme. Elle enleva sa toilette, tordit ses cheveux blonds autour de son front, puis, enveloppée dans son peignoir de nuit, elle s'accouda à la fenêtre.

Le ciel étincelait d'étoiles ; le vent s'élevait plus frais, courbant les arbrisseaux des parterres et apportant jusqu'à la jeune femme le parfum des corbeilles.

Elle se sentait l'âme en paix, confiante, heureuse, et ce fut avec un sentiment de regret qu'elle ferma sa fenêtre.

La lampe allumée par Miette jetait une discrète lueu dans l'appartement et formait un nimbe sur le front d'une madone peinte en Italie et dont l'expression d'adoration et d'amour inspirait à la fois la confiance et la sérénité.

Ce fut en ce moment que Blanche aperçut le plateau.

— Miette pense à tout ! dit-elle.

La marquise vint lentement près de la table, remplit son verre et le vida.

Puis, enlevant ses mules de soie, elle se coucha.

Son dernier regard, voilé par la somnolence, se reposa sur la Mère de grâce, et un souffle pur soulevant sa poitrine, Blanche resta immobile et parut bientôt dormir.

Alors, la porte du cabinet de toilette s'ouvrant de nouveau, le comte Florent s'approcha du lit.

Il éleva la lampe à la hauteur du visage de Blanche, contempla la jeune femme avec l'expression d'une satisfaction cruelle et répéta :

— Dors, Blanche Halgan ! les cloches de Saint-Hélen ne tarderont pas à sonner le glas de la marquise de Coëtquen.

Florent reposa la lampe sur la table et disparut.

Deux heures plus tard, un grand mouvement se fit dans le château, et Miette réveillée, s'informant de ce qui se passait, reçut cette réponse :

— Ce sont les jeunes maîtres qui reviennent de leur promenade dans la forêt; pourvu que leur tapage ne réveille pas madame Blanche !

Au matin, Miette, n'ayant pas été appelée, s'installa dans l'antichambre de l'appartement particulier de la marquise.

La jeune fille pensait que, lasse des courses de la veille, sa maîtresse dormait plus tard que de coutume. Elle redescendit à la cuisine dire de ne point préparer le déjeuner de la jeune femme.

Onze heures sonnèrent; la marquise ne sonnait pas. Ce retard était si peu habituel à Blanche, élevée dans les sévérités d'une vie bourgeoise dont elle gardait la règle invariable, que Miette commença à s'inquiéter. Elle entr'ouvrit la porte pour écouter.

— Rien ! murmura-t-elle, rien ! pas même le bruit d'une respiration d'enfant !

Miette s'arrêta au moment d'entrer. Une sorte d'angoisse lui poignait le cœur. Tout à coup cette inquiétude se formula par un mot :

— Si elle souffrait !

Et, au risque d'éveiller sa maîtresse, Miette pénétra dans la chambre.

Avec la légèreté d'un pluvier, elle s'approcha du lit et regarda.

— Je suis folle ! pensa-t-elle ; jamais le sommeil de madame ne fut plus calme... Comme elle est blanche ! on dirait un lys... Mais c'est étrange, ses yeux ne sont pas clos !... Elle paraît regarder la vierge devant laquelle elle s'agenouillait si souvent... Ces yeux grands ouverts me font peur !...

La jeune fille se pencha davantage sur le lit :

— Madame ! dit-elle d'une voix douce, madame !

Mais la camériste ne reçut aucune réponse ; et Blanche, pâle, rigide, continua de regarder l'image de la Vierge souriant à son enfant.

Miette ne se sentit plus la force de dominer son épouvante ; elle saisit celle des mains de Blanche qui reposait sur la couverture ; mais le contact de cette main glacée, loin de la calmer, doubla son angoisse. Miette écarta la couverture, chercha le cœur de sa maîtresse et ne le sentit plus battre sous ses doigts tremblants.

Alors, avec l'accent d'un désespoir dont rien ne saurait rendre l'idée, Miette s'élança hors de l'appartement en répétant au milieu de ses sanglots :

— Madame la marquise est morte !

VIII

LE TRIPLE CERCUEIL

Les cris de Miette semèrent en un instant la terreur dans le château.

Le valet de chambre du marquis courut avertir les messieurs de Coëtquen, et tous deux, témoignant une grande inquiétude mêlée de doute, montèrent à l'appartement de Blanche.

Quand ils eurent présenté devant ses lèvres un miroir que ne vint ternir aucun souffle, ils parurent plongés dans un profond désespoir.

Gaël en sortit le premier pour s'écrier :

— Un homme à cheval ! et qu'on nous amène un médecin !

Tandis que le valet de pied galopait vers Dinan, les fidèles serviteurs de la marquise, agenouillés devant la madone que semblait implorer son regard fixe et sans rayon, demandaient qu'un miracle leur rendît leur jeune maîtresse.

Assis tous deux aux pieds de la marquise, Gaël et Florent la couvaient d'un implacable regard, ou, la tête ensevelie dans leurs mains, semblaient s'abandonner à l'excès d'une douleur fraternelle.

Trois heures plus tard, le docteur Sérénaud franchissait le seuil de Coëtquen.

Guidé par une femme de service, il monta dans la

chambre de Blanche et trouva les gens de sa maison en larmes, attendant l'arrêt de la science qui seul pouvait leur rendre un peu d'espoir.

Le médecin tâta le poignet, posa la main sur le cœur, répéta l'expérience du miroir, puis il tourna la tête.

— Quelle est la personne qui, la dernière, donna ses soins à madame la marquise? demanda-t-il.

Miette essuya son joli visage ruisselant de pleurs et répondit :

— Moi, monsieur le docteur, moi qui n'ai pas quitté madame la marquise de *toute la journée.*

— Elle ne se plaignait pas?

— De rien, monsieur; elle courait comme une bergeronnette et riait comme une enfant... les plus pauvres gens du pays l'ont vue... elle donnait à pleines mains au nom du marquis Tanguy et du petit ange...

— Et après la promenade?

— Madame avait dîné dans une ferme; elle fit ses prières, se mit au lit, et depuis... depuis...

Miette n'achèva pas et fondit en larmes

— C'est étrange! murmura le docteur, bien étrange! Morte sans secours, sans douleur, sans crise!... Un vague sourire semble errer sur ses lèvres... A suivre la direction de son regard, elle a dû s'endormir en priant...

Il s'arrêta un moment, puis il reprit :

— Le ciel compte une sainte de plus; la marquise de Coëtquen est bien morte.

Gaël s'affaissa dans son fauteuil, tandis que Florent s'élançait vers le docteur.

— Je vous en prie, dit-il d'une voix tremblante, regardez, observez, interrogez encore... le sommeil ressemble parfois à la mort... Songez à la responsabilité qui pèse sur nous... Rassurés sur la santé de notre belle-sœur, nous sommes sortis hier soir du château sans avoir pu la rencontrer... Au matin, on nous apprend cette nouvelle qui nous frappe comme un coup de foudre... Que répondrons-nous à Tanguy, dont le désespoir sera sans bornes?... La science possède d'immenses ressources... elle a des réactifs puissants... faites un miracle, docteur, mais sauvez, sauvez Blanche de Coëtquen !

— Les hommes n'accomplissent pas de prodiges, monsieur le comte... répondit le docteur Sérénaud avec tristesse. Je ne viens point apporter de soulagement à une maladie, mais constater un décès... Voyez vous-même, monsieur... la rigidité cadavérique existe... le froid a gagné les extrémités, le souffle ne ternit pas la glace présentée aux lèvres... l'œil atone garde une désespérante fixité... Vous n'avez rien à vous reprocher... la santé de la marquise était parfaite hier...

— Mais Tanguy! Tanguy ! s'écria Florent.

— M. le marquis est chrétien... dit le docteur d'une voix grave.

Puis, sentant l'impossibilité de calmer la douleur des deux frères, le docteur Sérénaud se retira.

Au bas de l'escalier, il trouva l'intendant Simon.

— Eh bien! monsieur? demanda celui-ci.

— Commandez les funérailles, dit le docteur; c'est fini !

— Oui, bien fini... murmura Simon d'une voix sourde.

En ce moment, Rosette traversa le vestibule avec la rapidité d'une flèche.

Simon s'élança pour la retenir.

— Où vas-tu? lui dit-il d'une voix atterrée.

— Voir la marquise, répondit Rosette d'un accent brisé... On dit qu'elle est morte... cela ne se peut pas! Je sais bien, je sens bien, moi, qu'elle n'est pas morte... Vous vous trompez, mon père, les gens du château se trompent...

— Croirais-tu la parole du docteur, s'il t'affirmait que la marquise est passée de vie à trépas?

— Non, répliqua Rosette d'un son de voix farouche en désaccord avec sa douceur habituelle... Je dirais que l'apparence l'abuse... que sa science se trouve en défaut... Je dirais, moi, que je vois le cœur dans la poitrine immobile, et que ce cœur dont les battements ne semblent plus appréciables reprendra la chaleur et la vie !...

Le docteur Sérénaud saisit les mains de Rosette.

— Je conçois vos regrets, mon enfant, mais je ne veux pas que vous entreteniez de folles espérances.

— Des espérances? et qui vous parle d'espérances, docteur? Je vous dis que je vois, que je sais...

— Pauvre enfant ! murmura le docteur. Il faut veiller sur cette santé fragile, Simon... le système cérébral est d'une activité dévorante... veillez, veillez !

Rosette, les mains jointes, répétait d'un accent bref :

— Les anges ne meurent pas! les anges ne peuvent pas mourir !

Le médecin voulut paraître entrer un peu dans la douce folie de Rosette.

— Sans doute, mon enfant, dit-il, les anges ne meurent pas... L'âme prédestinée de la marquise, cette âme imprégnée de foi et de charité, jouit à cette heure d'une vie immortelle... mais l'enveloppe terrestre est roide et glacée... et c'est cette enveloppe que nous restons impuissants à ranimer.

— Je veux voir... murmura Rosette.

Sérénaud se pencha vers Simon :

— Faites tous vos efforts pour empêcher une démarche dont les suites seraient dangereuses, en raison de l'état nerveux dans lequel se trouve votre fille.

L'intendant attira Rosette sur sa poitrine.

— Je t'en supplie, lui dit-il, rentre chez toi... Prie pour la morte vénérée, mais ne va point repaître tes yeux d'un spectacle dangereux, funeste pour ta santé...

— Sa bague me brûle la main, dit Rosette sans paraître entendre son père... sa bague m'apprend qu'elle n'a pu mourir ainsi.

Elle se renversa dans les bras de Simon et ajouta :

— Docteur ! docteur ! n'ensevelissez pas la marquise de Coëtquen... ce serait un remords pour toute votre vie ! Écoutez-moi... je ne suis pas une enfant malade et folle, comme vous le croyez... Écoutez-moi, docteur...

Rosette n'en put dire davantage, elle tomba sans mouvement dans les bras de Simon, et à ce premier abattement succéda une violente crise de nerfs.

Simon enleva Rosette et la porta dans sa chambre.

Le docteur le suivit et dit à Simon, tandis qu'il prodiguait des soins à sa fille :

— Occupez-vous des funérailles... les jeunes messieurs de Coëtquen sont trop abattus par la douleur pour en garder la force.

L'intendant prit son front à deux mains.

Un violent combat se livrait en ce moment dans son âme. L'état dans lequel il voyait Rosette lui semblait le commencement du châtiment de la Providence. Si cette fille innocente allait payer pour le crime du père ? Que signifiait cette lucidité étrange de Rosette affirmant que la marquise n'était pas morte et que chacun se trompait au château, hors celle qui voyait battre le cœur dans la poitrine glacée ?

Le docteur constata un peu d'apaisement dans l'état de Rosette.

— Allez, Simon, dit-il, et faites terminer au plus vite les apprêts des funérailles... Je voudrais que la triste cérémonie se terminât avant que cette enfant revînt à elle.

Un moment après, Simon envoyait des ordres à trois maîtres ouvriers de Dinan.

Le premier devait fournir un cercueil de plomb, le second un cercueil de chêne, le troisième un cercueil de bois précieux. Sur le dernier serait clouée une plaque portant les noms, prénoms et qualités de la jeune femme.

— On paiera royalement, ajouta Simon en s'adressant à son messager, si les trois cercueils sont ici demain dans la soirée.

L'exprès partit au galop.

Une heure plus tard, trois envoyés chargés d'annoncer le trépas de la marquise dans les paroisses situées sur le parcours de Coëtquen à Dinan devaient prévenir les prêtres de se trouver prêts à se joindre au cortége qui accompagnerait le convoi jusqu'à la chapelle des Cordeliers de Dinan.

Vers le soir, les deux frères congédièrent les gens du château restés près du lit mortuaire :

— Allez prendre un peu de repos, dirent-ils ; vous en avez besoin pour soutenir le poids de la journée de demain... Nous suffirons cette nuit à la garde de notre sœur bien-aimée.

Miette et les autres serviteurs insistèrent pour continuer leur veille, mais ils ne purent obtenir cette faveur suprême.

Quand tout le monde se fut retiré, Florent poussa les verrous, visita les cabinets de toilette ; puis s'approchant de Gaël il le secoua par l'épaule :

— Eh bien ! lui demanda-t-il, est-ce que décidément vous ne voulez pas qu'elle meure ?

— Non ! non ! s'écria Gaël avec épouvante ; j'ai déjà bien assez de terreur et de remords !... Quand je la vois si froide, si blanche, je me demande si vous ne m'avez pas trompé et si, au lieu d'un somnifère, vous ne lui avez point versé un poison mortel.

— Je vous le jure, Gaël !

— Affirmez autrement, Florent : votre voix tremble...

— Je jure sur l'honneur...

— Sur l'honneur! répéta Gaël en se levant tout pâle; est-ce que nous en avons encore? les manants que l'on branche sont moins misérables que nous... Je me rends compte de notre infamie, allez! nous spolions la fortune de Tanguy... car Tanguy ne se remariera jamais et nous serons de droit ses héritiers... Nous condamnons cette malheureuse à un pire supplice que la mort...

— Eh pardieu! fit Florent, si je dois vous entendre plaindre à ce point celle que vous traitiez en ennemie, finissons-en, Gaël! dites-moi que vous faiblissez devant les conséquences de l'acte que vous avez médité... ordonnez-moi d'arracher Blanche à son léthargique sommeil, et vous la verrez se lever vivante, pour se dresser encore entre vous et Loïse de Matignon...

Gaël poussa un gémissement sourd.

— Loïse! murmura-t-il, Loïse!...

— Il faut pourtant choisir entre Loïse et Blanche, poursuivit Florent d'une voix incisive et dure. Je ne souffrirai pas que vous m'accusiez d'un crime dont vous seul retirerez le profit! Est-ce que je songe, moi, à devenir le mari de mademoiselle de Matignon? La mésalliance de Tanguy me cause-t-elle un dommage dans le présent? Ne puis-je acheter une charge à la cour, un régiment à l'armée et fuir Blanche Halgan, si sa présence au manoir paternel me devient insupportable? Vous manquez d'énergie pour atteindre le but que vos passions vous montrent, Gaël... Encore une fois, voulez-vous qu'en ressuscitant Blanche Halgan je rende impossibles vos fiançailles?

— Ah! que vous connaissez bien la faiblesse que vous me reprochez si durement! dit Gaël. Vous avez raison! Je hais Blanche, et à l'idée du supplice auquel nous la condamnons je me sens frémir de terreur... Songez donc, la descendre vivante dans une tombe!...

7.

Florent tira un flacon de sa poche.

— Vous dites vrai, Gaël, fit-il, ce serait infâme.

Il déboucha le flacon et s'approcha du lit.

Gaël le tira par le bras :

— Qu'allez-vous faire? demanda-t-il.

— Réveiller Blanche.

— Et Loïse, Loïse? cria le misérable.

— Loïse épousera qui elle voudra, je m'en lave les mains!

— Ce flacon peut la rendre à la vie?

— Il suffit qu'elle le respire... vous allez voir...

Florent se pencha sur le lit... Mais, avant qu'il eût approché du visage de Blanche les sels assez puissants pour la réveiller, Gaël arracha le flacon des mains de son frère, puis il le lança par la fenêtre ouverte.

— Enfin! murmura Florent avec un sourire.

Gaël revint à sa première place.

— Vous êtes sûr de l'exactitude de Simon?

— Comme de la mienne.

— Les cercueils seront ici?

— Demain avant midi.

— Veillons, dit Gaël.

Les deux frères gardèrent le silence.

Chacun d'eux évitait de regarder son complice. Le poids de leur crime les accablait en dépit de leur scélératesse. Les grands yeux bleus de Blanche, fixés sur la figure de la Vierge Marie, semblaient invoquer son témoignage et l'appeler à l'aide même du sein de la mort...

Chose plus étrange encore! une partie de la haine que les deux frères avaient jusqu'à cette heure éprouvée contre Blanche se changeait en inimitié mutuelle; Gaël jugeait Florent son ennemi, et Florent se demandait comment désormais il supporterait la vue de Gaël.

Le châtiment commençait pour eux, même avant la consommation du forfait.

Les cris de la conscience commençaient à venger l'infortunée étendue sur sa couche.

La nuit se passa lente et morne.

Au loin les chiens des chaumières hurlaient la mort.

Le hibou dont les coups d'aile avaient tant effrayé Miette revint battre les carreaux de la fenêtre en poussant des houhoulements lugubres.

A l'aube, le curé de Saint-Hélen vint s'agenouiller au pied du lit de la morte.

Alors seulement Florent et Gaël consentirent à prendre un peu de repos.

Dieu seul sait ce qui se passa dans l'âme des deux frères ; à voir plus tard leurs yeux rouges, on ne pouvait croire qu'ils eussent goûté un seul instant de repos. Le grand cadran de l'horloge de Boule marquait midi, quand trois ouvriers parurent. Chacun amenait un cercueil.

A cette vue, les sanglots des gens du château redoublèrent ; le respect essaya de les refouler au moment où Gaël et Florent traversèrent de nouveau l'antichambre de la morte.

Miette avait paré Blanche avec un soin pieux.

La jeune femme, enveloppée d'une longue robe blanche tombant jusqu'à ses pieds, avait les mains jointes sur sa poitrine. Une couronne de roses pâles ceignait ses cheveux blonds ; un magnifique chapelet passé à son cou descendait sur son sein.

Quand les trois cercueils furent dans la chambre, Florent ordonna qu'on les plaçât l'un dans l'autre, suivant l'usage ; mais au moment où Miette allait soulever dans ses bras sa jeune maîtresse le comte dit d'une voix qui ne souffrait aucune objection :

— Il appartient aux chefs de la famille seuls de dépo-

ser dans son cercueil la dame de Coëtquen... Priez Dieu
tandis que nous lui rendrons les suprêmes devoirs.

Puis Florent et Gaël saisirent, l'un les pieds, l'autre les
épaules de la jeune femme et la placèrent dans le cercueil
de plomb avec les précautions que prendrait une mère
pour coucher dans le berceau son enfant endormi.

Pendant le reste du jour, la chambre, transformée en
chapelle ardente, s'emplit de pauvres gens du voisinage
venant rendre un dernier hommage à celle qui les avait
aimés.

Quand la nuit fut venue, Florent et Gaël déclarèrent
qu'ils gardaient la morte, les gens du château ayant
besoin de rassembler leurs forces pour suivre le cortége
le lendemain.

La foule se retira lentement, et quand les jeunes filles
eurent déposé des bouquets près du cercueil recouvert
d'un drap mortuaire aux armes des Coëtquen, quand les
vieillards eurent jeté l'eau bénite sur cette frêle dépouille,
Gaël et Florent se retrouvèrent de nouveau seuls.

Le premier semblait brisé par les émotions qui se multipliaient autour de lui depuis deux jours.

C'était un homme plus faible que pervers. Sous l'empire d'une passion violente, il pouvait entrer dans un com-
plot diabolique, une infernale machination, mais la force
mauvaise qui le soutenait alors ne durait pas ; le remords
reprenait sur lui son empire ; la lutte continuait sans trêve,
et cette lutte ne lui permettait pas de jouir des bénéfices
de son crime.

A ce dernier moment, il hésitait encore. S'il eût été
seul, il aurait réveillé Blanche de cet épouvantable sommeil ; il aurait, pour la rappeler à la vie, renoncé à l'espoir
d'une union qui lui coûtait si cher.

Mais Florent était là, Florent dont la jalousie ne pouvait s'éteindre, et qui n'oubliait jamais les serments de sa

haine. Florent connaissait trop le caractère de Gaël pour l'abandonner un seul instant à lui-même.

En ce moment, il paraissait le livrer à ses pensées; il se tenait prêt à mettre en avant le souvenir de Loïse, si Gaël hésitait encore.

Parfois tous deux se demandaient si réellement elle n'était point morte, cette jeune femme qu'ils avaient jetée depuis deux jours dans un sommeil si semblable au trépas que le docteur Sérénaud s'y était trompé!

Et comme Gaël exprimait cette crainte avec épouvante :

— Et quand ce serait ? lui demanda Florent.

— Si cela était, fit Gaël, devant ce cercueil, dans cette chapelle ardente, je te mettrais à la main une épée et je te crierais : En garde !

— Tu te battrais contre moi?

— Je me battrais.

— Et si tu me tuais?...

— Ce ne serait qu'un fratricide de plus

— Mais Blanche Halgan est une étrangère !

Gaël secoua la tête

— Blanche est la femme de Tanguy, et Tanguy est notre frère... Son enfant eût hérité du nom et de la fortune des Coëtquen... Pourquoi nous abuser nous-mêmes? Mais je te l'ai répété cent fois : je ne veux pas qu'elle meure !... Je me garde le droit de lui rendre la liberté... Une fois le mari de Loïse, qu'ai-je besoin de martyriser Blanche ?...

— Retiens bien ceci, dit Florent : ce sont les demi-mesures qui gâtent tout.

Gaël ne répliqua rien.

Pendant une demi-heure, il resta silencieux.

Au bout de ce temps, Florent entendit gratter à la porte du cabinet de toilette par lequel nous l'avons vu sortir au moment où il venait mêler à l'orangeade de Blanche le contenu de son flacon mystérieux.

-— Voilà Simon, dit Florent en se levant pour ouvrir.

L'intendant était d'une pâleur livide.

Depuis le moment où Rosette avait été prise d'une violente attaque de nerfs, le malheureux croyait voir dans les souffrances de sa fille le commencement de son châtiment ; il ne pouvait plus reculer sans trahir ses maîtres, mais il ressentait une répugnance invincible pour le crime qu'il allait commettre.

Rosette avait retrouvé le calme sans parvenir à ressaisir le fil de sa pensée. Une sorte de délire tranquille s'était emparé d'elle. Assise sur son lit, le dos appuyé par de grands oreillers, ses mains pâles allongées sur les draps, elle chantait à mi-voix la vieille ballade de la *Dame de Coëtquen*. Son accent était brisé et rempli de larmes et ses paupières battaient comme si elles s'alourdissaient sous le poids des pleurs. Du reste elle ne paraissait plus voir ni le docteur qui préparait des potions calmantes ni Simon qui tremblait de crainte en la regardant.

— Qu'a-t-elle ? mais qu'a-t-elle ? demanda-t-il au docteur.

— Elle a les nerfs ébranlés, mon pauvre Simon... il faudra de la distraction à cette enfant... Je n'aurais jamais cru qu'elle aimait tant la marquise.

Enfin, après avoir bu une tasse d'infusion assoupissante, elle cessa de chanter , mais elle continua à regarder devant elle vers un but que ni le docteur ni son père ne pouvaient définir.

Simon profita d'un moment de calme pour rejoindre Florent et Gaël.

— As-tu ce qu'il faut ? demanda le comte.

— Voici le ciseau pour soulever le couvercle, et des clous que nous pourrons visser sans bruit.

— Fais vite ! ajouta Florent.

Simon éloigna les grands lampadaires chargés de torches de cire, les vases dans lesquels brûlaient des parfums, puis, arrachant le drap noir, il découvrit la bière.

Alors il s'agenouilla, introduisit le ciseau entre le cercueil et le couvercle, et opéra une pesée. Le bois craqua. Simon poursuivit lentement, avec des précautions infinies. A mesure qu'il avançait, le couvercle se soulevait davantage. Enfin il céda complétement, et la morte frappa de nouveau ses regards.

Il l'enleva du cercueil en détournant la tête, la posa sur une large bergère, puis, rentrant dans le cabinet, il y prit un lourd paquet enveloppé d'étoffes sombres, l'allongea dans le cercueil et vissa les clous dont il avait fait provision.

Une heure après, le cercueil se retrouvait à la même place, entre les brûle-parfums et les lampadaires chargés de torches de cire.

Alors Simon demanda à Florent :

— Monsieur le comte a la clef?

— Je l'ai, répondit Florent.

Puis se tournant vers son frère :

— Allume la lanterne sourde, Gaël.

Le jeune homme alluma la lanterne.

— Maintenant, ajouta Florent en s'adressant à Simon, charge le corps sur ton épaule.

— Non pas, monsieur le comte... c'est vous et le vicomte Gaël qui remplirez cette besogne... Je garderai une complicité passive, ainsi qu'il a été convenu.

Florent haussa les épaules et enveloppa le corps de Blanche dans un manteau couleur muraille.

L'intendant sortit le premier, muni de la lanterne, et à sa suite, trébuchant dans la nuit, descendirent les deux frères de Tanguy.

En traversant le vestibule, ils entendirent les voix pieuses de quelques serviteurs réciter les litanies.

La crainte d'être aperçus les faisait hâter le pas. Mais, si léger que fût leur fardeau, il leur semblait souvent qu'ils ne garderaient point la force de le porter jusqu'au bout, tant la pensée de leur crime alourdissait la frêle créature qu'ils allaient enfermer vivante dans sa tombe.

Ils gagnèrent le rez-de-chaussée de la Tour-Ronde sans avoir été vus par aucun des serviteurs. Désormais ils étaient à l'abri et pouvaient sans crainte terminer leur sinistre besogne.

Simon ouvrit la porte donnant sur l'escalier des cachots et descendit le premier. Gaël marchait ensuite, soutenant les pieds de Blanche, et Florent maintenait le buste raidi.

Les deux frères s'appuyaient de temps en temps aux parois de l'escalier; leurs jambes fléchissantes refusaient le service; leurs yeux hagards ne voyaient même plus la faible lueur de la lanterne de Simon se perdant au sein des profondeurs ténébreuses. Il leur semblait que le corps de la marquise de Coëtquen s'alourdissait de plus en plus dans leurs bras.

Enfin Simon gagna la dernière marche et se trouva en face de la porte du cachot murée depuis plus de deux siècles.

Il y introduisit la clef faite par Patira dans l'atelier de Jean l'Enclume, et la clef tournant dans la serrure rouillée laissa voir les oubliettes de Coëtquen.

C'était une pièce longue d'environ neuf pieds sur cinq pieds de large. Une embrasure profonde de toute l'épaisseur des murs laissait apercevoir tout au fond une fenêtre à croisillons de fer rongés par le temps. Une sorte de lit de camp incliné se trouvait placé dans l'angle formé par la partie de la muraille percée d'une croisée et la paroi de droite. Sous un banc scellé également au mur se trouvaient deux vaisseaux de terre oubliés là depuis que la cellule était vide.

C'était tout!

Simon plaça la lanterne sur l'appui de la fenêtre, Gaël lâcha les pieds du corps immobile, et Florent l'étendit sur le lit de camp dans toute sa longueur. Puis écartant le manteau couleur muraille, la belle figure pâle de la marquise s'éclaira des lueurs indécises de la lanterne...

Une minute après, Blanche se trouvait couchée sur le lit, et les deux frères de Tanguy, refermant la porte du cachot sur la condamnée, regagnèrent la Tour-Ronde et traversèrent de nouveau le vestibule où les serviteurs psalmodiaient encore les litanies de la Vierge.

IX

LE GLAS DES PAROISSES

Qui pourrait dire si les dernières lueurs du crépuscule ou les premières clartés de l'aube jettent leur blancheur indécise sur les murs humides du cachot? Il n'est pas plongé dans une obscurité complète; un reflet bleuâtre tombant du ciel, ou montant des profondeurs de l'étang, répand sur le sol ces teintes d'azur changeant qui rendent si mélancoliques les demeures souterraines du château de Chillon, où les fers de Bonivard creusèrent une empreinte dans le roc, et sur la fenêtre desquelles un petit oiseau chantait pour le prisonnier de Byron.

Du côté de la meurtrière d'où tombe le premier rayon matinal est renversée une jeune tête pâle, immobile, dont les yeux regardent sans voir; un corps enveloppé d'un épais manteau brun repose sur le plan incliné d'une couche sordide; les pieds disparaissent sous les plis de l'étoffe; les bras de la femme immobile, allongés près de son corps, rendent plus visible encore sa rigidité cadavérique.

Des mèches de cheveux blonds dénoués et ruisselants traînent à terre. A la voir ainsi éclairée par l'étrange lumière descendant de la fenêtre treillagée, on croirait se trouver tout à coup transporté dans les réduits où les persécuteurs de la vieille Rome entassaient leurs martyrs.

Peu à peu la clarté grandit : c'est l'aube! puis l'aurore! enfin voilà le jour

Sans doute les jeux de la lumière varient sur le pâle visage, car on dirait que les paupières de la trépassée se sont fermées, puis rouvertes de nouveau ; la prunelle perd de sa fixité cataleptique, elle regarde, elle regarde encore... l'esprit tarde cependant à s'éveiller ; la tête endolorie ne conserve pas la nette perception des choses extérieures... Pourtant la vie revient ; plus de doute ! cette femme était endormie ; cette prétendue morte a tressailli...

Lentement la prisonnière se soulève sur sa couche, écarte de ses deux mains le manteau qui emprisonne ses membres et murmure :

« Où suis-je ? »

Blanche de Coëtquen ne comprend pas encore... Elle se lève en chancelant, saisit son front brûlant que fatigue la pensée, et cherche...

Elle cherche sans trouver, sans comprendre. Sa vie est suspendue. Elle doute de sa personnalité à force de se demander le mot d'une énigme épouvantable. Chancelante et se traînant dans ses longs vêtements blancs, elle pose ses petites mains sur les murs glacés ; ses doigts découvrent une porte, une serrure.

L'instinct qui veille encore, quand la raison reste à demi perdue dans les ténèbres, lui crie qu'au delà de cette porte on voit, on respire. Blanche se meurtrit les mains à tirer les verrous ; elle secoue les ferrures rouillées, elle ensanglante ses doigts contre les clous et les pênes...

Elle quitte la porte et reprend l'examen de l'endroit dans lequel elle se trouve. A mesure qu'elle avance, sa lucidité augmente ; ses membres retrouvent leur élasticité. Blanche hésite encore ; dans une minute elle comprendra.

Au moment où elle passe sous la fenêtre ménagée dans l'épaisseur du mur, le reflet bleuâtre dont nous avons parlé colore sa robe blanche. Alors un cri aigu, un cri dans lequel se résument toutes les douleurs de ce monde, s'échappe de sa poitrine :

— L'étang ! dit-elle, je suis au-dessous de l'étang !

Puis ses souvenirs reviennent en foule et avec eux la prévision d'une horrible réalité.

— Mon Dieu ! mon Dieu ! dit Blanche, j'ai peur de devenir folle... venez à mon secours ! gardez-moi la raison ! ma raison qui vacille à cette heure dans ma tête fatiguée !... Il faut que je me rappelle tout ! tout ! peut-être arriverai-je à comprendre.

La marquise de Coëtquen s'assied sur le lit de camp avec une sorte de calme et cache son front dans ses mains pour concentrer davantage ses pensées :

— Tanguy m'a quittée... dit-elle.

Et manquant de force pour aller plus loin dans le mystère du passé, Blanche fond en larmes et appelle :

— Tanguy ! Tanguy !

Ce nom produit en elle une révolution soudaine.

— Tanguy m'a quittée, répétait-elle. Il me disait : « C'est mon devoir ! » et je répétais : « C'est un malheur ! » Les femmes ont de ces pressentiments-là : je savais que ma vie était liée à la sienne... lui parti, tout devenait tristesse et péril... Il ne m'a pas écoutée... pouvait-il me croire ?... J'avais peur comme les enfants redoutent la nuit et tremblent de voir apparaître des spectres... Que m'avait-on dit cependant qui pût me faire redouter la solitude ou l'absence ? je ne sais pas ! je ne me rappelle pas ! j'ai dormi si longtemps !...

Blanche fait un nouvel effort pour secouer les restes de la torpeur qui l'accable, et elle reprend :

— Je priais... oui, je me souviens d'avoir prié, et le Seigneur m'envoya un peu de calme...

Blanche cherche encore, puis elle demande avec angoisse :

— Qui donc me hait à Coëtquen? Il faut avoir commis de méchantes actions pour être détesté, et je n'ai jamais fait que le bien... aux pauvres, à tous! et tous me bénissent... Je me trompe : Florent et Gaël ne m'aiment pas, mais ce sont mes frères... Tanguy est leur aîné... ils n'ont pu me descendre vivante dans une citerne, comme firent les enfants de Jacob au fils de Rachel dont ils étaient jaloux...

Elle secoua sa tête pâle et laissa tomber ses mains avec découragement :

— Florent n'a point pardonné à Tanguy sa mésalliance ; je suis restée pour lui Blanche Halgan, fille d'un caboteur des Mâlouines... Gaël éprouvait pour moi moins de répugnance, mais Gaël est sous l'influence du comte, et le comte Florent est mon ennemi et son mauvais génie...

La lucidité de Blanche grandit à chaque minute, et sa pensée, fouillant les mystères de la veille, leur demande le mot dont l'énigme terrible est peut-être celle de sa future destinée :

— Il me haïssait, soit! Il est des cœurs que rien ne désarme, ni l'humilité ni la tendresse ; mais comment ont-ils réalisé leur crime?... car je suis la victime d'un crime, moi! d'une séquestration abominable! On m'a plongée vivante dans une tombe, et je ne sais si j'en sortirai jamais!... Depuis le départ de Tanguy, je n'ai pas vu mes beaux-frères... Pendant deux jours, Miette et moi nous avons parcouru les villages voisins pour répandre des secours chez les pauvres mères au nom de l'ange que Dieu m'a promis... J'ai rompu un morceau de pain bis dans une chaumière et bu une tasse de lait...

Un souvenir frappe en ce moment la jeune femme.

— Ils sont partis à grand bruit du château, mes deux beaux-frères... Voulaient-ils se ménager un alibi... ou bien agissait-on pour eux pendant ce temps? Mais, encore une fois, qu'ai-je pris après ma rentrée à Coëtquen?... ah! un verrre d'orangeade... Miette me le prépare tous les soirs; je suis sûre de Miette... Oui, mais qui m'affirme qu'une main perfide n'y a pas jeté une substance dangereuse, une liqueur somnifère?... Je me suis endormie d'un sommeil stupéfiant... C'est cela... Florent, Gaël... je comprends, je comprends tout!

Blanche fond en larmes.

Cette crise de douleur passée, elle se lève de son lit et se met à marcher dans son cachot :

— Ils m'ont enfermée, soit! Je suis prisonnière dans ces oubliettes de Coëtquen dont la mémoire des générations fait un lieu d'épouvante... Mais enfin une femme ne disparaît pas de la sorte sans que l'on questionne, que l'on s'informe!... Je ne suis plus la petite Blanche Halgan, dont nul ne se serait soucié sauf les vieux matelots de son père... Je m'appelle la marquise de Coëtquen, Tanguy m'aime, et mon mari fera plutôt démolir le manoir pierre par pierre que de renoncer à trouver sa compagne... Oh! noble et cher Tanguy, avant une semaine tu seras de retour, et ton cœur t'inspirera ce que tu dois faire pour retrouver Blanche vivante ou morte...

Raffermie par cette espérance, la jeune femme fait pour la seconde fois le tour de son cachot et en palpe les murailles couvertes du suintement verdâtre d'une humidité séculaire.

Elle ne tente plus d'ébranler la porte de chêne dont elle sent sous ses doigts les traverses et les boulons de fer.

« Évidemment, se dit-elle, cette porte s'ouvre sur un corridor. Mais Tanguy affirmait qu'on l'avait murée... Mes persécuteurs l'ont dégagée sans doute!...

« On en disait la clef jetée au fond de l'étang? Ils en auront fait forger une autre... Oh! le malheur est sur les châtelaines de Coëtquen! »

Blanche s'approche de la fenêtre et se dresse sur la pointe des pieds, sans parvenir à atteindre les barreaux de la meurtrière.

— Je veux voir! dit-elle, il faut que je voie!

La jeune femme prend son escabeau, le place sur le banc de bois qui lui sert de lit, et, tendant les mains en avant, il lui devient possible de se cramponner aux barres de fer.

Son regard éperdu n'embrasse que la nappe bleue de l'étang.

« Que les pluies le fassent déborder, pense Blanche, et je mourrai noyée. »

Elle redescend dans le cachot; les paillettes d'or semées sur l'eau lui apprennent que le jour est venu et que le soleil monte.

Tout à coup un bruit régulier, monotone, frappe son oreille; elle écoute, se demandant de quelle nature est ce bruit et s'effrayant de la terreur qu'il répand dans tout son être...

C'était un son lent et triste, dont les sonorités étouffées lui arrivaient comme un écho lointain formé de trois notes plaintives. Sans se rendre compte encore de sa nature, les martellements de ce bruit tombaient sur son cœur comme s'ils devaient le briser. Parfois elle ne les percevait plus, puis tout à coup ils venaient par bouffées, pareils à des éclats d'ouragan assourdis par la distance. A peine sensibles d'abord, ils grandirent bientôt comme un roulement de tonnerre qui descend des couches supérieures de l'air. Alors le visage de Blanche refléta une angoisse mortelle; elle plaça ses deux mains sur ses oreilles pour ne plus entendre les oscillations du bronze qui l'effarait; elle se prosterna sur le sol et répéta d'une voix étouffée :

— Les cloches ! les cloches !

Ce n'étaient plus ces cloches joyeuses qui s'éveillaient a l'aurore pour sonner l'angelus matinal et répondre à la première prière du laboureur partant pour son champ. Ce n'était point la cloche du monastère appelant à matines les moines de l'abbaye de *Léhon* cachée au sein des ombres mystérieuses de la forêt. Ce n'étaient pas non plus *les* cloches amies carillonnant les fêtes, conviant les Coëtquen dans leur banc seigneurial pour y recevoir l'encens de la main du prêtre, c'étaient des cloches éplorées sanglotant au haut d'une tour et parlant le langage de la mort à une foule en deuil...

C'étaient en effet les cloches de la chapelle de Coëtquen qui tintaient les funérailles de très-haute et noble dame Blanche Halgan, marquise de Coëtquen, comtesse de Combourg, baronne de Vaurufier...

A peine le jour avait-il fait pâlir les lampadaires de la chambre ardente que le clergé des paroisses environnantes, le curé de Saint-Hélen, les moines de l'abbaye de Léhon dont les Coëtquen étaient bienfaiteurs, s'étaient empressés de se rendre à la convocation de Florent et de Gaël. Ceux-ci recevaient avec une dignité froide les amis, les voisins venant apporter un dernier tribut d'hommages et de regrets à la jeune femme descendue prématurément dans la tombe. Les pauvres encombraient la grande cour. D'après les ordres de Florent, il fut remis à chacun un cierge et une aune de drap noir, sans préjudice de la distribution de pain qui devait leur être faite au retour des funérailles.

Deux femmes se faisaient remarquer par la sincérité de leur douleur : Rosette, la fille de l'intendant, et Miette, la fidèle suivante.

En entendant les sanglots de la femme de chambre, Rosette avait compris que ses regrets trouveraient un écho, et d'instinct elle était allée s'agenouiller auprès de Miette.

Vainement Simon et le docteur Sérénaud avaient insisté pour empêcher Rosette, dont les nerfs se trouvaient fortement ébranlés, d'assister à la levée du corps et de suivre le funèbre cortége : Rosette avait répondu d'une voix dont la résolution surprit Simon :

— C'est mon devoir ; ne cherchez point à m'empêcher de le remplir.

Tandis que les cloches de Coëtquen annonçaient le trépas de Blanche, les cloches de Saint-Hélen envoyaient à travers la distance leur lamentation désolée. De clocher en clocher, les battants de bronze heurtaient en se répondant les parois sonores, conviant les paysans, les pauvres, à la prière pour l'âme de celle qui n'était plus. Rien ne saurait rendre le caractère de cette harmonie évoquant un écho à plus de vingt lieues à la ronde. Les glas traversant l'air comme une plainte, lents, mélancoliques et pieux, noyaient le cœur d'une invincible tristesse. C'était la voix de la terre pleurant une créature mortelle, avant que les chants liturgiques forçassent les fidèles à lever les yeux vers le ciel pour y trouver l'objet d'unanimes regrets.

Quand l'absoute eut été dite, le cercueil fut placé sur un char attelé de quatre chevaux caparaçonnés de deuil, et le convoi se mit en marche vers Saint-Hélen.

Florent et Gaël suivaient à pied.

Tous deux étaient d'une pâleur de marbre ; Gaël semblait souvent près de défaillir. Alors Florent lui prenait le bras, lui parlait à voix basse, et son complice, baissant davantage le front, suivait le convoi de Blanche Halgan avec la démarche d'un homme abattu par la douleur.

— Comme les jeunes maîtres regrettent leur belle-sœur ! dit une pauvresse qui marchait non loin de Miette.

La fille de chambre regarda cette pauvresse avec une sorte de pitié. Elle avait trop bien compris les motifs de la haine de Gaël pour croire encore à ses larmes.

Quand le clergé de Saint-Hélen eut béni le corps, les seigneurs de Coëtquen montèrent dans un carrosse. Il s'agissait de faire cinq lieues, en passant par Saint-Pierre et plusieurs autres paroisses, avant d'arriver à Dinan.

A mesure que le cortége traversait la campagne, il se grossissait d'une foule sympathique. Les paysans quittaient leur charrue pour se mêler aux vassaux de Coëtquen, et quand cette foule énorme monta le faubourg du Jersual pour gagner l'église des Cordeliers, on eût dit qu'il s'agissait d'un deuil public plutôt que de l'enterrement d'une jeune femme arrivée dans le pays depuis six mois à peine. La chapelle des Cordeliers tendue de noir, remplie de moines, présentait un aspect imposant. Après les chants ordinaires, le supérieur du monastère prit la parole et rappela en quelques mots les vertus de celle qui venait de quitter ce monde. Elle avait passé comme une fleur, mais son parfum subsistait après elle; le souvenir de ses douces vertus attendrirait les regrets laissés par sa perte : la femme pieuse était devenue un ange... Certes le supérieur des Cordeliers se montra éloquent, et si des larmes coulèrent, il les sécha sous la main céleste de l'espérance.

Une pierre de marbre noir scellée dans la muraille indiqua la place où reposait la marquise de Coëtquen, et bientôt les prêtres en blancs surplis, les femmes en capes de deuil, les paysans, les barons des seigneuries voisines se dispersèrent.

Florent et Gaël ramenèrent dans leur voiture le chapelain du manoir.

C'était fait en ce monde de celle qui fut aimée du marquis Tanguy et de tous les malheureux qu'elle savait protéger et secourir!

Pendant ce temps, Blanche était restée en proie à une incommensurable douleur. Quand elle distingua le son des cloches et se rendit compte qu'elles se renvoyaient un le plan de ses beaux-frères se déroula devant elle.

— C'est la marquise de Coëtquen que l'on enterre... murmura-t-elle en frissonnant de tous ses membres; je suis morte ! bien morte ! Enfermée vivante dans ce tombeau, on m'élève là-bas un mausolée public...

« Tout à l'heure je me berçais de l'espoir que Tanguy me chercherait et finirait par me découvrir... Ah ! malheureux ! quand il me demandera, on le conduira au couvent des Cordeliers où se trouve le caveau de famille... On lui fera lire un nom sur une plaque de marbre... Il s'agenouillera, il pleurera, mais il ne me cherchera plus qu'au ciel... Ils ont tout prévu, les lâches ! De quelle habileté mes bourreaux ont fait preuve !... Moi disparue, Gaël épousera Loïse, ou du moins il croit qu'il lui sera plus facile d'aspirer à sa main... Il s'imaginait sans doute que la mésalliance de Tanguy était un obstacle... L'obstacle, ce sont ses vices... Je suis morte ! morte pour tous ! cela est affreux, horrible ! Mais je suis vivante, je veux sortir ! je veux la liberté, je veux quitter cette prison dont il me semble que les murs se rétrécissent et m'écrasent... A l'aide ! au secours ! pitié ! justice ! J'ai nom Blanche de Coëtquen ! miséricorde ! miséricorde ! »

Blanche retourna vers la porte et la frappa de son poing fermé.

Hélas ! elle n'éveilla pas même d'écho dans les corridors souterrains de la Tour-Ronde.

De nouveau elle se cramponna aux barreaux de la fenêtre, mais sa voix se brisa dans des cris impuissants.

Alors elle se sentit vaincue, et se roulant dans son manteau elle s'allongea sur le banc de bois et demeura immobile.

Depuis l'avant-veille, Blanche n'avait pris aucune nourriture; elle sentit un déchirement dans sa poitrine et comprit de quelle mort elle devait mourir.

« La faim!... murmura-t-elle; j'aurais mieux aimé un coup de couteau! »

Pauvre femme! Elle pleura longtemps sans cris, sans torsions de mains, sans éclats de sanglots. Elle pleura sa jeunesse, Tanguy qui l'avait tant aimée et la vie qui lui semblait belle.

Puis, comme elle était pieuse d'une angélique piété, elle reçut le calice amer de la main de Dieu et s'inclina sous la main souveraine qui la frappait.

Tout à coup elle tressaillit. Une pensée rapide comme un éclair traversa son esprit défaillant, une palpitation violente souleva son sein.

— Je ne peux pas mourir! fit-elle en se soulevant. Et mon enfant? l'enfant de Tanguy?

Alors, agenouillée sur le lit de camp, elle pria comme prient les mères : elle voulut faire violence au ciel, elle adjura Marie d'avoir pitié d'elle; elle pria comme Azarias et ses compagnons durent invoquer Dieu dans la fournaise, comme Daniel l'appela à son aide dans la fosse où rugissaient les lions du désert.

Elle pouvait se résigner, s'il ne se fût agi que d'elle; mais une créature innocente ne pouvait périr... Oh! combien elle pleura, l'infortunée! comme elle supplia le ciel de lui rendre la justice à laquelle elle avait droit! N'ayant plus rien à attendre des hommes, elle ne perdit pas confiance en Dieu.

Si quelque chose se trouvait en ce moment plus grand que sa douleur, c'était sa foi inébranlable.

On ne peut dire qu'elle s'endormit; elle s'évanouit plutôt dans le sentiment de sa mortelle tristesse et resta sans mouvement et sans pensée.

Elle ouvrit les yeux en sentant ses paupières brûlées par une soudaine clarté. Gaël et Florent se trouvaient devant elle.

En les reconnaissant, Blanche poussa un grand cri :

— C'est vous? fit-elle, vous? Le repentir a pénétré dans votre âme... Vous vous êtes dit que l'épreuve était trop cruelle, s'il s'agit d'une épreuve, et qu'une telle souffrance expierait toutes les fautes... Je me disais bien que vous ne pouviez être si méchants... Soyez tranquilles! je me tairai... Jamais Tanguy ne saura...

— Vous avez raison, madame : Tanguy ne saura jamais que Blanche Halgan est prisonnière dans le château qu'il lui avait donné...

— Oh! ce n'est pas possible, vous m'effrayez encore...

— Avez-vous entendu les cloches?

— Oui, répondit Blanche en frissonnant.

— Elles annonçaient votre trépas à tous... Ce matin, vous avez été inhumée en grande pompe... la dernière marquise de Coëtquen a pris place dans le caveau de famille... Dans quatre jours, Tanguy apprendra son malheur et ce sera nous qui sècherons ses larmes.

— C'est donc vrai? ces chants, ces psalmodies étaient le complément de votre odieux mensonge?... Vous appelez la bénédiction du ciel sur un cercueil vide, et dans quelque temps votre pitié sacrilége se raillera du désespoir de Tanguy... Oh! je ne voulais pas croire, dans ma naïve candeur, qu'il existait des hommes capables de rêver et d'accomplir de pareils attentats... Que vous avais-je fait pour mériter tant de haine? Répondez! que vous avais-je fait?

— Croyez-vous, demanda Florent d'une voix âpre, que l'on entre ainsi de vive force dans une famille en exploitant la reconnaissance d'un gentilhomme généreux?

— Le rang auquel vous me reprochez d'avoir monté, reprit Blanche avec une dignité simple, ne fut jamais l'objet de mon ambition... Quand mon père sauva la vie de Tanguy, il ne s'informa point s'il était gentilhomme ou bourgeois... L'existence d'une créature de Dieu lui parut sacrée ; il risqua la sienne pour la défendre... Tanguy ne nous apprit point son nom, il nous cacha ses titres, sa fortune... Il eût craint d'être refusé, en raison même des avantages inespérés que présentait une telle union... Ce fut seulement quand il fut certain de ma tendresse qu'il m'apprit que mon fiancé s'appelait le marquis de Coëtquen... Certes cette révélation ne pouvait rien ajouter à mon attachement, mais je ne me crus pas plus honorée par l'alliance de Tanguy qu'il ne s'imagina descendre en la contractant... Et je vous prouve aujourd'hui que je méritais de porter ce vieux nom, puisque je subis sans pâlir et vos outrages et vos menaces !

La noblesse d'attitude de Blanche frappa Gaël et força malgré lui Florent à détourner les yeux.

La jeune femme s'aperçut de l'impression qu'elle venait de produire sur le plus jeune de ses beaux-frères, et, s'avançant vers lui, elle reprit en levant sur le misérable interdit et tremblant ses beaux yeux noyés de pleurs :

— Vous ne pouvez, lui dit-elle, avoir oublié que je vous ai tendu la main de bonne foi... Notre mutuelle alliance fut scellée d'une promesse...

« Si je n'ai pu vous seconder dans vos projets, Gaël, Dieu m'est témoin qu'ils étaient irréalisables... Vous ne pouvez être cruel à votre âge, Gaël. Songez donc ! moi, j'ai dix-sept ans ! dix-sept ans comme Loïse, cette Loïse que vous aimez et qui est un ange ! »

Ce nom remua dans le cœur du jeune homme une fibre de pitié. Blanche reprit en insistant :

— Je vous gêne ; vous voulez que je disparaisse : soit ! je disparaîtrai...

— Tanguy vous tient au cœur ; vous reviendriez...

Blanche balbutia dans un sanglot :

— Tanguy ! Tanguy !

Un moment elle resta perdue dans sa douleur, puis elle reprit :

— Eh bien! s'il vous faut le serment de ne jamais le revoir, je le ferai... Je jurerai sur mon âme, sur mon salut éternel... car il faut que je vive!...

Elle comprit que Gaël faiblissait, et tombant à ses genoux :

— Grâce ! fit-elle, grâce ! je fuirai, je quitterai le pays, et nul n'apprendra jamais rien du cruel mystère de ces derniers jours. Je surmonterai mon amour pour Tanguy, par amour pour le fils dont j'attends la venue... Si vous le voulez, je me cacherai dans quelqu'une des misérables cabanes accrochées aux flancs du mont Saint-Michel, je travaillerai de mes mains pour nourrir mon enfant... Mon père lui-même me croira morte... Vous verrez bien que je serai fidèle à mon serment... J'élèverai mon petit enfant dans le silence, la prière et les larmes... Jamais il ne verra les tours de Coëtquen... Jamais il ne saura que Tanguy est son père, que Florent et Gaël sont ses oncles... Oh! pitié! pitié pour lui qui n'a jamais pu encore offenser personne!... Gaël, il me semble que vous me prenez un peu à merci... Faites-moi grâce et je demanderai au Seigneur de vous rendre heureux, et je lui dirai de toucher le cœur de Loïse et de l'incliner vers vous...

En parlant ainsi, Blanche se traînait sur les genoux, levant ses bras tordus par l'angoisse, tantôt voilée de ses longs cheveux blonds, tantôt les rejetant en arrière.

Gaël frissonnait et une sorte de pitié s'éveillait en lui.

Blanche saisit ses mains, elle les arrosa de larmes, elle les couvrit de baisers; la victime se roulait dans la poussière aux pieds du bourreau.

Florent comprit que Gaël pouvait se laisser vaincre. D'un bras rude il releva Blanche, et la secouant comme un arbuste frêle :

— Vous nous voyez pour la dernière fois, lui dit-il ; do-rénavant, c'est Simon qui vous apportera votre pain et votre cruche d'eau.

Puis le comte voulut entraîner Gaël.

Mais d'un bond Blanche s'élança vers le plus jeune des Coëtquen ; elle s'attacha à ses vêtements, elle l'enlaça de ses bras.

— Ne me laissez pas ici ! dit-elle avec égarement ; j'ai peur, j'ai froid... j'y deviendrais folle... Gaël, au nom de votre mère ! au nom de Loïse !

Florent arracha le poignard passé à sa ceinture...

Et, saisissant Blanche par sa longue chevelure, il leva l'arme meurtrière sur la malheureuse qui se tordait à ses pieds.

Ce fut au tour de Gaël de se précipiter sur Florent. Il arracha l'arme dont la pointe venait d'effleurer la poi-trine de Blanche, et le brisant sous ses pieds :

— J'ai dit que je ne voulais pas de sang ! fit-il.

Blanche se releva, et debout devant les deux frères, les bras croisés sur son sein frémissant, elle les enveloppa de l'éclat de son regard indigné. Le pouvoir de cette inno-cence persécutée donnait à son pâle visage une autorité suprême. Jamais elle n'avait paru si belle : l'auréole du malheur, d'un malheur arrivé à son paroxysme, la cou-ronnait d'un nimbe de martyre.

— J'ai assez prié, dit-elle, je me suis assez humiliée... Blanche Halgan, la fille du matelot, a pu un moment ou-blier les leçons de courage que lui donna son père, et la marquise de Coëtquen ce que désormais elle doit à son rang... Je ne demande plus rien, j'exige... Vous allez me laisser libre passage, et à cette condition je vous promets le silence... Sinon, écoutez bien les paroles de celle que vous tenez aujourd'hui en votre pouvoir... L'avenir me vengera d'une façon cruelle... pour avoir eu à mon égard la férocité des tigres, vous serez frappés dans vos affections les plus chères... dans votre ambition et votre avarice, Florent; dans votre tendresse, Gaël... La complicité qui vous lie aujourd'hui vous séparera plus tard... Vous apprendrez ce que pèse la chaîne d'un mutuel forfait... Chacun de vous souhaitera la mort de son frère comme vous désirez la mort de la femme de Tanguy... Quand et comment arriveront ces choses, je ne saurais vous le dire... je distingue à travers un brouillard des événements sanglants et lugubres !... Ce que je sais, c'est qu'en dépit de mon pardon vous serez châtiés et que mes prières ne pourront rien pour vous !

Et Blanche, le bras étendu vers les deux criminels, leur dit d'une voix dans laquelle la majesté se mêlait à la résignation :

— Et maintenant sortez, messieurs de Coëtquen ! nul n'a le droit d'insulter les morts !

X

UN COUP DE FOUDRE

Les chevaux du marquis de Coëtquen couraient sur la route avec une rapidité fantastique, et cependant, malgré leur vertigineuse allure, Tanguy mettait de temps en temps la tête à la portière et répétait d'une voix moins impérieuse que pressante :

— Plus vite ! Jacques, plus vite !

Le cocher cinglait d'un coup de fouet les nobles bêtes surprises d'un traitement aussi cruel qu'inusité, et le carrosse du marquis de Coëtquen disparaissait entre les hautes murailles des fossés garnis de plantes ligneuses et de grands sureaux odorants. Il avait grande hâte d'arriver, le maître du manoir dont la grosse tour ronde dessinait sa lourde masse sur le ciel orangé par les teintes du soleil couchant. Jamais plus belle soirée d'automne n'avait répandu ses splendeurs sur un plus magnifique paysage. Aussi loin que s'étendait le regard, il apercevait des arbres, et puis des arbres encore, si bien que l'on aurait pu donner à cette partie de la Bretagne la poétique appellation des bois situés sur les croupes du mont Olympe : *la mer de feuilles.*

Les dernières hauteurs se fondaient dans une brume bleuâtre s'harmonisant elle-même avec les grandes bandes pourprées des nuages fuyant par une bise d'octobre. Une fournaise rayonnante brûlait les regards à l'occident ; les

prés s'inondaient d'un reflet lumineux sur lequel se déta-
chaient les grandes vaches rousses, les chevaux noirs à
courte crinière, les moutons bruns et les chèvres blanches.

Les filets d'eau miroitaient entre les berges de cresson,
et tout à l'horizon l'étang, transformant ses nappes bleues
sous les ardeurs de la lumière, paraissait lui-même un lac
de feu, tant il réfléchissait dans ses transparences les
nuages de cuivre et d'or amoncelés dans le ciel.

Encore un peu, ce serait le crépuscule; mais au moment
où pour la dernière fois le marquis de Coëtquen encouragea Jacques à doubler la vitesse d'allure de son attelage,
c'était le jour encore, le jour s'achevant dans les splendeurs de lumière qui n'appartiennent qu'à l'automne.

Malgré son impatience d'arriver, Tanguy jouissait de
ce magnifique spectacle. Il trouvait d'ailleurs le château
plus pittoresque, les bois plus ombreux, l'étang plus lumineux et plus pur, les futaies plus gaies aux regards, et la
ceinture de joncs de l'étang plus poétique, depuis que
Blanche passait dans les vastes salles de Coëtquen, chassait dans la forêt vieille comme les pierres levées, se promenait en barque sur l'eau sans rides et rentrait souvent
les bras chargés d'iris et de flambes des marais.

Le marquis revenait de défendre, à Rennes, le pouvoir
et la volonté du Roi contre les réclamations du parlement.
Il s'effrayait de la propagation des idées de M. de La Cha-
lotais, et il avait cru de son devoir de protester contre un
envahissement qui pouvait d'un seul coup ruiner la religion et la monarchie. Le caractère du marquis était un de
ceux que rien ne fait dévier de la ligne droite. Il comptait
pour rien ses intérêts quand il s'agissait de son honneur.
Aimant la vie intime, il s'était tenu à l'écart des luttes de
la parole, mais quand il se croyait obligé à tirer l'épée, il
était de ceux qui se battraient avec la poignée même après
que le fer se serait brisé !

Tanguy considérait la noblesse comme une responsabilité plutôt que comme un privilége. Il n'eût jamais cédé aucune des prérogatives que lui concédaient ses titres, mais c'était moins par vanité que par tradition chevaleresque.

Les nouveaux mariés couraient encore la quintaine à Coëtquen; le marquis tenait chaque année une foire dans ses prairies; mais si les paysans payaient une taxe par tête de bétail, le marquis tenait pour eux table ouverte, faisant percer les fûts de cidre de ses caves et jouer tous les ménétriers du canton pour la danse qui terminait la fête. Les poissonniers de l'étang joûtaient encore à certains jours. Les redevances de cent et quelques paroisses renfermées dans les domaines de Combourg, Coëtquen et Vaurufier étaient considérables; mais les intendants avaient ordre de se montrer pitoyables, et l'aumône rendait aux chaumières délabrées une partie des fermages reçus. En un mot, Tanguy de Coëtquen était resté le digne descendant de sa race. On pouvait l'attendrir, non pas lui refuser son droit. Il ne comprenait rien aux nouvelles idées qui, sous le nom de philosophie, essayaient d'anéantir et même de flétrir un glorieux passé. Il voulait vivre et mourir en Coëtquen. Un malheur public l'eût trouvé prêt au dévouement; il eût vendu ses terres pour le service du Roi; mais il eût impitoyablement chassé de sa maison un homme gâté par les nouveaux principes. Ce qu'il servait, il le servait jusqu'au sacrifice; ce qu'il adorait, il l'adorait jusqu'au martyre. Son Roi et son Dieu, pendant longtemps il ne connut que ces deux cultes. Quand il devint le mari de Blanche, il ajouta un bonheur à sa vie, mais la tendresse qu'il portait à sa femme n'eût jamais empêché Tanguy de Coëtquen de remplir ce qu'il regardait comme une obligation sacrée.

Ce devoir rempli, le marquis s'avouait que l'absence

avait été longue. Il lui tardait de revoir sa femme, d'apprendre ce qu'elle avait fait et pensé durant cette semaine occupée par lui d'une façon sérieuse, mais qui, pour Blanche, s'était sans doute traînée dans l'impatience de l'attente.

Il se sentait si heureux que, voyant un gardeur de chèvres sur la route, il lui jeta un écu.

L'enfant se signa, mais il s'enfuit au lieu de le ramasser.

— Il ne l'a pas vu ! pensa le marquis.

Un peu plus loin, la maigre silhouette de Jeanne la Fileuse se dessina sur la route. Tanguy la savait pauvre et fière. Il ne voulut pas l'humilier par une aumône, et prenant un écu de six livres dans sa bourse, il lui dit en le lançant dans son tablier :

— Priez pour la famille de Coëtquen, Jeanne !

Il n'est pas rare en Bretagne que l'on offre une pièce de monnaie à de pauvres gens, soit pour qu'ils récitent des prières, souvent même pour qu'ils fassent un pèlerinage.

Jeanne se leva avec lenteur, s'agenouilla sur le sol après avoir posé sa quenouille, et prononça distinctement :

— *De profundis clamavi ad te, Domine...*

Coëtquen n'en put entendre davantage.

— Pauvre vieille ! dit-il, elle prie pour mes aïeux, et je souhaitais qu'elle demandât au ciel du bonheur pour les chers vivants qui tiennent aux racines mêmes de mon cœur.

Enfin la voiture côtoya l'étang, les ponts résonnèrent sous les pieds des chevaux.

Le marquis respira pour ainsi dire une bouffée de joie.

Les serviteurs ne se hâtaient point cependant de remplir leur service. Le valet de chambre mit une sorte d'acti-

9

vité gauche à s'occuper de son maître après l'avoir fait attendre. Les valets de pied n'étaient pas à leur poste habituel. On eût dit le château de Coëtquen plongé par un enchanteur dans un sommeil léthargique.

Tanguy sentit cela plutôt qu'il ne le détailla. Il quitta son carrosse et gravit le perron avec une hâte facile à comprendre. Au moment où il allait monter l'escalier, Florent parut sur le seuil du grand salon du rez-de-chaussée et brusquement il se jeta dans ses bras.

Le cadet de Coëtquen n'était pas d'une nature caressante : cet accueil étonna plus qu'il ne réjouit Tanguy. Il embrassa cependant son frère, et celui-ci l'entraîna dans le grand salon.

Gaël s'y trouvait. La tête penchée sur un livre, il feignait d'être absorbé dans sa lecture ; quand il vit Tanguy, il se leva tout debout et mit dans la main de son frère une main froide comme le marbre.

— Je suis heureux de vous voir, dit Tanguy, oui, bien heureux, Florent ! On pense qu'il est facile de passer huit jours hors de chez soi, n'en croyez rien... Ici tout m'attire, me garde et m'enchante... Décidément, je ne suis bon qu'à faire un gentilhomme campagnard... Maintenant je monte à l'appartement de Blanche.

— Tu le trouveras vide, répondit Florent.

— Blanche est sortie ? dit Tanguy avec l'expression d'un vif regret. Au fait, j'ai négligé d'annoncer mon arrivée... elle ne tardera pas à rentrer ; l'heure du souper s'approche, la soirée devient fraîche, et sa santé...

Les deux frères de Tanguy restèrent silencieux.

Le marquis fut frappé de ce silence, et pour la première fois il s'aperçut de la pâleur de Florent et du tremblement de Gaël.

— Blanche ! dit-il ; où est Blanche ?

— Je vous l'ai dit, elle n'est pas à Coëtquen.

— Il lui est arrivé un malheur ! s'écria le marquis ; vous me cachez la vérité !... Que signifient ces réticences ? pourquoi détournez-vous les yeux ?... Blanche est malade ?... Mais répondez donc ! répondez donc tous deux ! vous voyez bien que je meurs d'impatience.

Florent étreignit le marquis sur sa poitrine.

— Calme-toi, calme-toi, de grâce !... rappelle toute ta fermeté, dis-toi que nous avons pour toi l'affection la plus tendre et que cette affection a longtemps suffi à notre bonheur.

Tanguy s'arracha des bras de Florent et lui demanda d'une voix douce dont l'accent eût ému un tigre :

— Blanche ! Blanche ! où est Blanche ?

Gaël cacha son front dans ses mains.

Le marquis crut à une explosion de douleur de la part de son frère.

— Tu pleures ? s'écria-t-il ; Blanche est morte ?

Florent courut à Tanguy :

— C'est un malheur ! un immense malheur !

— Blanche est morte ! répéta Tanguy avec une sorte d'hébètement ; je l'ai quittée belle, fraîche, souriante au travers de ses larmes, et quand je reviens, quand je l'appelle, on me répond : « Elle est morte ! » comme cela... Il s'agirait d'un faucon, on m'apprendrait de la sorte qu'il s'est enfui... Mais cela ne se peut pas ! c'est impossible ! la santé fleurissait sur sa joue... Elle était heureuse ; Blanche m'aimait et je l'aimais... C'est une épreuve ! elle a voulu voir quelle impression me causerait une pareille nouvelle : c'est un jeu cruel, un jeu qui pourrait me tuer, le savez-vous, mes frères ?... Blanche morte ! Allons donc ! est-ce que je me serais senti si joyeux de rentrer au château, si je n'avais pas dû la retrouver à Coëtquen ?

Tanguy repoussa brusquement ses frères, bondit hors du salon et gravit le grand escalier.

Sur le palier, il aperçut Miette.

La pauvre fille tomba à genoux en sanglotant :

— Pauvre madame ! fit-elle, pauvre madame !

Tanguy releva Miette. Sa douleur le prenait à la gorge et l'étranglait.

— Viens ! dit-il, viens !

Il l'entraîna dans la chambre de Blanche.

Cette chambre était restée telle que le dernier jour : le lit blanc sur lequel Blanche avait été couchée gardait l'affaissement léger produit par son corps délicat ; les bouquets flétris remplissaient les vases, les torches de cire étaient usées dans leurs bobèches à pendeloques de cristal. C'était bien l'abandon, la solitude, la mort...

Tanguy, frappé par ce tableau et par la douleur de Miette, reçut au cœur un choc si violent qu'il tomba dans un fauteuil et y resta, les yeux clos, les lèvres frémissantes, sans qu'une larme coulât de ses yeux.

Miette, assise à terre sur ses genoux repliés, attendait que son maître l'interrogeât.

La violente douleur du marquis ravivait la sienne : elle sanglotait au souvenir de celle qui n'était plus.

Après un long moment passé dans cette prostration douloureuse, Tanguy demanda à la jeune fille :

— Que s'est-il passé ? raconte-moi tout...

Miette s'efforça de se calmer, et répondit toute haletante encore de sanglots.

— C'est avec moi que madame a passé ses deux dernières journées.

« Nous allions d'une cabane à l'autre, donnant des habits, de l'argent...

« Les pauvres bénissaient madame la marquise qui me disait en souriant :

« — Miette, je prépare à mon fils un héritage de recon-
« naissance !

« Oh ! qui eût dit, quand elle passait si gaie, que le soir, le soir même... Nous rentrâmes tard... madame avait mangé du pain bis dans une ferme... une fantaisie... J'apprêtai sa chambre... Je me souviens qu'au moment où je rangeais les objets de nuit, le comte et le vicomte de Coëtquen sortaient avec grand fracas...

— Où allaient-ils ?

— Je ne m'en informai pas, monsieur le marquis... Quand j'eus terminé mon service, madame me dit : « Tu peux te retirer, Miette ! » Je voulais coiffer madame pour la nuit, mais elle passa dans son oratoire... Qu'est-il advenu ensuite ? je l'ignore... Je me souviens que j'avais le pressentiment d'un malheur... monsieur le marquis était parti un vendredi, et je le fis remarquer à madame... le vendredi, un treize... et puis les oiseaux de nuit battaient des ailes à sa fenêtre... Je dormis mal... je fis d'affreux songes... Quand j'entrai le matin, surprise de ne me pas entendre sonner par madame, je vis ma maîtresse couchée, les bras allongés sur ces draps, froide déjà, et ses grands yeux bleus fixés sur le tableau de la Vierge... J'appelai, j'avais peur... Je ne pouvais croire cependant qu'elle fût morte... Le docteur Sérénaud accourut... Il nous certifia la fatale nouvelle..

— Morte ! morte ! répéta Tanguy.

— Alors, monsieur le marquis, nous ne pensâmes plus qu'à honorer le trépas de celle qui avait été une vraie sainte... Ce fut un grand deuil mené par toutes les paroisses de Vaurufier, Coëtquen et Combourg... et enfin la pauvre chère marquise fut ensevelie dans la chapelle des Cordeliers de Dinan...

Tanguy répéta d'une voix sans timbre :

— Blanche est morte ! Blanche est morte !

Après un moment pendant lequel Tanguy retomba dans sa prostration désespérée, il dit à Miette

— Tu es une bonne fille... Tu aimais ta maîtresse... laisse-moi seul maintenant.

Miette se releva, jeta sur le marquis un long regard de compassion et s'éloigna. La pauvre créature comprenait qu'une douleur semblable à celle de son maître ne pouvait avoir de témoin.

Quand Miette eut disparu, le désespoir de Tanguy, qui jusqu'alors avait gardé une sorte de pudeur, ne connut plus de bornes. Le mari de Blanche se précipita à genoux près du lit de sa femme, il cacha son front dans les oreillers, pleurant, sanglotant, poussant des cris farouches, ou s'abandonnant à des regrets empreints de la douceur des chagrins de l'enfance... Il l'appelait des noms les plus tendres, il la redemandait à Dieu ! Il faisait des vœux et promettait des pèlerinages. Parfois, oubliant qu'il était chrétien, il maudissait la main qui le frappait en plein bonheur, puis, repentant, il implorait grâce.

— Mon Dieu ! disait-il, appelez-moi à vous si vous me l'avez reprise... Elle était ma joie, ma conscience, ma vertu... elle me rendait bon, elle me créait doux et pieux comme elle... Que voulez-vous que je fasse, privé de celle que vous m'aviez donnée pour compagne? Ah ! si vous n'avez pitié, Seigneur, vous voyez bien que je ne peux plus vivre ! Pourquoi me l'avez-vous donnée, si vous deviez me la reprendre?... Si ce malheur effroyable me devait frapper, si vous aviez condamné cet ange... j'aurais voulu entendre sa dernière parole... recueillir son dernier regard... Mais sans menace, sans avertissement, sans souffrance, vous l'arrachez de mes bras!... J'arrive le cœur rempli de son souvenir, trouvant que les chevaux ne brûlent pas assez la route, et je ne trouve rien, pas même son cercueil, pas même sa froide dépouille devant laquelle j'irais m'agenouiller !... pas même une boucle de ces cheveux blonds qui la faisaient ressembler à un ange !... Je ne suis qu'un

ᴛomme, je suis faible; mon cœur s'était attaché à elle
avec une indestructible puissance... elle faisait partie de
moi-même... Nos cœurs étaient unis comme nos deux noms
étaient gravés sur nos anneaux de mariage...

« Je ne lui survivrai pas! Non, je ne veux pas lui survivre!»

Tanguy resta penché sur le lit de Blanche, jusqu'à ce
qu'il roulât sur le sol évanoui de douleur.

Florent fit mander en secret le docteur Sérénaud.

Le chapelain, qui crut devoir laisser s'exhaler dans la
solitude la première douleur de Tanguy, se présenta vers
le milieu de la nuit dans la chambre que le gentilhomme
n'avait pas quittée.

Il adressa au marquis quelques paroles émues. Il ne lui
parla d'abord que de la perte qu'il avait faite. Mais après
lui avoir retracé les aimables qualités de sa compagne, ses
vertus sérieuses et fortes, il la lui montra glorieuse de ces
vertus mêmes, resplendissante au ciel de leur éclat devenu
surhumain. Il lui répéta que l'accès d'un désespoir terrestre
blessait désormais cette âme angélique; qu'elle voyait les
choses de ce monde, même les plus légitimes et les plus
pures, avec le regard paisible des élus et des anges; qu'elle
attendait de lui la résignation qui soutient et le courage
qui descend du ciel à notre prière. Mais le marquis répondit à toutes les exhortations du chapelain :

— Blanche est morte! Je veux mourir!

Il fut impossible de l'arracher de la chambre dans laquelle sa femme avait rendu le dernier soupir.

Le digne prêtre se dissimula dans un angle, et s'agenouillant il se mit à prier pour celui que le chagrin ne
ployait pas sous la main divine.

Florent et Gaël essayèrent d'entraîner le marquis; leur
insistance le jeta dans un paroxysme de douleur désespérée.

— Vous ne l'aimiez point! dit-il; vous ne pouvez me comprendre! Ma femme était restée pour vous Blanche Halgan, et votre sang de Coëtquen bouillonne contre elle... Elle morte, vous n'avez plus à rougir d'une mésalliance... Vous dissimulez mal sous le masque de la pitié la joie orgueilleuse que vous éprouvez... Blanche était l'objet de votre haine... je le sais, oh! je le sais!

— Tanguy, dit Florent, tu réviendras sur cette impression injuste. Tu nous rendras un jour ce témoignage que, si nous avons d'abord repoussé la fille du caboteur, du moment qu'elle fut ta femme elle nous devint chère... Nous refusâmes d'assister à son mariage, mais nous avons conduit son deuil!

— Je suis fou! vous avez raison, Florent, je suis fou... je vous crois de bons frères...

Il se tourna vers Gaël.

— Pardonne l'emportement de mon désespoir... Oh! Gaël! Dieu te garde de perdre jamais une créature qui te soit chère!

— Tanguy! Tanguy! dit Gaël en prenant son frère dans ses bras, je ne puis voir ta douleur sans être remué jusqu'au fond de l'âme. Je ne saurais me pardonner... Je ne puis, non, je ne puis pas voir couler tes larmes! Florent! Florent! Tanguy est notre frère !

Le comte appuya sa lourde main sur l'épaule de Gaël.

— C'est parce qu'il est notre frère, dit-il, que nous ne devons pas nous imposer à lui... Venez, Gaël! Quand il voudra se rapprocher de nous, il se souviendra que notre affection veille avec sa douleur.

A peine Gaël et Florent se trouvèrent-ils seuls que Florent dit à son frère :

— Perdez-vous la raison?... Ce qui est fait est fait.

— Mais Tanguy mourra! s'écria Gaël.

— Quand vous aurez mon âge, vous saurez qu'on ne

meurt pas ce douleur... Et puis, après? Blanche est morte
pour le monde, pour tous... nous n'avons pas le droit de
dire ici, de prouver le contraire... De quel œil croyez-vous
que Tanguy regarderait ses bourreaux?... Le déshonneur,
un déshonneur irréparable s'attacherait à nos noms... Il
faut avoir l'énergie du crime quand on prétend en recueillir les bénéfices... vous épouserez Loïse de Matignon, et
vous oublierez...

— Vous êtes heureux, mon frère, répliqua Gaël avec
un amer sourire ; vous gardez le calme de vos nuits, et
votre front ne porte pas une ride... Depuis une semaine,
j'ai vieilli de dix ans... des hallucinations folles troublent
mes sens... j'entends sans trêve la voix de Blanche tantôt
me demandant grâce et pitié, tantôt nous maudissant de
toute la hauteur de son innocence... Son fantôme blanc
me suit en tout lieu ; je la retrouve glissant sur le bord de
l'étang et dans ma chambre où je crois la voir se rouler à
mes pieds toute inondée de sa chevelure d'or pâle... Est-
ce que je la verrai toujours ainsi, Florent?

— Vous êtes un enfant, dit Florent avec mépris ; ce
fantôme sera conjuré par Loïse de Matignon.

— Et si Loïse me repoussait encore?

— Cela ne se pourra pas, Gaël.

— Pourquoi?

— Nous serons trop riches pour cela.

— Nous n'hériterons pas de Blanche, cependant?

— Qui sait?... Tanguy se consolera... mais Tanguy ne
se remariera jamais... Je puis certifier qu'avant six mois
il m'aura doté du comté de Combourg et que vous serez
en possession de la baronnie de Vaurufier... Dès lors vous
ne serez plus un cadet de famille ayant à choisir entre
l'épée et le petit collet; vous serez un gentilhomme me-
nant grand train, et le comte de Matignon n'est point
insensible à ces avantages... Or Loïse, toute disposée qu'elle

soit à passer sa vie dans un cloître, n'osera jamais désobéir
à son père... La fortune, le bonheur sont au prix de votre
silence! Le comprenez-vous enfin?

— Je le comprends! dit Gaël d'une voix sombre.

— Et vous vous tairez?

— Je me tairai.

Les deux frères se séparèrent sans échanger un regard,
sans se presser la main.

Tanguy refusa de quitter la chambre de Blanche; il
repoussa les aliments qui lui furent offerts. Son désespoir
prit un caractère farouche dont rien ne put triompher. La
foi semblait éteinte dans son âme. Il cherchait Blanche
sur la terre et ne pouvait lever les yeux en haut pour la
retrouver...

Le chapelain restait presque continuellement dans un
angle de la chambre.

Tanguy ne paraissait pas le voir; quand le prêtre
s'approchait pour lui parler, il le repoussait doucement
du geste et retombait dans son mutisme désolé.

Le quatrième jour, le danger que courait Tanguy devint sérieux. S'il ne parvenait pas à triompher de sa
douleur, cette douleur allait le tuer à son tour. L'humble
serviteur de Dieu rassembla ses forces, il fit appel à toute
l'autorité de son sacerdoce, et revenant près du fauteuil
où Tanguy semblait engourdi et à demi mort il lui dit
d'une voix grave :

— Vous n'aimiez pas votre femme, marquis!

Tanguy se souleva en se cramponnant des deux mains
aux bras de son fauteuil.

— Je ne l'aimais pas, dites-vous! c'est un blasphème!
un blasphème!

— Un blasphème ne s'adresse qu'à Dieu, mon fils; si
parfaite que fût celle que vous pleurez, elle était une créature... J'ai dit que vous ne l'aimiez pas... j'ajoute que

vous-même vous ne croyez pas à la puissance de votre tendresse.

— Mais elle me tue! s'écria Tanguy.

— Vous vous suicidez! dit froidement le prêtre.

— Soit! la force me manque pour subir l'épreuve.

— Croyez-vous votre supplice fini après votre trépas?

— Je ne pleurerai plus ma femme, au moins!

— Malheureux! vous serez dévoré par l'éternel regret de l'avoir perdue... Ne pensez pas que je reste insensible à votre souffrance... Je la devine, je la comprends, je la partage avec les entrailles de ma charité... Regrettez, pleurez, mais gardez l'espérance!... Cette femme qui a quitté la terre des larmes vous attend là-haut... Elle vous voit dans le désespoir et reste impuissante à vous consoler... Le courage doit venir de vous! Il faut accepter le calice pour avoir le droit de retrouver votre ange dans le ciel où elle vous attend... Vous tuer, c'est vous séparer sans fin de celle dont l'absence vous foudroie! Blanche n'est pas morte, car l'âme est immortelle; Blanche est endormie, elle ressuscitera rayonnante pour vous dire : « L'espérance te trouve victorieux, viens là-haut où les sentiments les plus légitimes s'épurent encore... Tu m'as pleurée sur la terre, je t'appartiens pour l'éternité! »

Tanguy leva sur le prêtre des regards voilés de larmes.

Le chapelain lui prit les mains et ajouta avec effusion :

— Ce n'est pas tout encore : votre femme vous a légué son héritage... Accomplissez les œuvres rêvées par elle; que les écoles, les chapelles, les hospices dont elle dessinait les plans s'élèvent par vos ordres; vous ne serez digne de la rejoindre qu'après avoir réalisé ses vœux les plus touchants.

« Alors Dieu vous prendra en pitié, il vous ouvrira le

port où Blanche est rendue... La prière tombera sur votre âme comme une rosée rafraîchissante ; vous vous remettrez dans les mains du Dieu qui guérit et console, et vous serez sauvé.

— Croyez-vous que Dieu me rappelle à lui, si j'essaie de réagir contre mon désespoir ?

— Dieu vous aime, répondit le chapelain ; que ce mot vous suffise.

— Vous m'avez enseigné mon devoir, dit Tanguy d'une voix éteinte... Oui, les derniers souhaits de Blanche seront remplis ! L'école sera fondée, l'hospice s'ouvrira pour les malades, et après...

— Eh bien ? demanda le chapelain.

— Après, dit Tanguy du même accent désolé, si Dieu ne m'est pas venu en aide, je reprendrai mon droit de mourir...

— Mais vous me promettez...

— Je vous promets, monsieur l'abbé, de vivre, mais non point de m'attacher à la vie... de faire le bien autour de moi, et non pas de me soumettre au châtiment qui me brise !

Le chapelain tomba à genoux.

— Mon Dieu, dit-il, j'ai commencé l'œuvre ; achevez-la !

Le soir même, le marquis de Coëtquen prenait des aliments légers.

Ce qu'il avait dit, il le réalisa. Des architectes furent mandés, on dressa des plans, on fournit des devis ; les travaux commencèrent. Le marquis les surveillait avec un empressement étrange, mais son visage conservait la même immobilité. Sa voix n'avait plus de sonorité ; il semblait traverser la vie et ne point s'y fixer. Le silence lui était devenu habituel. Il fuyait tout le monde, même ses frères, même le chapelain. Quand il ne pouvait éviter celui-ci, il se contentait de dire :

— L'école s'avance, l'hospice s'achève, Dieu ne me console pas.

Deux créatures seulement lui restaient sympathiques : Rosette, la fille de l'intendant, et Miette, l'humble fille de chambre.

Il ne doutait point de la tendresse de ces cœurs naïfs pour celle qui n'était plus; et lorsqu'il rencontrait Rosette dans les jardins il ne manquait jamais de l'aborder et d'amener l'entretien sur la chère morte.

Un matin, il remarqua la pâleur de la jeune fille.

— Monsieur le marquis, dit-elle, si je meurs, vous ferez dire des messes pour moi, n'est-ce pas?

— Pourquoi ces idées lugubres, Rosette?

— Je ne sais pas, dit-elle, car le docteur affirme que je ne suis point malade.

Elle ajouta d'une voix mystérieuse :

— Ne croyez-vous pas que les morts aimés exercent sur vous une puissance étrange?... Le mal qui a tué la marquise me tuera... souvenez-vous-en, marquis de Coët-quen .. Où elle est, je me sens fatalement attirée...

— Pauvre enfant, dit le marquis, vous êtes comme moi, vous ne vous consolez pas !

Simon parut en ce moment.

— Emmenez votre fille, mon brave Simon, dit le marquis; je voudrais pouvoir vous payer tous deux du bien que me fait votre sympathie.

Cette sympathie n'empêcha pas le marquis de s'absorber de plus en plus dans son désespoir.

En se fixant une trêve, il ne s'était point fait grâce. Son âme restait fermée à l'espérance. Il laissait le chapelain l'entretenir des choses du ciel, mais elles ne le consolaient pas. Quand il suivait du regard les ouvriers travaillant à l'hospice, il murmurait :

— Blanche me remerciera quand j'irai la rejoindre !

Et souvent il ajoutait :

— L'heure s'approche! l'heure de la délivrance et du repos! Je me jetterai dans la mort comme dans un abîme, et tout sera dit! tout sera dit!

Et quand les gens du pays rencontraient l'infortuné dans les champs et sur les routes, ils se disaient tout bas :

— Voilà l'ombre du marquis de Coëtquen qui passe.

On le traitait d'avance comme un trépassé.

XI

EXCURSIONS NOCTURNES DE PATIRA

Les quelques jours d'accalmie ressemblant presque à du bonheur passés par Patira avec les enfants de Jean l'Enclume, tandis que celui-ci occupait ses nuits à la confection des clefs du cachot de Coëtquen, s'étaient écoulés comme un rêve.

De l'heure où le forgeron n'avait plus eu besoin de l'activité silencieuse de Patira, il fit peser sur lui le vieux joug, avec cette différence que le malheureux, ayant fourni des preuves de savoir et d'adresse, se vit accablé d'un travail incessant et au-dessus de ses forces.

Il était resté faible, grêle et pâle ; il s'en *allait en bois*, comme disaient les gens du pays s'apitoyant sur cette misérable enfance. Le feu de la forge desséchait les poumons de Patira, le poids du marteau brisait ses muscles, le mouvement régulier auquel on l'assujettissait la plupart du temps lui causait aux reins des douleurs sourdes.

Il ne se plaignait pas cependant, il ne songeait point à se révolter.

Voyant chaque jour brutaliser sous ses yeux la douce Claudie et martyriser ses innocents, il se dit qu'il existait en ce monde deux sortes de gens, les heureux et les misérables, les forts et les opprimés, les battants et les battus... qu'il était des faibles, des misérables et des opprimés...

Il pensa cela sans haine, sans révolte, et cette chétive

créature se courba résignée ; souffrante dans sa chair,
torturée dans son esprit et incomprise dans les vagues aspirations de son cœur, elle accepta sa part de la vie...

De temps en temps, Patira se demandait bien pourquoi
les enfants de fermiers passaient tout fiers dans leur habit
des dimanches, pourquoi les pâtres riaient en cuisant des
châtaignes sous les feux de bruyères, pourquoi la gaieté
semblait faite pour les uns et la torture pour les autres.
Mais alors il se répondait :

— Sans doute les enfants sont comme certains oiseaux :
les uns chantent comme les rossignols, les fauvettes ; les
autres se cachent dans la nuit et semblent pleurer dans les
trous des murailles...

Encore si Patira avait vu souvent Claudie ! mais la
consigne était sévère : Patira n'avait pas le droit d'entrer
dans la salle et Claudie ne venait pas à la forge.
Si Jean l'Enclume s'absentait, l'Encorné et Trécor le
Borgne se chargeaient volontiers de surveiller le jeune
apprenti.

Il lui restait les soirs sans lumière, qu'il passait accroupi
sur un sac de paille, revoyant dans son souvenir la robe
flottante de la marquise de Coëtquen et son sourire angélique. Alors il cherchait dans un trou habilement dissimulé
les deux écus qu'elle lui avait donnés en souvenir, et il les
couvrait de baisers comme une relique de la grâce et de la
charité.

D'autres fois, fermant les yeux, il évoquait les anciens
jours, les jours de misère pendant lesquels on liait son cou
à ses talons en le forçant à rester dans cette attitude jusqu'à ce que le sang envahît ses yeux et son cerveau. Il se
rappelait le chef à face brunie, à grande barbe flottante,
qui parlait à ceux de la tribu dans une langue étrangère
et n'employait guère avec lui d'autre idiome que les coups
de pied. Les grandes filles olivâtres le raillaient de sa tris-

tesse ; chacun se croyait le droit de le tourmenter. A qui appartenait-il? à personne.

Quand il se disait cette amère parole, un flot de larmes gonflait sa poitrine; que n'eût il pas donné pour avoir une mère comme les enfants de Claudie; une femme qui l'eût pris sur ses genoux, bercé de chansons, plus tard encouragé, instruit, consolé, une femme qui aurait fait de lui un homme enfin?

Parfois il se souvenait d'une confidence merveilleuse de Claudie. Elle lui avait affirmé qu'il possédait loin, bien loin, plus haut que les nuages, plus haut que la lune dont l'arc tremblait sous ses pieds, une mère divine dont l'image rayonnait dans ses songes. Il se prit à l'aimer de toute la puissance d'une foi d'instinct. Cette idée le consolant, il l'adopta. Cette mère invisible ne le quitta guère. Il lui parlait naïvement, lui à qui personne n'adressait la parole. Il la voyait mille fois plus radieuse et plus belle que la madone de faïence de Claudie. Elle l'attendait au bord des chemins, dans la grande niche rocheuse; elle glissait sur les prés humides de rosée. Elle devint tout son culte, à ce malheureux; les prières qu'il lui adressait ne se trouvaient dans aucun livre, mais elles montaient au ciel avec les chants de l'oiseau et les parfums des genêts sauvages.

Patira, pour se dédommager de la fatigue des jours, reprit ses promenades nocturnes. Il passait ses nuits, quand le temps le permettait, soit sur les lisières des prés, soit sur les cimes des arbres de la forêt. Les branches formaient un dais de verdure au-dessus de sa tête; dans cette demeure aérienne, il lui semblait qu'il participait de la vie des êtres libres.

— Malheureusement l'hiver arriva. L'enfant, maigrement vêtu, ne put supporter les froids; la pluie le transperçait jusqu'aux os; il ne pouvait dormir sur la neige.

Force lui fut d'habiter la forge. Pendant quelques soirs seulement, à l'époque où le lac présentait une vaste étendue glacée, Patira y courut, et fit sur la croûte solide, argentée par les rayons de la lune, des exercices si étranges et d'une si incroyable légèreté, que les gens du pays passant sur la route voisine ne manquèrent pas de dire qu'ils avaient vu le diable errant autour du manoir de Coëtquen.

Mais ces sorties furent rares. Patira vécut comme un mulot dans son trou. Aussi, dès les premiers souffles du printemps, quand fleurirent les violettes dans l'herbe et les muguets dans les bois, quand les bourgeons gommeux poussèrent aux branches, que les oiseaux revinrent des lointains pays qu'ils avaient visités, Patira poussa un cri de délivrance. Il allait retrouver la forêt, les champs, la terre féconde et consolatrice qui berce sur son sein l'homme fatigué du combat.

Jusqu'à ce moment, Patira bornait ses promenades aux environs; il les étendit davantage. Tous les rochers des alentours lui devinrent familiers; il connut le mystère des grottes les plus sombres; les gros chênes centenaires étaient ses amis; il mouillait ses pieds dans tous les ruisseaux. Oui, le printemps procura à Patira une sorte d'ivresse. La séve envahit l'enfant comme la plante. Il se trouva moins malheureux, parce qu'il voyait le soleil et que les fleurs tapissaient les talus des fossés.

Une nuit qu'il errait sur les bords de l'étang, froissant des joncs dans ses mains, bondissant comme un chevreau, prenant sa revanche des coups et des injures de la journée, il resta un moment immobile et l'oreille tendue... une voix frappait son oreille...

Mais d'où venait cette voix dont les lamentations le troublaient jusqu'au fond du cœur? il ne pouvait le comprendre. Elle ne descendait point d'en haut. On aurait dit, au contraire, qu'elle montait des profondeurs du lac.

Patira était facile à effrayer, d'abord parce qu'il était encore un enfant, puis parce que, autour de lui, les récits de la veillée parlaient toujours de korigans, de poulpiquets, de mauvais esprits, de malfaisants génies... Sans doute les voiles de la fée Viviane jetaient leur poésie sur ces effrayantes évocations, mais enfin toute cette mythologie bretonne, multiple d'aspect, était bien faite pour effrayer un être ignorant et malheureux.

Si peu qu'il entendît causer les gens du pays venant commander de la besogne à Jean l'Enclume, il avait appris la chronique de la dame de Coëtquen enfermée pendant cinq années dans les oubliettes creusées sous l'étang... Depuis, Bertrand l'intendant s'était noyé dans ce petit lac, et l'on avait retiré son corps, ballonné par l'eau, couvert de lentilles vertes, juste à l'endroit où poussait la plus grande touffe de joncs.

Si craintif que se sentît Patira, une vive curiosité s'emparait de lui.

N'allait-il point entendre de la bouche même du fantôme de la dame de Coëtquen le récit de ses longues souffrances? La voix d'un spectre ressemblait-elle à une voix humaine?

Patira se pencha, se pencha encore sur le bord de l'eau, et cette fois il entendit distinctement une voix faible et brisée répéter :

— Tanguy! Tanguy!

Le pauvre enfant ne savait point si le mari de la châtelaine jadis prisonnière dans la Tour-Ronde s'appelait comme le marquis; il le crut, mais il se dit que peut-être en entendrait-il davantage s'il s'approchait un peu plus du manoir.

Il entra donc dans l'eau avec précaution; ses pieds glissaient sur les pierres vaseuses; il trébuchait, mais il avançait.

De nouveau la voix lamentable s'éleva plus distincte :

— Tanguy ! Tanguy ! répétait-elle.

Au même instant, une clarté vive parut sur la partie de la tour faisant face à l'enfant. Il vit la baie noire formée par la fenêtre à croisillons et murmura :

— La voix vient de là.

La peur fit place à une singulière avidité de connaître le mystère spectral des oubliettes de Coëtquen ; il hasarda encore quelques pas dans l'étang, mais le sol se dérobait sous ses pieds ; il savait que des fondrières en remplissaient le fond en partie, et Patira ne savait pas nager.

Il chercha dans sa tête le moyen d'approfondir ce qui le préoccupait ; un seul lui révélerait ce qu'il voulait savoir. Mais comment atteindre la fenêtre d'où semblait sortir la voix déchirante ? L'étang était large, les parapets assez hauts, et si lisses qu'il semblait impossible de les gravir. Il ne pouvait du reste songer à réaliser son projet cette nuit-là, car l'aube ne pouvait tarder à paraître. Patira résolut donc de rentrer à la forge, de s'y reposer jusqu'au jour ; puis le lendemain, dès qu'il s'éloignerait de la maison de Jean l'Enclume, il gagnerait l'étang et aviserait au moyen de le traverser.

L'enfant remonta, et lentement, lentement il s'en alla, écoutant toujours s'il n'entendait pas la voix mystérieuse appeler monseigneur Tanguy.

A peine fut-il couché sur son tas de paille que Patira s'endormit.

Un songe lui montra Blanche de Coëtquen vêtue de la longue robe bleue qu'elle portait le jour où elle le trouva entouré des enfants de Claudie.

Cette fois elle ne souriait pas, elle pleurait... de grosses larmes coulaient sur ses joues pâles, et Patira sentait qu'il aurait risqué sa vie pour la consoler de l'affliction qui débordait de son âme.

Tout à coup elle écarta le long voile dont sa taille était entourée et Patira vit dans ses bras un petit enfant blanc comme un lis et qui semblait n'avoir que le souffle...

— Je te le donne... dit Blanche en tendant les bras vers Patira.

Alors les images flottantes du rêve se confondirent ; la Vierge dont l'image protégeait le logis de Claudie et la marquise de Coëtquen semblèrent ne former qu'une seule créature affligée... une mère versant des larmes qui roulaient sur le front d'un petit enfant...

Lorsque Patira sortit de son sommeil, une sueur froide mouillait son front et des pleurs tremblaient au bord de ses paupières.

Jamais Jean l'Enclume ne s'était montré d'aussi terrible humeur que ce jour-là. La veille, six pichets de cidre avaient été vidés en compagnie de Trécor le Borgne et de Kadoc l'Encorné. Kadoc avait eu l'ivresse sauvage, et, ne se sentant pas aussi fort que Jean, il lui avait porté un coup de traître dont la marque se voyait sur la tempe du forgeron. Il avait été humilié, furieux de l'attaque de Kadoc: ne fallait-il point se venger sur quelqu'un de la plaie saignant au front, de la colère grondant dans le cœur?

Claudie reçut le premier choc. Jean trouva la soupe détestable et jeta par la fenêtre la soupière qui la contenait. Les deux petits garçons, effrayés de l'orage dont ils connaissaient les suites, voulurent s'enfuir dans le jardin. Jean les saisit brutalement chacun par un bras et leur dit d'une voix tonnante :

— Est-ce ainsi que l'on dit bonjour à son père?

Les petits se mirent à pleurer.

— Embrassez-moi ! cria Jean du même ton qu'il les eût menacés de leur couper la tête.

— Mère ! mère ! crièrent-ils, le père va nous battre!

Les yeux de Jean étincelèrent de rage.

— Est-ce ainsi que tu les élèves, la Claudie?... tu leur apprends à me haïr, et si je leur demande une caresse ils t'appellent à l'aide !... Ah! tonnerre du ciel, je ne sais ce qui me retient de les écraser sur cette pierre !

Et Jean l'Enclume, enlevant chacun des enfants à bras tendus, leur fit subir un mouvement de bascule qui leur arracha des cris de terreur.

Claudie bondit, les reprit l'un après l'autre au misérable furieux et les cacha dans son giron.

— Viens les prendre ! dit-elle.

— Oh ! si vous étiez tous morts! hurla Jean. A quoi es-tu bonne dans cette maison? Tu me hais, oui, tu me hais! tes larmes me le disent assez, et ton silence opposé à mes reproches n'est souvent qu'une insulte... Va-t'en, sors de cette maison et n'y remets jamais les pieds ! Eux et toi, je ne puis ni vous voir ni vous entendre!... Qu'attends-tu pour partir?...

— Je ne partirai pas, dit Claudie froidement.

— Lâche ! tu restes pour trouver ton pain cuit, et parce qu'il t'en coûterait d'aller par les chemins le quémander pour ta nichée !

— Vous ne me faites pas l'aumône, Jean : je suis votre femme.

— Et si je ne t'aime plus?

— C'est un malheur pour moi.

— Et s'il me plaît de te chasser?

— Vous n'en avez pas le droit, Jean.

— Pas le droit? Je n'ai pas le droit de te rejeter sur la poussière du chemin où je t'ai prise ?...

— Non, Jean, vous ne l'avez pas.

— Qui m'en empêchera?

— Votre conscience.

— Moi, j'ai une conscience ?

— Écoutée ou repoussée, pure ou immonde, vous en avez une.

— Non, non, je n'ai pas de conscience ! J'ai mon instinct qui me dit : Cette femme, je ne l'aime plus, je la chasse de mon toit... ces enfants me haïssent et me refusent leurs caresses, ce ne sont pas des êtres affectueux et bons, je n'en veux pas plus que de la mère ! Répète encore que je n'ai pas ce droit !

Claudie se leva calme, paisible, regarda Jean bien en face et répondit :

— Encore une fois, Jean, ce que le prêtre a uni, l'homme est impuissant à le séparer.

La colère du forgeron atteignit son paroxysme.

— Crois-tu à ma force, Claudie? à ma force brutale de taureau, de colosse?

— Je m'en souviens ! dit Claudie frissonnante.

— Eh bien ! aussi vrai que je ploie une barre de fer comme un enfant un jonc, si tu ne passes pas le seuil de cette porte, je te prends par les cheveux et je te traîne jusqu'au four !...

Claudie ne bougea pas.

— Sors-tu? demanda Jean.

Claudie secoua la tête et serra plus fort ses deux petits enfants sur son sein.

Jean bondit vers elle, arracha la coiffe de toile qui couvrait sa tête, et ses longs cheveux blonds à reflets fauves tombèrent à large nappe sur son dos.

Il la saisit par cette chevelure superbe et l'entraîna hors de la maison en répétant au milieu de ses blasphèmes :

— Mendiante et fille de mendiants, je te disais bien que je te chasserais !

Claudie était tombée sur les genoux. Ne songeant qu'à protéger ses enfants, elle s'était sinon grièvement, du moins douloureusement blessée. Sans pitié comme sans remords, le forgeron la laissa à demi évanouie sur le chemin, les deux innocents pleurant les bras jetés autour de son cou.

Gwen, le cadet, qui s'était sauvé dans les roches en entendant la voix tonnante de son père, accourut vers Claudie dès que Jean l'Enclume eut regagné la forge.

— Ne pleure pas ! lui dit Claudie, ne pleure pas, mon ange !

— Oh ! le père est méchant ! s'écria Gwen en frappant du pied.

— Le père est le maître ! répéta Claudie d'une voix grave.

La malheureuse se souleva. Une grosse pierre se trouvait sur la route, en face de sa maison. Cette pierre avait été jadis le piédestal d'une croix de granit destinée à marquer l'emplacement d'un meurtre commis il y avait bien des années. Claudie s'y traîna et s'y assit.

Elle garda ses deux enfants sur son sein, tandis que Noll formait un chapelet de fleurs.

— J'ai faim ! dit doucement la pauvrette quand elle eut fini ses guirlandes.

— Il passera de bonnes gens ! murmura Claudie.

Mais la route demeurait déserte, et les enfants ne s'endormaient pas.

En face, la forge hurlait, le poids des marteaux battant les barres de fer avait quelque chose d'infernal ; la grande fournaise rouge semblait la gueule d'un monstre immense ; les hommes difformes et noirs qui s'agitaient sur ce fond rouge paraissaient des créations fantastiques.

Un roulier passa, conduisant sa lourde voiture bâchée.

Il entendit des sanglots, tourna la tête et reconnut la Claudie.

— Dieu vous garde votre femme, Linot Caseva ! dit la mère affligée : faites-nous la charité d'un morceau de pain.

— Ah çà ! répliqua Linot Caseva, n'êtes-vous point la maîtresse de la forge? On y gagne de gros écus à taper sur le fer... et ce n'est guère la place d'une ménagère comme vous de tendre la main sur la grand'route... Est-ce que Jean l'Enclume est encore dans ses folletés, pour parler de lui avec une sorte d'estime? Vous êtes une sainte du bon Dieu, la Claudie, et vous ne passerez point la nuit à la fraîcheur de mars, j'en jure par mon nom!...

— Jean n'est pas mauvais, Linot Caseva; non, vraiment, il n'est point méchant... c'est la faute des compagnons qu'il emploie ! Continuez votre chemin avec la bénédiction d'une pauvre femme pour votre charité...

— Que je continue mon chemin? fit Linot Caseva en ôtant de son dos sa limousine rayée... Autant me conseiller de marcher sur l'eau de l'étang que vous voyez là-bas... A moins que vous consentiez à venir dans notre maison où il vous sera fait large place, foi de baptisé ! je vais apprendre à coups de poing à Jean l'Enclume comment on traite sa femme.

— Ne le faites pas ! ne le faites pas ! dit Claudie.

— Et vous resterez là toute la nuit ?

— Jusqu'à ce qu'il me rappelle.

— Misère de ce monde ! J'ai dit que ça ne serait pas, et ça ne sera pas !

Malgré les supplications de Claudie, Linot Caseva poussa la porte de la forge.

— Bonsoir! fit-il en s'adressant à Jean ; et à vous autres, ajouta-t-il en se tournant vers Kadoc l'Encorné et Trécor le Borgne.

— Ton cheval a-t-il perdu un fer, Linot?

— Pas que je sache.

— Alors c'est une roue qui ne va pas?

— A cette heure, point ne s'agit de charronnage...

10

voici un écu de trois livres bien sonnant, et j'ai besoin de monnaie.

— Si tu veux boire, dit Jean, la maison n'est pas une auberge.

— J'ai bu autant que ma tête le comporte¡ par ainsi, Jean, ne m'offre pas de vider un *moc*, d'autant plus que ¨ignore si je te ferais l'honneur d'accepter.

— Toi ! tu n'accepterais pas un pichet de ma main?...

— Ce serait à voir... On boit entre égaux.

— Bah ! je ne suis pas fler... dit Jean l'Enclume.

— Je le suis, moi ! répliqua Linot.

— Qu'est-ce à dire? viens-tu chez moi pour m'insulter?

— Dieu m'en garde !... je suis entré te demander de la monnaie... tu comprends, Jean l'Enclume, on a bon cœur, mais on n'est pas riche comme le seigneur de Coëtquen...

— Naturellement.

— Je veux bien faire l'aumône à une pauvre femme, mais quelques deniers suffiront pour elle et les petits...

— Une pauvre femme... où ça? demanda Jean.

— Là, sur l'ancien piédestal de la croix... Elle sanglote que ça fait pitié !... et dame ! quand je songe à la mienne, aux enfants... je me rappelle les paroles du Christ, je porte mon verre d'eau et mon denier.

— Tonnerre! fit Jean l'Enclume, si c'était elle?

— Qui, elle?

— La Claudie !

— Comment veux-tu que ce soit la Claudie, la ménagère d'un riche forgeron comme toi, qui pleure sur la grand'route la tête cachée sous son tablier?...

« Ta femme prépare le repas ou berce les enfants, comme les femmes des braves gens de chez nous...»

Jean l'Enclume s'était avancé sur le pas de la porte.

— C'est elle! fit-il en serrant les poings, c'est elle!

Il ajouta avec un geste farouche en saisissant un marteau de forgeron :

— Cette fois, je vais la tuer !

Mais au moment où il allait franchir le seuil de sa demeure, Linot Caseva se plaça devant lui. Au hasard il venait de prendre une barre de fer, et, le regard calme, le corps bien équilibré, il dit à Jean en le regardant d'un air de mépris :

— Avant de tuer les femmes, on se bat avec les hommes.

— Misérable avorton ! fit Jean, je vais t'écraser la cervelle du coup de cette masse !... ça t'apprendra à te mêler des querelles de ménage !

Linot était loin d'avoir la force musculaire de Jean. C'était un homme de cinq pieds au plus, bien pris dans sa taille souple, mince des hanches, adroit de ses membres, à chevelure noire et crépue ; leste et adroit dans tous les exercices du corps, il avait maintes fois remporté le prix dans les terribles jeux de la *soule*, ces tournois populaires des paysans de Bretagne.

Il attendit de pied ferme l'attaque de Jean l'Enclume, mais celui-ci, au lieu d'atteindre, comme il y comptait, le crâne de Linot avec son marteau, heurta la barre de fer qui rendit un son retentissant.

Un blasphème s'échappa des lèvres du forgeron.

Furieux comme un taureau devant lequel on agite une cape rouge, le sang aux yeux, la lèvre frémissante, il leva pour la seconde fois son marteau redoutable comme celui du dieu scandinave ; un second murmure échappa à Trécor le Borgne, et Kadoc l'Encorné encouragea le forgeron qui fit tournoyer l'arme et la brandit avec une puissance désespérée.

Linot fit un bond de côté : le bras de Jean frappa dans le vide, et le grand deploiement de forces qu'il avait fait pour écraser Linot l'entraîna presque en avant. Un

revers de la barre de fer appliqué sur le poignet tenant le
marteau fit lâcher la masse à Jean l'Enclume, et Linot, se
précipitant vers lui, la tête baissée comme un bélier, lui
heurta si violemment la poitrine que le colosse recula jusqu'à l'établi; il voulut reprendre l'offensive, mais un flot de
sang monta à ses lèvres.

— J'ai mon compte! fit-il.

Mais en roulant dans l'angle de la salle, il aperçut Patira,
et, pour ne point tomber sans vengeance, il asséna sur la
tête de l'enfant un coup de poing furieux.

Patira poussa un cri de douleur.

Kadoc et Trécor riaient dans un coin.

— Une fameuse bataille! dit le premier; ça donne soif.

Il vida un pichet de cidre.

— A boire! dit Jean; la fournaise bout dans ma poitrine.

Il se roula sur le sol, rugissant de colère et de souffrance et vomissant le sang par un vaisseau brisé.

Linot se tourna vers Kadoc et Trécor :

— A votre service, les gars! fit-il.

En passant devant la porte, il trouva Claudie. Elle n'avait
pas été témoin de toute la scène, mais elle l'avait devinée.
Aussi, quand Linot Caseva voulut lui donner un écu, le
repoussa-t-elle doucement.

— Merci de l'intention! dit-elle; il souffre, c'est à moi
de le soigner.

Et d'un pas tranquille elle entra dans la forge.

Claudie confia ses trois enfants à Patira, puis se tournant vers les compagnons :

— Trécor et Kadoc, dit-elle, portez, je vous prie, Jean
sur son lit.

Ils obéirent, surpris de cette douceur unie à une autorité
calme.

Quand la jeune femme vit Jean sur son lit, immobile
et sanglant, elle apporta de l'eau fraîche, lava son visage,

mouilla ses tempes et attendit auprès de lui qu'il recouvrât l'usage de ses sens.

Il ouvrit ses paupières appesanties par l'ivresse et balbutia :

— Je ne t'ai donc pas tuée?

— Non, répondit-elle, Dieu ne l'a pas voulu.

— Alors c'est à recommencer... reprit Jean.

Claudie lui tendit un verre d'eau ; il le but d'un trait, se tourna sur son lit et tomba dans un lourd sommeil.

Un moment après, Claudie déshabillait les enfants et les couchait dans leur berceau.

Trécor et Kadoc jetèrent là les outils, se prirent le bras afin de se donner un appui mutuel et s'éloignèrent en chantant.

La solitude et le silence enveloppaient Patira ; le moment était propice pour agir. Il dénoua sans bruit la corde attachant la Flamme, prit une lime sur l'établi, deux morceaux de fer pouvant servir de crampons, et quitta la maison après en avoir sans bruit fermé la porte.

Par la fenêtre de la salle basse, il vit Claudie veillant Jean l'Enclume à côté du berceau des enfants endormis.

La faible clarté de la lampe faisait rayonner sur la cheminée la statuette de la Vierge, et les mots que lui avait appris Claudie revinrent sur les lèvres de l'enfant :

— Je vous salue, pleine de grâces !

Il éprouvait le besoin de prier, de se confier à quelqu'un ; il allait courir un danger peut-être... qui sait si la mort ne l'attendait point dans l'étang de Coëtquen ! Les spectres et les fantômes sont plus terribles que les hommes, fussent-ils agiles comme Linot Caseva ou robustes comme Jean l'Enclume. Les fantômes sont l'inconnu, l'extra-réel, ce qui vit et se meut dans un autre air et jouit de facultés dont les nôtres nous donnent une faible idée.

Patira ressentait donc une frayeur réelle, dominée, il est vrai, par le besoin de satisfaire sa curiosité. Il s'assura qu'il était muni de tous les objets dont il croyait avoir besoin, puis, après avoir fait une caresse à la Flamme, il s'élança du côté de l'étang que hantaient les deux fantômes de la châtelaine persécutée jadis et de l'intendant prévaricateur.

Il pouvait être alors un peu plus de onze heures du soir.

SOUS TERRE

Le temps était clair et beau. Patira, sa corde enroulée autour des reins, un fort couteau dans une main et dans l'autre ses crampons de fer, courut pendant la première moitié de la route. Son ardeur se ralentit ensuite, non qu'il éprouvât moins de hâte, mais il allait au-devant de l'inconnu, du mystérieux, du surnaturel. Il était encore enfant, et le malheur le rendait doublement craintif.

Il commença à trouver sa conduite bien audacieuse. Contre quels dangers allait-il se mesurer?

Une réflexion le rassura.

— Les hommes sont si méchants, pensa-t-il, que les fantômes ne peuvent être pires... D'ailleurs ceux qui reviennent autour du château sont ceux d'une jeune femme et d'un vieillard... pourquoi me feraient-ils du mal?

Déjà le miroir d'argent du lac brillait aux rayons de la lune, les joncs dessinaient leur verte ceinture; çà et là des plaques sombres troublaient la pureté de l'eau : c'étaient des îles flottantes de nénuphars balancés par un souffle léger de printemps.

Arrivé sur les bords de l'étang, Patira s'orienta. La Tour-Ronde lui faisait face, et l'excavation noire à croisillons de fer s'ouvrait au ras de l'eau.

L'enfant restait immobile, penché en avant, l'oreille tendue.

A cette heure, son âme plus encore que son esprit curieux attendait la vibration de la plainte désolée qui l'avait si profondément remué la veille.

Mais le vent seul courbait les joncs avec un sifflement léger. Ils se baissaient et se relevaient comme des vagues vertes. Les rainettes s'étaient endormies dans les hautes herbes ; pas un cri d'oiseau, pas un susurrement d'insecte, rien ! rien ! Le silence de la nature s'imprégnait à cette heure d'un charme puissant dont Patira subit l'influence. En attendant la vision ou l'appel qui l'attirait sur les rives de l'étang, il se coucha sur les bords, allongé parmi les fleurs naissantes, et il attendit...

Ce fut d'abord un soupir qui frappa son oreille, un soupir plus faible que la plus faible brise et dont son oreille eut moins la perception que son cœur.

D'un bond, il se trouva sur ses pieds.

Puis à cette plainte succéda un cri déchirant, semblable à celui de la veille, sauf qu'il était plus lamentable encore :

— Tanguy ! Tanguy !

Cette fois, Patira n'hésita pas. Il posa à terre les crampons de fer dont il s'était muni et déroula sa corde. Puis, prenant son couteau, il coupa rapidement une brassée de joncs verts. A celle-là il en ajouta une autre, une autre encore, en ayant soin de ne pas faire sa moisson dans le même endroit, de crainte que le lendemain on ne s'aperçût qu'une créature humaine avait rôdé autour de l'étang.

Quand il trouva sa provision suffisante, Patira lia sa botte de joncs avec sa corde, et en garda une des extrémités libre afin de pouvoir la tenir dans sa main.

L'enfant ne savait pas nager, il venait de se construire un radeau.

Quand il eut solidement amarré la corde du paquet de joncs, il le lança à l'eau et se laissa tomber sur ce radeau de verdure. Doucement et sans secousse, et à l'aide d'un faible mouvement des pieds et des mains, il nagea vers la première muraille du parapet.

Ici commençaient pour Patira de grandes difficultés. Jamais sans doute il ne serait parvenu à son but, si son corps frêle n'avait gardé la surprenante souplesse qu'avaient développée ses exercices acrobatiques.

Il enfonça un des crampons dans un interstice des pierres, plaça un de ses pieds sur cet appui qu'il sentait plier, puis, aussi haut que ses bras lui permettaient d'atteindre, il planta le second crampon et s'exhaussa d'un second degré. Il lui fallut quatre fois recommencer ce rude labeur. Quand il parvint à la plate-forme du parapet, ses doigts saignaient et ses pieds meurtris lui causaient de vives douleurs.

Il resta un moment immobile, assis sur cette bande étroite qui, comme nous l'avons dit, formait une ceinture fleurie au vieux manoir, puis il tira à lui le paquet de joncs, et quand il l'eut dans les bras il se laissa tomber de toute la hauteur du parapet dans le second fossé.

Un clapotement, une grosse vague produite par le déplacement de l'eau, causèrent à Patira une sensation de terreur dont il se remit en remontant à la surface.

En face de lui se dressait une muraille semblable à la première. L'enfant nagea lentement, doucement ; la fraîcheur de l'onde lui faisait du bien. Quand il se trouva en face de l'amoncellement de pierres qu'il lui fallait gravir, il hésita une minute.

La fatigue qu'il ressentait serait-elle payée d'un résultat satisfaisant? Il ne voyait, n'entendait rien... le trou noir seul restait béant dans la muraille frappée d'un rayon de lune.

Peut-être l'enfant eût-il renoncé à son entreprise, si en ce moment même un sanglot ne fût arrivé jusqu'à lui.

Ce n'était pas la plainte mourante, le cri d'appel entendus tout à l'heure, mais le déchirement d'un cœur qui n'a plus la force de contenir son angoisse.

— Les fantômes parlent pour demander des prières, dit Patira, ils ne pleurent pas... C'est un être vivant qui souffre dans le souterrain de Coëtquen, et l'on dirait une voix de femme.

Patira sentit se ranimer son courage. Avec une hâte fiévreuse, il planta ses crampons, les arracha l'un après l'autre, en emplit ses poches, et pour la seconde fois laissant tomber dans l'étang son fragile radeau il nagea vers l'ouverture de l'oubliette.

Un généreux sentiment faisait battre son cœur; il ressentait une pitié immense pour l'être inconnu qui se plaignait ainsi dans la nuit et auquel nul ne daignait répondre pour le consoler.

Les sanglots ne s'apaisaient pas, ils étaient seulement plus faibles. La créature qui souffrait au fond de l'abîme vers lequel se dirigeait Patira n'avait plus même la force d'exhaler sa douleur.

Un dernier élan du radeau porta l'apprenti de Jean l'Enclume jusqu'au soupirail. Dans la crainte de s'en aller à la dérive avant d'avoir eu le temps de connaître ce que, à travers tant de peine, il était venu apprendre, Patira s'accrocha des deux mains aux croisillons de fer.

Il ne vit rien dans l'obscurité profonde, mais la voix sanglotait toujours et au milieu de ses sanglots revenait ce nom :

— Tanguy ! Tanguy !

Patira ne s'était pas trompé; une créature humaine gémissait au fond des oubliettes, et cette créature était une femme.

L'enfant avança le plus qu'il le put son front contre les bareaux et demanda d'une voix douce :

— Qui pleure ici ?

A cette question les sanglots s'arrêtèrent, et un accent brisé murmura :

— Mon Dieu ! mon Dieu ! m'envoyez-vous un de vos anges ?

— Je suis Patira ! ajouta l'apprenti de Jean l'Enclume.

Cette fois, ce fut un cri de joie qui vibra au fond du cachot.

Après que le départ de Florent et de Gaël eut laissé Blanche abîmée dans la certitude de son malheur, la force suprême avec laquelle elle s'était relevée pour les maudire tomba tout à coup. Elle ne vit plus que l'horreur de sa position, la certitude d'un malheur sans bornes auquel serait bientôt associée une créature innocente.

Cette pensée cependant ne tarda pas à réveiller son énergie. La mère sauva la femme. Blanche seule fût morte de désespoir ; l'idée de son enfant la soutint. Elle essuya ses yeux, s'assit sur son lit, et là, le front dans ses mains, elle se plaça en face de sa destinée, et, si horrible qu'elle fût, elle résolut de se montrer forte. Il fallait lutter à force d'énergie morale contre l'abattement du désespoir. Elle trouva dans la prière le secret de subir son sort avec cette résignation puissante qui double les plus nobles facultés de notre âme.

Quand elle se fut promis d'attendre la volonté du ciel et d'espérer contre toute espérance, elle s'endormit.

Le lendemain, à son réveil, elle trouva sur un banc près de son lit une cruche d'eau et un pain. On la séquestrait, on ne l'affamait pas.

Qui avait déposé ces aliments ? Les deux frères étaient-ils revenus ? Blanche voulut le savoir, et la nuit suivante elle s'interdit le sommeil. Vers minuit, un bruit de pas s'éleva dans le corridor ; elle distingua le bruit d'une clef dans la serrure; on venait à elle. Blanche se leva et attendit. Au lieu de Florent elle aperçut Simon.

En reconnaissant l'intendant, elle poussa un cri de joie.

Jamais elle n'avait fait de mal à cet homme; elle éprouvait pour sa fille une sorte d'affection, et Rosette s'était tout de suite attachée à elle.

— Simon! Simon! dit Blanche en s'élançant au-devant de l'intendant, vous n'êtes pas complice de mes beaux-frères, n'est-ce pas? Vous allez me rendre la liberté qu'ils m'ont ravie! C'est à vous que je devrai la possession de tous les biens qu'il m'ont volés... Vous êtes honnête et bon, Simon, et votre fille vous honorera pour cette action généreuse...

Simon resta debout contre la porte qu'il venait de refermer.

— Je viens, madame, dit-il, vous apporter ce qu'il faut pour soutenir votre existence... Le reste dépend du comte et du vicomte de Coëtquen.

— Mais ils ne sont pas vos maîtres! L'action commise par eux est monstrueuse, inique... Au marquis Tanguy seul vous devez obéissance et respect.

— J'ai juré, répliqua Simon.

— Juré quoi? d'être le complice d'un meurtre? car je mourrai ici, si j'y demeure, vous le savez bien... Juré de torturer votre maîtresse qui fut toujours affable et douce?... Cela ne se peut pas, Simon. Le cœur de l'homme dans lequel bouillonne la haine est capable de rêver et d'accomplir les choses les plus monstrueuses, mais vous ne pouvez me haïr! Je ne vous ai jamais fait de mal... Hélas! si loin que je regarde dans ma vie, je ne me souviens pas d'en avoir fait à personne...

— A personne! murmura Simon comme un écho.

Blanche reprit d'une voix plus pressante:

— Florent et Gaël voient en moi l'ennemie de la maison...

Pour elle je suis, je reste une étrangère, elle ne m'accep-tera jamais... Il faut que Blanche Halgan disparaisse pour que leur blason soit lavé de la tache qu'y avait imprimée mon nom de bourgeoise... Mais que vous font à vous ces considérations, Simon ? J'étais digne d'être la femme du marquis Tanguy, puisque mon père l'avait sauvé et que je l'aimais...

— Oui, vous en étiez digne !

— Quoi ! vous avouez que je n'ai jamais commis de mal, vous affirmez que j'étais une compagne créée pour votre maître, et vous vous obstinez à me persécuter? Vous me savez innocente et vous me torturez?...

— J'ai juré, répéta Simon.

— Est-ce qu'un tel serment engage? Votre crime est d'y rester fidèle... Je vous en donne ma parole, comme je l'ai donnée à Florent et à Gaël, je me tairai : Tanguy ne saura rien, rien ! Loin de vous chasser du château, je redoublerai de bonté pour vous. Je vous devrai tout : la liberté ! la vie ! Je saurai m'en souvenir. Voyons, Simon, je suis riche, très-riche ! Tanguy vendrait la dernière pierre des châteaux de Coëtquen et de Combourg pour moi... Que demandez-vous? que voulez-vous?

— Je veux, dit Simon, vous laisser ce pain et cette cruche d'eau, madame. Après, je m'éloignerai pour revenir la nuit prochaine.

— Et Tanguy, Tanguy qui va revenir, Tanguy dont le désespoir en apprenant ma mort est capable de le pousser à toutes les extrémités !... Oh ! cela est horrible ! horrible !

Elle s'arrêta, puis d'une voix brisée elle demanda:

— Combien Florent et Gaël vous donnent-ils pour me torturer ?

Le visage de Simon devint plus pâle encore.

Il s'approcha de Blanche, saisit ses poignets dans ses deux mains, et les serrant avec violence:

— Ils m'ont promis le double si je vous assassinais !

Blanche se recula jusqu'à la muraille.

— Non ! non ! fit-elle, je ne veux pas mourir !

— J'ai refusé de verser votre sang, reprit Simon ; j'ai refusé de vous laisser mourir de faim, et le jour où l'on m'interdirait de vous apporter à manger, j'ai déclaré que j'avouerais tout au marquis... Mais j'ai juré de vous garder prisonnière et je le ferai... Ne tentez pas de vous évader, pas plus que de me corrompre... Le jour où vous ferez un pas vers cette porte, j'emploierai la force, la torture s'il le faut pour que vous ne franchissiez jamais le seuil de ce cachot où vous devez rester enfermée.

Blanche ne répliqua rien. Semblable à une biche forcée, elle restait acculée dans l'angle de sa prison, comprenant bien qu'à cette heure elle n'avait aucune prise sur l'intendant.

L'effroi qu'elle ressentit en regardant le visage de Simon fut tel qu'elle n'ajouta pas un mot.

— Je vous apporterai demain de la paille pour votre lit, dit le misérable en sortant.

Quand il revint la nuit suivante, Blanche ne lui adressa pas une parole.

Durant trois jours elle garda le silence. Mais vers le milieu du quatrième, un grand bruit de chevaux s'étant élevé sur les ponts, elle en conclut que le marquis venait d'entrer au château.

— Tanguy est revenu ? dit-elle quand le geôlier pénétra dans le cachot.

— Monsieur le marquis est arrivé.

— Il pleure, il se désespère, et vous pouvez être témoin insensible d'une douleur qui est votre œuvre ! Simon, vous avez eu une femme, une mère ! Est-ce que rien ne vibre en vous à ce souvenir?... Pouvez-vous vous ranger du côté des méchants, quand il vous serait si facile de vous dévouer à une pauvre femme?...

— Si je vous rendais la liberté, madame, le comte Florent me tuerait.

Simon dit ces mots avec une telle assurance que Blanche en eut le frisson. Elle savait Florent capable de tout.

Le geôlier la quitta, et pendant quinze jours Blanche feignit de dormir à l'heure où il lui apportait du pain. N'espérant plus vaincre cet homme, elle souffrait de sa vue et fermait les yeux dès qu'elle entendait la clef tourner dans la serrure rouillée.

Elle finit même par s'habituer tellement à ce bruit, qu'il ne la réveillait plus. Le sommeil qu'elle avait feint d'abord devint réel. Quand il voyait ainsi la jeune femme si pâle, si blanche sur son grabat, Simon ne pouvait s'empêcher de frémir. L'œuvre qu'il accomplissait lentement était bien un assassinat...

Pendant le jour, la muette douleur du marquis le poursuivait de son souvenir; la nuit, la désolation de Rosette frappait de nouveaux coups sur son cœur.

Simon était ambitieux, avare; il voulait offrir à sa fille une dot considérable, et, grâce à l'appât de cette fortune, tenter un cadet de famille. Le choix du mari qu'il destinait à Rosette était fait d'avance. Quand elle aurait dix-sept ans et que sa frêle santé se serait fortifiée, il irait dire au comte Florent : « Nous sommes liés l'un à l'autre par une complicité monstrueuse... Cent mille livres ne peuvent suffire à payer mon silence... Il me faut pour ma fille le nom que vous portez... Vous avez emprisonné la marquise parce qu'elle avait épousé le marquis de Coëtquen; vous ferez comtesse la fille de Simon votre intendant, votre homme à gages, presque votre valet... Et vous le ferez, parce que sans cela il ira crier votre infamie et que vous ferez déshonoré devant toute la noblesse de France...

Mieux vaut encore une mésalliance qu'une flétrissure infamante. »

Simon ne s'inquiétait jamais du consentement de Rosette quand il prenait ses arrangements d'avenir. Il ne lui semblait pas possible qu'elle ne se trouvât point complétement heureuse d'entrer dans une des plus nobles familles de Bretagne.

Jamais non plus il ne se demanda si l'enfant qu'il aimait jusqu'à l'idolâtrie, jusqu'au sang, ne serait point châtiée, elle innocente, des crimes qui se commettaient pour elle !

Cependant, tout en restant dans la limite de ce qu'il avait promis aux deux frères et de ce que lui-même avait résolu, il ne pouvait s'empêcher de ressentir une pitié profonde pour la jeune femme ensevelie vivante dans ce tombeau. L'effroi le prenait souvent à la pensée des représailles du ciel. Si Florent se raillait de l'enfer et niait Dieu, Simon y croyait. A défaut du repentir qui eût entraîné l'expiation, il éprouvait des remords... La vue de sa fille le faisait parfois tressaillir sous l'impression d'une terreur indéfinissable. Elle était si pâle, si pâle, cette Rosette jadis fraîche et rose comme les fleurs ! Un feu étrange illuminait son regard. Elle avait dans l'esprit des lueurs prophétiques. Parfois on eût dit qu'elle voyait au delà du monde réel. Sa démarche prenait quelque chose d'aérien, semblable au glissement des ombres. Son sourire gardait des mystères; son silence semblait plein de pensées. C'était une créature belle et touchante, mais dont l'aspect inquiétait. Elle ne semblait pas faite pour la terre. On pouvait croire que l'aile mystérieuse de la mort l'avait frappée, à considérer son attitude brisée, à suivre ses yeux quand ils se fixaient sur le ciel, comme si elle tentait d'en sonder les profondeurs infinies.

Rosette ne se plaignait pas; le médecin ne trouvait en

elle aucun cas pathologique à signaler, et cependant elle
subissait un dépérissement progressif.

Quelquefois elle adressait à son père des questions
étranges.

— A quel âge précis est morte la marquise? demanda-
t-elle un jour à Simon.

— Tu le sais, dix-sept ans.

— Dix-sept ans... et combien de mois?

— Que signifie cette insistance?

— Je voudrais le savoir, père.

— Dix-sept ans deux mois cinq jours...

Rosette se leva, prit un calendrier et y fit une marque
au crayon.

— Qu'écris-tu là, Rosette?

— La date à laquelle moi aussi j'aurai dix-sept ans
deux mois cinq jours.

— Mais que signifie...

— En vérité, dit Rosette, je ne le saurais dire... non,
je ne le saurais dire... mais parfois il me semble qu'entre
moi et la pauvre chère belle marquise, que j'aimais tant,
l existe un lien étrange que rien ne saurait rompre, rien...

— Tais-toi! tais-toi! dit Simon: tu m'épouvantes!

Rosette serra le calendrier dans une cassette et embrassa
son père.

Celui-ci la pressa sur sa poitrine avec une effusion mêlée de crainte.

— Tu m'aimes bien? lui demanda-t-il.

— Oui, bien! Vous êtes bon, honnête, loyal et tendre;
comment voulez-vous que je ne vous aime pas?

— Et si je n'étais rien de tout cela?

Rosette le regarda lentement.

— Je vous porterais cette sorte de respect que l'on doit
à l'auteur de ses jours... mais je ne pourrais vous aimer...
jamais! jamais! jamais! Si vous manquiez de tendresse

votre froideur glacerait mon expansion... Si vous manquiez
de loyauté, l'honnêteté de mon cœur se révolterait contre
vous... et puis...

— Et puis, Rosette?

— Je vous regarderais à l'avance comme mon meur-
trier... car, je le crois, je le crois d'une façon absolue, l'expiation du crime des pères est poursuivie dans leurs enfants... Une faute commise par vous me tuerait!

Rosette dit ces mots avec une sorte d'assurance farouche.

— As-tu juré de me désoler, Rosette? que veux-tu dire?
que penses-tu?

— Eh! que puis-je penser, sinon que je vous aime,
que vous me gâtez?... Ma tendresse et mon respect n'ont
de limites que votre indulgence... Vous êtes le seul être
que je chérisse en ce monde... J'aimais beaucoup la marquise et Dieu l'a rappelée... Dieu l'a rappelée, c'est pour
moi un grand malheur... Vous en souvenez-vous, je ne
voulais pas croire qu'elle fût morte, et souvent encore
mes rêves me la montrent vivante, oui, vivante! mais
blanche comme son suaire, les joues couvertes de pleurs
et tendant les bras vers moi...

— Ce sont des visions folles et dangereuses, Rosette.

— Je le sais, mais qu'y faire?... Je ne les provoque ni
ne les repousse... Vous le savez, toute petite, j'avais des
rêves étranges et je disais des choses qui vous surprenaient
tous... Aussi, père, il ne faut point vous alarmer quand
vous écoutez mes songeries : l'aile du vent les chasse, les
chasse loin!

Elle jeta ses bras autour du cou de son père et l'ac-
cabla de caresses

Pour la première fois de sa vie, Simon souffrit en les
recevant. Loin d'oublier les divagations de Rosette, elles
l'épouvantaient. Le souvenir de Blanche évoqué par elle

avait serré son cœur comme une tenaille rougie au feu. La date inscrite par elle brillait devant ses yeux.

Il quitta Rosette presque brusquement et s'élança dans le bois.

Pendant deux heures, il marcha fiévreux, haletant.

— Je suis un misérable! pensait-il, un misérable! Si Rosette disait vrai? Dieu communique souvent ses lumières aux innocents... Si en croyant travailler à son bonheur je concourais à sa perte... Non, non, cela ne se peut pas! les enfants ne soldent pas les dettes du père... J'accepte le châtiment pour moi, je veux que Rosette soit riche, heureuse; je veux qu'elle devienne la femme du comte Florent, et ce sera!

Après une longue course, il rentra plus calme, et lorsque les ombres du soir ramenèrent l'heure à laquelle il descendait au cachot, il cacha dans sa poitrine un objet d'un mince volume, et quand il se trouva dans le souterrain il plaça cet objet entre les mains de Blanche endormie.

C'était un petit crucifix d'argent dont la croix s'ouvrait au pied et contenait une sainte relique, sur la banderolle de parchemin de laquelle était écrit le nom de *saint Hervé*.

Quand elle ouvrit les yeux, le lendemain matin, Blanche poussa un cri de joie et porta le crucifix à ses lèvres.

C'était la première consolation qu'elle ressentait depuis qu'elle était séparée du monde. A l'ardeur de sa prière, à l'élan de ferveur et de confiance qu'elle ressentit, elle comprit qu'elle n'était pas seule. L'Ami céleste descendait avec elle dans la prison. Elle pouvait pleurer devant l'image la plus complète et la plus divine de la douleur; elle aurait pour ses baisers les pieds et les mains percés de clous; elle s'abîmerait dans la pensée de la Passion du Golgotha pour garder la force de boire son amer calice. La foi qu'elle conservait dans son âme brilla d'une puissance nouvelle. Un espoir confiant raffermit sa pensée.

Où Dieu vient, la consolation descend.

La nuit suivante, elle veilla pour attendre Simon.

— Je vous remercie, lui dit-elle ; oui, je vous remercie !

— Écoutez, dit Simon, je suis un misérable, je le sais, un bourreau !... Si c'était à recommencer, jamais je ne donnerais ma parole.... Mais j'ai juré... j'ai juré...

La semaine suivante, Blanche trouva quelques fleurs tardives près de la cruche d'eau. Elle les prit avec une joie enfantine... Leur vague parfum lui rappelait les senteurs embaumées des parterres, les grands ombrages, les corbeilles fleuries. Pour elle, les splendeurs de la nature se résumèrent dans les frêles corolles qu'elle effleurait de son souffle. Elle les posa sur la partie du mur qui se creusait jusqu'à la meurtrière, et tout le jour elle regarda ce bouquet dont les pétales perdaient lentement de leur fraîcheur.

Blanche les mit rafraîchir dans la cruche d'eau. Simon le vit, et deux jours plus tard il apporta un petit vase dans lequel trempaient quelques tiges.

Évidemment Simon se repentait, Simon luttait contre sa conscience.

Blanche tenta plus d'une fois de ramener l'entretien sur le pardon du marquis si sa femme lui était rendue, sur sa reconnaissance personnelle. Simon l'écoutait silencieux, appuyé contre la porte du cachot, et répondait d'une voix sombre :

— Le comte Florent me tuerait !

L'automne s'acheva, l'hiver suivit. Oh ! le froid dans ce cachot sombre, au sein de cette nuit presque perpétuelle ! Le froid sur cette couche de paille, entre des murailles humides ! Qui dira ce que sont de pareilles souffrances et ce qu'il faut de courage pour n'en point mourir ?

Simon apporta quelques vêtements à la jeune femme, des habits de laine grossière, et que cependant elle reçut avec reconnaissance. Mais bientôt une souffrance nouvelle vint doubler la somme de ses douleurs. Des rats envahirent les oubliettes. D'où venaient-ils? Peut-être de quelque galerie creusée par eux, peut-être aussi avaient-ils suivi les murs et gagné la meurtrière.

La nuit, ils couraient sur le sol, escaladaient la couchette de la prisonnière; l'horreur et le dégoût suffoquaient la malheureuse femme. Quand elle tentait de les chasser, ils lui déchiraient les mains d'une façon cruelle. Elle perdit le sommeil et dut lutter sans trêve contre des ennemis acharnés dont aucun moyen ne put la débarrasser d'une façon complète.

Quand sévirent les grands froids, le vent s'engouffra dans le souterrain, les rafales y poussèrent la pluie, la neige y jeta ses flocons.

Elle ne voulait pas mourir.

Un matin, l'étang déborda. Des pluies torrentielles ayant grossi les ruisseaux qui venaient se perdre dans le lac en miniature, celui-ci monta, monta... et, arrivant à l'ouverture de la fenêtre de la Tour-Ronde, il se précipita en nappe limpide, inondant le cachot de la prisonnière.

Blanche poussa un cri de frayeur.

— L'eau! dit-elle; je suis perdue!

Le soleil venait de se lever; plus de douze heures devaient se passer avant le retour de Simon.

Blanche gagna son lit; l'eau continuait à tomber de la fenêtre étroite, et, à mesure qu'elle tombait, la marquise voyait avec stupeur qu'elle envahissait sa couche. Toujours et sans fin, l'eau montait... La marquise restait debout, appuyée contre un angle, les pieds baignés déjà par le flot qui glaçait ses membres. L'eau gagna ses genoux,

11.

elle atteignit sa poitrine... Un mouvement pouvait précipiter l'infortunée créature. Elle se soutenait à peine. Glacée, grelottante, elle se demandait avec une angoisse mêlée d'horreur combien de temps il lui restait encore à vivre... Heureusement l'eau remplissant le cachot ne monta pas durant la fin de la journée. Blanche chercha à compter les moments qui la séparaient encore de la visite de Simon en calculant les battements de son pouls; mais la fièvre, une étrange fièvre accompagnée de délire s'empara d'elle. Par un bonheur qu'en ce moment elle ne put apprécier, la perception nette du présent lui fut enlevée. Un bruit sourd, un cri d'épouvante la ramenèrent à la réalité.

En ouvrant la porte du cachot, Simon venait d'ouvrir à l'eau envahissante un écoulement facile. Elle se répandit dans les longs couloirs, et peu à peu l'oubliette se trouva vidée. La paille mouillée jonchait le sol; Blanche, transpercée jusqu'aux os, tomba presque évanouie sur son lit.

Quand elle revint à elle, des couvertures chaudes l'enveloppaient et un épais lit de paille absorbait l'humidité.

— Simon, demanda Blanche, apprendrez-vous à mes beaux-frères ce qui vient de se passer? Ne peut-on au moins me changer de prison?

— J'en doute, madame, répondit Simon en hochant la tête.

Il la quitta, et à une question que la captive lui adressa le lendemain, il répondit:

— Vous n'avez rien à attendre, rien!

— Et si j'étais morte noyée? fit-elle toute tremblante.

Simon ne répondit rien.

L'énergie de Blanche faiblit un moment; cependant son courage se releva fortifié par une pensée mêlée d'espérance et d'angoisse.

— Simon, dit-elle, que fera-t-on de mon enfant?

— Je l'ignore, madame.

— Me permettra-t-on de le garder, de le nourrir dans ma prison?

Simon devint très-pâle et murmura :

— Je ne le crois pas !

— Oh ! fit Blanche en se précipitant aux genoux de l'intendant, laissez-moi cette consolation dans ma douleur. Que je garde mon ange dans ma nuit, et je ne me plaindrai plus, je bénirai même mes bourreaux... Vous avez une fille, Simon : songez quel serait votre désespoir si l'on vous séparait d'elle. N'aimerai-je pas mon enfant de toute l'ardeur de mes angoisses et de mes souffrances ?... Laissez-le-moi, dites-moi que vous me le laisserez... sinon pour moi, du moins afin que le Seigneur épargne Rosette.

La malheureuse jeune femme se traîna sur le sol à genoux; elle saisit la main de Simon et répéta :

— Vous me le laisserez ! dites-moi que vous me le laisserez...

— Je vous l'ai dit, madame, je suis l'esclave du comte Florent.

— Dieu ne vous a pas fait mauvais, cependant.

— Je le suis devenu.

— Seigneur ! Seigneur ! c'est trop ! murmura Blanche. Mon enfant ! qu'en feraient-ils? Oh! je le sais d'avance, ils le tueraient! et la mère ne tarderait pas à mourir du trépas de l'enfant! Songez à ce que déjà j'ai sacrifié à ce petit être... Pour lui, j'ai lutté contre la mort et le désespoir, je ne suis pas devenue folle : je voulais vivre pour lui et par lui. Si j'ai plié sous le joug, si j'ai subi depuis tant de mois une horrible angoisse, je ne me résignerai pas à ce souverain malheur; et je vous le jure, quand cet ange sera descendu dans mes bras, il faudra m'assassiner avant de me le prendre!

Blanche tomba sur le sol en proie à une attaque de

nerfs d'une telle violence que Simon la crut perdue. Elle revint à elle cependant ; mais, quand elle fut seule, l'épouvante s'empara de Blanche, et d'une voix pleine de larmes elle se mit à appeler :

— Tanguy! Tanguy !

A partir de ce moment, elle ne connut plus de repos ; la pensée qu'on arracherait son enfant de ses bras aussitôt après sa naissance ne lui laissa plus une heure de sommeil. Elle passait de longues heures à pleurer, nommant avec des sanglots l'époux qui ne pouvait l'entendre et qui, retiré dans son appartement, pleurait au souvenir de celle qu'il avait perdue ; ou bien, errant la nuit dans la solitude des bois, la redemandait vainement aux lieux qu'ils avaient parcourus ensemble.

L'hiver s'acheva, les premiers souffles du printemps descendirent dans le cachot, mais ils restèrent impuissants à rendre le courage à Blanche de Coëtquen. Elle n'avait plus d'autre espoir que celui de mourir et d'emporter avec elle son ange, persécuté avant d'avoir ouvert les yeux à la lumière. Ce fut durant une de ces nuits épouvantables, dont rien ne mesurait la durée pour la malheureuse jeune femme, qu'elle poussa ces appels désolés recueillis par l'apprenti de Jean l'Enclume avec une compassion mêlée de terreur.

Nous savons comment la curiosité de Patira le poussa à venir jusque sous les fenêtres de la captive, et par quel cri d'espoir Blanche de Coëtquen salua l'arrivée du pauvre enfant, victime depuis neuf ans des violences et des cruautés de ces trois bourreaux : Jean l'Enclume, Trécor le Borgne et Kadoc l'Encorné.

LE COURAGE DES FAIBLES

En entendant le nom de Patira, Blanche se souvint vaguement d'une figure souffreteuse et pâle entrevue par une belle journée d'automne au milieu d'un joli groupe d'enfants blonds.

Le malheur et l'innocence s'entendent toujours. La prisonnière ne se trompait donc pas en croyant à une intervention du ciel.

— Es-tu pâtre et gardes-tu ton troupeau ?

— Non, répondit l'adolescent ; je travaille chez Jean l'Enclume.

— Mais, demanda la captive, comment es-tu parvenu jusqu'ici ?

— Oh ! c'est toute une histoire, dit l'enfant. Jean est un terrible homme... Son poing est aussi lourd que son enclume...

— Il n'est pas ton père ?

— Non ! Je suis tombé un jour devant sa porte, et Claudie sa femme m'a ramassé !

— Et depuis ?

— J'ai d'abord remplacé le chien faisant mouvoir le soufflet de forge.

— Pauvre petit !...

— J'obtenais à peine les os que l'on jette à la Flamme,

le chien qui a pris ma place... et Jean me battait! Oh! comme il me battait !

— Que faisais-tu de mal?

— Qu'est-ce que c'est que faire le mal? demanda Patira.

— Continue ! dit Blanche émue par cette jeune infortune.

— Quelquefois il me jetait sur le sol comme un agneau et me frappait avec ses gros poings... d'autres fois des cordes à neuds me cinglaient les épaules... un jour il m'a limé les doigts... non pas les ongles, mais la chair...

— C'est affreux ! murmura Blanche ; mais pourquoi ne t'es-tu pas enfui ?...

— A quoi bon? ailleurs, ç'aurait été la même chose... Il y a des gens qui sont heureux, d'autres qui ne le sont pas, voilà tout...

La marquise écoutait avec un profond intérêt les réponses de Patira. Dans ce pauvre être faible, maltraité, elle voyait l'aide de la Providence. Ceux qui souffrent sont mieux disposés à la compassion. Mais comme elle ne pouvait pas se rendre compte de la façon dont Patira parvenait à se tenir à la hauteur de son cachot, elle lui demanda :

— Peux-tu rester encore près de cette fenêtre?

— Pendant deux heures à peu près. Il suffira que je rentre à la forge avant le petit jour.

— Mais tu te fatigueras?

— Je me mouillerai seulement; le paquet de joncs sur lequel je suis assis est amarré aux barreaux de la croisée.

Blanche adressa mentalement à Dieu une fervente action de grâces.

Puis elle reprit avec Patira un entretien sur lequel déjà elle fondait tant d'espérances.

— Et ta mère? demanda Blanche.

— Je n'en ai pas eu... dit l'enfant d'une voix naïve.

— Tu n'as pas eu de mère?

— Non! Une mère est une femme qui vous berce sur ses genoux, qui chante pour vous endormir, qui vous couvre de caresses, comme fait Claudie pour ses petits innocents... Mais, aussi loin que va mon souvenir, j'ai été torturé par des gens qui me faisaient danser sur la corde et me disloquaient les membres... J'étais nu, affamé, battu... les chiens mêmes me mordaient... les petits moricauds, voleurs à l'occasion, ne me pardonnaient pas de refuser de m'associer à leurs rapines... J'avais perdu l'appétit, je refusais de manger les restes de la tribu... j'avais perdu le sommeil par l'excès de la terreur... et quand la fatigue me prenait à l'aube, je rêvais que l'on m'obligeait à exécuter des tours plus effrayants encore que ceux dont le moins rude m'exposait vingt fois à me rompre le cou... Je devais franchir en tournant deux fois sur moi-même des lignes de lames de sabre, m'élancer dans le vide d'un trapèze à l'autre... manger des étoupes enflammées, tremper mes mains dans du plomb fondu... A force d'avoir crainte de tout et de tous, je fus pris par une fièvre qui ne me quitta plus... Alors on m'abandonna sur la route, comme un jour on avait laissé en travers du chemin le vieil âne traînant la charrette remplie des costumes de la troupe, des pièces de bois formant la charpente de la toile et des poteaux plantés pour les exercices de voltige... Eh bien! quand on m'oublia dans la poussière du sentier, sous le soleil qui me brûlait tandis que mes dents claquaient, je me trouvai presque content... Je pensai que quelques heures après je deviendrais raide et glacé comme le vieil âne et que ce serait fini.

— Tu ne songeais pas à Dieu? demanda Blanche.

— Qu'est-ce que Dieu?

— Notre père, notre maître, notre consolateur.

— Je n'ai jamais été consolé... les seuls maîtres que

j'aie connus étaient Nabeth, le chef de la tribu, qui me dis-
loquait les membres, et Jean l'Enclume qui m'a frappé
hier de son marteau et m'a limé les doigts jusqu'au sang...

La marquise ne put s'empêcher de frissonner en entendant Patira avouer, avec une naïveté d'autant plus
effrayante qu'elle était plus simple, les misères physiques
de sa vie et les pauvretés morales de son âme.

— Tu n'es pas devenu méchant? lui demanda-t-elle.

— Si j'étais méchant, je ne serais pas malheureux...
et puis je ne comprends pas trop... Être méchant, c'est
imiter Nabeth et Jean l'Enclume... Je suis trop faible, trop
chétif pour m'en venger...

— Mais tu pourrais à ton tour opprimer les êtres plus
faibles que toi...

— Pourquoi? ceux-là m'aiment... Claudie, que maître
Jean a chassée hier après l'avoir traînée par les cheveux,
m'embrasse quand elle me trouve pleurant dans un coin
de la forge... Les innocents m'apportent des pommes rouges
et des poignées de noisettes... La chèvre lèche ma main, et
le chien, le beau chien la Flamme se roule la nuit en rond
afin de me servir d'oreiller... Les oiseaux viennent à moi,
et j'ai sauvé la vie à une hirondelle que le froid aurait tuée
cet hiver.

— Béni soit le ciel! murmura Blanche ; il est resté
bon...

La marquise savait désormais tout ce qu'elle souhaitait
connaître du passé et du caractère de son interlocuteur. Il
s'agissait désormais de lui révéler avec mille précautions qui elle était elle-même, afin d'amener l'enfant à lui
venir en aide plutôt dans la proportion de son dévouement
que dans celle de ses forces.

— Apprends-moi maintenant, Patira, comment il se
fait que tu sois là, près de cette meurtrière, assis sur un
radeau de joncs.

Pour la première fois de sa vie, le petit saltimbanque torturé par Nabeth et battu par Jean l'Enclume trouvait un être avec qui sans crainte il pouvait parler de lui, de sa misère, de ses souffrances. Cet être, il ne le connaissait pas. Le visage de son interlocuteur restait dans l'ombre; mais Patira entendait une voix douce appartenant à une femme ou à un enfant de son âge.

Or Patira, ce maltraité, se fiait, lui si ignorant, à une intuition qui ne le trompait jamais. Les voix suraiguës lui causaient un frisson, les timbres brefs et durs sentaient la menace; mais l'accent vibrant à cette heure à son oreille et montant vers lui de la profondeur du cachot était plein d'harmonieuse douceur. La souffrance amollissait certaines notes jusqu'aux larmes, et l'enfant sentait en l'écoutant l'impression intime d'une caresse. Un cœur comprenait son cœur. Comment? pourquoi? il n'eût pu le définir. Si on lui eût demandé s'il possédait une âme, il aurait répondu : Non ! de même qu'il venait d'affirmer qu'il n'avait jamais eu de mère et qu'il n'avait pas entendu parler de Dieu. Mais cette ignorance absolue gardait des instincts touchants. Le malheur, loin d'enlever à Patira sa fleur de tendresse et de pitié, les couvait dans un coin ignoré de la conscience dont il ne tentait pas l'éveil. Tout autre à sa place fût devenu haineux ; lui restait doux et bon, sans effort et sans lutte. Il en résultait que, par un aimant de l'âme aussi sûr que l'aimant physique, les natures droites et bonnes l'attiraient : à leur contact, il se sentait vivre. C'était un instinct, l'instinct de la fleur qui se tourne vers le soleil pour se réchauffer. Or la voix de Blanche contenait dans ses inflexions tendres, brisées jusqu'au sanglot, une révélation sympathique qui, loin de glisser sur Patira, entra profondément en lui. Les méprisés deviennent des observateurs et des analystes sans le savoir. Leur regard se baisse, leur âme écoute. Il ne fallait donc rien de plus à l'enfant que le son de voix de Blanche pour lui donner confiance.

Les questions qu'elle lui adressait le pénétraient d'attendrissement. Encore un peu, et lui-même en ferait à son tour. Il apprendrait enfin quel être mystérieux appelait dans le silence des nuits et criait ce nom de Tanguy qui l'avait attiré jusqu'au pied de la Tour-Ronde.

Son mystérieux interlocuteur lui fournissait d'ailleurs l'entrée en matière d'une conversation d'un puissant intérêt, puisque la douce voix qui lui inspirait si grande confiance venait de lui demander comment il était arrivé jusqu'à ces barreaux auxquels s'amarrait son paquet de joncs.

Patira regarda autour de lui comme si quelqu'un pouvait surprendre ses paroles, puis il reprit :

— Je vous l'ai dit : pendant le jour, je travaille... Un dur labeur... Il faut entretenir le feu de la forge... soulever les barres de fer... les saisir toutes rouges avec des pinces et les transporter sur l'enclume... parfois je bats moi-même le métal avec un marteau dont le poids me brise l'épaule... les étincelles rouges me brûlent les yeux, et pourtant je frappe, je frappe... Si je cessais un moment, le poing de Jean l'Enclume s'abattrait sur moi... et j'aimerais presque autant le marteau... Quand la besogne est finie, Jean l'Enclume jette les outils, boit avec Trécor le Borgne et Kadoc l'Encorné, jusqu'à ce que l'ivresse amène la colère ; alors ils se querellent, et rarement ils se quittent sans s'être arraché une poignée de cheveux. Pendant ce temps, je reste dans mon coin avec le chien la Flamme... nous avons peur tous deux... Je lui passe mes bras autour du cou et nous nous entendons sans rien dire... Souvent on nous oublie... Dans les mauvais jours, Jean m'oblige à verser à boire et lance souvent le pichet vide à travers la salle... Tant pis s'il me blesse : Patira ne compte pas; et s'il mourait, cela ne ferait de peine à personne !... Si !...

Claudie me regretterait, les innocents aussi, et le chien me suivrait jusqu'au trou dans lequel on m'enfouirait là-bas...

Patira s'arrêta un moment; non que la pensée de la mort le troublât : elle n'éveillait en lui que l'idée d'un long sommeil sans rêve ; mais une sorte d'émotion s'emparait de lui, au moment de confier le candide mystère de sa vie. Tout le monde dans le pays le savait maltraité; nul ne connaissait la portion de son existence qu'il soustrayait au contrôle, à la brutalité tyrannique du forgeron.

— Eh bien? demanda la voix douce.

— Vous voulez savoir mon secret?

— Je le désire vivement.

— Mais, dit l'enfant plus bas, vous ne le révélerez à personne?

— Peut-on être trahi par plus malheureux que soi?...

— C'est vrai ! murmura Patira.

L'enfant reprit donc d'une voix ronde et pleine d'abandon :

— Quand Jean l'Enclume, Trécor et Kadoc se sont dit adieu par quelque amicale poussée ou une tripotée de coups de trique... quand il a grondé la douce Claudie et réveillé les innocents dans leurs *bers*, le calme se fait dans la maison... Jean s'endort, tout devient paisible... Je me lève alors sans bruit, je soulève le loquet de la porte et je m'évade... J'ai soif de grand air, de mouvement, d'espace... Je cours pour courir... j'attrape les branches au vol et je m'y balance en poussant des cris de joie... Je me roule dans l'herbe comme le chien quand on détache sa chaîne, j'escalade des roches que la chèvre n'atteindrait pas! J'ai la souplesse de mes premières années avec la liberté en plus... Oh! vous ne pouvez savoir ce que c'est que d'avoir devant soi la forêt sombre ou la plaine immense, après avoir été tout le jour dans une pièce brûlante comme la gueule d'un four dans lequel brûle la ramée...

— Patira, dit Blanche, depuis six mois je gémis au fond de ce cachot.

— Alors vous avez raison : je n'ai pas le droit de me plaindre... Pendant mes courses nocturnes, j'ai visité la grande grotte des poulpiquets dont personne n'approche sans terreur ; j'ai parcouru le grand couloir percé sous les hautes roches des fées ; j'ai hanté les carrefours de la forêt de Coëtqven, et mieux qu'un garde je connais les bauges de sangliers et les terriers où nichent les lapins. Il me semble parfois que je suis un être d'une espèce à part, comme il s'en trouve dans les contes de Jeanne la Fileuse... La nuit, je suis un korigan vagabond, glissant sur la glace en hiver, grimpant au sommet des arbres, se coulant dans les trous, se nichant dans les herbes, oiseau par la légèreté, enfant par le cœur ! Oh ! mes nuits de liberté, mes belles nuits passées sous les étoiles, caché dans les fleurs, ou bien étendu sur les branches que le vent balance comme un nid ! Ce sont mes fêtes, mes joies ! j'entends alors des musiques dans mon cœur plus belles que les airs du biniou de Donizec, et je chante des chansons que je n'ai pas apprises pour raconter dans des couplets qui n'en finissent pas l'histoire d'un jeune enfant sans mère que les bohémiens ont rendu malheureux... D'autres fois, je coupe des tiges de blé vert dans les champs et je me confectionne des flûtes dont jouerait une sauterelle... Si un rossignol chante dans son lit de mousse, j'imite son chant avec ma voix... Vous voyez que je varie mes plaisirs pendant les nuits de printemps et d'été... En hiver, je reste dans mon trou, comme un mulot, et la nuit je ne cause plus qu'avec la Flamme... Ou bien je ferme les yeux et je me souviens de la lune toute d'argent se mirant dans l'eau, des feuilles de nénuphars voguant comme de petites îles et sur lesquelles passent les demoiselles endormies... Il y a un mois que j'ai pu reprendre mes promenades... Une nuit, il m'a semblé qu'une plainte arrivait jusqu'à moi... Mon premier mouvement a été la peur... On parle beaucoup de fantômes à Coëtquen... Il y revient, disent les vieilles gens... Je pensai d'abord à l'intendant qui s'y noya il y a vingt ans, paraît-il... Mais l'accent était trop plaintif pour appartenir à un vieux voleur... Alors je me dis que la voix qui pleurait était celle de la châtelaine...

— Tu as pensé à la marquise de Coëtquen?...

— Oui, et à quelle autre...

— A la marquise Blanche?

— Oh! non! répliqua vivement Patira, celle-là était un ange... si douce, si belle!... Je l'ai rencontrée un jour; elle m'a parlé comme le ferait la madone de Claudie si ses lèvres s'ouvraient... Je vois encore sa robe bleue, et son sourire, et ses cheveux d'or qui flottaient au vent... Elle m'a donné deux écus en souvenir... et Claudie m'a conseillé de les cacher en me disant qu'ils me porteraient bonheur... La marquise Blanche! mais chacun l'aimait dans les seigneuries de Coëtquen et de Combourg... Il s'en faut de bien peu qu'on l'invoque comme une sainte... Vous voyez bien que je ne pouvais songer à elle... Ce sont les âmes en peine qui se plaignent et demandent des prières, à ce que répètent les gens anciens... Moi, je ne sais pas ce que c'est que des prières, mais je comprends que ces revenants implorent le secours des vivants et que ceux-ci peuvent les soulager... Au temps jadis, il y a deux cents ans et plus, une châtelaine de Coëtquen fut emprisonnée dans le cachot de la Tour-Ronde... Elle était innocente de tout crime, et cependant on l'y garda cinq ans... Je me demandai si la dame de Coëtquen ne revenait pas la nuit dans l'oubliette où elle avait tant souffert...

— Providence du ciel! murmura Blanche.

Patira poursuivit :

— J'avais peur, mais je voulais savoir... De fait, depuis

que je courais la nuit dans la campagne, les grottes, les couloirs, jamais je n'avais fait rencontre d'un korigan, d'un poulpiquet... Pour moi la *Grand'bête* demeurait invisible, et la biche blanche ne fuyait point dans les bois... Je me réconfortai contre la crainte que semaient dans mon esprit les contes de Jeanne la Fileuse, et je me promis de savoir qui se plaignait de la sorte... et puis Nicole m'avait affirmé que le mari de la dame de Coëtquen s'appelait Raoul, et la voix répétait en pleurant :

« — Tanguy ! Tanguy ! »

« Alors je profitai d'une belle lune claire, j'entrai dans l'étang, j'écoutai... et j'entendis des sanglots si doux, si doux... on eût dit ceux d'un enfant !... Le temps me manquait pour apprendre ce soir-là ce que je voulais... et puis je n'avais aucun moyen d'arriver jusqu'à la Tour-Ronde... Si leste que je sois, je ne pouvais escalader les parapets de granit rendus plus glissants par l'eau et la vase... Je rentrai à la forge, je dormis... Dans la journée, je pris deux crampons à l'aide desquels il m'est devenu possible de grimper jusqu'à la plate-forme, je me suis rejeté à l'eau avec mon paquet de joncs, et me voilà...

— Oh! tu es un brave enfant! s'écria Blanche.

— Brave? pourquoi cela?

— Tu n'as eu peur ni de la nuit ni des obstacles !

— Les hommes seuls m'ont fait du mal.

— Et maintenant, crois-tu encore que c'est le fantôme de la dame de Coëtquen qui pleure au fond de cette oubliette?

— Non : Jeanne affirme que les esprits se plaignent, mais qu'ils ne causent pas avec les vivants.

— Et souhaites-tu savoir qui je suis?

— J'ai traversé l'étang pour l'apprendre...

— Tu le sauras, dit la voix douce, oui, tu le sauras, quand tu m'auras fait le serment de ne jamais répéter à personne le nom que je vais te révéler...

— Je ne sais point ce que c'est qu'un serment !

— C'est de promettre sur une chose sacrée.

— Alors je ne ferai point de serment, dit Patira, car Jean l'Enclume jure tout le jour, et ses blasphèmes font pleurer Claudie.

— Tu as raison, mon enfant; seulement, donne-moi ta parole d'enfant tourmenté, malheureux, ta parole de persécuté, de martyr, de ne parler à personne de ce que tu vas apprendre.

— Oh! cela, je puis le promettre, je le promets...

Patira s'arrêta un moment, cherchant s'il ne trouverait pas le moyen d'accentuer davantage l'engagement qu'il prenait.

— Ah! fit-il, je vous le promets par l'image de la jeune mère *pleine de grâces* devant laquelle Claudie se met à genoux.

— Merci! merci! dit la voix émue.

Puis il sembla à Patira que l'on approchait un meuble de la fenêtre, et que la créature avec laquelle il s'entretenait escaladait ce même meuble pour se rapprocher davantage de lui.

Il colla plus près encore son visage contre les barreaux. En ce moment, la lune frappa en plein le cachot de la Tour-Ronde.

— Regarde! regarde! dit la voix.

Patira fixa ses yeux sur la fenêtre, et, sous la clarté d'argent de l'astre de la nuit, il vit rayonnant d'une pâleur surhumaine le visage de celle dont s'emplissait sa mémoire.

— La marquise de Coëtquen! balbutia-t-il.

Et l'impression qu'il ressentit fut si violente qu'il lâcha les croisillons de fer auxquels il s'accrochait.

— Ne t'effraie pas, reprit la douce voix de Blanche... ce n'est point une morte échappée de sa tombe qui te parle ce soir... Crois-en tes yeux qui ont reconnu mon visage, crois-en mon accent resté dans ton oreille, crois-en ma douleur et ta pitié !

— Ainsi, demanda Patira, vous êtes la femme du marquis Tanguy?...

— Et c'est lui que j'appelais à mon aide !

— Mais alors, reprit Patira, il suffirait d'apprendre au marquis...

— Non ! non ! dit la marquise, pas encore... Tanguy n'a pas les clefs de cette tombe ; avant qu'il en eût ouvert la porte, mes ennemis m'assassineraient et feraient disparaître mon cadavre... A cette heure, ce n'est pas de moi qu'il s'agit... Je dois garder ma force morale pour l'épreuve qu'il me reste à subir... Elle sera telle, mon Dieu ! que jamais créature humaine n'en souffrit une semblable... Mais le Seigneur, qui t'envoya vers moi, ne manquera pas de me venir en aide... Tu ne me trahiras pas... tu reviendras ici... avant huit jours nous aurons le temps de prendre nos mesures... Dis-moi, le marquis se trouve-t-il en ce moment au château?

— Non, madame, répondit l'enfant ; du moins un des palefreniers le disait hier en amenant son cheval à la forge afin qu'on renouvelât ses fers... Depuis que votre convoi a traversé les paroisses, depuis que le marquis Tanguy vous croit morte, d'aucuns affirment qu'il est quasi fou... Il a cependant fait des choses de grande raison et de sainte charité, l'école et l'hôpital... Mais depuis que les charpentiers ont attaché le bouquet au sommet du toit, que les salles bourdonnent comme des ruches d'abeilles, que les malades reçoivent les soins des religieuses, monseigneur répète qu'il n'a plus rien à faire en ce monde. Il quitte parfois Coëtquen sans qu'on sache où il va... Il revient sans prévenir... et le chapelain s'inquiète grandement...

— Et le comte Florent?

— Celui-là chasse comme un enragé.

— Et le vicomte Gaël?

— La Fileuse croit qu'il est en train de vendre son âme aux méchants esprits.

— Silence avec tous, jusqu'au retour du marquis, mon enfant... Nous prendrons des mesures pour le consoler... Tu travailles dans une forge?

— Chez Jean l'Enclume.

— Peux-tu prendre une lime?

— Je serai battu, dit l'enfant.

— Il me faut une lime, Patira!

— Pourquoi faire, madame?

— Pour scier ces barreaux.

— Ils sont bien gros... votre main est bien faible...

— Tu m'aideras pendant les heures que tu passeras près de ma fenêtre.

— Mais quand les barreaux seront sciés, vous ne pourrez, si mince que soit votre taille, vous évader par cette étroite ouverture.

— Ce n'est pas moi qu'il s'agit d'abord de sauver.

— Mais qui donc, madame?

— Tu le sauras plus tard, plus tard...

Blanche répéta avec hésitation :

— M'apporteras-tu la lime?

L'enfant ne put réprimer un frisson de terreur, mais il répondit en affermissant sa voix :

— Je vous l'apporterai...

— Pauvre être! tu seras battu, cruellement battu sans doute...

— Bah! fit Patira en mettant une exquise délicatesse à diminuer la valeur de son sacrifice, si elle s'égarait je serais battu tout de même; autant vaut qu'elle soit utile puisqu'elle peut vous servir... D'ailleurs, quand les barreaux seront sciés, elle ne vous sera plus nécessaire... Je la reporterai dans un coin de l'atelier... Seulement vous ne serez pas libre! pas libre!

— Non, dit Blanche; il faudrait avoir la clef de cette porte.

Un souvenir traversa l'esprit de Patira :

— Il y a six mois, dit-il, le comte Florent est venu commander une clef bizarre à Jean l'Enclume... Je n'en vis jamais de semblable... Formée de trois trèfles, fouillée à jour, elle était difficile à faire pour les gros doigts de Jean... il m'en chargea...

— Tu as forgé la clef de ce cachot!

— L'ouvrage fut payé cher et vite terminé... Jean ne voulut que moi pour son exécution... Je passai trois nuits à cette besogne... Mais au lieu d'une clef, soldée en or à Jean l'Enclume, j'en forgeai deux...

— Sais-tu ce qu'est devenue la seconde?

— Je crois que le maître l'a gardée.

— Oh! cette clef! si tu pouvais t'emparer de cette clef!

— J'essaierai... dit l'enfant.

— Non! non! n'essaie pas! dit Blanche; cette fois, on ne te battrait pas, on te tuerait...

— Qu'est-ce ça fait de mourir, quand personne ne vous regrette?...

— Crois-tu que je me consolerais de t'avoir entraîné dans l'abîme où je suis? Ta générosité doit-elle me faire oublier les dangers que tu cours?...

— Tenez, madame, dit Patira, j'ai toujours souffert sans être utile à personne; laissez-moi souffrir en faisant quelque chose pour vous...

— Oh! cher! cher enfant!

— Vous ne savez pas? reprit Patira; depuis que je vous parle, depuis surtout que je vous ai reconnue, je ne suis plus le même... J'avais peur de Jean à m'aplatir devant lui sur le sol pour qu'il me foulât aux pieds... Maintenan¹ que je vous vois prisonnière au fond de ce cachot et s. désolée, si malheureuse, je ne sens plus ma misère, les coups cessent de m'effrayer... Il me semble que je grandis, que je deviens un homme...

— Noble cœur! noble cœur! murmura la marquise.

— Je trouverai la lime, dit Patira, et vous l'aurez demain... Je chercherai la clef, mais il n'est pas sûr que je la trouve... Si vous ne pouvez vous évader par la porte, nous aurons toujours la ressource de prévenir monseigneur.

— Si tu vois quelqu'un du château, tu t'informeras... Tu demanderas de quel côté il est allé... Mais prends garde qu'on devine quel intérêt tu peux avoir à l'apprendre...

— Soyez tranquille, madame! répondit Patira.

La marquise se souleva sur la pointe des pieds.

— Tu as une âme d'ange, dit-elle. Si j'étais libre comme jadis, je te serrerais sur ma poitrine et je t'embrasserais comme si j'étais ta mère, ta vraie mère que tu n'as point connue... Avant de te quitter, je veux te donner un gage de ma reconnaissance, de mon amitié... Je veux sceller avec toi une étroite alliance... Enfant! nul ne t'a enseigné la loi d'amour et de dévouement de l'Évangile, et tu la pratiques en enfant chrétien et prédestiné... Eh bien! colle tes lèvres sur ce crucifix dont tu ne saurais à cette heure comprendre le symbole... Mets le baiser de l'innocence à la place où j'ai versé tant de larmes! Par ce signe sacré, nous pouvons tout vaincre! C'est la force des faibles et l'espérance des opprimés!

Blanche étendit le bras aussi loin qu'il lui fut possible dans l'embrasure de la fenêtre; la main tremblante de Patira saisit le crucifix d'argent, puis il l'approcha de ses lèvres avec un puissant élan d'amour.

Et certes rien de plus touchant ne s'était vu peut-être que cet enfant ignorant, pauvre, torturé, recevant pour la première fois entre ses doigts l'image la plus sublime de la souffrance acceptée, quand celle qui la tendait à sa bouche pâlie était aussi une angélique et candide martyre.

Blanche replaça la relique dans son sein.

— Madame! madame! dit Patira, le ciel blanchit, c'est l'aurore qui se lève! Adieu, adieu!...

— Tu reviendras?

— Ce soir j'apporterai la lime!

Patira détacha la corde maintenant le radeau de jonc et commença à nager.

XIV

LES INSOMNIES DE SIMON

Le caractère de Simon n'avait jamais été expansif, mais il devenait de plus en plus sombre. Rosette ne le reconnaissait plus. Ses élans de tendresse ressemblaient à des mouvements violents et fiévreux. Elle y sentait moins d'amour filial que d'emportement. Lorsqu'elle le surprenait seul dans son cabinet, elle le trouvait le plus souvent affaissé dans un fauteuil, la tête dans ses mains, absorbé dans une pensée unique, toujours la même et toujours douloureuse.

Un jour elle jeta ses bras autour de son cou et lui demanda :

— Qu'as-tu, père ? qu'as-tu ?

Et Simon répondit d'un air farouche :

— Rien ! que veux-tu que j'aie ?

— Des soucis, sûrement, des peines, peut-être ?

— Des peines, des soucis !... où vas-tu chercher cela, Rosette ?

— Dans mon cœur qui s'alarme et s'effraie.

— Il s'effraie à tort ; c'est un cœur d'enfant.

— Sans doute, mais d'enfant que la tendresse rend clairvoyante... Pourquoi ne pas me confier le sujet de ton trouble, de ta morne tristesse... Elle ne se dissiperait point, mais elle s'adoucirait dans l'expansion... Moi aussi,

12.

j'ai des moments de mélancolie que rien ne dissipe; je souffre d'un accablement sans nom...

— Es-tu malade? fit Simon en regardant sa fille bien en face.

Rosette secoua la tête.

— Si tu demandes le bulletin de ma santé au docteur Sérénaud, il me tâtera le pouls et te répondra :

« — Santé parfaite ! »

« Moi, qui ne saurais définir, analyser mon mal, je le constate... Il offre de singuliers symptômes...

— Mais tu m'alarmes, Rosette !

— Je guérirai, oh ! je guérirai, père; car, ce qui est étrange, c'est que souvent il me semble que tu es la cause de mon mal...

— Moi ! qui pour toi sacrifierais ma vie !...

— Je le sais... Aussi, je te l'ai dit, ma souffrance est moins physique que morale... Elle tient à la tienne... Ce que j'éprouve est le reflet de ce que tu ressens... Tant que tu ne seras pas redevenu ce que tu étais naguère, je dépérirai lentement... lentement, jusqu'à ce que...

— Oh! malheureuse enfant, n'achève pas!

— Pourquoi? Il dépend de toi que je vive, de toi seul... Tes insomnies me privent de sommeil... l'absorption de ton esprit influe sur le mien au point qu'il me semble parfois ne plus appartenir à ce monde... Si tu ressentais un coup imprévu et violent, je suis certaine d'en mourir...

Rosette pencha son front sur l'épaule de son père et resta longtemps silencieuse.

Il la serrait dans ses bras avec une tendresse craintive, comme une fragile chose qu'il eût craint de briser. Il effleurait son front de ses lèvres aussi légèrement que s'il eût pensé qu'une caresse trop vive l'eût tuée sur son cœur.

Sans relever le front, la jeune fille murmura à l'oreille de son père :

— Ne sens-tu pas que les tombes nous attirent?...

Simon frissonna et demanda d'une voix sombre :

— De quelle tombe parles-tu?

— J'étais si petite quand ma mère est morte qu'elle n'a pas laissé de traces dans mon souvenir... Tu m'as choyée, gâtée comme une fille de noblesse, et la belle Loïse de Matignon n'est pas plus instruite que moi... Et puis dans mon cœur tu pris toute la place; ma mère est une ombre qui glisse devant moi sans me troubler... La seule amitié que j'aie rencontrée, la seule qui me manque aujourd'hui est celle de la marquise de Coëtquen.

— Oublie-la! oublie-la, Rosette! dit Simon d'un accent terrifié.

— Je ne puis pas, père; non, vois-tu, je ne le puis pas... Elle était bonne et douce comme un ange... Sa voix pénétrait le cœur.. Quand je l'ai vue toute glacée, toute pâle sur son lit de parade, il m'a semblé qu'elle me disait de ses lèvres sans couleur et sans souffle :

« — Notre destinée sera semblable... Où j'irai, tu viendras... La mort qui m'est réservée sera la tienne! »

— Tais-toi! tais-toi! s'écria Simon en pressant sa fille sur son sein avec épouvante.

— Et chaque nuit, reprit Rosette, chaque nuit je vois son fantôme me faire signe de la suivre... Et je vais malgré moi, je vais...

— Où vas-tu? dit Simon d'une voix rauque.

— Vers la tombe de Blanche de Coëtquen!... répondit la jeune fille.

Simon poussa un cri sourd.

— Ne vous alarmez point, père; écoutez-moi seulement. Voulez-vous que je vive? redevenez joyeux, confiant... Oh! ne cherchez point à me tromper.. Nulle affectation ne me trouverait crédule... Si vous le voulez, je vivrai ; si vous restez ce que vous êtes, je suis condamnée...

— Ce que je suis, ce que je suis...

— Morne, taciturne, désespéré... Oh ! je le vois bien, allez ! Vous avez perdu le sommeil... La nuit vous vous levez, vous marchez dans votre chambre, parfois même vous errez dans les jardins... Quand je vous adresse la parole. je semble vous réveiller d'un songe... Durant le peu d'instants que vous donnez au sommeil, vous prononcez d'incohérentes paroles... Vous ne franchissez plus le seuil de l'église... et le digne chapelain n'approche plus de notre logis... Et tout cela, depuis...

— Achève !

— Depuis la mort de la marquise !

— Depuis sa mort !

— Je le comprends, puisque je la regrette ; mais enfin vous devez vivre pour moi aussi, pour moi qui défaille et succombe, qui mourrai si vous cessez de m'aimer.

— Cesser de t'aimer ! ah ! tu ne sais pas ce que me coûte ma tendresse pour toi... Je t'aime jusqu'à la folie, Rosette, je t'aime jusqu'à commettre un crime pour te voir heureuse.

La jeune fille se recula comme si un serpent l'eût piquée.

— Retirez cette parole, mon père, elle renferme une sorte de malédiction... les crimes des pères, ce sont les enfants qui les expient... Mon Dieu ! mon Dieu ! qui me dira le mot de votre douleur? qui m'apprendra le secret que vous me cachez?... Car j'ai le droit de l'apprendre, entendez-vous, mon père, j'en ai le droit, puisqu'il me fera mourir !...

Rosette se pencha défaillante sur un meuble, son corps fut agité d'un long frisson, puis elle s'affaissa et tomba sur l'ottomane placée derrière elle.

— J'ai tué ma fille ! cria Simon en cachant son front dans ses mains avec désespoir.

Il courut prendre un flacon, mouilla d'eau fraîche les tempes de Rosette, et attendit haletant, le cœur broyé, qu'elle rouvrît les yeux.

— C'est trop ! fit-il, c'est trop ! Je veux qu'elle vive, elle vivra ! Oui, ce secret, cet horrible secret m'étouffe. Je ne suis pas fait, si mauvais que je sois, pour ce métier de bourreau... Mon Dieu ! ajouta-t-il, rendez-moi Rosette et j'adoucirai le sort de la pauvre martyre, et je dirai... oui, je trouverai le courage de braver la colère du comte Florent pour délivrer sa victime !

Cette promesse que Simon faisait dans son cœur fut immédiatement suivie du réveil de Rosette. Les teintes de la vie colorèrent ses joues, un sourire ineffable de douceur entr'ouvrit ses lèvres.

— Je suis mieux ! dit-elle, beaucoup mieux ! me voilà sauvée.

— Dirait-elle vrai, pensa Simon, et sa santé dépend-elle d'une façon mystérieuse de celle dont elle s'obstine à pleurer la perte ?

Pendant tout ce jour, la jeune fille parut soudainement ranimée. Assise à son clavecin, elle chanta d'une voix pure ses plus beaux airs. Ses yeux rayonnaient, sa taille se redressait svelte et gracieuse ; c'était la Rosette d'autrefois, la jolie Rosette que chérissait la jeune marquise.

Et pendant tout ce jour aussi, l'intendant se sentit fortifié dans sa résolution d'entreprendre l'œuvre du salut de Blanche.

— Je ne puis agir brusquement, pensait-il ; cette hâte amènerait une tragédie dans la famille... N'ébruitons pas la honte de Gaël et de Florent... le marquis me pardonnera pour l'amour de Blanche ; ma fille sera sauvée, et je

n'aurai plus cet épouvantable remords... Ai-je souffert depuis qu'on l'a jetée vivante dans ce cachot sans air, sans
clarté, où vingt fois elle a failli périr!... Je la sauverai, elle,
son enfant...

Simon s'arrêta.

— Il faut parler vite, alors, bien vite... dans quelques
jours, demain peut-être...

Mais, à la pensée d'affronter l'indignation du marquis,
de prendre sa part de complicité dans un crime atroce, il
se sentit frémir jusqu'à la moelle des os.

— Je parlerai, sans doute, mais pas demain, pas demain encore... Je ne sais comment aborder cette question... Il me faut y songer, y songer beaucoup.

Cependant, bien qu'il appréhendât de révéler la vérité,
Simon songeait en ce moment sincèrement à le faire. L'a-
varice, qui faisait le fond de son caractère, ne parvenait
point à étouffer ses remords. Ils ne l'abandonnaient pas un
jour, pas une heure... Son crime s'attachait à lui. Il se faisait vivant, visible pour ainsi dire. Celui qui tue pour un
salaire ne plonge qu'une fois son poignard dans le sein de
la victime, mais Simon, toutes les nuits, revoyait la pauvre
martyre. Il suivait sur son pâle visage les traces d'une douleur chaque jour plus profonde. Il constatait les progrès de
son désespoir, comme un empoisonneur les suites du breu-
vage dans lequel il versa un lent toxique. Il se demandait
souvent si Florent n'avait pas raison en disant à Gaël que
mieux valait la tuer. Oui, il souffrait; les remords ne lui
permettaient plus de nier l'enfer. Il perdait jusqu'à l'attachement instinctif à la vie, et quelquefois il eût accepté la
mort comme un bienfait, à la condition qu'elle laissât
Rosette riche et heureuse.

Vers le soir, tandis que sa fille chantait, Simon descendit dans le jardin.

Le marquis Tanguy s'y promenait la tête baissée.

Au bruit des pas de Simon, il tourna la tête, le reconnut et l'appela.

— Ne me demande pas comment je me porte, Simon, dit-il: c'est fini, je le sens là... Ma vie s'en est allée où est allée ma femme; et retiens cette parole: la sépulture des Coëtquen ne tardera pas à se rouvrir pour moi...

— Monseigneur! s'écria Simon.

— Pourquoi tiendrais-je à vivre? demanda le jeune homme; la fortune n'a pour moi nul attrait depuis que Blanche ne la partage plus... J'ai tâché de me résigner... les idées de la foi n'ont pas été assez puissantes pour me consoler... Le chapelain m'a ordonné de vivre pour achever l'école, l'église, ces rêves de sa charité... j'ai réalisé tout cela... je puis partir.

— Partir, monseigneur?

— Pour la rejoindre, ajouta Tanguy.

— Non! non! ne dites pas ces choses, monseigneur, ces choses fatales et désespérées... Dieu est bon, Dieu est grand...

— Peut-il me la rendre?

— Priez, monseigneur, et peut-être un miracle...

— J'ai prié, Simon, je n'ai pas été consolé... Dieu semble muet, et la tombe reste éloquente... Oui, les morts parlent, Simon; les âmes regrettées ne sauraient nous abandonner... Blanche m'enveloppe de sa présence... Son impalpable fantôme reste à mes côtés... sa voix, sa douce voix m'appelle...

— Monseigneur... monseigneur!

— Ne crois pas que je devienne fou, Simon... si grande qu'elle soit, ma douleur n'emprunte pas d'hallucinations à ses excès... J'ai entendu, entendu, comme j'entends ta voix, à cette heure... et ce n'est pas une fois seulement, mais dix fois, vingt fois, dans le silence des nuits... Je ne dors plus, la fièvre me brûle... mon crâne éclate, mon cœur se fend!... Alors je descends dans les parterres où elle venait... j'abandonne parfois complétement le château, j'erre dans les champs, sur les bords de l'étang, partout où elle passa appuyée à mon bras, et j'entends alors, j'entends son accent désolé qui m'appelle : « Tanguy! Tanguy! »

Simon fit un geste d'épouvante.

Le marquis étendit la main avec un geste solennel.

— Sur mon âme, dit-il, j'ai entendu...

— Et c'était sa voix ?...

— C'était sa voix.

— Non, non, monseigneur, ce ne pouvait être...

— J'ai entendu, te dis-je, un accent plaintif qui m'a frappé au cœur.

Certes, à cette heure, Simon pouvait parler. Dans le jardin désert nul ne prêtait l'oreille. Ils étaient seuls, bien seuls. Tanguy, haletant, semblait encore sous le charme douloureux de la voix aimée. Un mot de Simon pouvait lui rendre la foi, la vie, le bonheur; mais au moment de parler, à l'heure de sauver Blanche et de se perdre, Simon eut peur. Qui sait à quel excès de violence allait se porter le marquis? Ne pouvait-il d'un seul coup du poignard qui ne le quittait jamais punir l'assassin de Blanche? Tanguy ne vengerait-il pas brusquement le martyre de sa femme et ses propres douleurs? Sans doute Rosette avait effrayé Simon le matin; mais Rosette était une enfant maladive, nerveuse, dont l'esprit s'emplissait des songes dangereux de la solitude. Il avait subi par tendresse l'impression de crainte de sa fille; mais, entre les pressentiments de l'enfant et l'imminente colère de Tanguy, Simon n'hésita plus. Le marquis devait s'absenter pendant une semaine : ce laps de temps suffisait pour préparer quelque chose... Il ne pouvait conduire Tanguy au cachot de la Tour-Ronde : mieux valait en faire sortir la marquise et préparer une habile mise en scène. Simon se donna toutes ces raisons dont aucune ne satisfaisait sa conscience, afin de reculer le moment fatal de l'aveu.

Il répondit donc au marquis :

— Je ne nie point ce qu'affirme monseigneur; plusieurs gens du pays assurent également avoir entendu des voix.

— Simon, Simon, Blanche m'appelle.

— Seulement, reprit l'intendant, rien ne prouve que c accent désolé soit celui de madame la marquise.

— Mais quel autre?

— Monseigneur se souvient que Bertrand s'est noyé dans l'étang?

— Il y a de cela de longues années.

— Bertrand se suicida... Monseigneur se rappelle que, convaincu d'infidélités notables, il redouta la justice et prévint l'arrêt des hommes...

— Je lui aurais pardonné...

— Il ne l'espéra pas! Et son âme revint sur le théâtre de son double crime.

— Mais pourquoi m'appelle-t-il, moi?...

— Si monseigneur faisait dire des messes pour son âme, elle serait soulagée.

— J'en ferai dire, Simon, j'en ferai dire... Mais la voix que j'entends n'est pas la voix de Bertrand : je ne saurais m'y tromper, moi! J'aimais trop ma chère enterrée... Pauvre Simon, tu es du logis celui qui a le plus regretté ma femme... toi, et cette jolie Rosette que j'aime comme une sœur.

— Comme une sœur! répéta l'intendant.

— Et, crois-le, tout ce que tu me demanderas pour elle, dot, protection, faveur, tout te sera accordé, Simon.

Le malheureux fut sur le point de saisir la main de son maître et de la porter à ses lèvres; il n'osa pas et recula en s'inclinant avec humilité.

— Je reviendrai dans huit jours, Simon; pendant temps...

— Pendant ce temps, monseigneur, dit l'intendant en accentuant ses paroles d'une voix forte, le ciel accomplira un prodige.

— Dieu t'entende ! murmura le marquis en s'éloignant.

A peine eut-il disparu qu'une ombre se dégagea d'un massif et marcha droit à Simon.

Puis une main lui saisit le bras avec violence, et une voix, dans laquelle il reconnut celle du comte Florent, lui demanda :

— Pourriez-vous me dire, maître Simon, quel miracle le ciel accomplira pour consoler mon frère ?

— Mais j'ignore... je ne sais... balbutia Simon.

— Vous savez que vous méditez une trahison.

— Moi, monsieur le comte ?

— Oui, vous. Oh ! ne vous récriez pas ! Ne me jurez point que vous êtes ma créature, que, poussé par moi dans une voie dangereuse, vous irez jusqu'au bout... Les serviteurs de votre race couvent la haine dans leur âme, et cette haine engendre la trahison... Mais retenez ceci : rien ne sauvera Blanche ! Arrachée de son cachot, elle n'en périrait pas moins d'une façon occulte, fatale... Elle périrait, parce qu'elle ne doit pas donner d'héritiers à la race des Coëtquen...

— Ainsi l'enfant...

— Avez-vous donc pensé que je le mettrais dans les bras de son père ?...

— Que vous importe qu'il meure, s'il n'est jamais dans la possibilité d'apprendre son nom et de revendiquer ses titres ? A quoi bon ajouter un crime à un autre crime ?

— Les morts seuls se taisent ! dit Florent, et Gaël a eu tort.

Il ajouta lentement :

— Je te surveille, tu le vois ; tu ne te doutais guère que

j'étais ce soir présent à ton entretien avec le marquis...
T'imagines-tu donc que ta conduite à l'égard de Tanguy
nous donne confiance? Qui a vendu un secret une fois peut
le vendre deux... Nous t'avons payé, mais tu attendrais de
Tanguy cent fois davantage!

— Vous m'avez payé! dit Simon amèrement; oui, vous
avez payé le geôlier qui chaque nuit quitte sa couche pour
descendre le sombre escalier de la Tour-Ronde et porter
à votre sœur une cruche d'eau et un morceau de pain...
Mais ce que vous ne solderez jamais, monsieur le comte,
ce sont les remords que je ressens en voyant sa pâleur qui
est mon ouvrage... ce sont les prières mêlées de larmes
qu'elle m'adresse en embrassant mes genoux... Je l'ai vue
pleurer, je l'ai entendue me demander grâce, elle marquise de Coëtquen, ma maîtresse et ma victime! Oh! ce
n'est pas, croyez-le, l'obligation de cent mille livres que
vous m'avez donnée qui suffit pour payer mon sommeil
perdu, ma conscience bourrelée, mon âme damnée à
jamais.

— Eh! maître Simon, quand on possède une conscience
si exigeante, on y regarde à deux fois avant de faire le
pacte qui nous lie...

— J'ai été tenté par le gain, un gain immonde, le
denier de Judas!

— Un beau denier, du moins!

— Ce n'est pas assez! non, ce n'est pas assez! dit Simon
d'une voix sourde.

Florent fit entendre un éclat de rire.

— Il fallait dire tout de suite ce que vous exigiez en
plus!

Simon frappa violemment sa poitrine.

— J'ai péché pour elle plus que pour moi...

— Péché pour elle! pour qui?

— Pour ma fille, pour Rosette... Je la voulais riche,

très-riche, riche à tenter un gentilhomme... J'aurais jeté dans sa robe de mariée tout ce que je possède, et quand je l'aurais sue heureuse, j'aurais disparu... Je ne suis bon à rien qu'à l'entourer de joie, à échafauder son avenir... Cet avenir, je le vois superbe, éclatant, et rien ne me coûtera pour l'assurer, rien !

— Et c'est pour cette raison que vous réclamez un second salaire ?

— Écoutez-moi, monsieur le comte ; tout à l'heure, vous m'avez soupçonné de vous trahir ?

— Et je continue à le croire.

— Vous ne voyez en moi qu'un complice ?

— Que puis-je voir autre chose ?

— Un allié, dit Simon d'un ton bref.

— Holà ! fit le comte, vous devenez familier, mon cher !

— C'est un étrange niveau que celui d'un crime commis à deux, monsieur le comte... Vous n'avez pas plus que moi le droit de lever la tête, car ce que j'accomplis pour la somme de cent mille livres, vous le faites, vous, pour la seigneurie de Combourg, que vous attendez de la munificence de votre frère...

— Après, dit Florent, après !

— Si misérable que je sois, j'ai un cœur... Peut-être sais-je mal aimer ma fille, mais je l'aime, puisque pour l'enrichir je suis devenu ce que je suis... Je vous ai raconté mon rêve tout à l'heure ; écoutez-moi avec patience, je vous en supplie... Ce rêve est de marier Rosette à un cadet de famille...

— Et ce gentilhomme, vous l'avez trouvé ?

— Je le crois... Des rapports intimes existent entre nous ; tous deux nous sommes solidaires des mêmes actes... Il appartient à la meilleure noblesse du pays, mais il me doit toute la considération dont il jouit encore ; ses revenus se bornent aux secours qu'il tient de la générosité de son frère ; car de sa légitime dépensée à Paris en quelques années il ne reste pas aujourd'hui de quoi acheter des pendants d'oreille à Rosette...

Simon s'arrêta un moment et regarda Florent.

Celui-ci secouait de l'ongle quelques grains de tabac d'Espagne tombés sur son jabot de malines avec un mouvement d'une exquise élégance.

— Ma fille, poursuivit Simon, aura deux cent mille livres de dot.

— Cela prouve que l'intendant de Coëtquen vole passablement son maître !

— Avec deux cent mille livres, un gentilhomme fait encore figure à la cour, en attendant une haute charge... Quant à moi, je l'ai dit, après le mariage de Rosette, je disparaîtrai...

— Mais vous affligerez sans doute beaucoup votre gendre, maître Simon... Et puis-je sans trop d'indiscrétion vous demander, puisque vous me faites vos petites confidences de famille, sur quel jeune gentilhomme vous avez jeté les yeux ?

Simon regarda Florent en face et lui répondit :

— Sur vous, monsieur le comte.

Florent leva la canne avec laquelle il décapitait les fleurs du parterre.

— Misérable ! fit-il, tu mériterais que je te bâtonne !

— J'ai mesuré mon audace, monsieur le comte, dit Simon en abaissant le bras levé de Florent ; mais j'ai raisonné notre situation respective, et j'ai trouvé ma conduite d'une logique écrasante... La fille de Simon n'est pas même une bourgeoise, mais cette mésalliance ne sera pas la première contractée dans la famille, puisque Blanche Halgan...

— Blanche Halgan est condamnée...

— Soit ! mais Blanche Halgan, fût-elle morte, n'empêchera pas que le jour de ses noces le marquis de Coëtquen
n'a pu écarteler avec le sien le blason de sa femme...
Vous écoutiez mon entretien avec le marquis, monsieur le
comte, et vous l'avez entendu dire qu'il chérissait Rosette
comme une sœur... de ce côté-là, point d'obstacle... Si je
ne me trompe, le marquis ne survivra pas à sa douleur, et
vous hériterez de ce domaine ..

— Juste à point pour le mettre dans la corbeille de
Rosette ?

— C'est ce que j'ai pensé, monsieur le comte.

Florent se tourna vers l'intendant.

— Il y a une chose à laquelle tu n'as pas songé, double
fourbe, c'est que je pouvais te tuer comme un chien !

Et Florent tira un poignard de la poche de son habit.

— Pardonnez-moi, monseigneur, répliqua Simon, j'ai
encore songé à cela.

Et il arracha un couteau de chasse de sa ceinture.

Tous deux se mesurèrent du regard.

Une rage si violente se lisait sur le visage de Simon,
que Florent en fut effrayé.

Cet homme était doublement redoutable. Le comte le
sentait. Si orgueilleux qu'il fût, Simon le tenait. L'intendant n'avait que sa vie à perdre, mais Florent jouait son
nom, sa fortune, tout ce qui avait pour lui de l'attrait, de
la valeur, tout ce qu'il aimait de préférence à la famille,
à l'honneur, à la conscience.

Il replaça le poignard dans sa poche et Simon glissa
son couteau dans sa ceinture.

— Vous êtes un habile homme, Simon, dit-il, si vous
vendez cher vos services.

— Monsieur le comte peut croire qu'il n'aurait jamais
à se repentir d'avoir accédé à mes propositions... Je res-
terai son allié... Je ne l'offenserai jamais comme beau-

père... Rosette est assez belle, assez instruite pour ne jamais le faire rougir, et le bonheur de ma fille assuré...

— Vous me jugez capable de faire le bonheur de votre fille, Simon?

— Peut-être... votre ambition étant satisfaite.

— Je ne promets rien, dit Florent, je ne m'engage pas... Jamais vous n'aurez le droit de me reprocher une promesse que j'hésiterai sans doute longtemps à vous donner... Il me faudra d'abord consulter Tanguy... Si je me mariais contre son consentement, il ne me céderait pas même la gentilhommerie de Combourg... Après Tanguy, je suis le chef de famille, et vous ne pensez point que je céderai mes droits à Gaël... Il aime, lui, mademoiselle de Matignon, et cette alliance serait honorable de tout point.

— Elle ne s'accomplira jamais : Loïse de Matignon entrera dans un cloître.

— Qui sait? Enfin je veux l'assentiment de Tanguy.

— Vous l'obtiendrez, monsieur le comte.

— Mon frère part ce soir?

— Pour huit jours.

— Lors de son retour, nous aurons à ce sujet un nouvel entretien...

— Quand il plaira à monsieur le comte.

Florent reprit d'une voix brève et fiévreuse :

— Si je satisfais vos ambitions, si hautes qu'elles soient, si je réalise votre rêve en épousant Rosette, la fille de l'intendant des Coëtquen, il est bien convenu, n'est-ce pas, que je n'aurai plus rien à redouter de vous ?...

— A redouter de moi, monsieur le comte?

— Vous me comprenez de reste ! vous avez joué serré, abattez les cartes... Je veux être sûr de votre silence éternel !

— Je m'engage à me taire... dit Simon.

— Il me faut un gage.

— Lequel?

— Immédiatement après sa naissance, vous me remettrez à moi, à moi, entendez-vous, l'enfant de Blanche de Coëtquen !

— Vous le tuerez! s'écria Simon.

— Il ne revendiquera jamais son héritage ! jamais il ne nous reprochera d'avoir lentement assassiné sa mère !

Simon ne répondit plus ; il murmura de nouveau:

— Vous le tuerez, vous le tuerez!

— Oh ! dit Florent, on ne s'arrête guère dans la voie que tous deux nous avons prise. Un crime en exige un autre... Il faut étouffer les voix de ceux qui pourraient parler, écarter de son chemin les obstacles, qu'ils soient de bois ou de chair, et marcher en avant, toujours en avant, les pieds dans le sang s'il le faut! Eh! qu'importe, pourvu qu'on touche le but! Gaël veut épouser Loïse de Matignon: je veux empêcher Tanguy d'avoir des héritiers de la fille d'un caboteur; vous rêvez de mettre une couronne de comtesse sur le front de Rosette! Aucun de nous ne reculera pour satisfaire son désir, parce que ce désir s'appelle passion et que la passion est une bête fauve ! Il lui faut sa proie, sans cesse, toujours! Et puis, reculer, c'est se perdre! Allez, Simon ! dans huit jours je parlerai corbeille de noces à Tanguy, à la condition que Tanguy ne me l'interdise pas... Avant une semaine sans doute, vous me remettrez le louveteau de la louve?...

— Avant une semaine, répéta Simon.

Florent s'éloigna en brisant les arbustes sur son passage.

L'intendant resta debout, plongé dans la stupeur. Il avait dans cette même journée pris la résolution de sauver Blanche, et il avait consommé sa perte. Cependant le remords parlait à cette heure moins haut que sa joie orgueilleuse. Florent semblait hésiter pour garder vis-à-vis de Simon une sorte de supériorité menteuse. Il avait déjà résolu d'accepter sa proposition. Simon verrait sa fille maîtresse dans ce manoir où de père en fils les Simon servaient et tenaient les comptes. Rosette ne pourrait manquer d'être éblouie par l'espoir d'une position si haute, et les splendeurs d'un tel mariage lui feraient bien vite oublier les enfantines terreurs qu'elle ressentait en songeant à la pauvre morte.

Quand il s'éloigna du jardin pour regagner le salon dans lequel Rosette chantait au clavecin, Simon portait sur son visage le reflet d'une satisfaction dont sa fille reçut l'impression sans en pouvoir deviner le motif.

— Vous souriez! fit-elle ; oh! je suis bien heureuse!

Et, se jetant dans ses bras, elle le couvrit d'innocentes caresses.

— Allons! se dit le soir le comte Florent après avoir eu un long entretien avec Gaël, vous pensez comme moi, mon frère : il est temps d'en finir...

— Oui, il est temps, répondit Gaël.

Et les deux frères se séparèrent sans oser se regarder, sans avoir le courage de se presser les mains.

XV

LA NUIT TERRIBLE

Patira, ayant réussi à prendre une lime dans l'atelier de Jean l'Enclume, la porta la nuit suivante à la Tour-Ronde, où la marquise anxieuse attendait le retour de son jeune protecteur.

A partir de ce moment, la jeune femme et l'enfant ne cessèrent de manier le rude outil.

Les barreaux étaient épais et durs, si la lime était de bonne trempe. Quelquefois Blanche interrompait son labeur en murmurant :

— Je ne pourrai pas! je ne pourrai jamais!

Alors Patira prenait la lime de la main fatiguée de la captive, et chacun à son tour la faisait mordre sur le fer rouillé.

Tandis que Patira besognait la tête brûlante, le cœur rempli d'une ardeur généreuse, la marquise lui parlait de choses qui jamais n'étaient arrivées jusqu'à son esprit et jusqu'à son âme. Pendant qu'il se dévouait pour elle, ce paria de la vie, ce fugitif d'une bande bohême, ce déguenillé trouvé transi sous le maillot d'un acrobate, la jeune femme lui racontait la vie divine d'un pauvre enfant de la Judée, né dans une crèche, réchauffé sous le souffle de l'onagre et du bœuf laborieux, adoré par des bergers, poursuivi par un roi; qui, après avoir travaillé de ses mains à Nazareth dans l'humble boutique d'un charpentier, remplit Jérusalem et toutes les villes environnantes de sa doctrine, appela à lui les enfants pour les bénir, choisit ses disciples parmi les pêcheurs et les pauvres, puis, n'ayant plus d'autre preuve d'amour à donner aux hommes que de se sacrifier lui-même, se laissa crucifier entre deux larrons pour le salut de ceux qui le méconnaissaient.

— O mon enfant! disait Blanche à Patira, celui qui a tant souffert est bien véritablement le Dieu des abandonnés et des malheureux. Il n'avait pas une pierre pour reposer sa tête; quand le pain lui manquait, et il lui manquait souvent, il devait opérer un miracle pour nourrir ceux qui le suivaient au désert.

« Il a travaillé, il a gémi, il a pleuré!... Son sang coula comme ses larmes; et, des profondeurs du ciel où il règne à jamais, il te suit d'un regard plein d'amour, toi, pauvre être repoussé du monde. Il est ton père, ton frère et ton ami.

« Après s'être fait ta consolation, il deviendra ton héritage. Oh! prie-le dans l'abandon, jette-toi dans ses bras à l'heure de la souffrance... Adore-le sur le sein de cette Marie pleine de grâces qui t'inspirait déjà une filiale confiance... Adore-le sur la croix où les hommes l'ont cloué, et quand tu défailleras sur ta route, quand l'énergie te fera défaut, quand, faible et pauvre, tu ne sauras comment défendre plus pauvre et plus faible que toi, regarde le Calvaire et prends courage! la force des faibles descendra sur toi! »

Patira, en écoutant ces paroles, retenait son souffle et sentait se dilater son cœur. Il lui semblait qu'une grande lumière se faisait au dedans de lui. Ces clartés intérieures l'éblouissaient. Une joie sans mélange l'inondait. Les révélations d'une foi dont nul ne lui avait appris les consolations et la puissance causaient dans tout son être une rénovation étrange.

Il n'était plus cet être foulé aux pieds la veille, tremblant devant le maître, et qui, maltraité par tous, ne se
sentait assez fort pour résister à personne. D'un mot, la
marquise avait changé sa vie, en lui montrant, au delà de
la voûte bleue où jadis il ne cherchait que les étoiles, la
famille céleste dont elle lui racontait la vie mystique, les
actions sublimes, les dévouements divins. Il ne se trouva
plus seul. La honte d'être un orphelin, un misérable, s'effaça pour lui. Il se sentit grandir par les espérances de sa
foi nouvelle ; et ce fut d'une voix pleine de larmes qu'il dit
à Blanche de Coëtquen :

— Qu'importe désormais qu'on m'appelle Patira : vous
avez fait de moi un homme !

Jusqu'au moment où l'enfant jugea prudent de s'é-
loigner du cachot de la prisonnière, il resta près des barreaux attaqués par la lime, écoutant les instructions de
cette pauvre martyre qui puisait dans sa propre douleur
une éloquence nouvelle pour toucher les âmes et les attirer
vers Dieu.

Quand il fallut songer au retour à la forge, Patira dit
avec l'expansion d'une affection mêlée de respect :

— Je reviendrai ce soir ! Nous travaillerons encore.

— Il faut que tout soit terminé quand tu reviendras,
Patira.

— Vous ne pourrez jamais ! vous êtes si faible !...
Songez donc : deux barres seulement sont limées, et nous
avons travaillé avec un grand courage... Attendez-moi...
D'ailleurs mes mains sont plus endurcies que les vôtres...
je l'ai bien vu, vous vous êtes blessée.

— Patira, il faut que la besogne soit achevée, et j'ai la
confiance que Dieu daignera me soutenir !

L'enfant s'éloigna rapidement. L'escalade des fossés ne
lui donnait plus la même peine ; il s'accoutumait à cet
exercice violent, et retrouvait aisément les trous où il de-

vait enfoncer ses crampons. Cependant, si lestement qu'il fît le trajet le séparant de la forge, si doucement qu'il ouvrît la porte, Jean l'Enclume entendit du bruit et pénétra dans la salle que Patira venait de traverser pour regagner sa place auprès de la Flamme.

Un soupçon vint à l'esprit du forgeron.

Il s'approcha de Patira, et trouvant une partie de ses vêtements mouillés, il lui demanda d'une voix tonnante :

— D'où viens-tu?

La veille, peut-être, Patira n'eût rien répondu et se fût contenté de baisser la tête; mais la marquise venait de jeter dans son cœur un levain de vaillance, et il répondit d'une voix tranquille :

— Peu vous importe! Je fais ma journée comme les compagnons, maître; j'emploie mes soirs comme il me plaît; quand le jour se lèvera, je serai avant vous à l'enclume : que voulez-vous de plus?

— Je veux que tu m'obéisses sans me répondre, sans répliquer, comme la Flamme.

— La Flamme est un chien... Je ne dis pas cela pour l'offenser, ajouta Patira en caressant la tête du fidèle animal, car il en remontrerait à bien des gens en humanité et en justice... Mais enfin c'est un chien, ne pouvant se plaindre et réclamer... Moi, c'est autre chose : je suis un apprenti, un ouvrier, un homme comme vous...

Jean l'Enclume saisit Patira par l'épaule avec sa main énorme, et l'enleva avec une brutalité farouche.

— Je puis te briser la tête contre la muraille, dit-il; un mot, un signe et je le fais!

— Vous ne le ferez pas, dit Patira; le marquis Tanguy vous châtierait.

— Le marquis Tanguy s'occuperait bien de toi! dit Jean en lâchant l'enfant.

Celui-ci alla rouler contre l'établi, et Jean l'Enclume le repoussa du pied.

— Vermine! crapaud! serpent! fit-il; ça siffle déjà!

— Vous avez tant mordu!

Jean leva un marteau et le lança avec une force herculéenne; le marteau alla faire un trou dans la muraille: Patira s'était couché à temps sur le sol.

Mais cette fois les mauvais traitements le révoltèrent avec une violence inouïe. Il se rendit compte des rebuts, des humiliations dont il était l'objet; il se méprisa pour les avoir subis.

— C'est la dernière fois! dit-il à Jean; retenez-le, c'est la dernière fois!

Pendant tout le jour, il travailla avec grande ardeur. Afin d'avoir l'occasion de le maltraiter encore, Jean lui confia une besogne difficile, dont Patira mena l'exécution d'une façon si parfaite que son bourreau ne put trouver le prétexte d'une seule réprimande. Mais vers le soir il eut besoin d'une lime et la demanda à Patira. Celui-ci feignit de la chercher, et naturellement ne la trouva pas. La colère de Jean saisit ce prétexte, et, ses gros poings fermés, il s'avança sur Patira qui, les bras croisés, le regardait sans pâlir.

« C'est pour madame Blanche, pensait l'enfant; je suis prêt à tout, même à me faire tuer. »

Le regard de Patira était si étincelant, une énergie si inattendue se trahissait dans toute son attitude, que le colosse en sentit le contre-coup. Il contempla l'apprenti comme un être nouveau, et ses deux poings ne s'abattirent que sur l'établi où l'on accrochait d'habitude les outils de la forge.

Tandis que Patira sentait s'éveiller en lui une force inconnue, cette force sublime du dévouement qui rend tous les miracles possibles, Blanche poursuivait la tâche qu'elle s'était donnée.

Hélas! cette tâche se trouvait au-dessus de ses forces. Patira le lui avait bien dit.

La lime tombait de ses doigts défaillants; une sueur d'angoisse perlait sur son front pâli... Alors elle quittait l'embrasure de la meurtrière et tombait sur son lit. Ses mains se crispaient sur sa poitrine haletante, d'horribles douleurs secouaient ses membres; elle tordait ses bras avec épouvante et répétait d'une voix pleine d'amers sanglots :

— Encore une heure, mon Dieu! donnez-moi une heure de force!

Elle mouillait son front d'eau fraîche, rassemblait ses forces mourantes et reprenait sa place... Trois barreaux étaient sciés... Il n'en restait plus qu'un, un seul... Mais il fallait se hâter... Blanche sentait approcher une heure d'horribles angoisses; elle savait qu'elle endurerait seule d'atroces souffrances, qu'elle pouvait mourir... mourir! et qu'il lui fallait le temps de sauver un petit être innocent avant d'aller recevoir de Dieu le prix de tant de douleurs.

La lime mordait le fer lentement, les doigts de Blanche saignaient.

— Mon Dieu! je n'aurai pas le temps! murmura-t-elle.

Un spasme horrible la tordit sur sa couche, des larmes jaillirent de ses yeux. La douleur physique la jetait sur son misérable lit et paralysait ses mains.

Enfin cette crise s'apaisa; Blanche se redressa encore, d'autant plus vaillante qu'elle se sentait plus menacée. La lime grinçait sur le dernier barreau; la marquise le sentait s'ébranler sous ses doigts. Encore une heure, elle aurait achevé sa tâche... Mais un frisson la saisit de la tête aux pieds, ses doigts se détendirent, et la lime, glissant entre les barreaux de la meurtrière, tomba dans l'étang avec un bruit léger.

— Vous ne l'avez pas voulu, Seigneur! dit Blanche d'une voix mourante.

La prière elle-même expira sur ses lèvres; il lui sembla que tout son être s'anéantissait dans une incommensurable douleur; elle jeta un cri sourd auquel nul cri humain ne peut se comparer, et à cette explosion de douleur qu'arrache la souffrance aux plus forts répondit un gémissement faible comme un soupir.

L'aile noire de la mort venait de se poser sur le front livide de Blanche de Coëtquen; mais la vie, une vie nouvelle s'épanouissait à la même heure, et la pauvre mère élevait triomphante dans ses bras un tout petit enfant!

Oh! ce fut un moment de joie sans nom, de sainte ivresse. A voir cette femme brisée montrant pour ainsi dire aux anges le frère qu'ils venaient de déposer dans ses bras, on n'eût pu croire que cette femme, dont la pâleur rendait plus rayonnante l'expression du visage, fût la même qui tout à l'heure suppliait le ciel de ne pas l'abandonner.

Tout à coup, au moment où elle serrait l'enfant sur son sein avec des précautions infinies qui défendaient l'être chétif contre l'élan des caresses maternelles, un bruit se fit entendre dans le couloir.

— Simon! Simon! balbutia Blanche.

Un mouvement instinctif lui fit cacher l'enfant au fond de sa couche.

Simon entra.

A la lueur de la lanterne, Blanche vit que son visage, loin de respirer la compassion qu'elle y lisait d'ordinaire, reflétait un sentiment de froideur. Elle s'en effraya. Dans la crainte de mécontenter son gardien, elle gardait le silence, et Simon se trouvait déjà sur le seuil de la porte, quand un vagissement de l'enfant le fit revenir sur ses pas.

— Donnez-le-moi ! dit-il en s'approchant de Blanche.

La jeune femme tomba à genoux.

— Écoutez, dit-elle en tendant les bras vers lui ; aussi vrai que vous avez une mère, je n'ai pas encore eu le temps de couvrir de baisers l'enfant que Dieu m'a donné dans mon angoisse... Laissez-le-moi ! laissez-le-moi !

— J'ai des ordres, répondit Simon en détournant la tête.

— Des ordres? Oui, les cruels qui me torturent me poursuivent encore dans mon fils... Mais cet enfant, nul ne leur apprendra qu'il est dans mes bras... Il dépend de vous de me le laisser... quelques jours ; je demande quelques jours seulement... O mon Dieu ! quelle destinée sera la mienne ! Ils seraient capables de l'assassiner... ils sont capables de tout, vous le savez.

— Je ne puis, dit Simon ; j'obéis.

— Grâce ! dit-elle, grâce ! vous me l'avez promis, d'ailleurs... Songez donc ! j'aurais tant souffert et je ne l'embrasserais même pas !... Je n'aurais pas vu son visage ! Laissez-moi m'enivrer de la joie amère de cette maternité, et puis... et puis je ferai ce que vous voudrez...

— Non ! répondit Simon.

— Au nom de Rosette ! au nom du seul être que vous aimez en ce monde !... Oh ! quand elle sera mère, si on lui arrachait son enfant, songez à ce qu'elle devrait souffrir... Vous êtes bien coupable de vous faire l'agent de mes persécuteurs ; eh bien ! je vous pardonnerai tout ! Jamais je ne vous accuserai ni devant Dieu ni devant les hommes, si vous me laissez mon enfant.

La douleur de Blanche remuait ce qu'il restait de cœur dans cet être misérable, l'appel fait à Rosette le troublait. Il répondit d'une voix moins dure :

— A quoi servirait ma condescendance?... Vous n'avez pas eu le temps de vous attacher à cette créature vagissante... mieux vaut la quitter tout de suite que de rendre la séparation plus dure... D'ailleurs, je vous l'ai dit, il faut que l'enfant soit remis au comte Florent.

— Il faut... oh! misère et douleur! oui, il faut que Blanche expire dans son cachot, que l'héritier des Coëtquen, s'il ne meurt d'une façon violente, traîne une vie misérable... Dieu le veut! je me soumettrai, je suis chrétienne.

Blanche s'arrêta : il lui semblait entendre un bruit lointain.

« C'est Patira... pensa-t-elle; si je parviens à fléchir Simon pour une heure, mon enfant est sauvé. »

Elle reprit donc d'une voix plus pénétrante encore :

— Ne l'emportez pas... il n'a que le souffle... Que mes bras lui servent à la fois de tombe et de berceau... Ce serait une cruauté inutile, oui, inutile, vraiment!... J'ai trop souffert! il ne peut pas vivre! avant sa naissance, mes beaux-frères l'ont condamné! En emprisonnant la mère, ils ont presque tué l'enfant dans son sein! Mais avant, avant qu'il rende à Dieu cette âme nouvellement éclose, qu'une goutte de lait humecte ses lèvres! qu'il soit baptisé par mes larmes! Tenez! voyez comme il est pâle! il n'a plus même la force de pleurer.

Blanche saisit l'enfant et le montra à Simon...

Puis, accroupie sur le sol, aux clartés de la lanterne posée sur un banc par l'intendant, Blanche contempla avidement les traits de l'enfant dont elle demandait la vie.

— Il va mourir! il va mourir! répétait-elle.

Simon regarda... et comme Blanche, pensant que la chétive créature n'avait pas une heure à vivre, il n'eut pas l'atroce courage de commettre une cruauté inutile. Présenter à Florent l'enfant vivant ou mort était indifférent; il détourna la tête et reprit la lanterne, dans laquelle brûlait un bout de cire.

— Oh! s'écria Blanche, une grâce encore... la moitié de cette cire vous suffit pour regagner le pavillon, donnez-moi l'autre... j'ai si peu de temps à voir mon enfant!

Simon partagea le bout de cire et Blanche le plaça sur le couvercle de la cruche renfermant l'eau que l'intendant venait d'apporter.

— Demain! dit Simon, demain!

— Je suis résignée à être demain séparée de mon enfant, répondit Blanche.

La porte se referma; elle était seule.

Alors, avec une joie mêlée d'angoisse, la jeune mère regarda l'enfant; elle étudia son front, ses yeux, cherchant sur ce visage naissant la vivante image de Tanguy. Elle l'effleurait de ses lèvres, elle lui adressait de folles paroles de tendresse comme les anges en apprennent aux mères! Elle s'enivra de cette joie qu'elle savait être si rapide, et dans l'espace de quelques minutes elle emplit son cœur des ivresses sublimes de la maternité.

Au dehors, le même bruit que Blanche connaissait si bien se rapprochait.

La chute dans l'eau d'un corps assez lourd retentit, et la voix de Patira murmura près de la meurtrière :

— C'est moi!

Patira, c'était le salut.

Blanche parvint à monter sur son lit; elle tendit en avant ses deux bras chargés d'un léger fardeau et dit à Patira :

— Regarde!

— Un enfant! s'écria Patira.

— Mon enfant! l'enfant du marquis Tanguy!

La lune éclairait en ce moment la jeune mère tenant la frêle créature collée sur son sein, et Patira crut voir la vision de la vierge Marie qu'il invoquait sous le titre de *Pleine de grâces !*

La marquise reprit d'une voix grave :

— Je mourrai peut-être dans ce cachot, j'accepte ma destinée... mais, quoi qu'il advienne de moi, l'enfant de Tanguy doit être sauvé... c'est toi que je charge de le défendre, de le protéger.

— Moi, madame, moi Patira?

— Oui, toi, méconnu, maltraité, foulé aux pieds, battu, repoussé, tu vas trouver dans ton cœur une soudaine énergie pour cet être plus faible que toi encore. Tu l'emporteras comme un trésor, tu le cacheras à tous les yeux... Jamais, jamais, sous aucun prétexte, poussé par aucune question, tu ne révèleras que la marquise Blanche aux portes de la mort te l'a confié comme au plus digne...

— Moi si peu! moi chétif!

— Et c'est pour cela! Je fais de toi un protecteur, un gardien, un père! Te voilà investi d'un pouvoir, chargé d'un fardeau! Une mère mourante te donne son enfant, la femme du marquis Tanguy te confie l'héritier des Coëtquen... Songe à la responsabilité qui pèse sur toi! songe que tu vas m'engager ta parole, que tu vas la donner à Dieu!

— J'écoute, madame, j'écoute! dit Patira avec une religieuse ferveur.

La marquise reprit :

— Oublie-moi pendant plusieurs jours pour ne songer qu'à l'enfant... Je suis d'ailleurs si faible que d'ici à quelques jours il me serait sans doute impossible de m'enfuir de ce cachot... Plus tard, tu chercheras la clef gardée par Jean l'Enclume, et nous trouverons, si Dieu le permet, un moyen d'évasion... Jusque-là, chaque soir, vers cette heure, tu te borneras à venir près de l'étang chanter un couplet de la ballade de la *Dame de Coëtquen*... Je comprendrai que l'enfant est en sûreté... Je ne te répondrai point : ma voix ne saurait porter jusque-là, je me sens trop complétement épuisée... As-tu compris mes recommandations?

— Je le crois, madame. Je ne reviendrai pas d'ici à quelques jours...

— C'est cela.

— Vers minuit, je chanterai proche de l'étang un couplet de la ballade.

— Et je serai rassurée.

— Mais vous, vous?...

— Ce que Dieu garde est bien gardé, et je suis dans les mains de Dieu, mon enfant... N'opère-t-il point en ma faveur une série de miracles... n'es-tu pas un messager de sa providence?

— Triste, oh! bien triste messager, madame!

— Dévoué, du moins.

— Oh! cela, jusqu'à la mort!

Blanche embrassa l'enfant qui s'agitait faiblement dans ses bras :

— Patira, dit-elle avec une sainte exaltation, tu vas être témoin d'une cérémonie sainte, et je vais t'y faire participer dans la mesure de tes forces... Tu vas après moi répéter des paroles sacrées, puis jurer de regarder cet enfant comme le tien, de le défendre au péril de ta vie...

— Oh! oui, je le défendrai!

Blanche quitta l'appui de la meurtrière et redescendit au fond du cachot.

Alors, agenouillée, l'enfant dans ses bras, elle récita des prières dont Patira se faisait au loin l'écho. Quand elle eut fini, la marquise prit quelques gouttes d'eau dans la cruche de grès et les versa sur le front de l'enfant en murmurant :

— Je te baptise, au nom du Père, du Fils et du Saint-Esprit!

Patira sentit dans son âme qu'une chose grave, mystérieuse, divine, venait de s'accomplir.

Blanche ajouta :

— Tu t'appelles Hervé-Tanguy devant les saints tes protecteurs; marquis de Coëtquen, comte de Combourg, baron de Vaurufier, devant les hommes.

Alors elle se releva, et s'adressant d'en bas à Patira :

— Le dernier barreau tient-il beaucoup?

— Avec vingt coups de lime, il cèdera.

— J'ai perdu la lime! s'écria Blanche.

— Alors, priez Dieu, madame!

Et Patira essaya de tordre le fer en soulevant la partie du barreau qui avait été détachée de la meurtrière.

La situation de l'enfant ne lui permettait pas de déployer beaucoup de force. Heureusement, à mesure que les croisillons se redressaient, il trouva sur la fenêtre même un point d'appui et parvint à ménager un espace suffisant pour y faire passer l'enfant.

— C'est fait! dit-il joyeusement.

Blanche tira de son sein le crucifix d'argent, ouvrit la croix servant de reliquaire, tira la banderolle de parchemin enveloppant les restes sacrés d'un martyr, puis soulevant la manche de sa robe, elle s'ouvrit la veine avec une épingle et se servit de ce stylet sanglant pour tracer sur l'étroite banderolle le nom de son enfant. Au bas, elle ajouta: *Au fond des oubliettes de la Tour-Ronde.* Blanche signa ensuite et data sa déclaration, car Patira connaissait le jour et la date auxquels se passaient ces événements.

— Pardonne-moi maintenant de te faire souffrir, pauvre ange! dit-elle; et, enlevant les lambeaux d'étoffe dont elle avait couvert la poitrine de l'enfant, elle traça avec l'angle de la croix d'argent une marque sanglante qui arracha deux faibles cris à la frêle créature.

Les lèvres de la jeune mère se collèrent sur la blessure qu'elle venait de faire; elle referma le crucifix, puis arracha une mèche de ses longs cheveux blonds, cordon souple et fort qui lui servit à attacher la croix au cou de l'enfant.

— Maintenant, dit-elle à Patira, souviens-toi bien... il s'appelle Hervé... dans la croix du reliquaire sont écrits son nom et le mien... Enfin sur sa poitrine j'ai tracé une croix dont la cicatrice ne s'effacera jamais.

— J'ai vu, je me souviendrai, madame.

— Combien peux-tu attendre encore?

— Une heure et demie avant d'aller à la forge.

Blanche reprit :

— Ne m'as-tu pas dit que nous sommes au samedi?

— Oui, madame.

— Alors demain on ne travaille pas?

— Pourquoi?

— C'est dimanche...

Patira ne parut pas comprendre.

— On travaille tous les jours, madame.

— Cependant tu vois les paysans, les femmes, les enfants, en habits de fête, se rendre à la paroisse de Saint-Hélen. Le moulin cesse de tourner, les bœufs se reposent, c'est le jour de la prière... Demain tu ne travailleras pas... la nuit serait trop courte pour accomplir tout ce que tu dois faire... En me quittant, emporte l'enfant aussi loin que tu le pourras, dans un endroit où nul ne saurait le découvrir... reste tout le jour occupé de lui... Lundi tu rentreras à la forge avec les compagnons, et si Jean te gronde...

— Il me grondera s'il veut, il me battra s'il lui plaît, cela ne me fait rien maintenant... Ce n'est pas ce qui m'inquiète... Mais où cacher l'enfant?...

— Dieu t'inspirera.

— Vous prierez, madame, puisque la prière peut tout?...

— Je prierai... Pendant la nuit, tu viendras chanter au bord de l'étang.

« Jusqu'à ce que tu m'entendes te répondre, il est inutile de songer à mon évasion; si le quatrième jour je ne chantais pas... »

Blanche s'arrêta subitement.

— Eh bien ! madame, si vous ne chantiez pas?...

— Ne reviens plus... c'est que...

— Oh ! vous m'effrayez ! s'écria l'enfant.

— C'est que je serais morte... dit Blanche d'une voix qui s'affaiblissait; morte en te bénissant, morte en répétant ma devise, la devise des Coëtquen : « *Que mon supplice est doux!* » car je n'en subirai plus la rigueur, dès l'heure où mon enfant sera sauvé...

En ce moment, la clarté de la cire vacilla; une minute encore, la jeune femme regarda avidement le cher ange couché sur ses genoux, puis la lueur devint intermittente et s'aviva pour s'éteindre brusquement.

— C'est le signal... murmura la marquise.

Elle enveloppa soigneusement Hervé, le couvrit de baisers et de larmes, puis, se dressant jusqu'à la meurtrière, elle le plaça sur l'appui de la fenêtre.

— Je te le donne ! fit-elle à Patira.

— Je jure de l'aimer, de le défendre et de cacher à tous, quand il s'agirait de ma vie, les mystères de cette nuit.

— Soyez bénis tous deux ! dit la marquise; lui l'innocent qui entre dans la vie par la porte de la douleur, toi le Patira qui grandis jusqu'à l'héroïsme.

Un sanglot souleva la poitrine brisée de Blanche.

— Emporte-le ! emporte-le ! répéta-t-elle.

Patira colla ses lèvres sur la main que Blanche lui tendait, puis il lâcha les croisillons de fer.

Il se retrouva sur le radeau de joncs. Abandonnant à moitié ce frêle appui, il saisit l'enfant d'un de ses bras et le posa sur le lit moelleux balancé par les faibles ondes de l'étang.

— Vous avez sauvé Moïse, Seigneur ! s'écria Blanche; sauvez Hervé comme lui !

Doucement, lentement, Patira poussa devant lui le radeau sur lequel le petit innocent demeurait immobile, se plaignant seulement d'une voix douce.

Quand il se trouva au bas du parapet, Patira se demanda comment il y parviendrait chargé de son fardeau. Il ôta sa veste, lia l'enfant sur son dos et se mit à gravir. La descente s'opéra sans trop de peine. Dieu protégeait ces deux innocences dont l'une n'avait connu que le commerce des anges, dont l'autre s'était gardée pure au milieu des brutalités des hommes.

Un quart d'heure après, les deux enfants abordaient sur la berge de l'étang.

Patira délia son paquet de joncs, enroula la corde autour de ses reins, prit Hervé dans ses bras, et se mit à chanter d'une voix éclatante les premières phrases de la ballade de la *Dame de Coëtquen*.

Blanche entendit l'enfant, et, tombant de toute sa hauteur sur son lit misérable, elle murmura:

— Je puis mourir !... il est sauvé !

XVI

LA GROTTE AUX POULPIQUETS.

A peine Patira eut-il pris le temps de rassurer Blanche sur le succès de la traversée de l'étang que, pressant le pas, il abandonna la grande route et suivit un chemin perdu.

C'était à peine un sentier tracé au milieu de buissons de *jan* à papillons d'or et de diverses espèces d'ajonc étalant à l'aisselle de leurs aiguillons des fleurs microscopiques blanches et roses aux pétales épais comme ceux des plantes grasses. Les épines déchiraient les minces vêtements collés sur ses jambes; des ramures de futaie lui fouettaient le visage. Il ne prenait pas la peine de les écarter, et, les deux bras noués autour du petit enfant dont il venait d'accepter la tutelle devant Dieu, il marchait vers son but, le cœur joyeux, le front levé, sentant pour la première fois dans son âme cette sensation ineffable de la joie que procure le bien accompli.

Lorsque la marquise lui recommanda de cacher le petit Hervé, l'embarras de Patira fut grand. Il ne connaissait personne dans le village. La tyrannie de Jean l'Enclume avait fait un captif du pauvre saltimbanque. Le courage lui venant, la hardiesse suivait. Il avait alors assez de confiance en Dieu, de foi dans les autres pour demander l'aide de quelque bonne créature qui ne mettrait pas ses services au prix d'une indiscrétion. Mais, dans les premiers jours, le plus sage était de ne se fier qu'à lui-même. Lorsque les persécuteurs de Blanche s'apercevraient de la disparition de l'enfant, ils ne manqueraient pas de chercher le complice de la jeune femme. L'instinct de la marquise l'avait bien servie en la portant à s'adresser à Patira; cet être si faible qu'il ne pouvait se défendre lui-même ne serait jamais suspecté d'avoir eu l'énergie nécessaire pour traverser l'étang à la nage, en escalader les parapets, limer les barreaux de la meurtrière et enlever l'héritier des Coëtquen. Florent et Simon égareraient leurs soupçons sur d'anciens serviteurs. Sa bassesse d'extraction, sa faiblesse, défendaient Patira.

« Où cacher l'enfant ? se demandait-il tout en grimpant la colline. Je ne puis pas lui faire un nid dans les branches comme à un oiseau... Si je le porte dans un coin de forêt, les bûcherons, les charbonniers, les chasseurs le découvriront... »

Tout à coup une idée lui vint.

« La grotte aux poulpiquets ! dit-il; je suis bien sûr que personne n'ira le chercher là ! »

La caverne dont parlait Patira était en effet l'objet d'une trop craintive superstition pour qu'il redoutât la curiosité des gens du pays.

Elle était naturellement creusée dans ces grandes roches veinées de rouge, teintées de bleu, qui forment avec le granit l'ossature de la Bretagne. Quel Armoricain des vieux âges y avait établi sa demeure ? personne ne le savait dans le pays. La découverte d'ornements d'une taille gigantesque avait contribué à rendre la grotte un objet de terreur. Afin de ne pas être obligés de la motiver, les vieilles gens affirmaient que les poulpiquets avaient établi leur repaire dans ces longs couloirs dont nul n'avait eu le courage de visiter le fond. On croyait fermement qu'ils s'y livraient pendant la nuit à la fabrication de monnaie d'or dont la possession tenta plus d'un avare. Mais on ajoutait

que tous ceux qui, ayant renié leur âme, avaient tenté de
s'approprier une somme quelconque de cet or maudit,
avaient trouvé la mort sur le théâtre même de leur sacrilége, car on affirmait qu'avant d'obtenir l'or des poulpiquets il fallait renoncer à son baptême. On citait comme
preuve irrécusable de ces histoires que Luc le farinier
avait été trouvé le crâne broyé près de la caverne, et que
Trégory le toucheur de bœufs s'était balancé pendant huit
jours au bout d'une grande corde fixée à la plus haute
branche d'un chêne. Mais on oubliait de mentionner que
Luc avait bu ce soir-là bien autre chose que l'eau de la rivière faisant tourner son moulin, et que le toucheur de
bœufs, ayant dépensé à la foire une grosse somme confiée
par son maître, n'avait plus osé rentrer au logis et s'était
fait justice par un crime nouveau.

La réputation de la grotte aux poulpiquets était trop
bien établie pour qu'il fût possible de la réhabiliter dans
l'esprit des bonnes gens de la paroisse de Saint-Hélen.

Les jeunes filles s'en éloignaient dès la chute du jour,
et les gars les plus courageux ne s'y seraient point aven-
turés dans la nuitée. Les poulpiquets ne pardonnent point
à ceux qui tentent d'approfondir leurs secrets ; nul ne se tire
des mains des petits gnômes qu'à la condition de cracher
sur le crucifix et de signer une cédule par laquelle on
délègue à Satan la possession de son âme.

L'ignorance complète de Patira le défendait contre ces
croyances étranges.

Personne ne lui ayant enseigné qu'il avait une âme, il
ne songeait point à la préserver des suggestions des poulpiquets.

D'ailleurs on affirmait que ces êtres n'étaient guère
plus hauts qu'une tige de blé noir, et Patira eût plutôt
senti le désir de les protéger que la crainte de les rencontrer dans la campagne. Accoutumé à trembler sous les

coups du chef de la tribu nomade dont il avait fait partie, à plier sous le joug despotique de Jean l'Enclume, il ne redoutait que la force physique. Un colosse l'épouvantait, un pygmée l'eût fait sourire. Cet enfant de la nature ne s'effrayait point de la puissance morale des êtres malfaisants, il ne la comprenait pas. Accoutumé à ne sentir d'attrait que pour les êtres malheureux, il ressentait une sorte de sympathie vague pour ces petits hommes dont chacun disait du mal. Puisque lui Patira était calomnié, pourquoi les poulpiquets ne souffriraient-ils point de la même injustice ?

Ce fut sous l'empire de cette idée que, pour la première fois, l'apprenti de Jean l'Enclume s'aventura aux alentours de la grotte. D'après les récits faits aux veillées, et dont l'écho lui venait par les clients du forgeron, il s'attendait à voir les environs de la caverne illuminés par des vers luisants de prodigieuse grosseur. Il pensait ouïr, du fond de la tallée de genêts au milieu de laquelle il s'était caché, le bruit du marteau des faux-monnayeurs. Il n'aperçut rien qu'une petite flamme bleue errant sur une mare bordée d'ajoncs ; il n'entendit que le houhoulement d'une fresaie cachée dans un trou de la roche. Enhardi par la tranquillité du lieu, Patira y revint ; il s'approcha plus près de la grotte, et un soir que la pluie le saisit pendant sa promenade, il pénétra dans le couloir de pierre et y dormit d'un profond sommeil que rien ne vint troubler. A partir de ce moment, il visita souvent la caverne. Couché à l'entrée, il voyait le ciel bleu, les étoiles brillantes ; il entendait les soupirs du vent dans les ramures, il se rassasiait des senteurs vives des buis verts et des genêts. L'abri qui lui avait été doux le serait pour Hervé. Nul ne chercherait jamais dans cette retraite sauvage le fils de monseigneur Tanguy, et dès que se présenterait une occasion favorable, Patira trouverais un asile meilleur pour son

14.

protégé. Heureusement la saison devenait belle, les feuilles d'un vert pâle éclataient de fraîcheur printanière, la mousse était douce, les fleurs embaumaient. Oui vraiment, le temps était beau pour les petits, les faibles, les orphelins.

Patira hâta le pas dès que le souvenir de la grotte aux poulpiquets eut traversé son esprit. Une demi-heure après avoir quitté les rives de l'étang, il voyait s'ouvrir devant lui la grande caverne sombre. Trois roches formaient l'escalier conduisant à l'entrée. Patira les gravit, puis, brisé d'émotions et de lassitude, le petit Hervé dans les bras, il s'adossa contre les parois de la caverne et ferma les yeux.

Quand il les rouvrit, un splendide soleil faisait étinceler les perles de rosée soutenues par l'extrémité de chaque petite feuille d'herbe; les hamacs de soie tendus par les filandières champêtres roulaient des diamants dans leur trame déliée. Les fleurs s'ouvraient avec lenteur; les grillons levaient leur petite tête noire en dehors de leurs trous; les papillons étalaient leurs ailes collées toutes droites pour la nuit; les coléoptères d'or détiraient leurs pattes et allongeaient leurs antennes brillantes, d'une tactilité merveilleuse, et, remuant leurs mandibules, préparaient le menu de leur frugal repas.

De grands coups d'ailes s'entendaient dans les branchages. De temps en temps, la vision d'un éclair bleu traversait l'air : c'était un geai aux ailes d'azur qui jetait un cri strident en allant à la maraude.

A dix pas de la grotte, un ruisseau babillait sur les cailloux polis, et la cressonnière étendue alentour comme un tapis s'ornait des bouquets aux couleurs délicates du myosotis. Sur ses bords, des bergeronnettes lissaient leurs plumes, des mouches s'aventuraient dans de grands voyages sur une feuille tombée allant à la dérive.

Sous les broussailles vertes, les massifs de genêts, les pousses des chênes, des frôlements annonçaient le passage de jeunes lapins allant à la cueillette du serpolet, de la sarriette et de la menthe sauvage.

Nul bruit du monde n'arrivait dans ce coin perdu.

Au loin, le lever du soleil était salué par la fanfare du coq, le long mugissement des troupeaux quittant l'étable, les cris du bouvier et la chanson du pâtre... Là, rien de pareil. Dans l'oasis mystérieuse, la parole était aux petits, et rien ne fut plus touchant, au milieu de ce concert innocent de la nature, que le faible vagissement d'un enfant nouveau-né.

Mieux que l'éclat du soleil frappant ses paupières, le soupir d'Hervé tira Patira de sa somnolence. Le sentiment du présent, de ses devoirs, lui revint aussitôt d'une façon lucide; et, avec le souvenir, sa bonne volonté grandit jusqu'au génie de la bonté et de la douceur.

Il se leva et courut au ruisseau; l'eau y coulait fraîche et limpide : il en rapporta dans une feuille roulée et en versa quelques gouttes sur les lèvres de l'enfant qui se rendormit.

Jamais Patira n'avait vu la grotte en plein jour. Elle lui parut beaucoup plus vaste et plus commode qu'il ne l'avait jugée pendant ses inspections nocturnes.

Ne voulant rien abandonner au hasard, il l'explora jusqu'au fond.

Grâce à son briquet, il obtint du feu, alluma une fascine de bois mort et, à cette lueur, il devint facile de juger des dimensions de la caverne.

A la moitié de sa longueur, un large corridor s'ouvrait à gauche; Patira s'y engagea et fut récompensé de sa hardiesse par la découverte d'une sorte de salle ronde taillée dans le roc, parfaitement close, et protégée à la fois contre la curiosité des gens avides de partager le trésor des poul-

piquets et les intempéries des saisons. Hervé devait peut-
être grandir dans cette solitude : il fallait prévoir les jours
mauvais et la saison rude.

Ravi de sa découverte, Patira quitta la grotte et se mit
à cueillir de la mousse pour former à l'enfant un lit
moelleux; ce soin rempli, il coucha le fils de Blanche,
le couvrit de sa pauvre veste, promena un paquet de
genêts sur le sol, étala dans un angle de la litière fraîche;
puis, avec un sentiment de foi naïf, Patira se pencha vers
l'enfant, prit la croix d'argent suspendue à son cou et
la pressa religieusement sur ses lèvres. Ce fut sa prière du
matin.

La hauteur du soleil lui apprit qu'il pouvait être huit
heures. Sans crainte sur le sort d'Hervé, mais pressé de
songer à protéger sa vie, Patira quitta la grotte et courut
à travers les halliers; il se dirigea vers une maisonnette si
basse qu'on ne la pouvait guère distinguer des rameaux
dont elle était environnée.

Il avait fallu une demi-heure à Patira pour se rendre
de l'étang à la caverne, mais un quart d'heure lui suffit
pour atteindre la chaumière qu'il cherchait, et il ne lui
faudrait pas plus de temps pour redescendre à la forge.

Le cœur de Patira battait fort en approchant de la
chaumière cachée dans les arbres. La réputation de
Jeanne la Fileuse était l'objet de vives discussions dans
le pays. Les uns affirmaient que c'était une femme craignant Dieu et récitant ses oraisons, les autres que toute sa
science venait de grimoires sur lesquels le diable apposait
sa patte velue.

La vérité est que la vieille femme était savante : aucune herbe des prés, des bois, des marais, ne lui était
inconnue. Elle les cueillait en leur saison et s'en servait
ensuite pour guérir de leurs maux ceux qui s'adressaient
à elle.

En général, les pauvres étaient bien reçus. Quand un riche fermier la mandait, elle se faisait prier, et ne consentait à le guérir qu'à la condition qu'il secourrait telle misère qu'elle prenait soin de lui indiquer. Si l'aumône n'était pas faite suivant les intentions de Jeanne, point n'était besoin de s'adresser jamais à elle; la maladie pouvait dépeupler l'étable, la fièvre allanguir les gens, les douleurs retenir les vieillards dans leurs lits clos, elle ne s'en émouvait mie, et, secouant la tête en signe de refus et de sarcasme, elle ne daignait pas répondre aux ingrats et aux avares qui la suppliaient.

Elle était pauvre, très-pauvre; sa science ne lui rapportait que le soulagement d'autrui; le profit de sa quenouille servait à lui fournir du pain; elle buvait le lait de ses chèvres et faisait de l'excédant des fromages qu'elle mangeait durant l'hiver. Quatre moutons bruns lui donnaient leur laine qu'elle filait grossièrement; le tisserand en faisait une étoffe solide comme celle dans laquelle les rouliers taillent leurs limousines, et ces cottes pouvaient braver longtemps les morsures de la lande et de l'ajonc. Sa coiffe se composait d'un morceau de toile bise pliée en angle et dessinant une pointe roide sur son front ridé. Un fichu en cotonnade couvrait son cou maigre dont les veines saillaient comme des cordes. Ses mains, ces mains alertes qui filaient le lin mieux que fileuse au monde, n'avaient plus de chair. Le soleil les avait brunies, tannées; elles cliquetaient à chaque mouvement.

L'intérieur de la maisonnette était divisé en deux. Dans la première moitié, un lit clos, fermé comme une armoire, laissait voir le pâle reflet de l'étoffe, rouge autrefois, maintenant déteinte, luisant à travers les dessins fuselés et les sculptures en rosaces. Un bahut, un coffre, un rouet et quelques escabelles composaient l'humble ménage. Au-dessus de la cheminée brillait la vaisselle d'étain,

seul luxe de cette maison misérable, souvenir d'un bien-
tait accompli jadis par la Fileuse.

La séparation isolant la chambre de Jeanne de l'é-
table se composait d'une haute claie de genêt et d'osier.
En se penchant au-dessus, Jeanne pouvait voir ses chèvres
aux longues soies, aux cornes lisses, aux lèvres fraîches, à
la langue rose. Elle les surveillait, elle leur parlait, souvent même elle leur répétait les airs qu'elle chantait quand,
alerte fillette, elle menait son troupeau au sommet des
collines. Les hommes la fuyant, Jeanne recherchait les
bêtes, humbles et douces, reconnaissantes et prodigues.

Ce matin-là, Jeanne avait rempli le râtelier de bonne
heure. Il débordait de trèfle et de fleurs odorantes; les
chèvres, debout, mordillaient, avec gourmandise et grâce
les traînées d'herbes fraîches.

Le ménage brillait, et sur l'angle de la table un gros
chapelet de bois noir indiquait qu'au premier coup de
cloche Jeanne la Fileuse descendrait vers l'église parois-
siale de Saint-Hélen.

Elle passait le chapelet à son bras, quand la porte à
deux battants de la chaumière fut poussée par une main
craintive.

— Bonjour, la Jeanne, dit une voix douce.

— Ah! c'est toi, mon gars? répondit la vieille femme...
Ce méchant homme de Jean l'Enclume a derechef battu sa
femme, et tu viens me demander un pot d'onguent?... Tant
que tu en voudras pour la pauvre martyre! Mais il me
suffirait d'un mot pour faire tomber la corne de Kadoc
qui le fait ressembler à une bête rétive, d'un geste je
pourrais rendre son œil crevé à Trécor, et je n'aurais qu'un
pas à faire pour sauver la vie de Jean l'Enclume, que je ne
le ferais pas : ce sont de méchantes gens !

— Aussi n'est-ce point pour eux que je viens chez vous,
la Fileuse.

— Je comprends, dit la vieille femme d'une voix pleine de compassion; on t'a battu encore, pis que cela peut-être?

Elle releva brusquement la manche de chemise de l'enfant et vit ses bras grêles marbrés de taches bleues.

— Le lâche! frapper un enfant! Et tes doigts, tes doigts qu'il avait limés, voyons-les?

Patira tendit les mains.

— Tu t'es blessé! dit Jeanne, tu saignes! Que d'é-gratignures, de morsures d'outils! Pauvre, pauvre enfant!...

— Oui, un patira, la mère!

L'apprenti laissa la vieille femme frotter ses bras et ses mains avec un onguent dont il appréciait l'efficacité, puis il reprit avec plus de crainte et de douceur:

— Il faudrait me rendre un service, Jeanne.

— Lequel, mon petit gars?

— Me céder une de vos chèvres.

— Te céder une de mes chèvres! Sais-tu ce que tu demande là?

— Un grand sacrifice, je le sais.

— Et qu'en ferais-tu, de ma chèvre?

— Je l'emmènerais.... Mais, soyez tranquille, j'en aurais grand soin, la mère.

Patira fouilla dans sa poitrine, en tira un sachet suspendu à une grossière ficelle et, ouvrant le sachet, il y prit les deux écus que lui avait donnés la marquise de Coët-quen.

— Votre chèvre vaut sans doute davantage, faites-moi rédit pour le reste... J'ai prévenu le maître que je voulais tre payé comme un compagnon.

— Comment! comment! Mais je n'y comprends plus en!... Patira parlant à Jean l'Enclume comme un homme, xigeant un salaire!... Tu as fait cela?

— Je l'ai fait, mère Jeanne.

— Mais qui t'a donné cette hardiesse?

— Un serment fait à quelqu'un.

La Fileuse regardait l'enfant avec un étonnement crois
sant.

— Je ne comprends plus, dit-elle, je ne comprends
plus!

— Vous n'avez pas besoin de comprendre pour m'aider, la Jeanne... Il s'agit d'une bonne œuvre, il s'agit de
se dévouer, et vous qui avez fait le bien toute votre vie,
vous m'aiderez à vous imiter... Je suis faible, méprisé, on
m'a battu comme la Flamme et foulé comme un ver; je
me relève, grandi en une seule nuit, digne peut-être que
l'on s'intéresse à moi... je n'ai jamais commis le mal, et je
dois donner confiance dans ma parole.

— Oui, tu donnes confiance, je ne sais pourquoi, Patira...
Tes yeux bleus sont purs comme un coin du ciel et tu dis
des paroles que je ne m'attendais guère à trouver sur tes
lèvres... Mais tu me demandes trop, mon gars... Une
chèvre, une de mes chèvres! mais elles me connaissent,
elles m'aiment, elles sont mes amies; leur langage ne m'est
pas étranger... Blanchette me suit comme un chien, la
Noire vient me demander du sel et le cherche jusqu'au
fond des grandes poches de mon devantier; la Belle a deux
chevreaux qui bêlent en me regardant...

« Je ne puis pas, non, je ne puis pas céder à ta demande.

— Fixez un prix, Jeanne, je le paierai lentement... s'il
faut une année de labeur chez Jean l'Enclume, je beso-
gnerai une année; mais les chevreaux sont grands, et c'est
Belle que je souhaite emmener.

— Et pourquoi Belle plutôt qu'une autre?

— Ça, c'est mon secret, la Jeanne, le secret d'un pauvre
enfant qui ne peut ni ne veut trahir... Je ne sais pas jurer
et faire des serments comme les hommes, mais par la croix

dressée le long du chemin, par l'image de la jeune mère
berçant un enfant dans ses bras, je vous en supplie, donnez-
moi Belle!

Les yeux de Patira s'emplissaient de larmes, ses mains
se joignaient avec une expression de supplication ardente;
tout son pauvre petit corps tremblait d'émotion et de
crainte.

Jeanne saisit les deux écus et les tendit à Patira.

— Reprends-les, dit-elle.

— Vous ne voulez pas, vous ne voulez pas? dit l'enfant
d'une voix désolée.

La vieille femme ouvrit la cloison de genêts, détacha la
corde de Belle, puis elle plaça cette corde dans la main de
l'enfant.

— Va, dit-elle, je te la donne.

Patira se précipita dans les bras de la vieille femme
qui l'étreignit sur son cœur.

— Vous êtes bonne! vous êtes bonne! répétait-il en
sanglotant de joie.

Puis, dans sa hâte de regagner la grotte, l'apprenti de
Jean tira doucement la corde de la chèvre. Celle-ci tourna
la tête en arrière et se mit à bêler d'une façon plaintive;
alors les chevreaux se levèrent sur leurs jambes grêles et
leur cri répondit au cri de la mère.

Patira regarda Jeanne. Tous deux souffraient de séparer ces créatures auxquelles l'instinct tenait lieu d'intelligence.

Les chevreaux pleuraient, et la mère regardait toujours
gémissante, ne sentant pas que Patira essayait de l'entraîner.

Après un moment d'hésitation, la Fileuse rentra dans
l'étable, prit les chevreaux dans son tablier, et les posant
à terre :

— Il faut bien que tu les prennes aussi, dit-elle.

— Merci, Jeanne, répondit Patira; je vous les ramè-
nerai quelque jour.

Une dernière fois il embrassa la vieille femme et s'enfonça dans le champ d'ajoncs.

— Si je le suivais, pensa la Fileuse, je saurais ce qu'il
me cache.

Cette idée fut repoussée comme une tentation par la
vieille femme.

— Il m'a dit qu'il s'agissait d'une bonne action, pensa-
t-elle; je dois le croire, et puisse Dieu le bénir!

La cloche de Saint-Hélen tintait la messe : la Fileuse
abaissa davantage sur son front son cône de toile bise,
roula son chapelet autour de son bras et descendit par le
sentier des genêts.

Pendant ce temps, Patira se hâtait.

Les chevreaux gambadaient gaiement, effleurant la
rosée sur les feuilles; la Belle marchait sans crainte et
sans se faire prier.

De loin, Patira crut distinguer une plainte; il courut en
avant, le cœur rempli d'inquiétude, et trouva Hervé, ses
petits poings fermés, ses yeux à demi clos, pleurant et
appelant à l'aide.

D'un bond, Patira rejoignit la chèvre et l'amena rapidement dans la grotte.

A sa suite, les chevreaux escaladèrent les roches. Alors
l'enfant, tirant la corde de Belle, l'amena dans la caverne
la plus reculée sur laquelle s'étendait une litière fraîche.
La chèvre s'y coucha en rond sans s'étonner, sans crier :
ses chevreaux étant à ses côtés, la douce bête ne s'inquiétait plus. Un moment après, Patira déposa doucement près
d'elle le fils de la marquise de Coëtquen : Hervé venait de
trouver une nourrice.

Les cris de l'enfant s'apaisèrent; les chevreaux léchè-
rent doucement le nouveau-né qui, réchauffé sous les

toisons soyeuses, s'endormit avec un vague sourire sur ses lèvres roses.

Assis à quelque distance, les coudes sur ses genoux, le menton dans sa main, Patira regardait et pleurait de joie et d'orgueil.

Il avait donc accompli quelque chose d'utile, ce paria, ce méprisé ! Une femme lui devait le repos, un enfant lui devait la vie !

Après quelques instants donnés à un intime bonheur, le protecteur d'Hervé s'occupa de l'aménagement de la grotte.

Il avait résolu d'y habiter désormais et de ne se rendre à la forge que pour les heures de travail. Après avoir préparé pour lui un lit de mousse semblable à celui d'Hervé, il coupa des branches de pin destinées à éclairer la nuit l'intérieur de la caverne à l'heure tardive où il y rentrerait. Il amassa dans un coin un fagot d'osiers, fit une provision de bois mort, coupa des genêts pour former une clôture semblable à celle de la Fileuse, puis, ces précautions prises, obéissant à l'instinct de son cœur qui le conseillait si bien depuis quelques jours, il descendit en courant jusqu'à Saint-Hélen.

L'office était terminé, l'église était vide ; l'encens, la cire éteinte y laissaient un parfum vague. Il marcha jusqu'à l'autel et s'arrêta stupéfait, émerveillé.

La madone qu'il avait tant de fois contemplée à l'angle des chemins réapparaissait rayonnante de gloire, au milieu d'un vol de chérubins. L'azur de sa robe, l'or de sa couronne éblouissaient l'apprenti de Jean l'Enclume, et dans ses bras il retrouvait un enfant réunissant ses petites mains pour apprendre à bénir.

Si le mot prier signifie réciter des formules apprises par cœur, répéter des paroles déterminées, le pauvre ignorant prosterné sur les dalles ne pria pas... Mais si ce mot renferme l'idée d'une sincère effusion d'âme, d'un oubli de soi complet dans le sentiment de l'adoration, d'un abandon filial entre les bras étendus du Fils de l'homme et les bras immaculés de Marie pleine de grâces, certes Patira pria, et le parfum de son innocente prière fut emporté au ciel par les anges protecteurs des *pauvres d'esprit*.

Quand il revint à la caverne, nanti d'un peu de pain acheté grâce à l'un des écus de Blanche dont il avait fait la monnaie, les chevreaux et l'enfant dormaient encore.

Rassuré sur le sort de son protégé, Patira descendit dans la première grotte et regarda longtemps s'abaisser le soleil, jusqu'à ce qu'il disparût derrière les grands sommets de la forêt voisine. N'ayant plus rien à communiquer directement à la marquise, il pensa qu'il importait de la rassurer tout de suite sur son enfant, et il redescendit vers les berges de l'étang.

Les paysans passaient en longues bandes, chantant, dansant, jouissant de cette belle journée printanière.

La Tour-Ronde continuait à se dresser dans toute sa puissance formidable, et le trou noir de la meurtrière paraissait plus effrayant que jamais.

Sur le chemin, Patira reconnut Rosette revenant de Saint-Hélen en compagnie d'une servante. Son père ne l'accompagnait point ce jour-là.

Vers midi, le comte Florent avait fait mander l'intendant, et, lui remettant une lettre scellée de ses armes, lui avait recommandé de la porter au comte de Matignon.

Pour la première fois, le comte Florent s'informa de la santé de Rosette et mit dans cette attention courtoise une insistance que Simon expliqua dans un sens favorable à ses projets orgueilleux.

— A quelque heure que vous rentriez, Simon, dit le comte, vous ne manquerez point de m'apporter la réponse.

— Je l'apporterai, monseigneur, répondit Simon qui s'inclina respectueusement pour prendre la missive.

A peine la porte de l'appartement de Florent se fut-elle refermée, que l'intendant s'arrêta, et souriant avec une expression de vanité contenue :

— Au revoir, mon gendre! fit-il.

Tandis qu'il descendait l'escalier pour accomplir sa mission à Dinan, un homme portant un costume mi-paysan mi-bourgeois, montait les degrés conduisant à l'appartement de Florent. Un laquais le précédait; l'homme, de même que Simon, tenait à la main une large missive.

Le laquais pénétra le premier près de son maître.

— Monsieur le comte, dit-il, un homme se disant le messager de monseigneur Tanguy demande à vous remettre une lettre.

— Qu'il vienne! dit Florent, qu'il vienne!

Le laquais introduisit le porteur de la missive qui s'inclina et remit la lettre sans mot dire.

A peine Florent l'eut-il parcourue qu'il étouffa un cri de surprise.

— C'est bien le marquis **Tanguy de Coëtquen** qui t'a chargé d'apporter ce papier?

— Lui-même, monseigneur.

— Où te confia-t-il cette commission?

— A Dinan.

— Mon frère se trouvait...

— Il sortait en même temps que moi de la chapelle des cordeliers... Mon visage ne lui était pas inconnu; il m'appela par mon nom, me remit ce pli avec un écu, et m'ordonna d'arriver au plus vite au manoir...j'avais ordre de remettre cette missive en mains propres.

Florent fouilla dans la poche de son habit et en tira plusieurs pièces d'or :

— Si mon frère a payé suffisamment ta course, je ne t'ai

point, moi, récompensé pour le plaisir que tu me causes...
Prends ces louis et fais ripaille à ma santé !

Le messager s'éloigna ravi d'une bonne aubaine inattendue, et Florent, quittant son appartement, se rendit dans
celui de Gaël.

— Qu'avez-vous donc ? lui demanda celui-ci.

— La suffocation d'une grande joie... mais on s'accou-
tume vite à la fortune... Tout nous a réussi, Gaël... avant
huit jours Blanche sera devenue impuissante à poursuivre
une revendication d'état... et ce soir nous n'avons plus
rien à craindre de la complicité de Simon.

— Que voulez-vous dire?

— Ce misérable m'a offert la main de sa fille.

— Vous avez répondu...

— Je lui donnerai ce soir une réponse définitive.

— Voilà bien des crimes! bien des crimes! murmura
Gaël.

— Mais ces crimes sont payés par le succès, Gaël; ce
que j'avais prédit arrive... Vous n'êtes plus le *juvénieur*
d'une famille, mais l'héritier, le successeur de la baronnie
de Vaurufier...

— Moi?

— Vous-même.

— Alors Tanguy?...

— A écrit en bonne forme un testament dont voici la
teneur.

Florent déplia la lettre du marquis et lut :

« J'ai cru que le temps apporterait un peu de calme à
mon cœur désolé : cette espérance est trompée. Du fond
de la tombe, Blanche me tend les bras, et ces bras m'attirent dans la mort... Je vais au-devant du trépas qui semble
me fuir... Coupable de faiblesse envers Dieu qui défend le
suicide, je frappe ma poitrine et je crie miséricorde...

Quand mon messager vous remettra cette lettre, j'aurai
depuis quelques heures déjà cherché sous le linceul des
flots l'oubli que le temps n'a pu m'apporter... En mourant,
je partage entre vous ma fortune, mes titres, mes biens.
Vous m'aimiez, Florent, et vous aussi, Gaël; j'oublie que
l'entrée de Blanche au château vous attrista, pour me souvenir seulement des pleurs que je vous ai vus verser sur
sa tombe... Je vous lègue le marquisat de Coëtquen et le
comté de Combourg; Gaël devient titulaire de Vaurufier
et pourra, je l'espère, obtenir la main de Loïse de Matignon...

« Adieu, faites prier pour le repos d'une âme qui
manque de courage et de foi, et demandez grâce au ciel
pour le malheureux qui ne peut survivre à la douleur d'avoir
été séparé de l'être qui lui fut le plus cher au monde.

« L'école et l'hospice de Coëtquen seront entretenus
sur les revenus du comté de Combourg.

« Fait à la veille de paraître devant Dieu.

« TANGUY-HERVÉ-RAOUL DE COETQUEN. »

Gaël resta la tête baissée.

— Eh bien? demanda Florent.

— Eh bien! répliqua Gaël; encore un que nous avons
tué!... Cela fait trois, mon frère, trois âmes dont nous ré-
pondons, trois vies dont nous devons tenir compte.

XVII

PATIRA SE RÉVOLTE

D'ordinaire, quand Jean l'Enclume sortait d'un sommeil rendu plus lourd par l'ivresse, il entendait dans la salle voisine le bruit que faisait Patira en balayant la forge et en rangeant les outils. Le cliquetis du fer lui apprenait que le petit malheureux remplissait sa besogne en conscience. Jean pouvait détirer encore ses gros membres, puisque l'orphelin travaillait à sa place. Comme la plupart des colosses, Jean l'Enclume avait d'invincibles paresses. Il lui semblait d'ailleurs que la puissance de sa musculature constituait une royauté devant laquelle devaient plier tous les faibles. Sans doute Jean n'était point le seul géant de cet avis, car ses pareils choisissent volontiers pour compagnes des femmes frêles et timides.

Tandis que Jean achevait son somme et rassemblait péniblement ses esprits engourdis, Claudie, debout depuis deux heures, levait les enfants, surveillait le déjeuner, rendait à ses meubles leur luxe de propreté; active sans bruit, elle ne se plaignait jamais d'être lasse, et lorsque Jean ne la battait pas elle se trouvait suffisamment heureuse.

C'était une âme douce, repliée sur elle-même et voyant plus loin que ce monde. Elle représentait le type complet de l'artisane, nous ne pouvons dire le type idéal, car les pauvres et humbles femmes des paysans ne comprennent

point ce mot dont nous abusons trop. Elle cachait au fond
de son cœur des délicatesses spontanées, exquises; elle-
même ignorait les trésors de ses vertus et la sublimité de
son indulgence. Son cœur meurtri ressemblait à une source
cachée et mystérieuse d'où découlaient la pitié comme la
patience. Elle ne se croyait point héroïque, cependant. En
acceptant un mari, elle avait compris qu'elle acceptait un
maître, et de ce maître elle respectait les droits, si cruels
et si tyranniques qu'il les rendît. Pour se consoler quand
Jean la rudoyait, elle avait les baisers de Françoise, de
Gwen, de Noll; si leurs tendres caresses ne suffisaient
point à dissiper ses soucis et ses angoisses, elle regardait
le crucifix, et la paix rentrait en elle.

Jamais elle ne demanda au ciel pourquoi elle faisait
partie de la grande tribu des opprimés. Claudie ne se
croyait pas en droit d'interroger Dieu.

Tandis qu'elle épiait d'un regard furtif l'expression du
visage de Jean l'Enclume, Noll, la tirant doucement par
sa jupe, lui demanda :

— Pouvons-nous embrasser le père?

— Allez! dit la jeune mère, allez bien doucement.

Mais avant que les petits fussent arrivés près du lit,
Jean l'Enclume poussant un juron formidable s'écria :

— Si ce paresseux de Patira n'a pas rangé l'atelier, il
peut compter sur une fameuse râclée... On dirait que le
soleil ne se lève pas aujourd'hui, ma parole!... Oh! tonnerre! le misérable gueux!

Claudie saisit les enfants au moment où ils s'appro-
chaient du lit du forgeron; celui-ci aperçut ce mouvement
et en comprit l'intention.

— Pourquoi les enfants ne viennent-ils pas? demanda-
t-il. Veux-tu, la Claudie, les détourner de moi? Ne sont-ils
pas miens aussi, et leur chair n'est-elle pas ma chair? Oh!
je le sais, va! tu me représentes à eux comme un ivrogne,

un brutal, un monstre; un peu plus, et ils craindraient que je les tue...

Pendant que Jean parlait ainsi d'une voix sourde, la jeune femme gardait près d'elle les enfants intimidés. Noll s'enveloppait dans son tablier, Gwen cachait ses.yeux sous la main de Claudie.

— Ici! cria Jean comme s'il appelait la Flamme; et de la tendresse, des baisers! tout de suite! Je veux qu'on m'aime, ou, tonnerre du ciel!...

Et Jean leva le bras comme s'il allait frapper.

Les enfants se mirent à trembler, le plus jeune pleura.

— Viendrez-vous? répéta Jean d'un accent plein de menace.

Afin d'apaiser Jean, s'il était possible, Claudie poussa doucement les enfants vers le lit du forgeron. Mais le visage de Jean n'était rien moins que rassurant, et quand il étendit le bras pour saisir Gwen, celui-ci joignant ses petites mains dit au milieu de ses larmes :

— Père, ne me bats pas! ne me bats pas!

Le forgeron lâcha l'enfant, qui éclata en sanglots; et Claudie, afin d'éviter un orage dont il était impossible de prévoir les suites, entraîna dans le jardin les petits effrayés.

— Misère! dit Jean, n'être pas même aimé de ses enfants! c'est une méchante femme que la Claudie, et quelque jour je règlerai son compte.,. oh! mais là, de telle sorte qu'elle ne se plaindra plus jamais, jamais!

Il prêta l'oreille; le plus profond silence régnait dans la salle voisine.

— Commençons par ce gueux de Patira! dit-il.

Et, s'armant d'un gourdin, le forgeron entra dans l'atelier.

A la grande surprise de Jean l'Enclume, cet atelier était vide.

Il tourna dans la salle, cherchant, regardant, ouvrit un appentis encombré de morceaux de fer, de débris de planches et de fagots, et ne trouva rien. Dans le coin qui servait d'ordinaire de lit à la Flamme et à l'apprenti, le chien dormait seul en aboyant doucement comme s'il rêvait.

La Flamme paya pour l'enfant et reçut le coup de bâton que le colosse réservait à Patira.

D'habitude, la Flamme courbait l'échine et baissait la tête; cette fois, il la leva hardiment.

Sans doute il se dit que le traitement qu'on lui infligeait était par trop injuste, car il montra ses crocs énormes et un éclair de rage jaillit de ses yeux. La Flamme venait de prendre la résolution de se venger. Tôt ou tard, il ferait payer à Jean les coups de bâton de cette matinée.

Le forgeron se garda bien de ranger l'atelier en désordre et d'allumer le feu dans l'âtre noir. Il se campa sur le seuil de la porte, et il attendit.

Les paysans passaient, se rendant à la foire de Dinan qui se devait tenir sur la *place du Champ*, célèbre par un combat singulier dans lequel Guesclin soutint l'honneur de la France en vengeant son jeune frère fait prisonnier par un Anglais contre toutes les lois de la chevalerie.

De grands troupeaux de bœufs s'allongeaient sur le chemin, des bandes de jeunes gens marchaient une fleur aux lèvres et la gaieté dans les yeux.

Une petite charrette traînée par un âne s'avançait lentement, et celui qui la conduisait chantait d'une voix sourde et claire :

> Au logis où reste la femme
> Avec les oiseaux gazouilleurs,
> Nous laissons la part de notre âme
> Qui nous rend plus doux et meilleurs.

> Chaque nouveau lien attache
> L'homme à son modeste logis;
> Il est orgueilleux de la tâche
> Qui gagne le pain des petits !

Puis, accentuant le refrain comme s'il martelait un lourd morceau de fer, le voyageur dit ce refrain :

> Pan! pan! pan! vite au réchaud!
> Pan! pan! pan! soufflez la braise!
> Pan! pan! pan! dans la fournaise,
> Pan! pan! pan! le fer est chaud.

A mesure qu'il approchait, on distinguait mieux son visage. Il pouvait avoir trente ans; ses yeux gris exprimaient une grande douceur; sa bouche était franche, sa main calleuse avait le geste aisé. Il marchait d'un pas allègre, caressant le petit âne pelé d'un rameau de chêne.

Souvent il se penchait au-dessus de la charrette et paraissait adresser la parole à des voyageurs que les montants de la carriole cachaient aux regards.

Attirés par la chanson joyeuse, Noll, Gwen et Françoise s'étaient approchés et regardaient sur la route le grand garçon qui chantait d'une voix si pleine.

Le second couplet ne se fit pas attendre :

> Si l'on ne voit pas en goguette
> Le forgeron toujours forgeant,
> Il a pourtant un jour de fête
> Et sait dépenser son argent.
> Dans les bois il va le dimanche,
> Et chantant des airs triomphants,
> Porte sur l'épaule ou la hanche
> Le plus petit de ses enfants.

Françoise, Gwen et Noll frappèrent l'une contre l'autre leurs petites mains.

Le voyageur regarda les enfants, sourit, puis, apercevant au-dessus de la porte un gigantesque fer à cheval, il s'écria joyeusement :

— Un compagnon du métier! loué soit le bienheureux saint Éloi!

Et tirant la bride du petit âne du côté de la maison de Jean l'Enclume, il l'attacha à un anneau de fer et tendit la main au forgeron.

— Camarade, dit-il, nous sommes en route depuis deux heures du matin ; ma jeune femme un peu fatiguée est couchée dans la carriole avec les enfants; pouvez-vous nous laisser reposer un peu?

Jean n'osa refuser.

— Il y a un banc près de la porte, dit-il; ce banc est à tout le monde.

Le voyageur ne parut pas s'offenser du peu de bonne grâce de l'hospitalité de Jean; il éveilla doucement la jeune femme assoupie, enleva les deux enfants couchés près d'elle sur d'épaisses bottes de paille, et Noll, Gwen et Françoise s'avancèrent vers les nouveaux venus avec de grandes démonstrations de joie.

Claudie alla chercher une terrine de crème et l'apporta avec de belles tranches de pain bis.

Pendant ce temps, le voyageur disait à Jean :

— Vous habitez un beau pays tout de même! Si par hasard vous aviez besoin d'un ouvrier, je me fixerais joliment dans ce coin de terre... Nous demeurons à cinq lieues d'ici, et les affaires n'allaient pas trop mal, quand le feu a détruit notre maison et brûlé notre ménage... c'était rude, allez! Les braves gens du pays nous auraient gardé leur clientèle; mais au même moment, un garçon riche et adroit est arrivé de Nantes pour installer une forge; nous avons compris qu'il ne restait rien à faire pour nous, et chargeant tous les trésors qui me restaient sur ma charrette, je m'en suis allé devant moi, à la grâce de Dieu... Je gagnerai toujours bien ma journée à la foire de Dinan : il ne manquera pas de chevaux à ferrer... C'est égal! vous habitez un beau pays, et si vous aviez besoin d'un ouvrier...

— Merci, dit Jean, la maison est complète.

Claudie avait écouté l'histoire du jeune forgeron; elle à l'étrangère malade :

— Comme votre mari semble bon !

— Il n'est pas bon, il est la bonté !... jamais un mot de dureté, de reproche, et cependant je suis souvent malade... Il travaille sans repos, et avec un cœur... Tenez, tout le long de la route il chante pour nous distraire, moi et les petits... On peut soutenir toutes les épreuves avec un mari comme celui-là... Nous ne sommes pas riches, mais je ne changerais pas mon sort contre celui d'une fermière; Servan vaut toutes les richesses du monde.

Gwen et Noll étaient allés chercher le déjeuner du petit âne; les enfants étrangers émiettaient le pain noir dans la crême; Servan buvait un verre de cidre frais versé par la main hospitalière de Claudie.

Et malgré sa résignation, celle-ci ne pouvait s'empêcher de penser :

— Elle a raison, un bon mari est la joie de la vie... Et le mien ! le mien !...

Une amère douleur passa sur son âme comme une vague s'abat sur le rivage; mais, de même que le flot se retire, le sentiment d'envie involontaire qu'avait éprouvé la femme de Jean s'effaça quand cette parole de Jésus lui revint à la mémoire : « Bienheureux ceux qui pleurent. »

— En vous remerciant, dit Servan en rendant le gobelet à Claudie.

— Ne remerciez pas, c'est de bon cœur.

Le jeune forgeron serra une seconde fois la main de Jean.

— Cette halte les a reposés tous trois ; maintenant, en route ! Maître, le forgeron ambulant n'oubliera pas le riche forgeron de la paroisse de Saint-Hélen.

Servan aida sa femme à monter dans la charrette, l'installa de nouveau près des outils, souleva les enfants qui envoyaient des baisers d'adieu à leurs amis d'une heure, puis il caressa les oreilles du petit âne avec un : « Hue, Criquet ! » tout amical.

Quand la patiente bête eut repris son trot un peu lent, mais égal, le voyageur continua sa chanson :

> Si la sueur mouille sa tempe,
> S'il se sent un jour triste et las,
> Il se souvient qu'il doit l'exemple,
> Et forge encore à tour de bras.
> Pour chasser les soucis moroses
> Et doucement se reposer,
> Il entendra des bouches roses
> Dire : — « Je t'aime ! » en un baiser.

Et de plus loin, toujours de plus loin, la famille de Jean distingua le refrain qu'accompagnèrent les battements de main de Noll :

> Pan ! pan ! pan ! le fer est chaud !
> Pan ! pan ! pan ! soufflez la braise !
> Pan ! pan ! pan ! dans la fournaise,
> Pan ! pan ! pan ! le fer est chaud.

Claudie restait sur la porte, suivant du regard le groupe formé par cette pauvre famille.

— C'est le bonheur ! murmura-t-elle.

Elle essuya une larme tremblant au bord de sa paupière et rentra dans la maison.

La mauvaise humeur de Jean, loin de s'adoucir à la vue des humbles gens qui supportaient avec tant de patience les épreuves de la vie, devint une sorte de rage. L'absence inexpliquée de Patira lui causait une fureur dont les effets ne pouvaient manquer d'être terribles.

Enfin il aperçut, descendant un chemin raviné, Trécor le Borgne et Kadoc l'Encorné, se tenant le bras avec une intimité pouvant faire soupçonner qu'ils avaient déjà vidé au moins deux pichets de cidre ensemble.

En même temps, les trilles d'un rossignol éclatèrent dans le verger, et Patira, sautant de roche en roche, tomba pour ainsi dire devant la maison du forgeron.

Celui-ci bondit vers l'enfant :

— A quelle heure viens-tu, misérable? dit-il.

L'enfant regarda tranquillement l'homme devant lequel il tremblait si fort deux jours auparavant, et lui répondit :

— J'arrive avec les autres ouvriers.

— Pourquoi t'es-tu enfui de la maison hier?

— Enfui? répéta Patira; je ne me suis pas enfui, je suis sorti.

— Je ne veux pas que tu sortes, tu le sais! Oh! ton compte est bon, et tu ne perds rien parce que je ne te donne pas la raclée que tu mérites avant que le feu soit allumé et l'ouvrage en train.

— Je ne sais pas si vous me donnerez une raclée, dit Patira; mais, puisque vous m'en menacez, je ne serais pas fâché de profiter de l'occasion pour m'expliquer.

— T'expliquer, toi, vermisseau! gredin! Et qu'oserais-tu dire? je serais curieux de le savoir! Parle, mais parle donc! Je me sentais de mauvaise humeur; par le diable! tu vas me faire rire!

— Eh bien! je veux vous demander pourquoi vous me maltraitez quand je remplis mon devoir, et pourquoi vous me nourrissez à peine quand je travaille.

— Parce que cela me plaît! fit Jean l'Enclume. Tu m'appartiens, et je fais de toi ce que je veux.

— Avant vous, Nabeth m'a dit aussi :

« — Tu m'appartiens ! »

« Et cependant je ne suis plus avec lui. Vous avez beau dire, maître Jean, je n'appartiens qu'à moi et nul n'a de droits à exercer sur ma chétive personne.

— Ah ! je n'ai pas de droits ! fit Jean en saisissant Patira par l'épaule et en le secouant avec frénésie ; tu oses le dire !...

Patira plia par un mouvement preste et échappa à la terrible main de Jean l'Enclume. Kadoc et Trécor riaient. Pour la première fois de leur vie, ils prenaient parti contre Jean. La révolte de Patira, qui d'abord leur avait paru si bouffonne, finissait par les intéresser.

Patira se recula dans l'angle de l'atelier, et, défendu par l'établi, il reprit d'une voix dans laquelle vibrait moins de rancune que de douleur :

— Vous m'avez traité comme un misérable chien, jetant à peine un os et du pain à mon appétit d'enfant ! Je n'ai entendu de vous que de dures paroles et reçu que des coups ! Je ne vous dois rien ! Vous êtes fort et vous avez abusé de ma faiblesse ; vous êtes riche, vous avez spéculé sur ma pauvreté. Mon abandon, loin de vous toucher, vous a rendu cruel jusqu'à la barbarie...

« J'ai pâti ! tellement pâti que vous avez trouvé mon nom dans l'excès de mes angoisses ! J'ai été le souffre-douleurs de tous !

« Et vous ne vous êtes pas seulement attaqué à mes membres, vous avez attaqué mon esprit... Vous nourrissiez mal mon corps, mon âme mourait de faim ! De votre bouche ne sont sortis que des blasphèmes ! J'entre dans l'adolescence, et si je sais regarder le ciel, c'est que Claudie m'a enseigné que j'ai là-haut une Mère divine... L'un de nous peut se plaindre, et c'est moi ! L'un de nous peut demander des comptes à l'autre, et j'en demande...

— Va! va! tu paieras cela tout à l'heure... As-tu encore quelque chose à dire, petit mendiant, saltimbanque, bohême?

— Oui, répondit Patira sans s'émouvoir; il me reste à faire mes conditions.

— Ma parole! c'est superbe! dit Trécor à l'oreille de Kadoc.

— Hein! enrage-t-il; Jean l'Enclume?

— C'est bien fait, il est trop mauvais aussi!

— Et puis l'enfant a raison.

— S'il a raison, c'est un motif pour que Jean l'assomme.

Kadoc releva ses manches de toile rousse.

— Y es-tu pour une attaque? Après tout, l'enfant n'a jamais fait de mal, et si on veut l'éclopper, ce n'est plus de jeu... Ça me ferait joliment rire de tomber un peu le forgeron!

— Il a de rudes poings, fit prudemment observer Trécor.

— Faudra voir, faudra voir; en attendant, c'est diablement amusant!

Pendant que les deux compagnons échangeaient ces paroles à voix basse, Jean répliquait d'une voix railleuse:

— Eh bien! ces conditions?

— Je ne coucherai plus à l'atelier.

— C'est ça! on loue une chambre à l'hôtellerie de la Belle-Étoile!

— J'arriverai à la forge à la même heure que Trécor et Kadoc.

— Et puis....

— Et puis je toucherai ma paie..

Jean l'Enclume poussa un formidable éclat de rire.

— Une paie! une paie! pourquoi une paie?

— Parce que je travaille.

— Mais ton travail, tu me le dois, misérable!

— Je ne vous dois rien, vous n'êtes pas mon père.

— Tu es mon apprenti!...

— Je l'ai été sans avoir signé de contrat... On ne reste pas apprenti toute sa vie; un jour vient où l'on passe ouvrier.

— C'est possible, mais il faut savoir son métier pour cela.

— Je le sais.

— Toi! toi qui es bon à faire du feu, à ranger les outils, à...

— Si je ne suis bon à rien, dit Patira, pourquoi me chargez-vous d'exécuter les besognes difficiles?

— Tu n'as jamais fait que des broutilles...

Patira sourit.

— Soit! mais ces broutilles-là, vous ne les auriez pas confiées à Trécor et à Kadoc!

— Hein! fit le Borgne, nous humilierais-tu, par hasard, Jean l'Enclume?

Le visage du forgeron s'injectait de sang; ses yeux sortaient de l'orbite; à tout instant il était sur le point de s'élancer sur Patira; mais on eût dit qu'il éprouvait une certaine jouissance à doubler la somme de sa haine, afin de la satisfaire avec usure.

— Le maître n'a point songé à vous humilier, Trécor, dit Patira, il a voulu seulement éprouver ma capacité... Vous souvenez-vous qu'il y a six mois de cela à peu près le maître m'a donné trois jours de congé?... C'était assez extraordinaire, il faut en convenir... J'en ai profité comme quelqu'un qui n'a pas l'habitude d'un tel bonheur... Pendant ces trois jours, j'ai couru avec les enfants à travers landes et bois... Ce fut un beau temps, un vrai beau temps pour le pauvre apprenti! Mais vous pensez bien que Jean l'Enclume avait ses raisons pour se départir de ses sévérités... Pour la première fois de sa vie, il faisait appel au talent de son apprenti... et à sa discrétion...

D'écarlate qu'il était, le visage de Jean devint pâle.

— Assez! fit-il, assez!

— Pas du tout, dit Trécor; nous voulons apprendre pourquoi tu avais besoin de la discrétion de Patira.

L'enfant regarda son maître bien en face et poursuivit :

— Il s'agissait d'une clef à forger... une clef faite, non pas sur modèle, mais sur empreinte... et commandée par un grand seigneur, un très-grand seigneur...

Patira n'eut pas le temps d'achever : Jean l'Enclume venait de le renverser sur le sol, et fouillant au hasard parmi les outils, il saisit un marteau dont sans nul doute il eût broyé la tête de l'enfant, si Kadoc et Trécor, le prenant chacun par une main, ne l'eussent forcé à lâcher sa victime et son arme.

— Je le tuerai! je vous dis que je veux le tuer! hurla Jean l'Enclume.

— Tu auras toujours le temps, dit Trécor.

— Me tuer! s'écria Patira. Je suis bien peu de chose, un orphelin, un mendiant, presque rien! mais si peu que je sois, croyez-vous que nul ne s'occuperait de moi? Un mouvement, une menace et je m'enfuis! Je cours à Coëtquen, je demande monseigneur Tanguy... Il exerce droit de haute et basse justice, et je lui dis...

Claudie s'approcha doucement de Patira :

— Ne te plains pas! ne dis rien! fit-elle; Jean n'est pas injuste, il sait que tu ne saurais à cette heure être traité comme jadis... Moi et les petits, nous t'aimons bien!

Jean l'Enclume paraissait en proie à une lutte violente. Il croyait en ce moment Patira plus instruit qu'il ne l'était réellement de la démarche faite par le comte Florent. Un mot pouvait le perdre. Son intérêt, sa haine, se livraient un rude combat. L'orgueil aussi lui défendait de céder. Ce

fut donc avec un certain empressement qu'il profita de
l'intervention de Claudie.

— Pourquoi ne pas s'expliquer, comme le dit ma
femme?... Je suis vif, mais juste... Tu as fait une clef, eh bien!
après? Crois-tu que Kadoc et Trécor ne sachent pas les
faire, les clefs?... Tu as une tête de diable dans ton corps
de gringalet... Est-il besoin de faire régler nos différents
par le marquis Tanguy?... Tu veux une paie, on t'en donnera une : chaque semaine tu toucheras une pièce de trente
sols.

— Trécor et Kadoc touchent un écu de six livres ; j'en
veux autant.

— C'est impossible! tu me ruinerais!

— Comme vous voudrez; je quitterai la maison...
Tenez, tout à l'heure j'ai rencontré un forgeron ambulant
ayant bonne mine et bon cœur, j'en suis sûr... Nous nous
arrangerons ensemble.

— Les petits te pleureraient, dit Claudie tout bas.

— Tu auras le gros écu, dit Jean d'une voix brève.

— Et je ne coucherai plus ici.

— Ça fera de la peine à la Flamme!

— Est-ce convenu? demanda Patira.

— C'est convenu, dit Jean.

— Et, ajouta l'enfant, si vous me battez encore...

— Eh bien?

— Je me vengerai!

— Il le ferait, ma foi! il le ferait, murmura Trécor en
se frottant les mains.

— C'est bien! dit Jean l'Enclume; les conventions sont
faites ; allume le fourneau : voilà de la besogne diablement
en retard!

Patira mit tant d'activité à réparer le temps perdu,
qu'en moins d'une demi-heure le soufflet souffla, le foyer
lança des flammes jusqu'au sommet de la haute che-

minée, et les barres de fer rouge ployèrent sous le poids
des marteaux.

Quand l'heure du repas fut venue, au lieu d'aller rejoindre la Flamme sur la botte de paille qui jadis leur servait de lit et de siége, Patira franchit le seuil de la
chambre où Jean et sa famille prenaient leur repas.

Claudie attira l'enfant contre sa poitrine.

— Ne fais jamais de mal à Jean, dit-elle, ne le fais pas
pour l'amour de moi...

— Je vous le promets, Claudie.

La jeune femme souleva les cheveux de l'enfant, regarda son front rayonnant de courage, ses yeux bleus
animés d'une flamme sainte et virile, et murmura :

— Je ne te reconnais plus ! tu me sembles grandi et
tout changé depuis que je ne t'ai vu... Tu es donc fort !
tu as agi et parlé comme un homme... Je ne te demande
pas ton secret, mais tu as un secret.

— Oui, Claudie, j'ai un secret, et, sans trahir personne,
je puis vous en apprendre une partie... Dieu m'a donné la
garde d'un être plus faible que moi !

— Sainte charité ! dit la jeune femme, tu fais toujours
des miracles !

Patira prit silencieusement place à table, s'occupa des
enfants, mangea rapidement, discrètement, puis rentra
dans l'atelier le premier. Il ne put voir le geste menaçant
de Jean l'Enclume, et tout fier d'avoir si bien réussi et de
songer qu'à l'avenir Hervé serait à l'abri du besoin, il be-
sogna tout le jour avec un infatigable courage.

Son cœur débordait de joie. Si la bataille avait été
dure, la victoire lui restait complète, absolue. La franchise de Patira était trop sincère pour qu'il lui fût possible
de soupçonner celle de Jean l'Enclume. Blanche lui avait
révélé la valeur d'une parole donnée.

Ne sachant pas feindre, il ne se défiait pas. Sa souffrance l'avait rendu meilleur, comme elle fait des natures parfaites. La veille il se tourmentait du résultat de sa démarche; en somme, tout s'était bien passé. Il éprouvait une seule inquiétude : que devenait la comtesse Blanche? lui permettrait-elle bientôt de songer à sa propre délivrance? Sa voix était si faible, elle paraissait si épuisée lors de leur dernière entrevue, qu'il ne pouvait s'empêcher de frémir d'angoisse. La moitié de sa tâche seulement était accomplie, il demandait à Dieu le courage et le temps de l'achever.

Quand il eut pris son repas du soir, Patira se rendit près de l'étang et chanta, non pas un couplet, mais tous les couplets de la ballade.

Il espérait entendre un cri, un appel, un soupir...

Mais aucune réponse, aussi faible qu'elle fût, ne frappa son oreille; la main de Blanche ne fit aucun signal à la fenêtre de la Tour-Ronde.

La nuit était sombre, les étoiles se cachaient sous de gros nuages, on eût dit qu'un orage approchait; une chaleur lourde, électrique, passait dans l'air par bouffées.

Patira devint mortellement triste; le pressentiment d'un malheur effaça l'impression joyeuse ressentie pendant la journée, et il ne fallut rien moins que la pensée d'Hervé pour le décider à quitter les bords de l'étang.

Il était déjà tard; Patira pressa le pas, et pour rattraper le temps perdu, il grimpa le long des roches afin de gagner plus vite la grotte des poulpiquets.

S'il eût pris le temps de regarder en arrière, peut-être se serait-il effrayé en voyant deux ombres suivre également la route conduisant à la caverne maudite.

XVIII

LE COUTEAU DE CHASSE

Tandis que Patira, soudainement grandi par la tutelle d'Hervé, cachait le fils de la marquise dans la grotte aux poulpiquets, Simon galopait sur la route de Dinan afin de remettre aux mains du comte de Matignon la missive du vicomte Gaël de Coëtquen, baron de Vaurufier depuis que le testament du marquis l'avait institué titulaire de cette seigneurie, soit en qualité d'héritier si Tanguy avait mis fin à sa vie, soit comme propriétaire à titre de don volontaire fait entre vifs.

La conversation que Simon venait d'avoir avec Florent, sans être décisive, lui permettait cependant de conserver ses orgueilleuses espérances. S'il eût connu la teneur de la lettre apportée par le messager venu de Dinan, peut-être ne se serait-il point réjoui si vite, car entre Florent cadet de famille et Florent succédant à son frère dans la possession de Coëtquen et de Combourg il existait un abîme.

Florent, débarrassé de la terreur que lui causaient tantôt les remords, tantôt les ambitions de Simon, devait compter pour peu de chose l'outil dont il s'était servi.

Mais Simon ignorait le message envoyé par Tanguy, et tout en chevauchant il se repaissait par avance de ses oies et de ses vanités paternelles.

— Oui, tu seras heureuse, Rosette! disait-il, heureuse et enviée! La belle Loïse de Matignon elle-même sera moins dotée et moins grande dame que toi... J'ai courbé le dos sous un joug humiliant, amassé sans repos, travaillé comme un mercenaire pour arriver à te voir fortunée entre toutes... et j'ai réussi! Le valet montera dans le carrosse de ses maîtres... la fille de l'intendant de Coëtquen aura son tabouret à la cour... J'ai joué une terrible partie, et je l'ai gagnée... Un soupçon du marquis Tanguy, et c'en était fait de ma tête!... Je n'ai pas seulement joué mon existence, mais mon âme... et si le diable existe, comme le chapelain l'affirme...

Simon s'arrêta sur le point d'achever son blasphème.

Il avait grandi dans de pieux sentiments de foi chrétienne, et, si coupable qu'il fût devenu, il ne pouvait complétement répudier le passé. En ce moment, il s'effrayait presque du succès de ses entreprises et se demandait vaguement comment il solderait sa dette. Et quelle dette! le martyre d'une mère et le trépas d'un enfant! Florent et Gaël avaient promis maintes fois d'épargner le fils de leur frère; mais quel espoir garder à ce sujet? comment croire qu'ils laisseraient vivre le légitime héritier de Tanguy? A la pensée que le sang de cet être innocent tacherait les mains de Florent et de Gaël, il ne put s'empêcher de frémir... C'était lui que l'on chargerait de livrer cet agneau; lui qui, au retour du voyage qu'il faisait à Dinan, arracherait des bras de Blanche le petit être vagissant dont elle voyait le visage depuis deux nuits à peine! Deux nuits, car les journées de Blanche de Coëtquen ressemblaient toutes à des nuits sombres!

Par un enchaînement bizarre de ses pensées, le souvenir de Blanche au désespoir ramena devant Simon l'image de sa fille.

Rosette dépérissait de jour en jour; sa pâleur avait les

16

tons du lis que l'on vient de couper ; ses regards s'emplissaient d'un fluide nacré dont la puissance était aussi
extraordinaire qu'inquiétante. Cette enfant, dont les habitudes étaient jadis si régulières, bouleversait tout dans sa
vie. Parfois, durant le jour, elle restait en proie à une sorte
de langueur inconcevable ; puis subitement, la nuit, elle
s'asseyait au clavecin et se mettait à chanter... Simon l'a-
vait surprise plus d'une fois dans le jardin, errant comme
une âme en peine, glissant entre les arbres avec la légèreté
d'une ombre. Quand il lui parlait alors, elle n'entendait pas
ou refusait de lui répondre. La veille même, la terreur de
Simon avait été grande. Jusqu'à ce soir-là les promenades
de Rosette s'étaient bornées au jardin ; mais cette fois elle
errait près des murs de la Tour-Ronde, le front baissé et
murmurant cette étrange ballade de la Dame de Coëtquen
qui glaçait le sang dans les veines de Simon.

La jeune fille connaissait-elle le secret de l'emprisonnement de Blanche ? Sa tristesse croissante n'avait-elle d'autre
cause que la pensée du crime commis par son père ?

— Non, dit Simon, elle ignore le malheur de Blanche,
ma cruauté pour l'infortunée : sans cela, Rosette eût laissé
échapper une prière ; elle aurait imploré la grâce de la marquise, elle m'eût fait rougir de ma conduite, et si elle en
avait pénétré le motif, elle eût juré de ne jamais toucher à
l'or gagné par mon forfait... Je m'alarme sans cause...
Rosette a la pâleur des jeunes filles qui s'ennuient.. son
existence est triste à Coëtquen... Lorsque la marquise était
au château, elle la voyait parfois et cette amitié la distrayait,
la consolait... maintenant, rien ! rien ! que son père dont
les inquiétudes assombrissent encore l'humeur ! Mais tout
cela changera, oui, tout changera... Rosette oubliera la
marquise au milieu de relations nouvelles et plus joyeuses
encore... Mais que dit-elle donc souvent, que sa destinée
est liée à celle de Blanche ? « Où elle est allée, j'irai... »

répète-t-elle toujours! Oh! le comte Florent ne se servira pas deux fois du même moyen... En admettant qu'il cède à la pression que j'exerce sur son esprit pour lui faire épouser ma fille, Rosette est assez jolie, assez riche, pour qu'il ne regrette jamais, jamais...

En ce moment, le cri lamentable d'un oiseau de nuit se fit entendre.

Simon frissonna, pressa le pas de son cheval et s'efforça de ne plus songer qu'à la missive dont il était porteur.

— Je connais mieux mademoiselle de Matignon que le comte Gaël : le refus qu'elle a donné est formel; jamais elle ne sera sa femme.

Le soleil s'abaissait à l'horizon quand Simon pénétra dans la ville de Dinan.

De la hauteur à laquelle il était parvenu, il voyait se déployer à ses pieds un des plus beaux panoramas qu'il soit possible de contempler. La grandeur s'y mêlait à la grâce; les collines couvertes de forêts sombres qui s'enveloppaient de brumes bleues dans le lointain avaient des courbes pleines de mollesse. En bas, comme un ruban d'argent, la Rance courait entre ses rives agrestes. Les tours du manoir de Léhon se dressaient sur une montagne, et d'en bas montaient les sons de la cloche de l'abbaye. Tout était repos et douceur dans cette soirée, et cependant les nuages cuivrés courant dans le ciel et des bouffées de chaleur intermittentes pouvaient faire présager un orage pendant la nuit.

Simon ne s'en alarma pas : il avait le temps de rentrer à Coëtquen avant qu'il éclatât en tonnerre ou ne fondît en eau.

Il ralentit le pas pour gravir la rude colline rocheuse sur laquelle Dinan dresse les clochers de ses églises, les créneaux de ses murailles et le sommet de ses vieux arbres.

Le comte de Matignon possédait un logis dans la ville, indépendant du château voisin qu'il occupait à l'époque des chasses. Ce logis, précédé d'une vaste cour, ouvrait les fenêtres de ces tourelles sur la place du champ qui avait vu lutter Chandos et Guesclin. De sa fenêtre, Loïse pouvait apercevoir la maison de Tiphaine-la-Fée qui, après avoir prédit les victoires du grand capitaine breton, avait associé sa destinée à son glorieux avenir.

Quand le messager de Gaël arriva sur la place, un grand mouvement y régnait. Du milieu de la foule massée par groupes s'entendaient tour à tour des gémissements et des paroles rapides comme celles que nous arrache l'explosion d'une grande surprise ou d'une profonde douleur.

C'était non loin de la demeure du comte de Matignon que les curieux échangeaient les questions auxquelles répondaient quelques serviteurs de la maison du comte.

Simon eut le pressentiment d'un malheur pour Loïse et d'une vive contrariété pour le vicomte Gaël. Il n'avait jamais aimé ses maîtres et haïssait ses deux complices. L'idée de rapporter une mauvaise nouvelle au château de Coëtquen ne pouvait donc guère le troubler, et ce fut avec plus d'empressement que d'angoisse qu'il demanda :

— Que signifie la paille répandue devant l'hôtel du comte de Matignon ?

— Vous n'êtes pas de Dinan, vous ! répondit le chaussetier dont la boutique formait l'angle de la rue voisine.

Un des serviteurs du comte reconnut Simon et, secouan la tête, lui dit avec un regret sincère :

— Mon maître est mort hier.

— Mort?... mais il se portait bien l'autre semaine?

— Il se portait bien deux jours auparavant... il a succombé brusquement à une apoplexie, et, après l'avoir quitté vers onze heures jeudi soir, je l'ai trouvé hier matin gisant inanimé au pied de son lit.

— Et quelle perte pour le pays, bonnes gens! s'écria une pauvre femme. Il n'avait guère d'argent à lui, le cher homme, et les pauvres savaient où passaient ses revenus.

Simon écouta pendant quelques instants les doléances des voisins, puis il ajouta :

— La commission que j'étais chargé de remplir regardait mademoiselle de Matignon autant que son père; puis-je m'en acquitter?

Le valet quitta le groupe des petits bourgeois et fit un signe à Simon.

Celui-ci le suivit.

Les antichambres étaient vides, les serviteurs montaient une garde d'honneur dans la chambre mortuaire.

— Mademoiselle s'est retirée dans son appartement, dit le valet; comme elle chérissait tendrement feu madame la marquise, je prends sur moi de vous introduire.

Il poussa sans bruit la porte d'un oratoire, et Simon entra. Mais à peine se trouva-t-il en face de Loïse, que le respect et la pitié le clouèrent à sa place.

Le tableau qu'il avait sous les yeux était bien fait pour impressionner même un homme aussi peu sensible que l'intendant du domaine de Coëtquen.

La pièce dans laquelle se trouvait Loïse était octogone, et seulement éclairée par des vitraux laissant tomber une douce et prismatique lumière. Au fond, sur un autel, se dressait un grand crucifix d'ivoire dont l'expression de poignante douleur remuait l'âme. Des vases remplis de fleurs naturelles répandaient une odeur suave. La nappe de l'autel éblouissante de blancheur supportait en outre un précieux reliquaire.

Sur un prie-Dieu était agenouillée une religieuse portant le sévère costume des calvairiennes, et sur le degré même de l'autel, Loïse, la tête ensevelie dans ses deux mains, s'abandonnait à l'excès de sa douleur. Ses longs

Illisibilité partielle

cheveux dénoués l'entouraient comme un voile. On les
voyait onduler sous les mouvements saccadés que les sanglots communiquaient à son corps délicat. La perte qu'elle
venait de faire l'avait surprise en pleine joie; elle succon:
bait sous l'excès de son chagrin. Non que dans son ân:
profondément chrétienne la résignation ne dût trouver (
place, mais parce que dans l'abandon même de cette do::
leur elle sentait la main de Dieu sans la maudire. E:
souffrait, elle pleurait. Elle se disait : Le Seigneur est l
maître de distribuer l'épreuve. Mais le cœur saignait.
L'âme acceptait le fardeau, la créature défaillait sous son
poids. Elle ne se reprochait point ce qui aux yeux de
beaucoup eût semblé incompatible. Le maître des cœurs
lisait dans le sien. Elle ne l'offensait pas en permettant
d'éclater à sa désolation filiale. D'avance, les larmes de
Jésus ont sanctifié les larmes des hommes.

La religieuse aperçut Simon la première.

Celui-ci, n'osant adresser la parole à mademoiselle de
Matignon, présenta sa lettre à la calvairienne en s'inclinant avec une déférence respectueuse.

Sœur Augustine prit la missive et toucha légèrement
l'épaule de Loïse.

Celle-ci ne bougea pas.

— Ma fille, dit-elle d'une voix compatissante, ma fille!...

A ce mot, qui lui rappelait les chers bonheurs évanouis,
mademoiselle de Matignon releva la tête. Elle regarda la
religieuse d'un air suppliant, comme pour la conjurer de
ne point essayer de la consoler; mais sœur Augustine prit
une de ses mains avec une tendresse sincère et répéta :
« Ma fille! » avec une expression si remplie d'affection
et de pitié que Loïse laissa retomber ses bras sur ses genoux et releva la tête.

Une faible rougeur colora ses joues quand elle reconnut
Simon.

Sœur Augustine tendit la lettre à la jeune fille. Ce regarda l'adresse et, d'un accent brisé, elle répondit religieuse :

— Celui qui devait la lire n'est plus de ce monde; la lettre n'a donc plus d'objet.

Simon s'avança de deux pas.

— Que mademoiselle me pardonne, dit-il, mais il me semble que le malheur arrivé hier double l'importance de cette communication.

Et Simon saluant plus bas encore se retira dans la pièce voisine, afin de laisser les deux femmes complétement libres d'échanger leurs confidences.

Quand la porte fut refermée, mademoiselle de Matignon dit à sœur Augustine :

— Lisez cette lettre, ma mère, si vous le jugez utile, quoique je devine à peu près de quoi il s'agit.

D'un mouvement paisible, la calvairienne brisa le cachet et lut à voix basse. Quand elle eut achevé, elle resta une minute silencieuse, comme une personne qui consulte Dieu avant de donner un avis personnel. Sa main saisit une des mains de Loïse, et sa voix pure et douce murmura :

— Vous êtes seule au monde... et vous êtes jeune, toute jeune, Loïse... Il vous faut un appui, un maître, un compagnon... Je ne puis savoir si l'homme qui vous demande de lui confier votre destinée est digne d'inspirer ce que dans le langage de la terre on appelle de l'amour... pour moi, ce mot divin et sublime a toujours semblé créé pour monter vers le ciel comme un encens... Mais la vocation religieuse est une grâce spéciale, et l'esprit de Dieu souffle où il lui plaît. Vous pouvez, pieuse comme vous l'êtes, opérer votre salut en ce monde... Ne vous hâtez point de donner une réponse définitive dont vous regretteriez plus tard la précipitation... Le vicomte Gaël de Coëtquen promet d'attendre autant qu'il vous conviendra.

— Ma mère, répondit la jeune fille, je vais vous répondre comme je répondrais à Dieu même s'il m'interrogeait, et la douleur que je ressens à cette heure n'influencera en rien mes paroles.

— Je vous écoute, ma fille.

— Depuis que j'ai l'âge de penser, de sentir, mes yeux regardent le ciel et mon âme se tourne vers Dieu... Je ne sais comment définir ce que j'éprouve : il me semble qu'une sorte de nostalgie céleste m'envahit... Peut-être le peu de durée des bonheurs humains me les fait-il dédaigner; je ne saurais m'attacher à ce qui doit finir... Vous semblez surprise de ce que je vous révèle... En effet, jusqu'à ce jour d'angoisse, ma conduite, régulière il est vrai, mais à peu près semblable à celle des jeunes filles de ma condition et de mon âge, ne faisait point supposer que j'éprouvais une sorte de dédain pour les plaisirs auxquels je me trouvais mêlée...

— En effet !... dit sœur Augustine.

— Une seule femme et mon confesseur connaissaient mon secret... la mort a fait un ange de Blanche de Coëtquen, le supérieur des Cordeliers m'approuvait. Sans nul doute mon père était un chrétien sincère. Il priait brièvement, avec foi; ses mains s'ouvraient aisément pour l'aumône... mais il n'était pas du nombre de ceux qui font des choses de l'éternité le but de leur vie. Dieu l'aura reçu dans sa miséricorde pour les mâles vertus de sa vie... et s'il reste quelques faveurs à obtenir pour lui, je supplierai si bien le Seigneur de les lui accorder qu'il ne me refusera pas.

— Bien ! bien ! ma fille, dit la calvairienne.

— Je respectais beaucoup mon père, reprit Loïse, et je le craignais un peu...

« Mon âge ne me permettait point d'arrêter mon avenir, et le courage me manquait pour attrister à l'avance mon père par l'idée d'une séparation. Il n'eût point compris que la soif de m'unir plus intimement à Dieu me forçât de quitter sa maison... Il m'aurait accusée d'ingratitude... et il m'avait comblée de tant de soins et de caresses que la force me faisait défaut pour l'attrister...

« Le saint vieillard qui me dirige exigeait d'ailleurs que j'atteignisse ma vingtième année avant de me prononcer sur ma vocation...

— Il était sage, répondit la religieuse ; à votre âge, ma fille, on prend souvent l'enthousiasme pour la vocation.

Loïse secoua la tête.

— C'est la vocation, n'en doutez point, ma mère... J'ai traversé le monde sans m'attacher à ses pompes ; j'ai su ce que valaient ses plaisirs sans leur ouvrir mon cœur... plus d'une fois, au sein d'une fête, quand la joie brillait au front des cavaliers, des jeunes femmes, des jeunes filles, je me suis demandé : Et après ? Ce mot suffisait pour glacer en moi l'idée même de la joie. Après ? quand les lumières sont éteintes, les fleurs fanées, que reste-t-il de la fête ?... Après ? les danseurs, les musiciens, les élégants gentilshommes sont partis... le bruit des instruments harmonieux a cessé de retentir, les louanges que l'on murmurait à votre oreille ne se font plus entendre... C'est le silence, la solitude, l'heure de Dieu ! Alors, la main sur ma poitrine, seule avec ma conscience, je m'interrogeais... J'éprouvais une sorte de lassitude, le dégoût montait presque à mes lèvres, j'avais le besoin de ressaisir mon âme, et il me semblait que le bruit l'avait chassée et que, s'envolant à tire-d'ailes comme un oiseau, elle m'avait quittée pour ne plus revenir... Je l'appelais, je la redemandais à Dieu... elle se réveillait en moi, languissante et blessée... la torpeur l'envahissait. Elle ne s'éveillait plus forte et inspirée pour les choses du ciel. Et il me fallait de longues heures, quelquefois des jours, des semaines,

pour la retrouver heureuse et confiante dans une paix céleste... Et cependant, cependant, ma mère, j'étais seulement coupable de m'être abandonnée à la dissipation des
choses extérieures... Qu'eût-ce été si, faisant succéder
l'amour du monde à l'amour du Christ, j'avais repoussé
mes visions bénies et abjuré mes espérances divines?

La main de sœur Augustine se posa sur le front de
Loïse pour la bénir et l'encourager, et la jeune fille reprit :

— Je vous l'ai dit, le courage m'eût manqué pour con-
trister mon père ; mais, je le sais, Dieu ne me rend la liberté que pour exiger que je la lui sacrifie.

— Le vicomte Gaël vous inspire-t-il peu de sympathie ?

— Dites qu'il me fait peur, ma mère. Son regard
fouille dans le cœur comme un poignard... J'offense la
charité en le jugeant comme je le fais ; mais, je le crois capable de tous les emportements du vice... Il ne reculera
devant rien pour satisfaire la violence d'une passion... Et
malheur à moi si j'en suis assez aimée pour qu'il s'obstine
dans l'idée d'un mariage impossible !... Ce n'est pas sa
première démarche... mon père l'avait éloigné, sinon refusé... le vicomte Gaël feignit d'attribuer ma répugnance
pour ce mariage à la mésalliance du marquis Tanguy,
mais Blanche était une angélique créature et je l'aimais
de toute mon âme... Il me semblait que nos cœurs étaient
de la même trempe : vaillants et doux...

Loïse s'arrêta un moment, puis se relevant sur ses genoux et se rapprochant de la religieuse :

— Mon père est mort, dit-elle, il faut que je sois dé-
fendue. Mademoiselle de Matignon orpheline n'a plus besoin de marchander au Seigneur les mois et les années...
es grilles d'un cloître ne sont pas de trop pour me garantir contre les tentatives de Gaël de Coëtquen... Il
m'aime de la façon dont le vautour chérit la colombe ; sa
tendresse ressemble à celle du loup pour l'agneau... J'en

ai peur... oui, peur... Rien ne l'arrêtera : ni le respect dû à mon deuil, ni ce que se doit un gentilhomme... Prenez-moi donc sous votre garde, et cachez-moi si bien dans une cellule qu'il lui soit impossible d'arriver jamais jusqu'à moi !

— Loïse, Loïse, vous avez seize ans !...

— Depuis que j'existe je songe à l'accomplissement de ce que je fais aujourd'hui.

— Pourquoi vous hâter, ma fille ?

— Parce que Gaël n'a plus à ménager l'orpheline.

— Vous avez d'autres parents ?...

— Je les connais à peine et ne veux pas les charger de me défendre.

— Éclairez-moi, mon Dieu ! murmura la calvairienne.

Loïse se recueillit comme la sainte fille qui l'entourait de ses bras ; tout à coup mademoiselle de Matignon poussa un léger cri, et, se levant, elle prit sur une étagère une paire de ciseaux qui lui avaient servi pour arranger les fleurs des corbeilles. Un éclair de joie passa dans son regard, et s'avançant sur le seuil de la salle où Simon l'attendait :

— Venez ! lui dit-elle d'une voix douce.

Simon s'arrêta à deux pas de l'entrée de l'oratoire.

— Mon père est mort, dit la jeune fille ; il ne convient point que j'écrive au vicomte Gaël pour lui apprendre ce que j'ai résolu... Vous vous bornerez à lui raconter ce que vous avez vu, Simon : il comprendra désormais qu'entre lui et moi se trouve l'irrévocable.

Et, d'une main ferme, Loïse, détachant son épaisse chevelure, fit crier la lame des ciseaux dans leur masse dorée.

— Que faites-vous ? demanda sœur Augustine.

— J'attends le voile des novices, répondit la jeune fille en penchant son front sur l'épaule de la calvairienne.

Simon s'inclina jusqu'à terre et sortit à reculons.

Un quart d'heure après, son cheval, dont on avait eu grand soin au logis du comte de Matignon, courait sur la route conduisant à Coëtquen.

Simon restait si préoccupé de la scène dont il venait d'être témoin, qu'il ne remarqua pas le changement du ciel et celui de l'atmosphère. Les nuages s'étaient épaissis et assombris, ils paraissaient peser sur la cime même des plus hauts rochers; des rafales de vent passaient dans l'air, soulevant en tourbillons la poussière de la route. Les cavaliers hâtaient le pas de leurs montures, les paysans piquaient leurs attelages de bœufs.

— Mauvais temps pour la nuit, monsieur Simon, dit l'un d'eux; le diable d'enfer aura de l'ouvrage.

— Est-ce que vous comptez aller le trouver?

Le paysan se signa :

— Faut pas rire de ces choses, monsieur Simon : on ne sait ni qui vit ni qui meurt, et le bon Dieu mesure le temps d'un chacun... Le meilleur est de se trouver en sa sainte grâce.

— Ainsi soit-il! dit Simon non sans ironie.

Cependant il suivit le conseil du paysan, en ce sens qu'il pressa l'allure de sa jument et lui fit prendre le galop.

La bête allait gaillardement, comme si elle comprenait qu'elle avait intérêt à regagner l'écurie le plus vite possible, et Simon se dit qu'il avait bien le temps d'arriver.

Il devait traverser un bois peu étendu, mais dont les branchages formaient un chemin difficile. Les rameaux lui fouettaient le visage, les épines piquaient les jambes de sa monture.

— Je ne serai pas avare d'avoine, fit-il en caressant le cou de la vaillante bête; encore un temps de galop, ma vieille! l'écurie sera fraîche, et, si tu es trop lasse, tu boiras une bouteille de vin pour te réchauffer.

Soit que le cheval comprît la valeur de ces promesses encourageantes, soit qu'en réalité il eût lui-même une certaine impatience de regagner son écurie, il obéit à la voix de Simon et s'élança à travers le dédale des grands arbres. Mais brusquement il trébucha et poussa un hennissement de douleur. Il s'était heurté le genou contre une pierre.

Simon descendit, regarda la blessure grâce à son briquet, constata une blessure assez grave et s'écria en jurant :

— Allons, bon ! le voilà boiteux maintenant !

Ne pouvant songer à remonter sur son cheval, il passa la bride à son bras et se mit à marcher.

— J'en ai pour une heure, pensa-t-il.

La forêt devenait de plus en plus sombre ; les oiseaux effarés par l'orage, qui ne pouvait tarder à se déchaîner, restaient immobiles dans leur nid. Seuls les renards se mettaient prudemment en quête.

Le cri d'un oiseau de nuit déchira l'air au-dessus de la tête de Simon, qui murmura avec un ironique sourire :

— Diable ! si j'étais superstitieux, il y aurait de quoi me faire réfléchir... Récapitulons les pronostics néfastes... Un hibou s'envole de la Tour-Ronde au moment où je franchis le pont-levis... je me heurte contre le cercueil du comte de Matignon.... une fresaie vient de m'effleurer de son aile... mon cheval a fait un faux pas... C'est à croire qu'il va m'arriver malheur !

Au moment où Simon achevait ces mots, une ombre se dressa entre deux troncs d'arbres. L'intendant ne l'aperçut pas, mais il entendit le froissement des feuilles :

— La chasse commence, dit-il.

Quelques gouttes de pluie filtraient à travers le feuillage ; Simon s'adressa de nouveau à son cheval :

— Un peu de courage, ma vieille ! nous avançons.

17

Au moment où il achevait ces mots, il se sentit brusquement saisi par derrière. En se retournant, il ne vit qu'une masse noire, car son agresseur, enveloppé d'un manteau sombre, dissimulait son visage sous un masque.

Simon avait une vigueur juvénile. Se débarrassant de la bride du cheval passée dans son bras, il parvint à se dégager de l'étreinte de son adversaire, et se retournant vers lui, il l'enlaça par le torse à la façon des lutteurs de Bretagne.

L'ennemi inconnu qui s'attaquait à l'intendant ne poussa pas un cri, ne prononça pas un mot; à demi-étouffé par l'étreinte de Simon, il essaya de le soulever du sol et de lui faire perdre son point d'appui. Sa taille était de beaucoup plus haute que celle de Simon, et il y réussit. Mais la lutte n'était pas finie; Simon à terre ne se reconnaissait point vaincu. Le genou de son adversaire avait beau écraser sa poitrine à en faire craquer les côtes, il se défendait encore des ongles et des dents, s'animant à la défense par les cris de rage qu'il poussait, tandis que son ennemi gardait le plus absolu silence.

— Misérable! disait Simon, tu masques ton visage afin que je ne puisse un jour te reconnaître! Tu ne pousses pas même un cri, pour qu'il me soit impossible de dire ton nom en me souvenant de ta voix... Lâche! lâche! Mais garde donc le courage de ton métier infâme, vole-moi tout de suite et mets-moi à la rançon qui te convient!

Une sorte d'éclat de rire fut la seule réponse de l'agresseur de Simon.

L'intendant se releva sur un genou et parvint à son tour à jeter sur le sol son adversaire.

Il semblait que celui-ci se défendît plus mollement, et Simon, à un mouvement qu'il fit en portant la main à sa poitrine, crut que le violent coup de tête qu'il venait de donner décidait la victoire en sa faveur, quand brusquement une douleur aiguë le fit chanceler, et il tomba à la renverse.

Un couteau de chasse venait de s'enfoncer dans sa poitrine.

Simon essaya de soulever sa tête, elle retomba lourdement sur le sol.

L'assassin prit le cheval par la bride, lia l'animal à un arbre éloigné de Simon d'une vingtaine de pas, et s'éloigna rapidement.

Le blessé ne pouvait le voir; il entendait seulement sa marche rapide et le froissement des branchages qui, violemment ouverts, se refermaient derrière lui.

Simon garda le courage d'arracher le couteau de la plaie; il tamponna ses vêtements contre les lèvres saignantes de la blessure et murmura le nom de sa fille.

Tout ce qu'il avait fait pour elle, la tendresse pure et prévoyante des jeunes années, l'amour paternel arrrivant à la passion et ne reculant devant rien pour que cette enfant fut heureuse, il comprit, il sentit tout cela en une seconde.

Puis une ombre passa devant lui, l'ombre d'une femme pâle de la pâleur des morts et tenant dans ses bras un enfant nouveau-né.

— C'est le châtiment! le châtiment! balbutia Simon.

Une écume rougeâtre frangea ses lèvres, et il resta immobile sous la pluie qui tombait avec furie et l'orage qui se déchaînait dans toute sa violence.

XIX

DEUX TRÉSORS

Le cabaret du père Corentin La Fumade n'était pas un
es mieux famés du pays. Les méchantes langues racon-
aient que ses habitués, après y avoir bu plus que de raison,
commettaient souvent dans le pays des crimes dont nul ne
parvenait à nommer les auteurs. Attaques sur les grandes
routes, meules de blé incendiées, luttes traîtreuses dans
lesquelles succombait un honnête homme se multipliaient
du côté de Coëtquen....

Corentin La Fumade semblait toujours le plus curieux
des auditeurs, quand un porte-balle ou un compagnon racontait en vidant un pichet de cidre les derniers méfaits
d'une bande de coquins, nombreux sans nul doute, mais
insaisissables.

Au nombre des habitués du cabaretier se trouvaient
Jean l'Enclume, Trécor le Borgne et l'Encorné. C'était là
que, l'ouvrage terminé, ils s'attablaient, les coudes sur la
table de chêne, buvant avec lenteur, parlant peu et s'eni-
vrant avec une gravité indienne.

Le bouge de La Fumade était une maison bâtie en
orchis et couverte en chaume. Point de dallage sur le sol
raboteux, balayé une fois par semaine. On y jetait tour à
tour les épluchures de légumes, le reste des verres que par
politesse le Breton ne manque jamais de répandre à terre
afin de bien prouver qu'il s'est suffisamment rafraîchi,

des croûtes de pain picorées par les poules, des os de viande destinés au souper du chien.

Sur la table, chaque pichet traçait un cercle humide.

La cheminée fumait et, durant l'hiver, le vent rabattant la fumée, brûlait les yeux des buveurs et formait un brouillard dans la salle empestée déjà par leur haleine avinée.

Les jours de foire, on y trouvait à la fois des maquignons trafiqueurs de chevaux volés, des montreurs de singes, des acrobates, des gens faisant métier de dire la bonne aventure et des coquins habitués à risquer les galères pour un écu.

Souvent, durant la nuit, des cris d'appel au secours, d'effrayantes menaces sortaient de la maison de La Fumade; mais le guet ne passait point sur la route, et les voyageurs connaissaient trop bien la maison pour intervenir dans les querelles des habitués.

L'Encorné et Trécor s'y trouvaient un soir et buvaient en échangeant de rares paroles, quand Jeanne la Fileuse entra dans la maison.

La Fumade alla au-devant d'elle en boitillant :

— Enfin, lui demanda-t-il, allez-vous guérir ma maudite jambe?

— Je l'espère, répondit la vieille femme en tendant un pot d'onguent à l'aubergiste.

— En voilà pour combien? demanda celui-ci.

— Je n'ai point besoin d'argent, répondit Jeanne; donnez-moi un paquet de filasse, si vous croyez me devoir quelque chose.

— Ah! bien, par exemple! fit Corentin en grimpant avec peine sur un banc afin d'atteindre sur une armoire les paquets de filasse blonde, vous êtes bien la première personne à qui j'entends dire une chose pareille.

— Quelle chose, Corentin?

— Que vous n'avez pas besoin d'argent.

— J'ai peur de l'or, répondit la vieille femme.

— Ah! bah! et pourquoi?

— Parce que c'est pour l'amour de l'or que l'on commet tous les crimes.

« Quand la convoitise d'en posséder saisit les hommes, ils perdent la notion du bien et du mal : l'or les attire, les aveugle, les domine; ils en veulent à quelque prix que ce soit, même au prix du sang... »

Jeanne s'arrêta toute frémissante, puis elle ajouta plus bas, comme si quelque souvenir terrible lui venait à l'esprit :

— Même au prix de leur âme!

Trécor le Borgne, qui portait son gobelet d'étain à ses lèvres, le posa sur la table sans l'avoir vidé, et demanda :

— Dites donc, la Fileuse, sans vouloir vous donner de louanges, vous êtes la plus habile femme de vingt lieues à la ronde... pas un docteur ne vous en remontrerait dans l'art de guérir, et je connais pas mal de gens condamnés par le docteur Sérénaud qui se portent aussi bien que moi... Pas moins, il y a deux cents ans et plus, je ne jurerais pas qu'on ne vous eût point fait un procès en sorcellerie, car vous connaissez des choses de l'autre monde, et d'aucuns affirment que vous savez où les korigans et les poulpiquets font leurs rondes dans les landes et cachent leurs trésors dans les cavernes.

— Vère, fit la Fileuse, aurais-tu donc, Trécor Bel-OEil, l'envie de venir à mon école, afin d'en savoir autant que moi?

— Dame! si c'était vrai... dit Trécor.

— Seulement, c'est pas vrai! ajouta Kadoc en lançant le reste du contenu de son verre sur le sol.

— Écoutez, mes fieux, dit la Jeanne, faut pas nier les choses d'un monde dont vous ne connaissez point les mystères... Un chacun sait que la Biche Blanche qui court les bois à minuit est une princesse enchantée, et plus d'un pâtre du pays s'est grandement effaré en rencontrant la Grand'Bête.

— Mais qu'est-ce que c'est que la Grand'Bête, Jeanne?

— La Grand'Bête est la Grand'Bête, et point ne sert de chercher à en apprendre plus long que le bon Dieu ne nous en révèle... le père de ma mère l'avait rencontrée un soir, près de la pierre levée de Saint-Samson, et il en ressentit une si grande terreur, qu'un tremblement le prit dans les membres, ni plus ni moins que la danse Saint-Guy.

— Mais les korigans et les poulpiquets?

— J'ai souvent cru reconnaître dans les champs la trace de ronds dans lesquels le soir les korigans tentent d'entraîner les jeunes filles. Pour ce qui est des poulpiquets, ils gardent dans des cavernes des trésors incalculables dont ils font part à celui qui va leur tendre la main...

— Ainsi, demanda Trécor, il suffit de se rendre à la grotte des petits hommes pour avoir autant d'or que nos seigneurs ?...

— Oui, Trécor, répondit la Jeanne; seulement les poulpiquets ne le donnent pas, ils le vendent. Quand on entame une partie, il faut d'abord connaître les enjeux... Ils ne manquent pas, les gens· ayant les dents longues et assez d'appétit pour manger de bons morceaux et vider des tonnes de cidre... et pourtant, sur le point de conclure le marché qui leur assurerait une fortune, bien des hommes reculent épouvantés... Tenez, Satan un jour tenta mon aïeul; la soif de l'or lui vint comme une fièvre, et, une nuit du vendredi-saint, il se rendit à la caverne que vous connaissez, au haut de la colline... Il m'a souvent raconté depuis qu'en marchant pour aller à la grotte il lui semblait commettre le même crime que Judas courant chercher les deniers prix de sa trahison...

— Eh bien? demanda Trécor.

La Fileuse reprit :

— Mon aïeul avait emporté un pic et une torche de résine. Il fixa la torche dans la muraille et du pic il frappa sur
une masse de pierre occupant le fond de la caverne... Il
lui semblait qu'en dessous de ces roches il entendait tinter
l'or, l'or qui lui permettrait de faire bâtir un château, d'avoir
des valets, des carrosses, des habits magnifiques, d'habiller
sa femme comme une dame de la noblesse, et de chasser
dans ses bois... L'or tintait, et cet or lui disait :

«— Avec moi, c'est la joie sans fin, car je suis le père du
rire ! c'est la facilité de se transporter d'un bout du monde
à l'autre ! avec moi, c'est le plaisir conduisant la danse
éternelle, les chansons de l'ivresse et les satisfactions des
sens.

« Et le bras de mon aïeul levait le pic, puis le laissait
retomber avec un bruit sourd... Tout à coup le tintement
de l'or vibra plus proche, mon aïeul redoubla d'efforts, et
sous un dernier coup de l'outil les pierres volèrent en
éclats, et dans le fond d'une cavité préparée sans doute
par la main des génies il vit briller l'or des poulpiquets...
Il y plongea les deux mains, les retira pleines, et laissa l'or
ruisseler entre ses doigts avec une musique enivrante. La
teinte jaune du métal éblouissait son regard; il lui semblait
que ses prunelles s'allumaient à ce foyer éblouissant. Il
allait enfouir dans les poches de son vêtement les poignées
de louis dont il venait de s'emparer, quand cinq doigts
froids comme ceux d'un mort et plus durs que des tenailles
de fer lui saisirent le poignet...

— Vrai ! dit Kadoc, ça donne le frisson ?

— Et que fit votre aïeul ? demanda Trécor.

— Il trembla de la tête aux pieds, reprit la Fileuse,
ne pouvant se décider à remettre les pièces d'or où il les
avait prises, n'osant non plus les cacher dans ses habits.

Il restait immobile, les yeux fixés sur une apparition d'une taille gigantesque, au visage noir comme la suie, aux yeux étincelants comme le fer rouge dans la fournaise. L'apparition poussa un grand éclat de rire, si sonore que toute la caverne en trembla, et que depuis mon aïeul en garda le bruit strident dans les oreilles et dans le souvenir... les trompettes du jugement n'auraient pas de sons plus épouvantables...

« La voix de l'être mystérieux dit ensuite avec rudesse :

« — Avant de prendre l'argent, signe un reçu.

« — Je ne sais ni lire ni écrire, objecta mon aïeul.

« — Tu peux tracer ta croix, au moins ? »

« Ce mot épouvanta davantage mon grand-père.

« — Une croix ! fit-il... il me semble que je renierais mon baptême ! »

« L'apparition fantastique rit encore, mais d'une façon plus railleuse.

« — Penses-tu, reprit-elle, que je fasse ta fortune sans intérêt ? Souviens-toi de ceci : il n'est point pire usurier que le diable... Tu veux de l'or, puises-en à pleines mains, mais ne t'imagine pas pouvoir ensuite tremper tes doigts au bénitier de l'église... Nul ne peut servir deux maîtres... Celui qui t'offre de t'engager à son service te permet de remplir un boisseau tout entier de ces pièces d'or dont la musique t'enivre... ce sont les jouissances matérielles qui s'offrent à toi avec ce qu'elles ont de plus entraînant... Serais-tu assez fou pour les rejeter avec dédain, et leur préférerais-tu les superstitions vieillies dont t'a rempli l'esprit le curé de ton village ?

« Prends à poignée, gorge-toi d'or, fais appel à tous les appétits, l'or te donnera le moyen de les satisfaire ! Mais en échange des jouissances terrestres dont je t'assure la possession, fais le sacrifice de ta foi d'enfant, de tes espé-

rances de jeune homme, renonce au ciel pour posséder la
terre, renonce à ton baptême et crache sur le crucifix! »

La Fileuse se signa en prononçant ces paroles. Il semblait qu'elle demandait à Dieu pardon de répéter de semblables blasphèmes.

— Après, après? dit Kadoc.

Jeanne poursuivit d'une voix mystérieuse :

— Mon aïeul allait faire un pas en avant pour plonger
ses deux mains dans la cachette pleine d'or, quand un
objet que jusqu'alors il n'avait point aperçu le fit trébu-
cher sur le sol...

— Ah! fit Trécor qui paraissait suspendu au récit de
Jeanne.

— C'était un grand crucifix cloué sur une croix de bois,
et perdant son sang par cinq plaies béantes... La tête, penchée sur l'épaule et couronnée d'épines enlacées, était tuméfiée au front, et des gouttelettes rouges ruisselaient sur
le visage. La poitrine du Sauveur se soulevait avec effort,
des frémissements d'agonie parcouraient ses membres, et
mon aïeul croyait entendre une voix sortant de chacune
de ces blessures lui murmurer : « — Peux-tu trahir qui est
mort pour l'amour de toi? »

— C'est là, dit Kadoc, que l'histoire ne semble plus
croyable.

— Mon grand-père regarda le crucifix avec épouvante. Il se rappela son enfance misérable, sa mère en
haillons, la neige et la glace en hiver, la faim en toute
saison et les privations fondant sur le pauvre monde...
Mais à côté de ces tableaux, il se souvint des fêtes à l'église,
du son des cloches, des veillées de Noël devant la crèche,
du buis bénit des Rameaux, de tout ce qui avait fait sa
joie, sa consolation, son espérance.

« L'or tintait tout seul dans la cachette de granit, et de
temps en temps l'apparition y plongeant les mains le faisait

ruisseler en cascades sonores.. De temps en temps aussi s'ouvraient les lèvres pâles de Jésus à l'agonie :

« — Viens ! disait le spectre.

« — Fuis ! soupirait le Sauveur.

« — Renie ton baptême ! répétait le maudit.

« — Adore le signe du salut ! murmurait le crucifix sanglant.

« — Choisis ! choisis ! » dirent les deux voix ensemble.

« Mon aïeul reçut au cœur un choc violent; tour à tour attiré par le mauvais esprit et par le symbole sacré, il hésita entre l'apostasie et le sacrifice. Mais le sang qui coulait des blessures du Sauveur mouilla ses pieds, et soudain, tombant à genoux, mon grand-père s'écria

« — Miséricorde ! miséricorde ! »

— Il ne prit pas l'or? dit Kadoc.

— Le niais ! s'écria Trécor.

Jeanne la Fileuse poursuivit :

— La caverne trembla comme la montagne du Calvaire quand expira le Sauveur des hommes; des lueurs d'orage l'éclairèrent, la foudre y gronda, et mon aïeul perdit le sentiment de l'existence; quand il revint à lui, il se trouvait couché, étendu sur le dos à cent pas de la caverne, et le soleil montait déjà tout étincelant dans le ciel... Il se souleva, secoua ses membres endoloris, regarda autour de lui d'un air inquiet et chercha dans son esprit le souvenir de ce qui s'était passé la veille. La grotte des poulpiquets s'ouvrait toute grande en face de lui, et des nappes de lumière baignaient les bruyères poussant dans les trous des roches. Alors mon aïeul se souvint. Il se redressa et marcha vers la caverne. Elle présentait son aspect ordinaire : tout au fond se trouvait l'amoncellement de pierres que mon grand-père avait frappé la veille, et qui semblait clos, soudé, moussu, comme si depuis cent ans on n'y eût dérangé un grain de sable. Cette vue le troubla si fort qu'il murmura :

« — J'ai rêvé ! »

« Mais en même temps il reconnut son pic à peu de distance, et presque à côté de son pied une flaque de sang fraîchement répandu.

« Alors il tomba sur les genoux et pria ; puis, passant par l'église de Saint-Hélen, il confessa au recteur la tentation à laquelle il avait été près de succomber.

— Et c'est tout ? demanda Trécor.

— C'est tout, en ce qui concerne mon grand-père ; mais vous vous souvenez que le vieux Trigoray fut trouvé mort non loin de là il y a trois ans, et que le tailleur (les tailleurs sont tous des rien qui vaille, sans vouloir faire tort à Jeanne qui tire habilement l'aiguille...) eh bien ! le tailleur a porté au cou pendant longtemps l'empreinte de dix doigts qui ont dû lui faire croire à sa mort prochaine... Il a refusé de révéler le mystère de son mal, mais les braves gens du pays le savent, et au besoin je l'attesterais : le tailleur a voulu tâter du trésor des poulpiquets... Eh ! eh ! mes chéris, Kadoc et Trécor, le diable est fin ! je ne gagerais point que vous n'irez, vous aussi, y risquer votre âme !

— Je ne suis pas sûr d'en avoir une, dit Kadoc.

— Pour cela, mon fils, sois-en certain ; songe seulement qu'il y a des âmes blanches comme les lis, aimées du ciel et toutes prêtes à fleurir dans le paradis, et des âmes noires comme la tourbe de Guérande et qui brûleront pendant l'éternité comme un feu de Saint-Jean... Maintenant vous en savez autant que moi sur ce qui se passe dans la grotte des poulpiquets ; voyez si vous voulez tenter l'aventure...

Jeanne jeta son paquet de filasse sur l'épaule et dit à Corentin La Fumade :

— Tout à votre service si les douleurs reviennent, voisin !

Et la Fileuse sortit en poussant une sorte de rire ironique et sec.

Trécor et Kadoc demandèrent de nouveaux pichets de cidre, et chacun d'eux, redoublant de témoignages d'amitié pour son camarade, vida son gobelet et le posa bruyamment sur la table.

— Voyons, dit Trécor à son ami en le regardant au fond des yeux, y crois-tu, au trésor des poulpiquets?

— Non; et toi?

—Pas davantage, répondit le Borgne; si la Jeanne compose des remèdes bons pour les foulures, les brûlures et les maux de dents, elle est menteuse comme un charlatan vendant du savon à détacher, et je ne risquerais point quatre pas sur sa parole.

— Ni moi! fit l'Encorné.

Tous deux se levèrent; la nuit descendait rapidement; et ils se dirent adieu après s'être assurés mutuellement d'une confiance sans bornes et d'une amitié sincère. Trécor regagna sa masure et Kadoc prit le chemin de sa maison.

Deux heures plus tard, Trécor, tenant sur l'épaule un outil qui le faisait plier, gravissait la pente couverte d'ajoncs conduisant à la grotte des poulpiquets.

La lune se trouvait complétement cachée par les nuages, mais une lueur indécise produite par le reflet lumineux, frangeant les nuées, permettait de distinguer à quelques pas les arbres, les roches et les obstacles pouvant devenir un danger.

Tout à coup Trécor s'arrêta : il entendait marcher derrière lui.

A cette heure, la lande se trouvait déserte d'ordinaire; elle ne conduisait du reste à aucun chemin et menait seulement à la grotte.

Trécor ralentit le pas et tendit l'oreille.

L'homme qui s'avançait paraissait pressé d'arriver.

Voyait-il Trécor ou dédaignait-il le danger que présente dans la nuit l'apparition subite d'un inconnu? On

eût dit qu'au lieu de craindre il avait hâte de se mesurer avec la créature assez hardie pour se rendre en pleine
nuit à la caverne maudite.

Trécor toucha le premier les murs de l'excavation. Il
s'appuya contre les roches et regarda. Une échancrure
de nuage permit à la lune de répandre une nappe argentée sur les objets environnants, et le Borgne reconnut le
voyageur nocturne.

— Kadoc! s'écria-t-il.

— Trécor! dit la voix du dernier venu.

Il y eut un moment de silence, pendant lequel Kadoc
gagna les marches rocheuses et s'adossa comme Trécor
aux parois de la caverne.

— Ainsi, demanda Trécor, tu viens pour le trésor des
poulpiquets?

— Oui; et toi?

— Moi de même.

— M'est avis, dit Kadoc, qu'il ne se partage pas!

— Le diable est riche, fit Trécor; il y aura bien assez
d'argent pour deux!

Un instant, chacun eut la pensée de se défaire de son
camarade... ce ne fut pas un scrupule qui retint les deux
mécréants, mais un doute... Si la Jeanne s'était raillée de
leur crédulité? si l'existence du trésor était une fable?...
Trécor voulait s'assurer d'abord de la réalité des richesses
enfermées dans la cachette avant de commencer la lutte
au couteau.

Trécor parut avoir renoncé le premier à lutter contre
un complice trop exigeant; il battit le briquet, tira de sa
poche une lanterne de corne, alluma la chandelle de résine qu'elle contenait et plaça la lumière sur une sorte de
console naturelle formée par la partie avancée d'une assise
de pierres.

La peinture présentée par la Fileuse de l'intérieur de la

grotte était d'une exactitude absolue. Tout au fond, un tas de pierres de grosseurs différentes, et qui semblaient n'avoir pas été remuées depuis cent ans, frappait d'abord le regard.

— Si le trésor existe, dit Trécor, le trésor est là.

Kadoc regarda autour de lui pour voir si les poulpiquets sortaient des entrailles de la terre afin de défendre leurs richesses, mais il ne vit rien. En revanche, une plainte faible et douce comme un bêlement lointain parut sortir des profondeurs de la caverne.

Le bruit du pic de Trécor entamant le bloc de pierres étouffa ce cri étrange.

Sous l'outil du forgeron, les pierres roulaient en cascade sonore. Le fer leur arrachait des étincelles, des éclats de granit s'éparpillaient sur la terre.

La grotte tressaillit comme si une convulsion intérieure eût agité le sol au-dessous de ses murailles. Il semblait à Trécor et à Kadoc qu'elles se rapprochaient d'une façon sensible et allaient dans une minute les broyer misérablement tous les deux.

Ils ne parlaient plus. La fièvre brûlait leur sang ; leurs bras se levaient et retombaient avec un rhythme régulier ; la sueur mouillait leurs tempes, leur cœur se gonflait de convoitise dans leur poitrine.

Tout à coup la pioche de Kadoc arracha une pierre plate de l'espèce d'alvéole dans laquelle on l'eût dite enchâssée.

Puis un bruit tintillant, sonore, métallique, se fit entendre.

Les deux hommes se penchèrent à la fois.

— Le trésor ! s'écria Kadoc, le trésor !

Trécor devint pâle et sa main se posa sur le bras de son compagnon ; Kadoc leva le pic d'une main menaçante.

La même tentation d'une lutte sans merci pour s'approprier sans partage le trésor des poulpiquets leur revenait à la fois.

L'Encorné laissa glisser le pic sur le sol, tandis que Trécor, lui lâchant le bras, murmurait :

— Faut voir ! le diable est malin !

— C'est de l'or ! répéta Kadoc, de l'or à l'effigie du roi ! des écus de six livres, même de la monnaie ! nous voilà riches ! riches ! riches !

Et tous deux, se ruant sur la proie qui leur était livrée, plongèrent leurs mains avides dans la cachette.

Si grande était leur avidité de satisfaire leur soif de fortune qu'ils ne virent point se profiler une ombre gigantesque sur les murs de la caverne et n'entendirent point le bruit des pas d'un homme qui s'approchait.

Ce qu'ils sentirent cependant tous deux avec une égale puissance, ce fut la sensation d'une douleur imprévue, intense...

Le nouveau venu avait saisi dans chacune de ses mains énormes le cou d'un des voleurs de trésor, et lentement, progressivement, serrant ses doigts forts comme des tenailles, il les étranglait avec lenteur.

— Le diable ! fit Kadoc dans un râle.

— Prends mon âme ! ajouta Trécor d'une voix rauque.

Les mouvements spasmodiques du Borgne et de l'Encorné diminuèrent par degrés, leurs corps restèrent bientôt inertes, et le colosse les retourna l'un après l'autre de façon à voir leur visage.

— Trécor ! Kadoc ! fit-il.

Jean l'Enclume les poussa du pied :

— Les gueux ! les misérables ! me dépouiller de mes épargnes ! voler le trésor de leur maître ! me déposséder comme des filous !

Il s'arrêta un moment et haussa les épaules.

— Après ça, fit-il, ils croyaient peut-être aux poulpiquets... c'est leur excuse.

Il se baissa vers eux, tâta leur pouls, mit la main sur le
cœur, mais il ne trouva de signe d'existence ni sur les
lèvres violacées ni dans la poitrine.

— Deux canailles de moins ! dit-il.

Après cette oraison funèbre qui, pour être courte, n'en
était pas moins juste, Jean l'Enclume traîna à la fois les
cadavres hors de la grotte, les jeta dans la lande à cinquante pas de distance, puis il rentra dans la caverne et
se rapprocha de la cachette.

Il commença à compter les louis, les gros écus, le
billon, pour s'assurer que le trésor était intact, puis
remplissant ses poches de diverses espèces de monnaie :

— Il faut trouver une autre cachette ! dit-il. Un peu
plus, et j'étais ruiné... la Claudie serait-elle surprise si
elle voyait cette épargne !... jamais ! jamais elle n'en
saura rien ! Elle en demanderait une part pour les petits
et pour elle... Ils ne mangent déjà que trop ! Quand j'aurai amassé plus encore, le double, j'irai à Rennes ou à
Nantes, dans les grandes villes... On dit là-bas qu'à leur
tour les travailleurs prendront la place des riches... faut
attendre et faudra voir... Un château, ça m'irait comme à
un autre... Doit-il y en avoir, à Coëtquen, des pierreries de
grandes dames, des colliers d'ordres, des agrafes de
chevaliers, des boucles, des fourreaux d'épée !

Il s'assit sur le tas de pierres et poursuivit :

— Et si les choses arrivaient, comme l'affirme Jean le
porte-balle, ce n'est pas même au château que l'on trouverait les plus grandes richesses. Je donnerais dix manoirs
de Coëtquen pour les merveilles enfermées dans les hautes
armoires de la sacristie de l'abbaye de Léhon... Je me
souviens... il y a longtemps de cela... j'entrai dans la
chapelle un jour de fête... J'eus un éblouissement... dans

une niche d'orfévrerie ornée de pierres étincelantes était
un ostensoir rayonnant comme un soleil... La lumière des
cierges, en se reflétant sur les diamants, devenait aveu-
glante... Et ce n'était pas tout... Un reliquaire de la grandeur du corps qui s'y trouvait renfermé, et figurant une
sorte de chapelle, paraissait brillant comme un arc-en-
ciel... le martyr, couché sur les coussins brodés de perles,
disparaissait sous des bandelettes de drap d'or brodées
d'émeraudes et de brillants... La croix que l'abbé de
Léhon faisait sonner sur les dalles prenait l'aspect d'une
flamme quand les feux de la lampe la frappaient... Je
n'entendis rien de ce que l'on disait dans la chaire, je ne
mêlai point ma voix à celle des fidèles... Toute mon âme
passa dans mon regard pour se repaître de ces richesses
miraculeuses... On eût dit que les fleurs de pierreries
écloses dans les entrailles de la terre se trouvaient grou-
pées dans ce sanctuaire... Avoir vu cela une fois dans sa
vie et se retrouver pauvre !... La nuit se fit autour de moi
quand je quittai la chapelle... A partir de ce jour, je me
jurai qu'une parcelle de cet or m'appartiendrait... Je devins
avare, je travaillai double... Je me sentis à la fois dévoré
par deux besoins impérieux : celui d'entasser l'or pour le
voir briller sous la lumière, pour l'entendre sonner dans
ma main; celui de boire, pour retrouver dans les fumées
de l'ivresse la vision du trésor de l'abbaye... Les livres que
le marchand forain cache au fond de sa balle disent qu'un
jour le peuple aura le droit de mettre la main sur les
joyaux des grandes dames et les calices des prêtres...

Jean l'Enclume se leva, et heurtant le sol du pied, il
leva un bras menaçant, puis il s'écria :

— Que ce jour vienne ! que ce jour vienne !

Il n'acheva pas sa pensée; un second bêlement plus
fort que le premier cri entendu une heure auparavant
par Trécor et Kadoc venait de se faire entendre.

Le colosse prêta l'oreille :

— Je ne me trompe pas ! fit-il, c'est le bêlement d'une chèvre... Bah ! quelque bête vagabonde qui se sera gîtée là pendant la nuit... Mais si le berger était avec la chèvre ?... S'il avait pu voir, entendre ?...

La lanterne éclairant l'intérieur de la caverne fut rapidement saisie par Jean l'Enclume ; il en promena la clarté le long des parois, puis, gagnant l'enfoncement placé à sa gauche, il s'engagea dans le couloir d'où s'échappaient des cris indistincts et légers.

Au même moment, un être frêle, enveloppé d'une longue veste de peau de bique, se souleva sur son lit de fougère, et palpitant, les yeux dilatés de terreur, le pauvre habitant de la caverne attendit ce qui allait se passer. Avant que la lumière de la lanterne de Jean tombât sur son visage, il avait repoussé vers le fond de sa couche la seule chose qu'il tînt à soustraire aux regards du maître forgeron. Celui-ci eut peine à trouver les hôtes de la seconde grotte : le bêlement de la chèvre le guida, et sa lumière se projeta sur l'amas de fougère.

— Patira ! s'écria-t-il.

D'un bond, l'enfant se trouva debout.

— Eh ! après ? fit-il, je suis votre ouvrier, je couche où je veux...

— Serpent ! s'écria Jean l'Enclume, tu as trahi le secret de la cachette, tu l'as vendu à ces gueux de Trécor et Kadoc ! mais je me vengerai ! je me vengerai !...

Soit que le petit Hervé eût été réveillé par les rudes paroles de Jean l'Enclume, soit que la lumière eût subitement et violemment frappé ses yeux, il poussa un cri plaintif.

— Un enfant ! dit Jean, il y a un enfant ici !

Patira, voyant Jean l'Enclume se baisser vers le lit de fougère, prit Hervé dans ses bras avec une tendresse exaltée, et s'écria :

— Il est à moi ! il est à moi ! vous ne le toucherez pas.

Mais le forgeron, dont la curiosité s'était éveillée en même temps que la haine, s'avança vers Patira pour lui arracher le trésor que lui si faible devait défendre contre tous.

La force de Jean l'Enclume ne permettait point à Patira de tenter une lutte impossible. La fuite seule lui parut offrir des chances de salut; alors, renversant du pied la lanterne de corne, et tournant autour des murs de la grotte, il gagna le couloir le premier et s'y enfonça, tenant Hervé serré sur sa poitrine et s'adressant mentalement au Dieu de Bethléem afin qu'il sauvât ce petit être condamné dès le berceau.

Surpris un moment par la rapidité de la fuite de Patira, Jean l'Enclume le suivit assez tôt pour l'apercevoir dans l'évasement de la première grotte.

Patira avait devant lui la lande sur laquelle la lune répandait à cette heure des nappes de lumières.

Aucun espoir d'échapper à Jean ne lui restait de ce côté. Il fallait agir, sans avoir le temps de rien combiner, de rien prévoir.

D'un bras, Patira soutint Hervé contre son cœur; de l'autre, il saisit les souples branches d'un jeune arbre, et avec une prestesse prouvant qu'il se souvenait de ses exercices de voltige, il gagna le sommet des roches, les escaladant avec une aisance qui tenait du prodige; puis, certain que Jean ne pourrait jamais suivre la même voie, il s'arrêta un moment.

— Où cacher l'enfant? se demanda-t-il.

Un nom se présenta tout de suite à son esprit :

«Jeanne la Fileuse! »

Il prit en courant le chemin de la chaumière de la vieille femme.

Mais si Jean n'avait pu rejoindre son ancien apprenti dans sa course aérienne, il put du moins, en jugeant de la direction qu'il prenait, supposer quel toit lui servirait d'abri.

— Elle paiera pour deux, la sorcière, fit-il.

Une seconde après, il s'arrêtait près de Trécor et de Kadoc toujours sans mouvement.

— L'amour de l'or est malsain! fit-il. On dira demain que les poulpiquets ont étranglé ces deux canailles!

Et Jean, préoccupé de la rencontre de Patira, s'éloigna en sifflottant.

Pendant ce temps, Patira courait à perdre haleine. Il lui semblait avoir Jean sur les talons, Jean qui l'eût écrasé d'un seul coup de ses poings formidables. Il ne voyait point de lumière à travers les fenêtres de la Jeanne; tout était calme et repos dans le coin où la fileuse cachait son humble vie.

Quand Patira se trouva devant la porte, il tomba sur les genoux, brisé de fatigue et le cœur débordant de reconnaissance.

D'une main rapide, il heurta aux volets.

La Fileuse était souvent réveillée la nuit. On avait besoin d'elle pour les hommes victimes d'un accident, pour les pauvres femmes du village. Comme elle ne possédait rien, elle ne redoutait point les voleurs. Elle passa une jupe à la hâte et ouvrit la porte fermée au loquet.

— Jésus-Dieu! fit-elle en reconnaissant Patira sous les rayons de la lune, que veux-tu à cette heure et que tiens-tu dans tes bras?

— C'est mon trésor, mère Jeanne, mon cher et précieux trésor, un enfant béni!

— Un bel enfant tout mignon pas moins... Et qui te l'a confié, Patira?

— Un ange! répondit l'enfant d'une voix dans laquelle tremblaient des larmes... Cachez-le quelques jours, mère Jeanne, et ne dites à personne...

— Et que veux-tu que je dise, puisque je ne sais rien ?
Patira se jeta dans les bras de la vieille femme.

— Vous serez bénie ! dit-il, bénie en ce monde et dans
l'autre... nous serons deux maintenant à veiller sur lui.

C'est au moment même où Patira prononçait ces paroles que Simon tombait sous le couteau de chasse du
comte Florent.

XX

LES BORDS DE LA RANCE

La Rance, qui pourrait garder les orgueilleuses préten-
tions d'un fleuve, puisqu'elle se jette dans la mer à Saint-
Malo, et qui se contente de passer pour une simple rivière,
est certes le plus ravissant cours d'eau qui soit au monde.

Ses bords ont tour à tour la grâce et la mollesse des
plages au sable d'or, et les abruptes aspects de ces torrents
qui grondent entre deux murailles de granit. Tantôt la
Rance est un filet bleu resserré entre des rives rocheuses ;
tantôt, s'élargissant en lac, elle laisse mourir ses eaux limpides sur les dernières parties des collines herbeuses. Profonde en certains endroits comme une petite mer, elle
manque presque de fond à quelque distance. Des chênes
séculaires, des châtaigniers noueux, des noyers au feuillage
luisant, laissent pendre leurs branches au-dessus de l'onde,
formant de sombres oasis rafraîchies par les derniers souffles salins de l'Océan. Qui ne connaît pas les bords de la
Rance ne peut dire que son regard s'est reposé sur les plus
beaux paysages de Dieu.

Sans doute le voyageur qui, par une magnifique journée de printemps, errait seul dans un batelet sur la rivière
paisible, s'enivrait à la fois de souvenirs et de rêveries,
car tantôt, laissant tomber les rames au fond de la barque,
il s'abandonnait au souffle du vent qui la poussait vers la
mer, et demeurait la tête cachée dans ses deux mains ;

tantôt, fixant sur le magnifique paysage qui l'entourait un regard plein de désespoir, il semblait dire un éternel adieu aux beautés de cette terre qu'il avait tant aimée.

Un manteau sombre l'enveloppait, un large chapeau sans agrafe et sans plume laissait à peine voir le bas de son visage; mais si pâle qu'il fût à cette heure, si creusées que fussent ses joues, et quelque amertume qui se cachât dans les plis de ses lèvres, il était facile de reconnaître le marquis Tanguy de Coëtquen.

Depuis deux jours, il avait quitté pour n'y jamais revenir le manoir de ses ancêtres, laissant à deux frères orgueilleux et jaloux des richesses qu'il prenait en dédain depuis qu'elles restaient impuissantes à lui procurer le bonheur.

Tanguy était resté pendant ce temps enfermé au couvent des cordeliers, non pour y prier et s'y recueillir, mais afin de boire jusqu'à la lie la coupe de ses regrets.

Prosterné près du monument de Blanche, il avait versé ses dernières larmes, et se sentant trop faible pour soutenir le fardeau d'une insurmontable douleur, il avait résolu de se soustraire à cette angoisse en cherchant l'oubli dans la mort.

Croyait-il donc l'y rencontrer, cet oubli complet, absolu, ce néant qui éteint l'âme à l'heure où cessent les palpitations de la vie?

Tanguy avait été trop chrétien pour s'en faire la criminelle illusion.

Le courage lui manquait. Il ne voulait pas même interroger sa conscience. Si le châtiment de Dieu était épouvantable, ce serait du moins autre chose.

Tanguy ne réfléchissait plus, sa tête était perdue. Les paroles consolantes avaient glissé sur son cœur sans le pénétrer. Attaché à une tombe, il ne pouvait lever les yeux vers le ciel.

Ranimé un moment par les paroles du chapelain, il

avait suivi son conseil en poursuivant l'achèvement des œuvres pieuses rêvées par sa douce compagne. Mais il ne mit point son âme de moitié dans ces fondations. Il poursuivait une tâche commencée; il acceptait l'accomplissement d'un legs, voilà tout.

Quand les braves gens du pays versèrent à ses pieds des larmes de reconnaissance, il ne se sentit pas ému; Blanche devait être contente, cela lui suffisait.

Quant à Tanguy, il se sentait de plus en plus las.

Ses frères avaient beau l'assurer de leur dévouement, de leur tendresse, il lui semblait que les paroles mentaient à la pensée, et un secret instinct l'avertissait que, s'il disparaissait du monde, nul ne le regretterait désormais.

Sa mort ne ferait-elle pas des heureux, au contraire?

Florent convoitait Coëtquen et Combourg; Gaël souhaitait Vaurufier, et comptait, une fois possesseur de cette baronnie, devenir l'époux de Loïse de Matignon.

— Puisque la vie m'est à charge, pensait Tanguy, et que ma mort fera des heureux, pourquoi vivrais-je?

La grande énigme de l'éternité se dressa bien devant lui, mais il ferma les yeux de son intelligence, il imposa silence à son esprit, à sa foi; il essaya d'oublier les enseignements de sa mère, et ce qui, au temps de sa félicité, couronnait son bonheur terrestre par l'espoir, la certitude d'un bonheur à l'abri des vicissitudes du temps. Il s'absorba dans sa douleur et lui permit de l'envahir, comme ferait un homme isolé sur un îlot qui, voyant venir la marée grondante, se coucherait sur la roche jusqu'à ce que l'écume et les flots l'eussent recouvert de leur linceul.

Ce fut sous cette impression qu'il écrivit son testament.

Nous avons vu que le messager de Tanguy le remit à Florent au moment où Simon, emporté par son ambition, avait osé proposer au comte de devenir l'époux de Rosette. Nous avons vu aussi qu'à partir de cette même

18

heure Simon fut condamné dans la pensée de Florent.

Tanguy ayant disparu, il n'était plus besoin de ménager l'artisan de l'œuvre abominable, ni de garder vivante dans les oubliettes de la Tour-Ronde la pauvre martyre qui s'y trouvait prisonnière. Le lendemain soir, tandis qu'il revenait de Dinan où Gaël l'avait chargé d'un message pour Loïse, Simon tomba sous le couteau d'un assassin.

Ce fut à l'aube qui suivit cette nuit d'orage et de sang que le marquis Tanguy, après avoir remercié les pères cordeliers de leur compassion pour ses douleurs, quitta la chapelle où brûlaient jour et nuit des lampes devant la sépulture de la dame de Coëtquen. Il venait de rendre ses frères riches au delà de leurs espérances ; lui s'en allait vers l'inconnu, vers la mort.

Il descendit le rapide faubourg du Gerzual, bordé de maisons de bois lézardées, sordides ; il vit aux fenêtres des figures d'enfants qui lui souriaient.

Une jeune femme le regarda avec une compassion qui amena des pleurs dans ses yeux.

Une fois au bord de la Rance, il chercha du regard un bateau. Un seul canot en mauvais état se balançait au léger mouvement des vagues.

Personne ne se trouvait sur les berges de la rivière ; Tanguy pria un enfant de lui amener le propriétaire de cette barque à demi démembrée.

Le petit garçon, stimulé par le don d'un écu, partit en courant, et quelques minutes après il ramenait un homme dont les forces semblaient affaiblies par la maladie et les privations.

— Voulez-vous me louer votre barque? lui demanda Tanguy.

— Monsieur le marquis, dit le pêcheur, je serais répréhensible de ne point vous prévenir qu'elle est vieille comme son propriétaire et que les planches craquent sous le pied. Si Votre Seigneurie veut faire une promenade, ce n'est pas le canot du père Sigaud qu'il faut prendre.

— Pourquoi ne la remplacez-vous pas?

— La misère! monsieur le marquis, la misère!... Si j'avais une barque solide comme jadis, je ne me contenterais pas de pêcher du petit poisson dans la Rance; j'irais jusqu'à la mer et je retrouverais mes profits d'autrefois.

— Vous semblez si faible! dit Tanguy.

— Dame! monsieur le marquis, le pain est cher; j'ai des enfants, une femme... C'est l'appétit des innocents qu'il faut satisfaire le premier... Mais si je possédais une barque de pêche, au lieu de cette ruine qu'un coup de vent ouvrirait en deux, il ne me faudrait pas un mois de pêche pour retrouver l'aisance.

— Combien coûte une barque?

— Plus que jamais n'en amassent de pauvres gens.

— Mais encore?

— Deux cents écus, répondit le pêcheur.

Tanguy plongea une de ses mains dans la poche de son habit, en retira une bourse gonflée d'or et dit au pauvre homme:

— Voilà plus d'argent qu'il n'en faut pour acheter une barque, mon ami.

Le pêcheur regarda le marquis avec l'expression d'une intraduisible joie.

— Vrai, s'écria-t-il, vrai, monsieur le marquis, vous me donnez cet or?

— De grand cœur!

— Il paiera, non pas seulement une barque, mais une cabane neuve et des habits pour les enfants! Mon Dieu! mon Dieu! que vous êtes bon, monsieur le marquis, et que vous méritiez le bonheur!

— Maintenant, reprit Tanguy, vous me permettez de disposer de votre barque?

— Mais, monseigneur, vous savez...

— Je ne fais pas un long voyage, mon ami; elle suffira pour ma traversée.

— Laissez-moi baiser la main qui nous sauve, dit le pêcheur d'une voix émue.

— Non, mon ami, non; ces témoignages de gratitude semblent presque serviles de la part de celui qui les rend, et semblent accuser d'orgueil celui qui les accepte... Mais, comme la reconnaissance est un sentiment bon pour tous, quand vous serez heureux dans la cabane neuve, et qu'entouré de votre famille vous verrez une barque solide amarrée sur la Rance, priez Dieu pour le marquis Tanguy de Coëtquen.

— Et vous nous permettez d'appeler la barque *Blanche-la-Sainte?*

— Oui, oui, dit Tanguy que l'émotion gagnait.

Le pêcheur détacha la barque, jeta au fond quelques planches servant de pont et destinées à empêcher le marquis de sentir le contact de l'eau.

Puis Tanguy descendit, s'assit sur le banc, prit en main les rames, et, après avoir enveloppé d'un long regard la ville de Dinan, fière et droite dans son armure de pierre, il s'éloigna du bord en adressant un dernier signe d'adieu au brave homme qu'il venait d'enrichir.

Quand les dernière cabanes bâties sur les rives de la Rance eurent disparu, Tanguy jeta les rames au fond du canot, et une dernière fois son regard parcourut l'ensemble du pays qu'il abandonnait à jamais.

Les vallons de Tressaint, de Lanvallay semblaient inondés de lumière; le manoir de Léhon dressait ses tours sur les bords de la Rance, et le clocher de la chapelle dans laquelle dormaient les Beaumanoir fendait le ciel bleu comme une flèche. La roche que dominait Dinan, cette « perle de Bretagne, » disparaissait à demi sous des terrasses de fleurs, et les vieilles murailles crénelées mariaient leur austérité à la cime des arbres formant une ceinture autour de son château. Les clochetons de Saint-Malo et de Saint-Sauveur envoyaient au loin le son de leurs cloches. Une vie pleine de fraîcheur, d'expansion, de grâce, semblait s'exhaler de toutes choses. La pureté du ciel se reflétait dans l'eau bleue, et les rives couvertes d'un sable d'or recevaient les molles caresses du flot repoussé par le sillage de la barque.

Jamais plus belle journée de printemps n'avait été donnée aux hommes, et c'est cette journée splendide que Tanguy avait choisie pour mourir...

La brise poussait la barque avec lenteur; le marquis restait immobile, son chapeau rabattu sur son front, enveloppé dans son manteau sombre. Ses regards se portèrent vers la droite sur un petit temple dont le seuil descendait vers les roches de la rive. Souvent, le dimanche, les pêcheurs de la Rance s'y rendaient pour remercier la Vierge de les avoir sauvés pendant la tempête, ou pour mettre sous sa garde la jeune famille qu'ils allaient abandonner pendant un long voyage.

Les mères y apportaient leurs nourrissons, afin que le prêtre posât sur leur front un pan de son étole brodée d'or en récitant une pieuse prière. Pendant la première semaine de son mariage, Blanche avait témoigné à Tanguy le dési. d'y faire un pèlerinage. Arrivée dans le sanctuaire, elle avait détaché de son corsage une agrafe de brillants pour en orner le manteau de la madone.

Tanguy et Blanche quittèrent l'humble chapelle remplis de joie et d'espoir. Hélas! une année s'était passée à peine et Tanguy revoyait seul les murs de Notre-Dame de Bon-Réconfort. Il les revoyait, et loin de franchir le seuil de la chapelle miraculeuse pour demander la consolation, il aisit les rames et s'éloigna rapidement afin de la perdre de vue.

— Elle ne m'a pas consolé! murmura-t-il avec amertume.

Tanguy ne se dit point que pour recevoir d'en haut
l'apaisement des douleurs humaines, il faut d'abord les accepter d'un cœur humble et soumis.

Il ne s'était pas révolté par orgueil, mais il ne voulait
pas boire son calice en union avec l'agonie du Sauveur
Jésus. *Bienheureux ceux qui pleurent, parce qu'ils seront
consolés*, répètent les pages de l'Évangile ; oui, mais bienheureux seulement ceux qui répandront leurs larmes au
pied de la croix.

Les rames volaient sur l'eau. Tanguy dépassa la roche
de Landeboulou ; du côté de Taden, il reconnut les pierres
noires du Petit-Lucas. Une modeste hôtellerie cachée sous
les pommiers en fleurs envoyait jusqu'à Tanguy les chansons joyeuses de ses habitués, les éclats de rire des enfants,
et les sons tour à tour éclatants et monotones du biniou
animant de ses mélodies une grande ronde développant ses
méandres sur l'herbe du verger.

Tanguy lâcha les rames :

— Jeunesse ! espoir ! chansons ! bonheur ! tout est fini
pour moi !... dit-il. Oh ! j'ai raison de m'en aller de ce
monde... l'angoisse qui remplit mon cœur déborde de telle
sorte, que j'en viens à haïr quiconque souffre moins que
moi...

Sous les grands pommiers à fleurs tachées de roses,
une voix de jeune fille chantait :

> Derrière chez mon père
> (Vole, vole, mon cœur, vole),
> Derrière chez mon père,
> Ya un pommier doux,
> Tout doux !
> Et you !
> Ya un pommier doux.

La barque glissait mollement sur l'eau, et Tanguy, se souvenant des jours où Blanche, assise à son clavecin, répétait pour lui seul les airs de Gluck et les mélodies de Mozart, sentit une larme brûlante rouler sur sa joue.

— Elle ne chantera plus jamais, jamais, cette voix au timbre d'or qui savait faire vibrer les cordes secrètes de mon âme!... Que pourrais-je écouter, quand l'accent de Blanche ne doit jamais plus me faire tressaillir!

Le paysage changea subitement d'aspect, et les plus antiques souvenirs de notre histoire se présentaient en foule à l'esprit de Tanguy.

L'eau de la Rance coulait alors sur les débris d'une voie romaine construite depuis dix-sept siècles, au temps où les enseignes de Jules César flottaient sur les belles campagnes armoricaines, et où le front orgueilleux des Bretons se courbait sous le joug de l'esclavage.

En ce moment, un sentiment de regret étranger au souvenir de la morte fit explosion dans le cœur de Tanguy. L'âme du Breton s'emplissait d'orgueil à la pensée des gloires de la patrie, et d'amertume à l'idée que ses yeux prêts à se fermer sans retour ne reverraient jamais la magnificence du spectacle qui les frappait pour la dernière fois.

Nul, s'il n'a reçu le jour dans cette rude patrie appelée la Bretagne, ne peut comprendre la puissance filiale de l'amour que lui portent ses fils.

Elle a tout reçu en don, cette terre sacrée : l'héritage de foi des saints qui l'évangélisèrent; la magnificence des aspects, la terreur des forêts sacrées, les horreurs grandioses de l'Océan qui bat sa ceinture de roches, la grâce des collines boisées que le brouillard estompe dans les lointains et confond avec son ciel gris, souvent nuageux et mélancolique comme le génie de ses habitants.

Quand le pied frappe le sol, il en fait jaillir les vestiges de ces guerriers que Rome vainquit, sans oser se vanter de les asservir jamais.

A chaque pointe d'écueil, elle dresse le phare destiné à guider ses matelots revenant des lointaines contrées qu'ils eurent l'audace de chercher à travers l'immensité des ondes; dans chaque pli de colline, elle cache une chapelle édifiée en mémoire d'un miracle, ou placée sous l'invocation d'un Breton que l'Église plaça sur les autels.

Au milieu des pierres levées de Carnac, elle évoque les vieux druides vêtus de blanc, ceints de vertes guirlandes, et les vierges rigides gardant au flanc la faucille d'or et mêlant la verveine à leur chevelure blonde.

L'écho de toutes ses montagnes renvoie le nom de ses grands hommes. Elle a vu son roi *Nominoë* former la gigantesque entreprise de conquérir la France, et Guesclin batailler contre l'Anglais au nom de Notre-Dame

Elle a gardé ses villes, ceintes de pierre comme des vierges guerrières défendues par une impénétrable cuirasse.

Antant que la France, elle compte des poëtes, des dramaturges, des statuaires, des architectes de génie.

Elle conserve sa langue, son costume et ses mœurs. Les filles de Batz et de Saillé portent encore l'éclatante parure qu'elles avaient du temps de la reine Anne.

Ses paludiers ressemblent à des gentilshommes de la cour de Louis XIII, avec leur costume opulent, leur large chapeau de feutre et le grand air de leur visage.

Le ciel, les monts, les bois, la mer, lui font un voile, une ceinture, une couronne.

Beaucoup l'ont admirée pour ce qu'elle a de puissamment saisissant; mais nul ne l'aime s'il n'est fils de son sol, si l'odeur de la lande n'a pas tout enfant répandu ses parfums autour de lui, s'il n'a pas bégayé son langage tantôt ferme et rude, tantôt caressant et doux, s'il n'a vu ses champs de blé noir semblables à la neige d'été, ses forêts de chênes, ses roches granitiques incrustées de grenats, ses sables que le mica paillette d'or et d'argent; s'il n'a rêvé aux soupirs du biniou et prié dans ses cimetières ombragés d'ifs, sur la tombe d'un être qui lui était cher.

A cette heure où la terre croulait sous ses pas, où l'eau qui pénétrait dans une barque chétive commençait à lui mouiller les pieds et à rendre plus lourde la marche du canot, Tanguy se retrouva Breton jusqu'au fond de l'âme, et il salua d'une souvenir attendri toutes les grandeurs qui jadis lui inspiraient un filial et légitime orgueil.

La Rance s'élargissait considérablement vers l'endroit appelé la plaine de Taden. Le clocher de l'humble paroisse faisait miroiter au soleil ses ardoises bleues, et le nom du comte de La Garaye vint aux lèvres de Tanguy. Ce nom rappelait, non pas une légende, mais une histoire d'hier. Le jeune homme se souvenait d'avoir vu passer à cheval, dans tout l'éclat d'une parure de fantaisie, la belle madame de La Garaye suivant et devançant parfois la troupe des chasseurs.

Les trompes sonnaient, les chevaux dévoraient l'espace, suivant un renard caché dans les blés, et la troupe passait rapide comme celle des ballades...

Puis le tableau changeait : la mort fauchait dans la famille de La Garaye, et soudainement le comte et sa femme se demandaient le but de leur vie et cherchaient le mot de l'énigme éternelle.

Un tressaillement produit dans leurs âmes par la grâce, les paroles d'un humble moine, avaient transformé en hospice le château de la Garaye.

Le comte avait poursuivi des études médicales grâce auxquelles il lui devenait possible de se dévouer au soulagement des pauvres, et ces heureux du siècle étaient de-

venus les serviteurs des malades pour l'amour de celui qui
opéra le rachat du monde.

— C'était grand! c'était admirable! murmura Tanguy;
je me souviens de les avoir connus tous deux dans leur
respectable vieillesse... Et je les élevais dans ma pensée
au-dessus de tous les héros... Mais ils avaient pour se
soutenir l'appui qui me manque : Dieu leur avait donné
la foi!

Et comme si la croix de Taden lui blessait les yeux,
Tanguy baissa la tête.

Il était depuis longtemps déjà dans cette prostration,
quand des cris de détresse mêlés d'exclamations de joie
parvinrent à son oreille.

A quelque distance, et venant de Saint-Malo pour
aborder à Dinan, Tanguy aperçut une barque remplie de
passagers.

Or les matelots, fidèles à une vieille coutume, voulant
que tout étranger passant la Rance pour la première fois y
reçût le baptême, ni plus ni moins que sous le tropique,
préparaient ce qui était nécessaire à cette burlesque cérémonie, afin d'en commencer les rites à la hauteur de la
roche de Fournoi.

Quelques marchands avertis amicalement à l'avance
donnaient avec un franc rire les gratifications dont le total
prévenait plus ou moins en leur faveur les matelots de la
Rance.

On chantait gaiement; l'eau puisée dans la rivière était
répandue avec modération sur les passagers généreux, et
sous forme de déluge dès qu'il s'agissait de faire expier à
un étranger le crime de parcimonie.

La barque chargée de voyageurs frôla presque le canot
de Tanguy, et, longtemps après, l'écho lui apporta encore
les éclats de rire des marins, les chansons du mousse et les
sons d'une trompe marine destinée à rappeler les conques

des tritons sonnant une course sur l'onde salée, tandis que debout dans sa coquille de nacre la fille blonde des écumes amères souriait au soleil de la Grèce.

Tanguy s'absorbait de plus en plus dans ses pensées; cette gaieté venait de lui rendre plus amère la douleur dont il se sentait mourir.

Et comme si ce n'était pas assez de cette joie bruyante, populaire, un autre tableau succéda vite au premier :

Une barque, couverte d'un dais de soie et laissant traîner à fleur d'eau des tapis de velours garnis de franges d'or, s'avançait rapidement grâce à douze nageurs habiles. Sous la tente élégante, des hommes et des femmes s'abandonnaient au plaisir d'une causerie futile.

Tanguy se rappela, lui aussi, une promenade de ce genre, mais bien autrement douce.

Un soir, pour prouver à Blanche que les rives de la Rance ne le cédaient point en grâce à celles de l'Erdre, dont la renommée dépasse le pays breton, il fit préparer une barque drapée de bleu, couleur favorite de la jeune femme, et par une nuit étincelante comme une nuit d'Orient, tandis que dans le ciel bleu les étoiles rayonnaient plus radieuses et plus pures, il fit avec Blanche la traversée de Dinan à Saint-Malo. Les grandes masses des bois formaient un cadre sombre à l'eau transparente, la muraille de roches encaissant parfois la rivière la teintait de couleurs obscures, tandis que la Mer des Druides reflétant l'astre des nuits semblait un lac d'argent liquide.

Tandis qu'ils erraient de la sorte, un canot suivait, rempli de musiciens. Leurs instruments accompagnaient les harmonies du soir et la causerie confiante. Pour la première fois, enhardie sans doute par cette solitude et se sentant plus près de Tanguy parce que Florent et Gaël ne la poursuivaient pas d'un regard jaloux et haineux, la fille de Jean Halgan le caboteur dévoila à son mari les replis les plus mystérieux de son cœur. Elle lui parla de sa foi avec plus d'enthousiasme, de sa tendresse avec une éloquence naïve; elle déroula devant lui le tableau de ses espérances terrestres et lui montra au-dessus des sphères étoilées le ciel vers lequel tendait son âme.

Lui l'écoutait rempli d'un religieux respect. Il craignait presque que cette angélique vertu appelât trop vite le choix du Seigneur; et la jugeant tellement au-dessus de lui par les choses d'en haut, il éprouva un sentiment d'effroi et lui cria en serrant ses deux mains :

— Ne me quitte pas! ne me quitte pas!

Hélas! elle l'avait quitté pourtant; parti pour quelques jours, il n'avait retrouvé que son mausolée. Elle l'avait laissé seul, tout seul...

Tandis qu'il repassait ces poignants souvenirs, la barque chargée de riches désœuvrés et le canot rempli de musiciens s'éloignèrent. En ce moment, une roche de forme étrange et dont le bizarre aspect épouvantait les gens du pays devint visible pour le marquis.

— La potence des Dinâmmas! murmura-t-il.

C'était une pierre haute de cinquante pieds environ et affectant la forme patibulaire. Ses flancs noirs se couvraient par places de mousses rougeâtres semblables à des plaques de sang bruni. A ses pieds grandissaient et poussaient toutes les variétés des plantes délétères fournies par la flore de l'Armorique. La ciguë y étalait ses ombelles, la jusquiame ses fleurs livides, la belladone ses baies dangereuses, l'aconit, les digitales, leurs calices mortels.

Cet endroit passait pour un endroit maudit entre tous.

Tanguy regarda la potence de granit, hésita, puis, reprenant les rames tombées au fond de la barque, il nagea vigoureusement vers le bord du petit fleuve.

Quand il pensa trouver pied, il sauta hors du canot,

ramassa deux ou trois lourdes pierres et les lança au fond de la barque afin qu'elle sombrât plus vite.

— L'endroit est paisible et propice, dit Tanguy.

Il s'assit sur le bord de l'eau, au milieu du bizarre parterre des plantes vénéneuses, et songea la tête dans ses mains pendant environ une demi-heure. Au bout de ce temps il se leva, et faisant le tour de la potence des Dinâmmas, il chercha par quel moyen il était possible de parvenir à son sommet.

L'entreprise était difficile.

Mais Tanguy mettait dans l'exécution de ses volontés dernières la puérilité d'un enfant et la patience d'un fou.

Quand il se fut assuré que rien n'empêcherait son escalade, il revint à sa première place et s'absorba de nouveau dans sa rêverie.

Étrange chose! Il éprouvait en mourant un seul regret :

— Quand je serai mort, pensait-il, je perdrai le souvenir de Blanche, je ne la reverrai plus par les yeux de ma mémoire, sa voix ne retentira plus à mon oreille comme un harmonieux écho.

En commettant le crime auquel il s'était résolu, Tanguy renonçait volontairement à rejoindre Blanche dans le ciel où il la voyait entourée d'esprits célestes. Le sentiment de sa douleur l'empêchait de réfléchir que la ferveur de son amour aurait dû le jeter dans la résignation. Que de fois n'avait-il point jadis flétri le suicide comme une lâcheté! et lui, Tanguy de Coëtquen, allait volontairement mentir à toute sa vie, à ses opinions, fouler aux pieds ses espérances et s'en aller dans la nuit de la mort chercher les horreurs d'un réveil éternel!

Tout à coup des psalmodies désolées parvinrent jusqu'à lui.

— *De profundis clamavi ad te, Domine...* chantaient des voix.

Tanguy se leva rapidement, abaissa ses mains sur ses yeux, et regarda une première barque au milieu de laquelle s'élevait un catafalque, puis une seconde dans laquelle six prêtres chantaient les prières de la liturgie.

Le porte-croix tenait en avant de l'embarcation un grand crucifix d'argent processionnel, et les enfants de chœur répétaient les versets d'une voix argentine.

Ce spectacle frappa vivement Tanguy.

Dieu le mettait sans doute sous ses yeux par une dernière grâce de sa miséricorde.

Puis tout à coup une idée traversa le cerveau du marquis :

— Je ne m'en irai pas sans prières, murmura-t-il.

Tournant alors la potence des Dinâmmas, il plaça l'un de ses pieds sur une saillie de la roche et se cramponna des deux mains à une aspérité aiguë.

— *Si iniquitates observaveris, Domine, Domine, quis sustinebit?...* psalmodièrent les prêtres d'une voix lamentable.

Tanguy frissonna; cependant, loin de s'arrêter, il saisit plus haut une touffe de genêt résistante, plaça l'un de ses pieds dans un interstice de la roche et s'éleva d'un échelon.

Il ne voyait plus ni le catafalque ni la croix d'argent dont l'aspect le troublaient, mais encore une fois l'accent gémissant du prophète arriva jusqu'à lui :

— *Sustinuit anima mea in verbo ejus...*

Hélas ! la parole divine ne le soutenait plus. Dans la nèvre de son angoisse, il ne voulait plus même se souvenir des promesses sacrées du Verbe. Il rejetait sa foi comme un lambeau; n'allait-il pas faire de même bientôt de son corps agile, de son cœur qui battait si fort jadis aux généreuses pensées, de son intelligence qui s'était obscurcie au point de ne plus trouver Dieu?

— *Speravit anima mea in Domino!* ajoutèrent les voix argentines des enfants de chœur.

Tanguy venait de s'élever d'une hauteur de plusieurs pieds. Il avançait, avançait toujours, et, à mesure qu'il gagnait le faîte de la potence des Dinâmmas, il revoyait la barque mortuaire laissant flotter dans l'eau le drap noir semé de larmes blanches.

— Il me semble assister à mes propres funérailles... murmura-t-il.

Un effort suprême l'amena au sommet de la roche.

La courbe d'une anse lui cachait les deux barques; mais, adoucis par l'éloignement, il entendit encore ces derniers mots :

— *Et ipse redimet Israël ex omnibus iniquitatibus ejus...*

Ce chant qui le poursuivait lui entrait à la fois dans les oreilles et dans le cœur.

Dieu semblait tenter un effort suprême pour réveiller en Tanguy la foi éteinte, la miséricorde frappait à la porte de cette âme blessée ; mais Tanguy tressaillit sous la main de Dieu comme un malade dont le chirurgien touche la blessure.

— *Amen! amen!* répétaient les voix aériennes des enfants de chœur.

Tanguy se trouvait alors au sommet de la potence des Dinâmmas.

Il se redressa sur ce piédestal magnifique, embrassa d'un œil égaré le panorama radieux qui s'étendait devant lui et autour de lui, puis ouvrant les deux bras et murmurant : *Miserere mei, Deus*, il se précipita du haut de la roche et alla s'écraser sur le sol.

XXI

LE PÈRE ATHANASE

Au moment où le marquis de Coëtquen, cédant à son désespoir, se laissait tomber du sommet de la potence des Dinâmmas, un homme manœuvrant jusqu'alors avec nonchalance un petit canot se leva brusquement. Il avait aperçu à la cime de la roche une figure humaine; en la voyant subitement disparaître, il éprouva la sensation prophétique qu'un malheur venait d'arriver.

Reprenant ses rames, il nagea vigoureusement vers la roche d'où s'était élancé Tanguy.

L'homme qui accourait pour tenter de porter secours au désespéré portait l'austère costume des moines de Léhon. Sa longue robe de bure laissait deviner un corps amaigri par les pénitences; sa tête gardait une magnifique expression de calme et de douceur. Une lumière pure brillait dans son regard brûlé par le feu de l'ascétisme. Ses lèvres devaient être éloquentes, et l'on devinait que jamais elles ne pouvaient condamner ou maudire. Malgré sa maigreur, ce moine était robuste, à en juger d'après la vigueur avec laquelle il maniait les avirons.

Il pouvait avoir soixante ans, et sa chevelure blanche ajoutait à la majesté de son visage.

C'était le père Athanase, abbé des moines de l'abbaye de Léhon. Il revenait de Saint-Malo visiter un de ses doctes et pieux amis, quand il fut témoin du suicide de Tanguy.

Il fallut à peine dix minutes au père Athanase pour amener sa barque non loin de la potence de pierre.

Après avoir solidement amarré le canot à un arbre, il se dirigea vers la haute roche, et ses yeux ne tardèrent pas à être frappés d'un horrible spectacle. Sur le sol s'étendait une large mare de sang...

Tanguy était tombé sur la face, et ses deux bras en croix restaient inertes sur la terre couverte de plantes vénéneuses écrasées par sa chute.

Le premier soin du père Athanase fut de soulever le corps immobile et de le retourner de façon à ce qu'il lui devînt possible de reconnaître son visage.

Mais cette face brisée, broyée, ne présentait en quelque sorte qu'une masse de chairs sanglantes, et le père Athanase ne put donner un nom à ce visage défiguré.

Cependant, si peu probable que fût encore l'existence du malheureux, le moine voulut tenter de le rappeler à la vie.

Il mouilla dans l'eau de la Rance la cravate de batiste de Tanguy, et commença à laver doucement ses plaies avec des précautions infinies. Peu à peu les traits devinrent plus distincts, les yeux clos furent dégagés des caillots de sang, les lèvres déchirées se rapprochèrent, et le père Athanase crut reconnaître le maître de Coëtquen.

Il n'en devint que plus zélé à poursuivre son œuvre généreuse. S'il manquait de compresses, il trouva de jeunes feuilles de vigne sauvage qui lui servirent à opérer un premier pansement. Quand le front balafré par une large coupure fut solidement bandé, que les lèvres écrasées se trouvèrent maintenues par une sorte de bâillon, le père Athanase posa la main sur le cœur du blessé et chercha s'il palpitait encore. Mais pas plus que la première fois il ne sentit un battement. Il prit dans sa poche un flacon renfermant des sels puissants, le plaça sous les narines de

Tanguy et attendit encore... Le corps resta immobile comme un cadavre...

— Je ne l'abandonnerai point cependant, murmura le vieillard. Et soulevant Tanguy dans ses bras, il le porta jusqu'à la barque, le coucha au fond avec des précautions infinies; puis le couvrant du vaste manteau brun dans lequel le matin s'était enveloppé Tanguy, le moine reprit sa place à l'arrière, saisit les rames, et adressant au ciel une fervente prière, il hâta la course de son canot vers l'abbaye.

Lentement, l'éclat du soleil avait pâli; de grandes ombres flottaient sur le fleuve; les chansons faisaient trêve sous les pommiers en fleurs, et seule la voix des bateliers commandant la manœuvre animait ce paysage qui, rayonnant le matin, semblait à cette heure plein d'une indicible mélancolie.

Les mains du père Athanase laissaient saillir leurs veines gonflées; la fatigue d'un premier voyage, l'émotion ressentie, répandaient sur toute sa personne une expression nouvelle. De temps en temps il s'arrêtait, soulevait le manteau sombre couvrant le blessé comme un linceul, puis il secouait la tête avec découragement et reprenait sa prière.

La nuit descendit sur la Rance; le père Athanase distingua vaguement dans le lointain les tours antiques de Dinan, et continuant à ramer, il s'engagea dans la partie la plus étroite de la rivière.

De grands roseaux l'entouraient de chaque côté et leur bruissement doux était le seul mouvement qui troublât le silence.

A gauche, des roches d'une hauteur démesurée, entassées dans le désordre d'un étrange caprice et gardant vivants, pour ainsi dire, les souvenirs d'un effrayant cataclysme, formaient une muraille robuste et nue, découpée d'une façon fantastique. On ne pouvait sans effroi contempler ces masses gigantesques, arêtes vives du sol, vestiges d'une convulsion effroyable de la nature, scories monstrueuses des volcans dont les jets de flammes perçaient jadis l'écorce de la terre.

A droite, au contraire, le paysage présentait tous les charmes d'une vallée. Les courbes des collines s'adoucissaient à quelque distance pour descendre en prairies, en champs de blé, jusqu'aux rives de la Rance.

Les grands peupliers s'inclinaient sous la brise, les châtaigniers et un petit bois de sapins mettaient le mystère des forêts à côté des grâces de la plaine.

De temps à autre une clarté vive, qui n'était pas un éclair d'orage et que les gens du pays appellent des *épars*, illuminait subitement le paysage, frappant de ses rayons puissants les roches noirâtres et baignant d'une molle et chaude lueur les prairies émaillées. Encore quelques coups de rames et le père Athanase se trouverait en face de 'abbaye.

Il éprouvait une extrême répugnance à mettre tout d'abord un autre que lui dans la confidence du drame qui venait de se passer. Il lui semblait que le Seigneur se réservait le mot de cette énigme, et que la révéler eût été un acte de trahison.

Dès qu'il se trouva en face de la chapelle, dont la haute croisée laissait voir la faible lueur de la lampe brûlant dans le sanctuaire, il quitta la barque, reprit le corps inanimé de Tanguy, et entrant dans l'église, il déposa son fardeau sur une des tombes enchâssées pour ainsi dire dans les hautes murailles.

Là dormaient du sommeil éternel les abbés-prieurs de l'abbaye de Léhon; Jean de Beaumanoir, fils du héros des Trente, qui tomba sous le fer d'un assassin; une châtelaine de Beaumanoir dont la statue rigide, portant pour ceinture une guirlande de fleurs, reposait ses pieds sur un vautour. Ce fut non loin de ces héros de la Bretagne et des pieux moines dont il vénérait la mémoire que le père Athanase plaça le corps immobile du marquis de Coët-quen.

Quand il le vit à la fois protégé par les saintes murailles et par l'ombre de la chapelle, l'abbé gagna l'abbaye, traversa le cloître entouré de poteaux massifs et lourds, et, montant l'escalier, il parvint au corridor sur lequel s'ouvraient les cellules.

Il lui fallut peu de temps pour préparer sa couchette. Il venait d'achever de placer sur une table les cordiaux, les sels dont il pouvait avoir besoin, quand le son de la cloche appela les moines à la chapelle.

Le père Athanase laissa descendre les religieux, puis, quand l'office fut commencé, il rentra dans la partie de la chapelle réservée aux fidèles, chargea le corps de Tanguy sur ses épaules, et un moment après il le déposait sur son lit.

Personne ne l'avait aperçu depuis son retour.

Dieu seul saurait ce qui se passerait durant cette nuit.

Tanguy, débarrassé de ses vêtements, subit sans donner signe de vie un pansement nouveau et plus complet.

Par une sorte de miracle, si l'on se reporte à la hauteur de la potence des Dinâmmas, Tanguy, couvert de plaies, n'avait cependant aucun membre brisé.

Au moment où le pansement s'achevait, il sembla au père Athanase qu'il sentait au cœur du blessé un léger battement. Il lui fit de nouveau respirer des sels, frictionna des membres froids et, brisés, et, agenouillé près du lit, il attendit le retour du malheureux à la vie

Un soupir en fut le premier signe. Un élan de joie et le reconnaissance vers Dieu s'élança du cœur du moine.

Il se pencha sur la couche du marquis de Coëtquen et vit que ses paupière tuméfiées s'ouvraient avec lenteur.

Les lèvres du blessé ne pouvaient laisser passer aucun son distinct. Ses yeux seuls interrogeaient.

— Mon frère, dit le père Athanase, Dieu soit loué de vous avoir gardé la vie... Refermez vos yeux qui ne pourraient supporter l'éclat de la lampe... Ne vous fatiguez à rien penser, à rien chercher... le Seigneur qui vous a sauvé achèvera son œuvre...

Soit qu'il se rendît à ce sage conseil, soit qu'il lui devînt impossible de soutenir la clarté illuminant la cellule du père Athanase, le blessé referma les paupières, agita faiblement les bras et reprit son immobilité.

Vers le milieu de la nuit, la raideur du corps de Tanguy fit place à une agitation terrible. Une fièvre dévorante se déclarait. La face déchirée se colorait d'une façon violente, les mains nerveuses s'agitaient sur la couverture et tentaient de la repousser ; des cris rauques dans lesquels se traduisait un désespoir intense s'échappaient de la bouche aux lèvres saignantes. Avec une angélique patience, le père Athanase veilla sur celui que le ciel venait de lui confier d'une façon providentielle.

Profitant d'un moment pendant lequel le malade semblait plus calme, l'abbé rejoignit ses frères, et, sans leur en donner le motif, leur apprit que pendant huit jours il serait privé de partager leurs pieux exercices. Un novice, le dernier venu dans cette sainte maison, déposerait devant sa porte une corbeille renfermant les provisions de la journée. En même temps, il recommanda aux prières de la communauté un malheureux digne de toute compassion.

Les frères s'engagèrent à réciter à cette intention spéciale, pendant une semaine, un *Miserere* les bras en croix et prosternés sur le pavé du chœur. Tandis que le père Athanase rentrait dans sa cellule, les moines gagnaient la chapelle afin de remplir le devoir de charité qu'ils venaient de s'imposer.

Rien au monde n'est plus touchant que cette façon humble et fervente d'intercéder le Seigneur. Dans la demi-obscurité d'une chapelle, voir des hommes couchés sur le sol, les bras étendus comme des cadavres, et des lèvres de ces hommes entendre sortir des gémissements et des cris, c'est un spectacle que l'on ne saurait oublier quand une fois on a pu en être témoin.

En bas, les frères imploraient le ciel pour un inconnu, et dans sa cellule le père Athanase récitait d'ardentes prières.

Il trompa sa faim avec un peu de pain et un verre d'eau, et durant toute la nuit, penché sur Tanguy, il replaçait les bandages, les appareils dérangés par les brusques mouvements du blessé.

Vers le matin, la fièvre du marquis s'apaisa.

Grâce à de précieux onguents dont alors les moines gardaient le secret, les plaies du visage de Tanguy commencèrent vite à se cicatriser. Il fut même possible au prieur de constater à l'avance que le visage du pauvre désespéré ne garderait point de traces trop hideuses de son épouvantable chute.

Des soins de chaque heure, des veilles sans repos, l'effusion d'une charité ardente, hâtèrent l'amélioration qui ne tarda pas à se produire dans l'état général de Tanguy. Le délire auquel il avait été en proie ne lui permettait point de retrouver les souvenirs du passé. Quand le moine comprenait qu'il l'entrevoyait, il l'apaisait par une parole affectueuse et le replongeait dans le vague sentimen d'une paix ineffable.

Enfin Tanguy put remuer les lèvres; son regard se tourna vers les objets qui l'entouraient, avec une curiosité mêlée d'attendrissement, et il se souleva sur son lit.

Le père Athanase qui, en ce moment, dosait pour lui un

cordial salutaire, s'avança rapidement vers le malade et le prit dans ses bras.

— Mon père ! mon père ! demanda Tanguy, pourquoi m avez-vous sauvé ?

— Parce que vous n'aviez pas le droit de mourir, mon fils !

Le marquis de Coëtquen secoua la tête.

Le père Athanase prit une des mains du malade, et la gardant avec une paternelle bonté :

— Vous avez cru tout perdu quand Dieu vous restait !...

Tanguy allait répondre, le prieur l'en empêcha.

— Ne me dites rien, fit-il, ne tentez pas de vous excuser. Ce n'est ni l'heure de verser vos secrets dans le sein d'un ami, ni pour moi le moment de vous prouver que vous avez commis une faute... Ici personne ne connaît, ne soup-çonne même votre présence... Le mystère le plus profond enveloppe votre tentative de suicide et votre retour à la vie.

Tanguy serra faiblement la main du père Athanase.

— Merci ! dit-il.

Et pour la première fois l'expression d'un repos complet adoucit l'expression de son visage.

A partir de ce moment, il lui devint possible de prendre une nourriture légère. La plaie de son front cicatrisé ne laissait plus voir qu'une étroite ligne rouge ; les chairs avaient suivi des phases diverses de restauration ; le visage grossi dans son ensemble ne devenait pas hideux et répu-gnant. En dépit des traces des blessures, de la brisure des cartilages du nez, la figure de Tanguy restait douce et sym-pathique. Le rayon attendri du regard lui conservait une intraduisible expression.

L'air de la cellule ne pouvait suffire au convalescent ; le père Athanase voulut qu'il descendît dans les vergers dont les derniers arbres à fruits se mêlaient aux chênes de la forêt voisine. Afin de ne rien révéler de la condition de celui qui recevait au couvent cette hospitalité mystérieuse, le prieur déposa sur la couchette de Tanguy une robe de bure semblable à la sienne.

— Vous baisserez, lui dit-il, le capuchon sur votre visage, et de la sorte nul de nos frères ne pourra vous reconnaître.

Ce fut avec une sorte de joie que Tanguy obéit à l'abbé de Léhon. En dépit de ses souffrances physiques et de la douleur dont son âme était loin d'être guérie, il éprouvait l'indéfinissable sensation de bien-être qui accompagne la convalescence.

La vue des fleurs le charmait; il s'arrêtait devant les touffes d'herbes et se sentait attendri à la vue d'un oiseau. Sa faiblesse était trop grande d'ailleurs pour que le sentiment des regrets que lui causait la mort de Blanche revînt dans toute sa puissance. La part la plus amère de son désespoir était pour ainsi dire restée à la potence des Dinâmmas. On ne sait pas ce que c'est que de traverser le gouffre de la mort.

Et puis, pendant les jours passés dans la cellule de l'abbé, bien qu'il n'eût pas une connaissance complète de ce qui se faisait autour de lui, Tanguy sentait son âme enveloppée d'une autre atmosphère.

Jusqu'à ce moment, personne ne l'avait écouté comme l'écoutait le prieur de Léhon.

Les paroles du chapelain de Coëtquen, empreintes d'une sorte de sévérité austère, lui avaient paru moins compatissantes. On ne le comprenait pas, on ne pleurait pas assez avec lui. Loin de le calmer, la présence de ses frères l'exaspérait; il devinait l'hypocrisie de la pensée sous la parole consolatrice.

A Léhon, ce fut tout autre chose. Il se trouva enveloppé dans une sorte de double tendresse, tendresse divine qui du ciel descendait jusqu'à lui; tendresse humaine qui le prenait avec ses défauts, ses défaillances, et le consolait par les plus douces paroles qui soient sorties des lèvres d'un homme.

Tanguy enveloppé dans sa robe de moine, le capuchon baissé sur le visage, errait presque tout le jour dans les jardins du monastère, Il s'accoutumait aux mille bruits réguliers de la maison; le son des cloches lui indiquait les heures de la prière, celles des courts repas. Il savait à quel moment les savants religieux entraient dans la vaste salle de la bibliothèque pour y poursuivre des travaux dont nous recueillons aujourd'hui le fruit.

Il faisait doux vivre dans cette maison bénie dont les files de pèlerins franchissaient le seuil afin de vénérer des reliques sacrées, et qui voyait s'emplir de pauvres ses cours et ses cloîtres au moment de la distribution des aumônes.

Le père Athanase laissait agir Dieu dans l'âme de Tanguy : il ne voulait point devancer l'heure de la grâce. Si de temps en temps une grave et sainte parole tombait dans le cœur du désespéré, le prieur lui laissait le temps de germer et de produire des fruits.

La foi pressait Tanguy de toutes parts, et cette foi ne pouvait tarder à agir dans son âme.

Sans que sa douleur de la perte de Blanche diminuât, il la sentait moins amère, et Dieu sans doute ne tarderait pas à verser dans cette âme blessée le baume des consolations divines.

La santé de Tanguy s'affermissait, et cependant rien dans son langage ne semblait faire prévoir qu'il songeât à quitter l'abbaye.

Un jour, il pria le père Athanase de lui procurer des livres.

— Je suis un ignorant, dit-il avec modestie ; mon père qui me donna un précepteur excellent oublia de lui recommander d'être sévère... et puis, vous le savez, mon père, nous avions, nous autres gentilshommes, cette conviction que notre nom nous distinguait assez sans qu'il devînt indispensable d'ajouter à l'ancienneté de sa maison une valeur personnelle... Veuillez donc vous faire mon maître; vous trouverez en moi, sinon un élève intelligent, du moins un élève docile.

Ce fut avec joie que le religieux satisfit au désir de Tanguy.

A partir de ce moment, le convalescent s'installa dans une cellule vide et s'occupa à chercher les matériaux d'une histoire complète de l'abbaye de Léhon.

— Est-ce trop d'orgueil à moi? demanda Tanguy. Si cela est, avertissez-moi de jeter au feu mes notes et refusez-moi la communication des archives de l'abbaye.

— Vous l'aimez donc bien, ce couvent? dit en souriant le père Athanase.

— Il me semble qu'il renferme aujourd'hui toute ma famille.

Un mois se passa, et au bout de ce temps le marquis de Coëtquen, se sentant assez fort pour apprendre ce qu'il lui tardait de connaître, interrogea l'abbé de Léhon, tandis que tous deux se promenaient sous le couvert du bois.

— Parlez-moi de mes frères, dit Tanguy.

— Le comte Florent, profitant des clauses généreuses du testament écrit par vous, porte aujourd'hui le titre de l'aîné de la famille.

— Et Gaël?

— Votre plus jeune frère prend aujourd'hui le nom de baron de Vaurufier.

— C'était là sa plus grande espérance; la seconde était de devenir l'époux de Loïse de Matignon.

— Loïse de Matignon est devenue orpheline, vous l'ignorez...

— Je l'ignorais, mon père...

Tanguy passa la main sur son front :

— Comme la mort fauche vite ! dit-il.

Sans doute il songea à tous ceux que déjà il avait vus partir, car il garda le silence. Rien ne pouvait plus alarmer le prieur que de voir Tanguy retomber dans ses noires mélancolies; aussi se hâta-t-il d'ajouter :

— Le mariage rêvé par le baron Gaël ne s'accomplira pas.

— Pourquoi, mon père?

— Loïse de Matignon a pris le voile.

— Ah ! fit Tanguy.

— Elle s'appelle aujourd'hui sœur Adélaïde.

— C'était une douce créature, dont les regards voyaient plus haut que ce monde; ce que vous m'apprenez ne saurait me surprendre... Et vraiment, avec la connaissance que j'ai du caractère de Gaël, je ne puis que me réjouir de la voir donner à Dieu un cœur dont Gaël n'était pas digne... Le cloître ! jadis peut-être j'eusse plaint ceux qui s'y réfugiaient; aujourd'hui j'estime que là seulement se trouve la paix, dans le renoncement et la prière... Les bruits du monde meurent sur le seuil comme la vague expire sur nos grèves...

— Dieu soit loué de vous envoyer ces pensées, mon fils !

— Et comment Gaël a-t-il appris la résolution de Loïse?

— Cette nouvelle a excité en lui une colère dont il n'a pu contenir les premiers éclats; il a proféré les serments les plus terribles de l'enlever au cloître où elle voulait ensevelir sa vie, de la disputer à Dieu qui l'appelait à l'honneur de la compter parmi ses épouses!

— Misérable fou ! dit Tanguy; elle a choisi la meilleure part !..

Après un moment de rêverie, il reprit :

— Dans une lettre écrite à mes frères la veille du jour où j'avais résolu de mourir, je leur annonçais mon trépas tragique... Ont-ils fait opérer des recherches dans le pays?

— Non, répondit le père Athanase.

— Combien, dans la chapelle des cordeliers de Dinan, a-t-on célébré de messes pour le repos de mon âme?

— On n'en a point célébré, mon fils.

— Ainsi le corps s'en allait à la mer, porté par le courant de la Rance, et l'âme...

Tanguy n'eut pas la force d'achever.

— Pourquoi réveiller en vous ces souvenirs, mon fils? ils troublent le repos dont vous jouissiez depuis si peu de jours.

— Ils le troublent, oui, mon père... à ce point que je me demande si, quittant votre hospitalière demeure, je ne devrais pas aller épouvanter à Coëtquen mes deux frères par l'aspect de ma résurrection... Ils sont indignes du grand nom que la mort leur lègue, indignes d'une fortune qui deviendra pour eux une source de débordements!

La cloche sonnant l'office du chœur interrompit l'entretien du père Athanase et de Tanguy. Le premier se rendit à la chapelle, le second continua d'errer dans le bois sombre.

La conversation que Tanguy venait d'avoir avec l'abbé brisait en quelque sorte les derniers liens qui l'attachaient au monde. S'il y était rentré, ce n'eût été que pour le haïr, et, depuis qu'il vivait dans cette maison sainte, le courage lui manquait pour accomplir tout ce qui n'était pas juste et bon.

Une grande lutte se livrait encore dans son âme... il se demandait avec épouvante s'il en sortirait vainqueur. Tour à tour résigné à subir la vie et révolté contre la douleur qui la lui rendait intolérable, il se posait sans pouvoir la résoudre la grande énigme de l'avenir.

Le silence prudent gardé par le père Athanase était sans doute le moyen le plus certain d'attirer cette âme troublée jusqu'au désespoir, car à l'heure où le prieur redescendit dans le jardin pour arracher Tanguy à une promenade trop longue pour ses forces et à une songerie qui pouvait devenir dangereuse, le marquis de Coëtquen lui demanda d'une voix grave :

— Jusqu'à cette heure vous avez écouté mes plaintes comme un ami ; daignerez-vous entendre mes fautes comme confesseur ?

Une expression de joie illumina le visage du moine.

Il saisit la main de Tanguy et l'entraîna, plus qu'il ne le guida, vers la chapelle.

L'abbé s'agenouilla dans un confessionnal et Tanguy y entra à son tour :

— Je viens à vous comme à un médecin, lui dit-il ; la souffrance ne m'a pas donné le repentir... je le cherche, je l'implore !

— Frappez votre poitrine, mon fils, et récitez le *Confiteor*.

Avec la docilité d'un enfant et l'humilité d'un coupable, le marquis de Coëtquen obéit.

— Et maintenant, reprit l'abbé, c'est à Dieu même que vous parlez : il sonde votre cœur, il attend le cri de regret de votre conscience.

— J'ai péché ! dit Tanguy en frappant sa poitrine ; j'ai placé au-dessus de Dieu la créature que le Seigneur me donna pour compagne... J'ai disposé d'une vie que je devais consacrer aux bonnes œuvres, à la prière...

— Vous vous repentez, mon fils ?

— Je me repens et je pleure...

— Dieu n'en demande pas davantage pour vous accorder son pardon.

— Attendez ! attendez ! mon père, dit vivement Tanguy ; avant d'être absous je dois expier...

— Vous accomplirez une pénitence, mon fils.

— Me permettrez-vous de me l'imposer ?

— Que comptez-vous faire ? demanda le père Athanase.

—La peine que j'implore est encore une grâce... Après avoir oublié Dieu dans mon bonheur, je sollicite la faveur de me consacrer à lui dans mon désespoir et ma misère... Blanche est morte... Mes frères sont en possession de mon héritage... pour tous, j'ai cherché dans le suicide l'oubli des douleurs de cette vie... Ne soulevez pas le linceul jeté prématurément sur moi... Gardez Tanguy de Coëtquen dans le calme de cette solitude... les chants et les psalmodies endormiront ses regrets, le jeûne affaiblira ses membres ; il apprendra, en creusant sa propre tombe, que demain Dieu peut le mander à son tribunal suprême... Pourquoi ressusciter celui que nul n'attend et qui dérangerait désormais des existences vouées à l'orgueil et aux iouissances des sens ?... J'ai donné la terre à Florent et à Gaël, laissez le ciel à celui qui s'est appauvri... Mon père ! mon père ! vous m'avez veillé, consolé, ressuscité ! après m'avoir donné la vie, je vous demande encore le ciel !

Deux larmes silencieuses roulèrent sur les joues du père Athanase.

— Louange à Dieu ! louange à Dieu ! murmura-t-il.

—Vous bénissez mon projet, vous daignez me recevoir au nombre de vos enfants ?

—Vous êtes en ce moment sincère dans votre résignation et votre repentir, comme vous l'étiez jadis dans votre douleur désespérée... Je vous ouvre les bras... je vous autorise à rester au milieu de nous... Mais...

Tanguy leva sur le père abbé un regard plein d'inquiétude.

— Mais?... dit-il.

— Je veux, avant de vous lier à notre ordre, éprouver votre vocation... les clartés soudaines aveuglant les Saul sur la route de Damas sont rares, bien rares, ô mon fils ! Plus nous voulons de dignes moines dans nos abbayes, plus nous devons nous convaincre avant de les admettre qu'ils ne gardent plus rien de leurs attachements terrestres... Conservez la robe de bure qui vous confond avec nous à la chapelle, mais n'espérez point prononcer de vœux avant une période de cinq ans.

— Cinq ans ! répéta Tanguy.

— Si l'épreuve vous semble au-dessus de vos forces, vous pouvez ne pas la subir.

— Je m'y soumets, au contraire, et je m'incline sous votre bénédiction !...

Le père Athanase leva la main droite, prononça les sublimes paroles qui délient, et Tanguy sentit soudain son âme inondée d'une lumière et d'une joie surhumaines.

— Venez, frère Antoine ! dit doucement le prieur.

Frère Antoine, qui remplaçait ainsi subitement le marquis Tanguy de Coëtquen, se leva du banc de bois sur lequel il se tenait agenouillé. Le prieur franchissait avec lui la porte de la chapelle, quand la cloche de l'abbaye de Léhon retentit avec une violence inusitée.

Un frère convers courut ouvrir et resta longtemps à parlementer avec celui qui troublait à cette heure le calme de l'abbaye ; mais quelque raison qu'il donnât au visiteur, le frère Ange n'obtint aucun succès ; et, repoussant presque avec violence celui qui tentait de lui interdire jusqu'au lendemain l'entrée du monastère, un enfant touchant à l'adolescence vint d'un seul élan tomber agenouillé aux pieds de l'abbé en s'écriant :

— Grâce ! protection ! justice ! mon père ! Je m'appelle Patira, et je viens vous confier mon plus cher trésor en ce monde !

Et Patira éleva vers le prieur le fardeau qui chargeait ses deux bras.

XXII

ROSETTE

Arrivé à ce point de notre récit, nous sommes obligé de retourner en arrière et de raconter ce qui était survenu au château de Coëtquen après que Blanche eut confié le petit Hervé au précoce courage de Patira.

La marquise ne se dissimulait point qu'elle serait sans nul doute cruellement punie d'avoir mis Hervé à l'abri de la persécution de ses implacables ennemis.

L'orgueil de Simon, surexcité par l'espoir d'une illustre alliance, avait éteint dans son cœur une pitié passagère pour la noble captive.

Sans le savoir, l'innocente Rosette devenait la complice de Gaël et de Florent, et pour l'amour de cette créature pure comme les anges, l'intendant se trouvait disposé à devenir l'exécuteur de tous les crimes.

Mais de l'heure où Hervé, l'enfant de la douleur baptisé dans les larmes, se trouva hors d'atteinte, Blanche sentit doubler son courage. La pensée de sauver ce petit être l'eût seule décidée à s'humilier devant les auteurs de son martyre. Hervé libre, Hervé placé sous la protection d'un dévouement obscur, mais fidèle, la jeune femme se retrouvait toute entière.

Ses craintes, ses angoisses, loin d'affaiblir en elle les sentiments de sa foi, venaient de les aviver, comme un souffle de vent rapide active la lumière d'une torche. La force de Blanche était, non pas dans sa volonté, mais dans son âme. La résignation, loin de l'abaisser, la rendait plus grande encore, plus digne de l'admiration de tous, si d'autres que ses bourreaux et Patira eussent connu sa lamentable histoire.

On se souvient que Simon lui avait promis de ne revenir que le lendemain chercher Hervé afin de le remettre entre les mains de Florent.

On sait aussi que Simon, envoyé à Dinan afin de porter un message à mademoiselle Loïse de Matignon, était tombé dans la forêt, traîtreusement frappé d'un coup de couteau.

Blanche, qui attendait l'intendant au milieu de la nuit et se tenait prête à soutenir l'assaut de sa colère, passa sans sommeil les longues heures qui la séparaient du matin.

Il lui restait encore du pain durci : elle le trempa dans l'eau contenue au fond de sa cruche et attendit.

Ses forces physiques étaient épuisées; elle venait de subir seule et sans secours la plus terrible commotion que puisse éprouver une femme; le corps brisé par la souffrance, le cœur déchiré par la douleur d'avoir quitté son enfant, elle resta immobile sur son misérable lit de bois et de paille, ayant pour couverture la cape de laine noire que Simon lui avait apportée durant l'hiver.

Heureusement le signal donné par Patira vint la ranimer; il amena même un sourire sur son pâle visage. Si son enfant vivait, si l'apprenti de Jean veillait sur lui Blanche pouvait redire la devise des Coëtquen : *Que mon supplice est doux!*

Elle s'étonna de ne point voir Simon pendant la journée, mais elle trouva à son absence un motif suffisant. L'intendant, sans nul doute, ne voulait pas aller ostensiblement dans la Tour-Ronde : il eût craint les regards curieux d'un valet.

— Dieu est bon de m'accorder un peu de répit, pensa la prisonnière.

Blanche se sentait très-faible ; malade et toute défaillante, elle ne trouvait même plus une goutte d'eau pour apaiser sa fièvre.

D'horribles tiraillements déchiraient sa poitrine. Elle commençait à souffrir de ce mal sans nom qui s'appelle la faim.

Les bras croisés sur son sein, les yeux clos, elle sem blait une morte couchée sur un lit funéraire ; aucun son ne passait ses lèvres ; elle rassemblait une suprême énergie, et de son cœur s'échappait une muette oraison recueillie par les anges.

Ce fut alors qu'elle regretta vivement d'avoir interdit à Patira de traverser l'étang jusqu'à ce qu'il pût sans danger pour Hervé le laisser seul dans l'abri qu'il lui aurait préparé.

Sans nul doute, à cette heure, Patira songeait au moyen de découvrir la seconde clef fabriquée par Jean l'Enclume.

— Pauvre enfant! pensa Blanche, il s'occupe de ma liberté aussi... Quelque chose me dit que je sortirai de ce cachot, que je reverrai le ciel bleu, les grands bois, que je presserai contre ma poitrine défaillante l'enfant de Tanguy, mon Hervé bien-aimé!

Un son clair, strident comme un trille d'oiseau, traversa l'espace.

Blanche se souleva sur sa couche et prêta l'oreille.

— Patira! murmura-t-elle.

Une seconde après, un couplet de la ballade de la *Dame de Coëtquen* apprit à la jeune mère qu'elle pouvait se rassurer sur la santé de son fils. Le pauvre petit saltimbanque tenait sa promesse.

— Quoi qu'il arrive de moi, Seigneur, dit Blanche

en joignant les mains, soyez à jamais béni ! Votre divine Mère accepta votre sacrifice pour le salut du monde, j'offre ma vie pour le salut d'Hervé...

Une crampe soudaine qui déchira ses entrailles la tordit sur sa couche, et la malheureuse femme, en dépit de son courage, sentit les larmes lui monter aux yeux.

— J'ai faim ! dit-elle, j'ai faim !

Sa pâleur devint plus livide, si l'on peut dire que la pâleur d'un cadavre augmente, et la marquise retomba en arrière à demi évanouie de besoin et de souffrance.

Tandis qu'elle attendait la venue de Simon apportant le pain destiné à soutenir sa vie languissante, des événements d'un genre bien différent se passaient au château.

Gaël, ne voyant pas reparaître le messager qu'il avait envoyé à Dinan, entra chez son frère sans se faire annoncer.

Il était tard, l'orage éclatait dans toute sa violence et la pluie fouettait les vitres avec un bruit sec, tandis que de grandes lueurs bleuâtres illuminaient de temps à autre les personnages des tapisseries et le visage de Florent.

Celui-ci était occupé à enlever de longues bottes couvertes de boue.

Sur un fauteuil se trouvait un manteau trempé de pluie, et la plume de son feutre, dans un état lamentable et pour jamais défraîchie, laissait tomber une cascade de gouttes d'eau.

Le visage de Florent était d'une pâleur livide.

Gaël s'arrêta sur le seuil de la chambre et regarda fixement son frère.

— Vous n'appelez pas votre valet de chambre? dit-il.

Le comte tressaillit au son de la voix de Gaël et lui répondit avec un étrange accent :

— Je n'ai besoin de personne, de personne, mon frère.

— Je ne vous gêne pas, au moins?

— Vous! comment? pourquoi? Au contraire... pendant cette nuit de convulsion et d'orage, on est bien aise de ne pas se trouver seul.

— Une nuit terrible! dit Gaël.

— Oui, mon frère, une nuit terrible!

Gaël garda un moment le silence; Florent semblait troublé de ce silence même, et cependant on eût dit que ses lèvres blêmes étaient scellées.

Ce fut Gaël qui reprit avec une lenteur préméditée :

— Ne vous semble-t-il pas, Florent, que Simon tarde beaucoup à revenir?

— La route est longue, les chemins mauvais.

— Et puis on peut faire de fâcheuses rencontres?...

— C'est ce que je pensais, Gaël.

Il y eut encore un long silence, que Florent rompit cette fois :

— Avez-vous grande confiance dans le message adressé par vous au comte de Matignon?

Gaël secoua la tête.

—Non! fit-il, non! répondre autre chose serait me mentir à moi-même. Sans doute le comte donnerait son consentement à ce mariage, mais Loïse s'obstinera dans son refus... Le baron de Vaurufier ne lui semble pas plus digne d'être son mari que le dernier né des Coëtquen ne l'était il y a six mois... Ce qu'elle hait en moi, c'est Gaël lui-même... L'homme lui déplaît... son visage l'épouvante; on dirait qu'elle a transpercé mon cœur de ses regards innocents pour voir quelle couvée de reptiles y pullule et y grouille... Peut-être m'eût-elle changé, régénéré... la destinée d'un homme est parfois dans le sourire d'une jeune fille... Elle n'a pas voulu... Aussi ma passion pour elle, sans diminuer d'intensité, a-t-elle changé de nature... Je ne ressens plus de tendresse pour Loïse, mais de la haine... Mon orgueil blessé siffle comme une vipère entre elle et moi... Je veux qu'elle soit ma femme... elle le sera, je le jure! Mais je ne lui promets plus de faire son bonheur... Elle expiera ses dédains, elle versera des larmes amères pour les expier.

— Gaël, dit Florent, je crois comme vous que Loïse vous serait accordée par son père, mais si Loïse se donne à Dieu...

— J'incendierai le couvent! dit Gaël d'une voix tonnante.

— C'est un moyen violent, mais enfin c'est un moyen... et après?

— Après, j'enlèverai Loïse.

— Prenez garde, mon frère: la justice peut se montrer clémente parfois et avoir égard au rang de ceux qui commettent certains faits répréhensibles, mais, quand il s'agit d'un sacrilége, tous les fronts sont égaux devant l'excommunication.

Gaël leva son front avec une expression de défi:

— Je ne crois pas en Dieu, fit-il; que me ferait l'excommunication d'un prêtre?

L'éclat strident d'un coup de tonnerre répondit à ce blasphème, et le château de Coëtquen trembla sur ses bases de granit.

Florent s'approcha de la fenêtre.

Une clarté rouge éclairait la campagne.

— Tiens, dit le comte, les meulières du Grand-Champ sont en feu!

Il ajouta en se tournant vers Gaël:

— Décidément, je crains bien que par une nuit semblable il n'arrive malheur à votre messager...

A la lueur de l'incendie qui projetait son éblouissante lumière dans la chambre, Gaël regarda de nouveau son frère.

Puis saisissant le devant brodé de son habit:

— Lavez cette tache! dit-il: lavez-la!

Florent regarda fixement Gaël. Le choc de leurs prunelles fut terrible.

Gaël accusait, Florent avouait; le premier acceptait par son silence sa part de complicité!

Presque aussitôt tous deux se séparèrent : Gaël essaya de dormir, Florent lut pendant une partie de la nuit un livre sur lequel il ne parvint pas à fixer son esprit. Il entendait sans cesse un bruit, un tout petit bruit, celui d'un couteau faisant crier la chair d'un homme...

Rosette, accoutumée aux longues absences de son père, et sachant que le service des messieurs de Coëtquen le retiendrait assez tard à Dinan, se coucha à l'heure accoutumée. Le fracas de l'orage ne la réveilla point; le lendemain seulement elle se sentait énervée.

La jeune fille alla sur la pointe du pied jusqu'à la porte de son père; elle plaça son oreille contre la serrure et écouta si elle entendait quelque bruit.

Il pouvait être huit heures, et jamais Simon ne se leva à une heure aussi tardive.

Une sorte de crainte vague traversa l'esprit de Rosette. Elle ne s'y arrêta pas, s'accusa de voir toutes choses par leur côté pénible et rentra dans le petit salon.

Le clavecin était ouvert; elle s'assit devant l'instrument et passa ses mains sur les touches d'ivoire.

Mais il lui sembla que les notes prenaient des sons lugubres sous ses doigts nerveux, et, sans continuer l'air commencé, elle s'assit dans l'embrasure d'une fenêtre et se mit à broder au tambour.

L'horloge du château sonna neuf heures, puis la demie.

L'inquiétude de Rosette s'accrut, et ne pouvant y résister, elle retourna vers la chambre de son père et de nouveau prêta l'oreille.

Un silence complet y régnait.

Elle souleva le loquet, la porte résista

Rosette se souvint qu'une entrée de cette chambre avait été ménagée dans un cabinet de toilette ; elle traversa la salle à manger, gagna ce cabinet, et tourna le bouton d'une porte bâtarde donnant accès dans l'alcôve.

Un seul regard apprit à Rosette que son père n'était pas rentré.

Alors l'effroi la secoua des pieds à la tête ; elle courut à la rencontre de Nanon, sa vieille servante.

— Sais tu où est allé mon père hier ? lui demanda-t-elle.

— Ma mignonne Rosette, il ne m'a pas fait de confidence.

— Peut-être a-t-il parlé à des gens de la maison ? Va, cours, questionne, informe-toi... S'il s'était agi d'un voyage, il n'eût pas manqué de me prévenir.

La vieille Nanon disparut aussi vite que le lui permettaient ses faibles jambes ; Rosette tomba sur son prie-Dieu.

— Sauvez mon père ! dit-elle ; Dieu de bonté, sauvez mon père !

Les larmes coupèrent sa voix, et la jeune fille demeura prosternée, en pleurs, jusqu'à ce que Nanon reparût.

— Les gens ne savent rien, dit-elle, rien !

— Qui a donné des ordres à mon père ?

— Le baron de Vaurufler lui-même.

— Merci, Nanon, je vais aller le trouver.

— Ma chère mignonne, m'est avis que le seigneur Gaël manque souvent de respect aux jeunes filles.

— Tu oublies que je suis peut-être orpheline, Nanon !...

— Le Seigneur nous garde d'un tel malheur !

— Va, Nanon, va, te dis-je ! explique au valet de chambre du baron que je suis en proie à une mortelle inquiétude et que je sollicite un moment d'audience.

— Cependant, mignonne...

— Va, mais va donc ! dit Rosette en prenant par les mains la vieille servante et en la conduisant jusqu'à la porte.

Nanon céda. Elle descendit l'escalier, traversa le jardin, et, une fois dans les appartements de Gaël, elle transmit à son valet de chambre la prière instante de la jeune fille.

Le domestique secoua la tête.

— Je ne vous refuserai rien, Nanon, dit-il, parce que vous êtes une brave femme et que mademoiselle Rosette est un ange du bon Dieu... Mais la maison est à l'orage, comme le ciel... Le baron de Vaurufier tremble la fièvre, et le comte Florent est morne comme la porte verrouillée d'une prison... Je ne sais point si c'est la nouvelle de la mort du marquis Tanguy de Coëtquen qui les absorbe de cette façon, mais à les voir on dirait que le remords se mêle à leur douleur.

— Pouvez-vous-dire ces choses, Resol ?

— Je dis ce que je pense, et je pense d'après ce que je vois... Une autre chose que je ne comprends guère et qui m'a blessé profondément, c'est qu'au lieu de me donner un habit superbe que son deuil l'empêchait de porter, monsieur le comte l'a brûlé lui-même ce matin.

— Si vous saviez comme pleure la mignonne Rosette ?...

— Je vais faire votre commission, répondit le valet de chambre.

Nanon attendit debout, immobile, le retour de Resol.

L'expression de son visage lui apprit que la demande de la jeune fille était repoussée.

— Il s'agit de son père ! s'écria Nanon.

— Monsieur le baron m'a répondu qu'il pleurait le marquis Tanguy...

— Mais vous, Resol, vous devez savoir où le baron a envoyé Simon ?

— A Dinan, j'en suis sûr : Simon devait y porter une lettre.

— S'il allait à Dinan seulement, la mignonne a raison... il est arrivé un malheur !

Nanon rentra toute tremblante dans l'appartement de l'intendant.

Lorsque Rosette apprit que Gaël refusait de la voir, une flamme d'indignation monta à son visage.

— L'égoïste ! fit-elle, l'égoïste ! oui, l'égoïste et le menteur aussi, car si moi je pleure toutes mes larmes à la pensée qu'un accident est arrivé à mon père, le baron ne regrette pas même Tanguy de Coëtquen ! Il s'enferme pour se répéter avec une joie orgueilleuse qu'il va devenir le maître d'une grande seigneurie...

« N'a-t-il point agi d'une façon hautaine en assemblant toute la maison le soir même du jour où le marquis lui envoya la fatale lettre par laquelle il lui apprenait que, ne pouvant survivre à la perte de madame Blanche, il allait se donner la mort?... Tandis que notre cher marquis agonisait, ses frères, aussi coupables sans doute que ceux de Joseph, se partageaient ses dépouilles... Et pour éviter d'entendre mes cris, de voir couler mes larmes, ils m'interdisent de paraître devant eux et de demander : « Qu'est devenu mon père ? » — Oh ! quand on souffre déjà comme je souffre, quand les appréhensions de votre âme vous mettent au fait d'un malheur, c'est une injustice, une cruauté, un sacrilége !

— Calmez-vous, mignonne ! pour Dieu, calmez-vous !

— Mon père ! mon père ! répéta Rosette au milieu de ses sanglots.

Elle s'interrompit brusquement, se leva toute droite, et regardant Nanon avec une résolution dont s'épouvanta la vieille femme :

— Je vais chez le baron, dit-elle, et nous verrons bien s'il me fait mettre dehors par ses gens !...

— Mignonne ! mignonne ! cria Nanon.

Mais Rosette n'entendait plus, elle ne voyait plus, sa tête était perdue ; elle descendit les escaliers en courant et traversa le jardin comme une flèche. Arrivée dans l'antichambre de Gaël, elle reprit sa course sans paraître entendre Resol, et brusquement, pâle, tremblante, les joues mouillées de larmes, elle parut devant Gaël qui, en la reconnaissant, ne put maîtriser un mouvement de colère.

— Ayez pitié de moi, monseigneur ! dit la jeune fille... l'orage a été terrible cette nuit, il a remué mes nerfs... Et puis mon cœur s'alarme... Si vous saviez combien j'aime mon père ?... Songez donc ! il n'est pas revenu, et vous l'aviez seulement envoyé à Dinan ! c'est alarmant, cela est vraiment terrible ! Je vous en supplie, faites faire des recherches dans les environs... On peut tomber de cheval... les bois ne sont pas sûrs... Je me meurs d'angoisse !...

— Relevez-vous, relevez-vous, Rosette, dit le baron, le deuil est sur le château... Cependant je ne vous verrai point pleurer sans faire quelque chose pour vous... Une battue sera faite dans la forêt.

— Merci, merci, monsieur le baron, et pendant ce temps, si vous daignez me dire où vous avez hier envoyé mon père, je me rendrai à Dinan...

— Allez donc au logis du comte de Matignon, Rosette, et informez-vous.

Rosette essuya rapidement ses yeux.

— Je pars, monsieur le baron, je pars...

— Demandez une des voitures, Rosette.

— Vous êtes bon, monseigneur ! puisse Dieu vous consoler à votre tour !

— On ne se console pas de la perte d'un frère comme le nôtre, Rosette...

— Je le sais! je le sais! dit-elle. Oh! du moins, je prierai bien, je vous assure, que Dieu fasse paix à sa pauvre âme!

Un moment après, Rosette était dans une voiture légère et courait sur la route de Dinan.

La route fut vite parcourue. Comme elle entrait dans la ville, Rosette rencontra un convoi. Elle descendit de voiture afin de gagner plus vite le logis du comte de Matignon, et ce fut à la porte de son hôtel qu'elle apprit qu'on portait en terre sainte le père de Loïse.

Toute son espérance était maintenant dans cette jeune fille.

Elle gravit les trois marches du perron et allait franchir le vestibule, quand elle s'arrêta pour voir passer deux femmes revêtues de l'habit monastique.

La première était sœur Augustine, la seconde Loïse de Matignon qui, par une faveur spéciale, avait obtenu d'être comptée tout de suite au rang des novices du couvent auquel appartenait la calvairienne.

Une minute encore, et on eût appris à Rosette qu'elle venait pour jamais de s'enfermer dans un cloître.

Rosette connaissait mademoiselle de Matignon, et s'approcha d'elle avec le sentiment d'un double respect.

— Mademoiselle, dit-elle, au nom de votre douleur, venez en aide à mon désespoir... Mon père eut hier l'honneur d'être admis près de vous.

— Oui, Rosette; je le chargeai d'apprendre au baron de Vaurufier ce que tu pourras lui répéter : je préfère le ciel à la terre, et un fiancé divin à un homme quel qu'il soit...

« Il partit... et je n'en sais pas davantage...

— Mon Dieu! mon Dieu! dit Rosette, il est arrivé un malheur! Je le sens, et je ne puis rien! rien!

Loïse leva sa main pâle, traça dans l'air le signe de

la croix et, précédée de sœur Augustine, elle descendit le perron et monta dans le carrosse qui l'attendait.

Deux heures plus tard, Rosette était de retour à Coëtquen.

Les hommes envoyés par Gaël pour fouiller le bois n'é-taient pas revenus encore.

En attendant le résultat de leurs recherches, Rosette, serrée contre Nanon, pleurait à sanglots.

Enfin un grand bruit se fit dans la cour; la jeune fille se précipita à la fenêtre, et voyant les piqueurs de Coëtquen, elle descendit pour avoir des nouvelles.

Au milieu du groupe qu'ils formaient se trouvait le cheval monté la veille par Simon. La bête, frissonnante, restait la tête baissée, reniflant avec une sorte de terreur.

— Eh bien! demanda Rosette, vous n'avez rien trouvé?

— Rien, sinon le pauvre cheval lié par la bride à un tronc d'arbre... puis...

— Achevez! achevez, de grâce!

— Ce n'est pas une preuve... vous comprenez bien, mademoiselle Rosette... les indices, ça trompe...

— Vous me faites mourir! s'écria Rosette.

— Il faut le dire, à vingt pas du cheval, nous avons trouvé ce mouchoir; voyez la marque, et...

— Ne regarde pas! fit Nanon en saisissant le mouchoir...

La jeune fille se calma soudainement et dit d'une voix faible :

— Donne-le, Nanon, je suis résignée... Je sens que mon père est frappé! Tu le sais, mon organisation nerveuse me permet de deviner, de comprendre bien des choses qui échappent aux autres... Remets-moi ce mouchoir, ma bonne Nanon...

La vieille femme l'abandonna à Rosette.

Ce mouchoir, maculé de sang et de boue, appartenait bien à Simon.

Rosette ne dit rien; elle devint effroyablement pâle, glissa lentement sur les genoux et cacha son visage, l'enfouissant dans le haillon qui, mieux que toutes les paroles, lui apprenait quelle perte elle venait de faire.

Nanon l'enleva évanouie dans ses bras et, aidée de deux piqueurs, la monta dans sa chambre et l'étendit sur son lit.

Quand elle reprit l'usage de ses sens, la vieille domestique priait à son chevet.

— C'est fini! dit Rosette, c'est fini! je suis seule au monde... Oh! sans doute, il est toujours cruel de perdre son père, mais quand il s'agit d'un père comme le mien, la douleur est cent fois plus cuisante,.. Comme il m'aimait! Nanon, t'en souviens-tu? Oh! il m'aimait trop!

Les larmes de Rosette coulèrent toute la nuit. Au matin, elle entendit l'office à la chapelle, et, rentrée chez elle, la pauvre enfant continua de prier.

Vers le milieu de la journée, la vieille Nanon déposa sur un fauteuil, près de la jeune fille, le costume de deuil qu'elle venait de mettre en ordre.

Rosette la remercia d'un regard, revêtit sa robe noire et s'absorba dans sa douloureuse détresse.

Vers le soir, la servante dévouée obtint que Rosette se couchât.

Elle était si brisée, la pauvre orpheline, qu'elle se laissa faire.

Nanon lui enleva ses vêtements comme au temps où elle la tenait l'hiver sur ses genoux pour lui réchauffer les pieds; puis, l'ayant placée sur son lit, elle ferma les rideaux, après avoir vu le lourd sommeil qui suit les grandes douleurs clore les paupières de Rosette.

Nanon, qui s'oubliait toujours pour les autres, éprouvait elle-même un grand besoin de repos; et bientôt le calme le plus absolu régna dans le petit appartement de l'intendant Simon.

La grosse horloge cria dans sa gaîne, puis sonna douze coups.

Comme si elle eût attendu ce signal, Rosette entr'ouvrit immédiatement ses rideaux et glissa ses pieds hors de son lit.

Elle alluma une bougie, et bien que ses prunelles fixes ne parussent rien distinguer, elle trouva et passa l'un après l'autre ses vêtements de deuil.

Quand elle fut complétement habillée, elle quitta sa chambre, passa dans la salle à manger, ouvrit l'armoire, y prit la moitié d'un pain; enleva d'une crédence de chêne une cruche de grès flamand et la remplit d'eau.

La jeune fille faisait toutes ces choses sans se presser, d'une façon régulière, automatique... Rien ne hâtait ses mouvements paisibles.... Ses grands yeux fixes regardaient dans le vide.

D'une main elle saisit la lanterne, mit le pain dans un pan de sa robe et s'approcha de la porte de sortie.

Arrivée là, obéissant à un instinct, à un souvenir, elle rentra, se dirigea vers la chambre de son père, ouvrit une cassette et prit une énorme clef qu'elle cacha dans son corsage.

Sans doute il ne lui manquait plus rien, car, munie de ses provisions et de sa lanterne, elle gagna les escaliers et descendit sans faire plus de bruit qu'un fantôme.

L'orage de la veille avait purifié le ciel; les étoiles brillaient, un vent frais soufflait à travers les arbrisseaux et les rosiers du parterre.

Rosette ne s'arrêtait pas; elle allait, elle allait, en ligne droite, toujours en avant, de son pas égal, monotone, qui eût à peine courbé les herbes.

Quand elle se trouva au pied de la Tour-Ronde, elle poussa un soupir profond; les âmes délaissées doivent avoir de ces déchirants soupirs.

L'escalier en spirale s'éclaire de la lueur de la lanterne de Rosette; la jeune fille descend, descend... Elle ne s'appuie point aux murailles humides, elle n'hésite pas en posant son pied sur les marches glissantes; elle touche le sol et se trouve en face de l'oubliette de Coët-quen.

Alors, posant le pain et la cruche d'eau sur la dernière marche de l'escalier, Rosette retire de son corsage la clef qu'elle y a cachée et l'introduit dans la serrure.

Au bruit du fer si connu de Blanche, celle-ci tressaille et s'agite sur son lit; on vient à elle : secours ou malheur, elle préfère savoir ce qui l'attend que de supporter plus longtemps et les angoisses dans lesquelles se meurt son âme, et les tortures que lui fait éprouver la faim.

La porte s'entr'ouvre :

— Simon! dit Blanche.

Ce n'est pas l'intendant qui paraît, mais Rosette...

Rosette pâle comme une morte sous ses vêtements de deuil! Blanche la reconnaît, et, s'élançant hors de sa couche aussi rapidement que le lui permet sa faiblesse, elle s'approche et lui dit d'une voix suppliante :

— Toi qui es jeune, toi qui es pure et bonne, tu ne peux pas vouloir augmenter mon martyre... Tu parais dans ma prison comme un ange libérateur... Rosette! Rosette! ne vas-tu pas me sauver?

La fille de Simon reste impassible; ses grands yeux bleus, froids et fixes, ne répondent pas plus que ses lèvres; elle place enfin la cruche et le pain sur l'escabeau, puis tend d'un bras rigide à la marquise la lanterne dont elle s'est munie.

Blanche pousse un cri de reconnaissance.

— Dieu te bénisse ! dit-elle, Dieu te bénisse ! Tu sauves à la fois Blanche Hulgan et Hervé de Coëtquen !

Et prenant de la main glacée la lanterne de corne, Blanche, si faible tout à l'heure, est subitement ranimée par la pensée de la liberté. La jeune femme serre dans ses bras la fille de Simon aussi froide qu'une statue ; puis, franchissant le seuil du cachot, elle gravit une à une les marches de l'escalier de la Tour-Ronde.

Le grand air, frappant Blanche au visage, lui causa une sorte d'ivresse.

Elle chancela et s'appuya contre la muraille. La couleur noire de la cape lui permettait d'échapper à tous les regards, si quelqu'un veillait à l'une des fenêtres du château.

Blanche se traîna vers un bosquet, mâcha quelques feuilles humides de la rosée de la nuit, et, tapie sous cet abri, elle attendit les premières clartés de l'aube.

Dieu seul sut quelles angoisses mortelles emplirent son cœur pendant ces heures décisives dont la longueur lui parut mortelle !...

Couchée sur le sol, allongée sous l'abri protecteur d'un seringat, elle attendait, le cerveau vide et rempli de bruissements étranges, qu'il lui fût possible de quitter l'enceinte maudite de Coëtquen. Une fois le pont-levis franchi, elle ne redoutait plus rien ; mais jusque-là n'avait-elle point encore raison de trembler ?

Enfin une voix claire appela dans la cour ; une paysanne accorte, conduisant une petite charrette, demanda l'entrée du château ; la lourde porte tourna sur ses gonds, et la marchande de fromages descendit sa commande aux cuisines.

Blanche profita de cet instant ; elle se leva et, enveloppée dans le manteau dont le capuchon lui cachait complétement le visage, elle se glissa hors du château.

A peine fut-elle hors de ces murs qui l'avaient vue si profondément misérable, qu'elle tomba sur les genoux en murmurant :

— Libre, mon Dieu ! Je suis libre !

XXIII

L'INCENDIE

Blanche se trouvait sur les rives de cet étang limpide dont les eaux gonflées avaient, quelques mois auparavant, failli l'étouffer dans son cachot. Elle regarda avec un attendrissement poignant la meurtrière dont les barreaux sciés et tordus lui rappelaient à la fois le salut d'Hervé et le dévouement de Patira.

A cette heure matinale, elle ne redoutait rien : placée sous la main de Dieu qui la protégeait d'une façon visible, entourée d'une nature féconde et paisible, foulant aux pieds un sol qui lui appartenait, elle était sûre que dans quelques heure tous les anciens bonheurs lui seraient rendus. Penchée sur les rives de l'étang, elle y plongea ses deux mains, puis les porta à ses lèvres ; la fraîcheur de l'eau lui fit du bien ; poussée par une curiosité facile à comprendre chez une femme, elle rejeta en arrière le capuchon de sa mante et se regarda dans le pur miroir placé devant elle. Hélas ! ce n'était plus la ravissante créature qui courait dans les bois avec une ardeur juvénile ; les traits de son visage, allongés par la souffrance, ne pouvaient se reconnaître qu'à leur expression de douceur et de bonté ; ses lèvres avaient perdu leur incarnat ; et chose étrange, effrayante, quand on songeait que cette créature brisée n'avait pas dix-huit ans, les cheveux blonds de la marquise, ces cheveux charmants qu'elle ne voulut jamais couvrir de poudre, avaient complétement blanchi !...

Blanche songea à Tanguy, et deux larmes amères roulèrent sur ses joues; elle se souvint d'Hervé, et son regard resplendit de bonheur.

Après les premières minutes données à la sensation intense de la liberté, les douleurs cuisantes qui dévoraient la poitrine de la jeune femme redoublèrent et le cri de la faim passa encore une fois ses lèvres.

Il ne se trouvait aucune maison dans le voisinage.

D'ailleurs Blanche avait résolu de n'adresser la parole à personne avant d'avoir vu Patira.

Elle redoutait d'être reconnue avant de s'être concertée avec le protecteur de son fils.

Le plus sage était donc d'attendre, cachée dans les halliers du bois, que, le jour commençant à baisser, il lui fût possible de se rendre à la maison de Jean l'Enclume et d'y attendre la sortie de l'apprenti.

Mais les tiraillements de la faim devenant de plus en plus douloureux, elle ne tarda pas à se demander si elle aurait la force de se traîner jusqu'à la forge.

Une crainte horrible lui serra le cœur. Si elle allait mourir sur le chemin sans secours, sans prière, sans avoir revu Tanguy, sans avoir embrassé Hervé !

A deux pas de l'étang se trouvait un calvaire; elle s'y traîna plutôt qu'elle ne s'y rendit, tomba épuisée sur les degrés de pierre et poussa un gémissement douloureux comme un soupir d'agonie.

Elle venait de fermer les yeux, quand un chant traînant comme une mélopée lui arriva de loin. C'était celui d'un de ces cantiques dont nul ne connaît les auteurs et qui sont redits, le long des routes poussiéreuses, par les chercheurs de pain. Ils ne visent point à varier leur répertoire : les simples gens qui leur font l'aumône ont été bercés par ces mêmes airs. Sans doute ils ne prêtent que peu d'attention aux paroles; la mélodie répond d'une façon absolue à leurs propres rêveries. Elle a des notes allongées qui semblent pleurer d'écho en écho et que se renvoient les pâtres du sommet d'une colline à l'autre. La plupart du temps, ce cantique retrace un miracle dont nul ne doute dans le pays, et qui satisfait en même temps les besoins de la foi et le goût d'une mélancolie grave et douce tout ensemble.

La voix du mendiant chantait :

> C'est un' fille âgée de quinze ans
> Qu'a promis un voyage
> A Sainte-Anne d'Auray,
> Dans la Basse-Bretagne ;
> Dans la Basse-Bretagne, dans la chaude saison,
> A promis son voyage, par grand' dévotion.

Blanche fit un effort et souleva la tête.

Ce mendiant, il lui semblait le reconnaître.

— Oui, dit-elle tout bas en appuyant son menton sur la paume de ses mains pâles, c'est Kadou, le vieux Kadou, l'aveugle de Saint-Hélen !

Et la jeune femme sentit au fond de son cœur une sorte de joie.

Le second couplet vibra dans l'air :

> Ce fut par un lundi
> Qu' la belle se mit en route ;
> Ell' n'était pas à mi-chemin qu'ell' s'est trouvée lassée,
> Lassée à cheminer ;
> Sur l' bord d'une fontaine se mit à s' reposer.

On commençait à entendre sur la route le bruit des lourds sabots du vieil aveugle Kadou ; en avant, le chien, un

caniche noir à regard profond, marchait, précédant son
maître de toute la longueur de la corde.

Kadou continua :

En son chemin rencontre une très-noble dame
Qui lui dit : « — Mon enfant, voyagerons-nous ensemble?
    — Je ne suis point capable
    De marcher quant et vous ;
    J'ai promis ce voyage
    Seulette à deux genoux. »

Au moment où il achevait le troisième couplet, le vieux
Kadou se trouvait en face du grand calvaire. Blanche se
leva péniblement et marcha vers l'aveugle, en lui disant
d'une voix presque éteinte :

— La charité d'un morceau de pain, pour l'amour
de Dieu?

Kadou s'arrêta court, et enlevant de son épaule un
bissac alourdi par les aumônes de la veille :

— Ce que le Seigneur m'a donné appartient à plus
pauvre que moi, dit-il. Justement, je n'ai point déjeuné
encore... A votre voix, il me semble que vous êtes toute
jeune et malade, une enfant... Conduisez-moi près d'un
talus où nous puissions nous asseoir.

— Là, dit Blanche, sur les marches du calvaire !

Elle prit la main de Kadou, le guida, et une minute
après tous deux se trouvaient sur les degrés de granit ; elle
la noble martyrisée, lui l'éprouvé, protégés fraternelle-
ment à cette heure par les bras de la croix.

L'aveugle fouilla dans son bissac, en tira un chanteau
de pain noir, des fromages, quelques pommes tardives, et
offrit ces humbles provisions à sa jeune compagne. La
marquise les prit avec reconnaissance et attendrissement:
elle se souvenait d'avoir souvent, au temps de son bonheur,
secouru la misère de Kadou, et goûtait une consolation

intime à partager à cette heure le pain du pauvre homme.

Le caniche noir avait posé sa grosse tête sur les genoux de son maître, et il attendait sa part du festin.

Toute autre rencontre que celle de Kadou aurait causé une sorte d'effroi à la jeune femme ; elle eût tremblé d'être reconnue en dépit du capuchon de sa mante et de l'amaigrissement de ses traits. Mais Kadou, privé de la lumière, ne saurait jamais qui il venait de secourir, et il pourrait sans nul doute lui apprendre quelques-uns des détails qu'elle souhaitait avidement connaître.

Les chercheurs de pain allant de ferme en ferme, d'auberge en auberge, sont mieux au courant que personne des nouvelles du pays. Ils sont la gazette rurale des villages qu'ils traversent. En échange du morceau de lard, de la galette de sarrasin et du verre de cidre qu'on leur offre, ils racontent les événements accomplis dans chaque paroisse : les fiançailles, les naissances, la valeur des récoltes de chacun. On les aime et on les attend dans chaque maison au lieu de les redouter comme un fléau.

La mendicité semble un droit dans les campagnes, et l'aumône y est regardée comme un devoir.

Lorsque Blanche eut apaisé lentement les intolérables angoisses de sa faim, elle demanda à Kadou :

— Vous êtes du pays, n'est-ce pas ?

— Si je suis du pays ? Jésus Dieu ! c'est à Auray que ma mère m'a mis au monde, moi et mes six frères... et tous les six, ajouta Kadou, nous sommes également privés de la vue... Pour lors, ne pouvant travailler, chacun de nous s'en est allé demander aux chrétiens charitables de nous secourir au nom de Jésus-Christ... et, pour être juste, jamais personne n'y a manqué... Vous voyagez, vous ? demanda Kadou en tournant vers la marquise ses yeux sans rayon.

— Oui, répondit-elle d'une voix très-basse.

— Il fut un temps, reprit Kadou, où je vous aurais dit, vous trouvant si jeune, si pauvre : « A quelques pas d'ici est le château de Coëtquen... frappez-y sans crainte... les malheureux sont les bien accueillis... » Oh ! certes, jamais la douce créature qui s'appelait la marquise Blanche n'a laissé un misérable sans soulagement...

— Et, demanda Blanche, cette dame n'habite plus le château ?

Kadou ôta gravement son chapeau parsemé d'épinglettes de laine et de miroirs d'Auray, et répondit :

— Dieu nous l'a prise pour en faire un ange !

La jeune femme tressaillit, mais elle ne répondit rien, dans la crainte de se trahir.

L'aveugle reprit quelques instants après :

— Le marquis Tanguy était bon aussi : Dieu l'en récompense ! mais quand il perdit sa femme, la tête lui tourna... Vrai ! le Seigneur lui enleva à la fois sa raison et son cœur... Il errait, disaient les gens du pays, comme une âme en peine, durant de longues nuits, s'imaginant que le fantôme de sa femme l'appelait... C'était une pitié, je vous le dis ! Et tous les pauvres de Saint-Hélen à Dinan ont récité plus de chapelets que l'année ne compte de minutes... D'abord il exécuta ce que sa femme avait rêvé, et là-bas, sous les hautes feuillées, vous pouvez voir le toit d'un hospice avec une maison d'école... C'était une religion pour lui que d'accomplir les ordres de la chère défunte... On eût dit qu'il voulait vivre jusqu'à ce que tout fût achevé...

— Et quand tout fut terminé ? reprit Blanche haletante, suspendue aux lèvres de l'aveugle.

— Alors, reprit Kadou, M. le marquis n'ayant plus rien à faire en ce monde...

— Achevez ! mais achevez donc ! dit Blanche.

— D'autres disent simplement qu'il a quitté le pays...

Mais il faut que le malheur soit autrement grand, puisque tous les gens du château sont en deuil.

— En deuil? fit Blanche écrasée par ce nouveau malheur.

— Qu'avez-vous, mon enfant, qu'avez-vous? demanda Kadou effrayé de l'accent avec lequel la jeune femme avait prononcé ces mots.

Elle ne répondit pas... elle se sentait mourir. En ce moment, elle regretta d'avoir accepté les secours de l'aveugle; un peu plus elle serait morte, elle aurait rejoint Tanguy !...

Alors, comme une vision angélique, elle crut voir Hervé lui tendant les bras.

— Le revoir! le revoir! fit-elle en étouffant un sanglot.

— J'ai eu tort de vous conter ces choses lamentables, dit Kadou; la jeunesse s'affecte vite, et vous voilà bouleversée !...

— Parlez, parlez! dit Blanche avec effort.

— Oh! maintenant vous savez presque toute l'histoire des maîtres du château... M. le marquis a laissé un testament par lequel il institue ses frères héritiers de ses domaines... c'est Florent le Diable qui garde les manoirs de Coëtquen et de Combourg... le vicomte Gaël possède aujourd'hui la seigneurie de Vaurufier... Voilà trois domaines dont seront chassés les pauvres ni plus ni moins que des chiens enragés... Et pour finir la série des faits étranges passés au château dans moins d'une année, l'intendant Simon a disparu depuis quatre jours.

— Simon a disparu? répéta Blanche d'une voix monotone.

Elle comprit alors pourquoi durant trois nuits elle n'avait reçu aucune nourriture : Simon avait dû être victime de quelque guet-apens, et la justice de Dieu lui avait demandé compte de ses crimes.

Mais si elle comprit l'absence de Simon, assassiné sans

nul doute, elle ne parvint pas à s'expliquer comment Rosette avait été mise en possession du secret des maîtres de Coëtquen. Dans le premier moment où la jeune fille, ouvrant devant elle les portes du cachot, lui laissa le moyen d'échapper à la captivité, elle ne s'inquiéta pas comment et pourquoi elle agissait de la sorte. Un redoutable mystère devait se cacher sous le dévouement de Rosette.

— Les intendants de la maison de Coëtquen n'ont pas de chance! reprit Kadou d'un air rêveur; Bertrand s'est noyé dans l'étang, et Simon doit être allé dans le pays d'où l'on ne revient plus...

L'aveugle tendit un second morceau de pain à Blanche.

— Prenez-le pour la faim à venir, lui dit-il; vous voyez que la Providence ne m'abandonne pas... Pauvre petite! il me semble que vous avez de poignants chagrins, et je m'en afflige... sans vous connaître, je ressens pour vous une vive sympathie... Si je n'ai pas d'yeux pour vous voir, j'ai la mémoire des sons fidèle... Votre voix me touche, parce qu'elle me rappelle une autre voix aussi douce, mais moins désolée.

— Et cette voix?... demanda Blanche.

— Était celle de la marquise de Coëtquen, la femme de monseigneur Tanguy!

Blanche saisit la main du vieil aveugle et la porta à ses lèvres.

— Vous m'avez fait l'aumône en leur nom, dit-elle; soyez béni! à jamais béni!

Et une larme tiède mouilla la main calleuse du mendiant.

L'aveugle replaça son bissac sur son épaule, saisit son bâton, le caniche noir marcha en avant et l'aveugle dit à Blanche :

— Dieu vous garde, ma fille! Dieu vous garde!

Il s'éloigna lentement, bien lentement, et il sembla à Blanche qu'elle voyait fuir un ami.

Alors elle gravit les derniers degrés du calvaire en enserrant de ses bras la croix rédemptrice.

— Seigneur! dit-elle, Seigneur! avez-vous assez frappé votre servante?... Que pouvez-vous me demander encore? J'ai pleuré, j'ai gémi dans le fond d'un cachot; vous m'en tirez par miracle, et ce jour-là j'apprends que pour moi le monde est vide... Tanguy est mort! mort de la douleur de m'avoir perdue!

« A l'heure où je me crois sauvée, où je m'attends à rentrer dans la pleine possession de mon bonheur, vous me l'avez déjà repris! Il fallait me laisser mourir, mon Dieu! Du fond de la tombe où Florent m'avait enterrée vivante, je pouvais songer à Tanguy et le revoir tel que je l'avais connu, tel que je l'avais aimé!... A quoi bon exister maintenant? Tout est dit dans ma vie... Appelez-moi! rejoignez-moi à Tanguy!... Tanguy! mon Tanguy! »

Elle éclata en sanglots désespérés.

Son cœur se brisait; elle n'avait plus la force de penser, ni le courage sublime de la résignation.

Alors Dieu, voulant consoler l'infortunée, lui rappela le souvenir d'Hervé.

— Oui... fit-elle, je ne suis pas seule! Il faut que j'élève mon fils... Je n'ai pas le droit de m'abandonner à mon désespoir... Hervé n'aura-t-il pas un jour à revendiquer son héritage, à demander compte à Florent et à Gaël de leur trahison envers sa mère?

« Souffre ton agonie, cœur de femme! Mais, Seigneur, fortifiez celle à qui vous avez donné deux bras d'enfant pour l'enchaîner à la vie... Vous savez le peu que nous sommes, prenez pitié! Marie, mère sacrifiée, martyrisée et bénie, protégez-moi! protégez mon fils! »

Blanche se releva plus forte : non pas qu'elle souffrît moins de la perte de Tanguy, mais le sentiment du devoir qu'elle devait accomplir lui rendit son énergie de mère et de chrétienne.

Quittant alors le calvaire, elle marcha vers la lisière du bois.

Immobile sous les ramures des arbres, elle attendit que le soleil disparût à l'horizon.

Alors elle se leva, et, ramassant une branche de chêne coupée sans doute par un pâtre, elle s'achemina vers la maison de la forge.

A quelque distance, elle la vit flamboyer, et quand elle passa devant la porte largement ouverte, elle y plongea un regard inquiet.

Kadoc l'Encorné et Trécor le Borgne battaient encore le fer rouge, mais la marquise n'aperçut point Patira.

Dans la crainte d'être remarquée, elle ne voulut point s'asseoir sur le banc de pierre; lentement elle dépassa la maison, et vit Claudie avec ses trois enfants.

Elle connaissait la pauvre créature torturée à loisir par le forgeron. Plus d'une fois elle avait adressé à Claudie de ces bonnes paroles qui réconfortent le cœur et embrassé les enfants rieurs de la jeune femme.

Sans lui confier son secret, elle pouvait au moins l'interroger.

Elle s'avança lentement, timidement, et Claudie, frappée de sa démarche chancelante, vint au-devant d'elle.

— Souhaitez-vous quelque chose? demanda la femme du forgeron.

— N'avez-vous point un apprenti du nom de Patira?

— Oui, sans doute.

— Eh bien! je souhaiterais lui parler.

— Oh! pour cela, c'est impossible!

— Impossible? répéta Blanche.

— En ce moment, du moins, et pour deux raisons : la première, c'est que mon mari l'a envoyé faire une course au delà de Saint-Hélen... la seconde, c'est qu'à son retour Patira ne rentrera pas à la maison...

— Il ne demeure donc pas chez vous?

— Plus maintenant... C'est toute une histoire qui peut-être ne vous intéresserait pas, et dont j'ignore d'ailleurs le secret...

— Je vous en prie, dit Blanche, apprenez-moi ce que vous savez.

La marquise s'adossa contre une roche, et, doublement enveloppée de sa mante noire et protégée par l'ombre de la nuit, elle écouta Claudie.

— Patira n'était pas heureux dans la maison... Ce n'était point ma faute, et plus d'une fois j'essayai de l'en consoler... Il paraissait patient et résigné à sa dure vie, quand tout d'un coup il signifia que, travaillant aussi bien qu'un ouvrier, il voulait sa paie d'ouvrier...

— C'était juste! dit Blanche.

— Très-juste! et Jean, ne voulant point se priver d'un bon apprenti valant au moins un compagnon, consentit à le payer comme les autres... Mais ce ne fut pas tout! Jusqu'à ce moment, Patira couchait dans la forge; il déclara qu'il y viendrait seulement aux heures du travail.

— Cela est légitime.

— Certes... mais ce qui est surprenant, c'est de songer que le courage de Patira, sa vaillance, son amour du gain, son énergie pour défendre ses droits, tout cela lui était venu après qu'un petit enfant lui fut tombé du ciel.

— Un petit enfant! répéta Blanche attendrie.

— Ce sont deux diables d'ivrognes et mon mari qui ont vu la petite créature... Aux questions qu'ils ont adressées à Patira, celui-ci s'est contenté de répondre :

— Je le garde; il est à moi! C'est mon trésor! nul n'a rien à y voir !

— Brave, brave enfant! murmura Blanche.

— Il paraît que Patira l'avait caché dans la grotte des poulpiquets... Sa retraite découverte, il l'a quittée, et craignant d'ailleurs que le petit ange ne fût pas bien soigné, il l'a remis à Jeanne la Fileuse qui l'élève au milieu de ses chèvres.

— C'est une touchante histoire, dit Blanche ; bien touchante, en vérité !

Elle porta une de ses mains à ses yeux et resta sans parole, bouleversée de tant d'émotions qu'elle ne se sentait plus la force d'en éprouver une nouvelle.

Cependant, après s'être un peu remise, elle reprit :

— De sorte que pour voir Patira ce soir...

— Il faudrait vous rendre chez la Fileuse.

— Est-ce loin ? demanda Blanche.

— Non ; quand vous aurez gravi le sentier de pierres, vous trouverez la lande ; la maison se dresse au milieu, entre deux châtaigniers... Je n'ose laisser les enfants seuls, sans cela je me ferais un plaisir de vous montrer la route.

— Votre indication me suffira... Merci !

La marquise quitta l'étroit jardinet, passa pour la seconde fois devant la forge où Trécor et Kadoc, remis de leur demi-strangulation et à jamais guéris de la curiosité de voler le trésor des poulpiquets, faisaient voler sous le marteau des étincelles de fer rouge ; puis, obliquant vers la droite, elle gagna un sentier raviné conduisant au champ de bruyère.

A peine y était-elle engagée qu'un souffle de vent violent rabattit un nuage de fumée âcre qui la prit violemment à la gorge.

Cinq minutes après, un homme d'une taille colossale, descendant le chemin en courant, faillit renverser la jeune femme.

La nuit était trop noire pour qu'il fût possible à Blanche

de voir son visage, mais un seul homme dans le pays ressemblait à ce moderne Goliath; c'était Jean l'Enclume.

Bientôt, à mesure qu'elle montait, Blanche fut frappée de sentir cette même odeur étouffante. On eût dit qu'un amas de genêts et d'herbes brûlait dans un champ. Toujours, quoique de plus en plus affaiblie, elle allait vers la lande, quand arrivée au sommet du sentier s'ouvrant d'un côté vers la montagne aride, de l'autre s'enfonçant sous les arbres, la jeune femme aperçut une colonne blanche, semblable à une nuée épaisse.

C'était de ce côté que venait la senteur d'herbes et de genêts.

Un instinct dont elle ne se rendit pas compte lui fit hâter le pas.

De si loin, elle ne pouvait distinguer encore s'il s'agissait d'un bûcher d'herbes et de ramures; tout à coup une pensée lui traversa l'esprit :

— Si c'était la maison de Jeanne?...

Dans cette maison était Hervé!

Blanche essaya de courir; ses jambes défaillaient, sa tête bourdonnait comme si l'on eût agité des battants de cloche à ses oreilles.

Tout à coup la colonne de fumée se pailleta d'étincelles, et Blanche crut entendre un cri d'angoisse affaibli par la distance.

— C'est la maison de Jeanne qui brûle! s'écria Blanche.

Un élan vers Dieu, un appel à ses forces expirantes, et la marquise hâta le pas, courant, tombant au milieu des touffes de joncs épineux, se relevant avec l'énergie du désespoir et appelant dans la nuit :

— Hervé! mon fils Hervé!

Aux étincelles succédaient d'intermittentes lueurs; la flamme traversait la fumée avec des rapidités d'éclair, puis disparaissait sous le nuage sombre, jusqu'à ce que, triomphant des derniers obstacles, elle s'élança victorieuse vers le ciel.

Vraiment, ce spectacle eût été beau s'il n'avait été d'une horreur poignante.

La flamme claire des genêts illuminait la lande à une grande distance, et les arbres qui la ceignaient prenaient des tons métalliques sous son reflet rouge.

— Au secours! cria une voix râlante.

Blanche voulut répondre, sa gorge se serra.

Elle courait toujours; arrivée près du sol, suffoquée par la chaleur, brisée par la marche, dévorée d'angoisses, elle tomba, heurtant du front la pierre du seuil qui la brûla comme un fer chauffé à blanc.

Un vagissement que l'oreille seule d'une mère pouvait entendre fit tressaillir ses entrailles... Se traînant sur les genoux, Blanche saisit le loquet et le secoua... la porte ne s'ouvrit pas...

— Fermée en dedans! murmura la marquise.

Mais si la porte se trouvait fermée en dedans, pourquoi Jeanne ne se sauvait-elle pas?

— A l'aide! chrétiens! à l'aide! répéta une voix chevrotante de vieillesse.

Le même vagissement qui avait tant ému Blanche s'éleva de nouveau, faible écho de la plainte de la vieille femme.

Blanche meurtrit ses mains contre le bois et les clous de la porte, la porte résista. Alors, tournant la maison, la jeune femme chercha une autre issue.

La fenêtre était basse. A travers les vitres, Blanche aperçut un épouvantable spectacle : une vieille femme liée sur une table; non loin de là, un berceau dans lequel gémissait un enfant, et dans la cheminée un brasier composé de fagots, de meubles, de tout ce qui la veille faisait l'unique fortune de la Fileuse.

— Courage! dit Blanche, courage!

Elle entoura sa main de sa cape, brisa les carreaux et parvint à ouvrir la fenêtre.

Une bouffée d'air pénétrant dans la cabane activa l'incendie.

Le feu gagnait le berceau, la flamme allait atteindre les cheveux flottants de la vieille femme.

Blanche se cramponna à la fenêtre, en gagna l'appui, et, dès qu'elle put s'y tenir debout, elle sauta dans la chambre.

La vieille femme fermait les yeux pour échapper à la souffrance de voir mourir l'enfant confié à ses soins. Ce fut vers le berceau que courut la marquise; elle enleva l'enfant, défit sa mante, la lia par les quatre coins, posa Hervé dans cette sorte de hamac, puis le descendant doucement elle lui fit toucher le sol.

— Sauvé! il est sauvé! dit-elle.

Mais sa tâche était à moitié faite. Jeanne la Fileuse, liée par les bras et les jambes aux quatre pieds de la table, se trouvait dans l'impossibilité de faire un seul mouvement. Le regard éperdu de la marquise chercha une hache, un couteau; elle ne vit rien! rien!

Les yeux de Jeanne grands ouverts la regardaient.

— Marquise de Coëtquen, dit-elle, brûlez les cordes!

— C'est le martyre! s'écria Blanche.

— Et le salut! répondit la Fileuse.

Cependant Jeanne avait raison : il n'y avait pas d'autre moyen à employer.

Saisissant un tison dans le bûcher, elle l'approcha d'une des mains de la vieille femme.

Le chanvre pétilla, la chair rougit, craqua, et quand les cordes éclatèrent les doigts de la Fileuse étaient recroquevillés par la douleur.

— A l'autre! vite! vite!

Blanche suffoquait; l'air manquait dans la salle emplie de fumée, et l'ouverture de la petite croisée restait insuffisante.

Une seconde fois, Blanche approcha la torche du poignet de la vieille femme; celle-ci poussa un hurlement de douleur; mais les liens éclatèrent, et la Fileuse retrouva la liberté de ses bras cerclés d'une plaie vive, noirâtre et sanguinolente.

Encore un effort et Jeanne pourrait échapper au cercle infernal dans lequel elle se trouvait enserrée et qui menaçait de dévorer Blanche à son tour, quand subitement les pieds tors de la table minés par le feu manquèrent à la fois, et les planches sur lesquelles la Fileuse se trouvait couchée s'écroulèrent dans le brasier.

Deux fois Blanche essaya de soulever la vieille femme par les aisselles, deux fois elle ne put réussir.

— Aidez-vous! lui dit-elle, aidez-vous, pour l'amour de Dieu! sans cela nous sommes perdues!

Mais Jeanne, les membres torturés, brûlés dans certains endroits jusqu'aux os, ne faisait plus un mouvement; la marquise se sentait défaillir... elle glissa sur le sol et une langue de flamme saisit sa chevelure flottante qui l'enveloppa bientôt, semblable à un voile de feu...

XXIV

LE CHATIMENT

Quand **Simon** revint à lui, l'orage avait cessé ; un brillant soleil jetait des éclaircies d'or sur l'herbe, au pied des arbres ; la forêt reprenait sa vie, avec le gazouillement des oiseaux, l'imperceptible bruit des insectes, les coups de vent dans les ramures baignées par la pluie et secouant sur les mousses des milliers de perles liquides étincelant ensuite au sommet de chaque brin d'herbe.

Si la blessure de Simon lui causait une douleur cuisante, du moins elle ne saignait plus. Il tenta de se lever ; mais, malgré l'indomptable courage qu'il appelait à son aide, il n'y put réussir et retomba sur le sol épuisé par l'effort qu'il venait de faire. Il ne voulait pas mourir, cependant ; il devait vivre pour sa fille, et depuis l'attentat de la veille, il voulait vivre encore pour autre chose : la vengeance !

Renonçant à l'idée de gagner la lisière du bois, et sachant bien qu'il lui serait impossible de se tenir à cheval, Simon résolut de se traîner jusqu'à un sentier connu des travailleurs obscurs dont la forêt est le domaine : les charbonniers et les bûcherons.

Il espérait que l'un d'eux passerait sur la route et lui prêterait son aide.

Jusqu'à midi, son attente fut vaine. Vers cette heure, les claquements d'un fouet éveillèrent son attention. Il se dressa sur le coude, et une minute après les bruyantes excitations adressées par un conducteur à son attelage lui prouvèrent qu'un voiturier se dirigeait de ce côté.

Son cheval lui-même, avec un instinct merveilleux leva sa tête penchée sur l'herbe et se mit à hennir.

Le bruit des roues devenait distinct, le maître du chariot criait :

— Hue ! la Grise ! La Cocotte, hue ferme ! Par le diable ! si vous n'êtes pas à Dinan avant la nuitée, je fais comme saint Suliac aux ânes qui venaient piller ses vergers, je vous tourne la tête du côté de la queue.

— C'est Guénolé ! fit Simon.

L'intendant s'arc-bouta sur le coude et appela d'une voix affaiblie :

— A moi ! à moi !

— Faut croire qu'il est arrivé un malheur, fit Guénolé en regardant autour de lui ; quelque bûcheron qui se sera blessé en abattant un arbre...

« Tiens-toi en paix, la Grise ! Cocotte, sois bonne fille !

« Hé ! compagnon, de quel côté ?

— Par ici, Guénolé ! par ici ! répéta Simon.

— On sait mon nom, il s'agit d'un ami.

Le charbonnier laissa la carriole au milieu du sentier et se dirigea du côté d'où venait la voix. Il aperçut alors Simon à demi couché dans l'herbe.

Le hennissement du cheval attaché à quelque distance le trompa d'abord sur la nature de l'accident.

— Vous êtes tombé de cheval, monsieur l'intendant... vous, un si excellent cavalier ?

— Je suis blessé, Guénolé ! grièvement blessé !

— Une jambe cassée, pas vrai ?

— Non, Guénolé... un coup de couteau !

L'intendant ouvrit sa poitrine et montra au charbonnier sa chemise toute rouge de sang.

— Bénissez Dieu de n'être pas mort, monsieur Simon : c'est une blessure horrible... Il me semble que le plus pressé est de vous transporter à Coëtquen.

— Je ne veux pas rentrer à Coëtquen !

— Peut-être le mouvement vous fatiguerait-il trop... En ce cas, voulez-vous que j'aille chercher le docteu Sérénaud ?

— Pas ce médecin-là ! dit Simon d'une voix brève.

— Dame ! à votre volonté, monsieur ; mais vous ne pouvez toujours pas rester étendu en pleine forêt, sans plus d'assistance qu'un chien, en parlant par respect...

— Écoute, Guénolé ; je suis faible, très-faible... Approche-toi de moi tout près ; écoute ce que je vais te dire... Ensuite obéis-moi sans faire d'observation, sans rien omettre ; tu me le promets ?...

— De grand cœur ; vous avez été bon pour moi... Au lieu de m'empêcher de gagner ma vie comme faisait Bertrand, ce misérable filou qui s'est suicidé... Dieu veuille avoir son âme !... vous m'avez permis d'élever ma famille et de mettre de côté quelques écus pour les mauvais jours... Ça, c'est des procédés qu'on n'oublie pas... Foi de Guénolé ! toutes et quantes fois que vous m'ordonnerez quelque chose, je le ferai, quand il faudrait passer par le feu comme mon charbon.

— Eh bien ! dit Simon en rassemblant ses forces, tu vas me placer dans ta voiture et me conduire..

— A Dinan ?

— Dans ta hutte de charbonnier.

— Vous n'y pensez pas, monsieur Simon !

— Je te gênerai ?

— Vous y serez trop mal.

— J'y serai en sûreté, du moins

— Pour ce qui est de cela, la Jacotte vous soignera dru, allez !

— Tu iras ensuite à la ville et tu te rendras chez le docteur Roussel... Je ne veux que celui-là... Je n'ai confiance qu'en lui...

« Tu lui diras qu'il s'agit d'un coup de couteau dans la poitrine... Il apportera des outils, du linge pour les pansements...

— Ça sera fait, monsieur... Et votre chevau, que faut-il faire de votre bête de chevau?

— Tu le laisseras attaché à cet arbre et tu ne t'en occuperas point.

— Bien, monsieur... Et les magistrats?

— Pour quoi faire, des magistrats?...

— Pour chercher les misérables qui vous ont mis en cet état.

Je crois que je les trouverai tout seul, Guénolé... Tu auras aussi le soin de ne prononcer mon nom devant personne et de ne révéler à qui que ce soit mon lieu d'asile... J'instruirai moi-même le docteur de tout ce qu'il doit savoir.

— Muet comme un poisson, répondit Guénolé en faisant avec son pouce une croix sur ses lèvres.

Il se baissa alors vers l'intendant, le souleva avec des précautions inouïes et l'enleva dans ses bras robustes pour le déposer sur le lit de sacs à charbon entassés dans sa voiture.

Le blessé supporta cette fatigue et cette douleur sans pousser un seul gémissement.

Un quart d'heure plus tard, il se trouvait à la porte de la hutte, et la Jacotte, poussant de grands soupirs et des exclamations d'horreur, s'empressa d'étendre un drap de chanvre neuf sur la couchette unique de la cabane.

— Pars, mon homme! dit-elle; je suffirai au reste.

La Jacotte était une brave femme; un peu bavarde,

quand ses paroles ne pouvaient faire de mal à personne, serviable envers tous et d'humeur joyeuse.

Comme toutes les femmes vivant dans des milieux où se produisent souvent des accidents graves, elle pouvait, sans perdre la tête, voir une plaie et panser une blessure.

En attendant le docteur Roussel, la Jacotte enleva donc les habits de Simon, roidis par le sang coagulé dont ils étaient imprégnés. Elle lava le trou béant ouvert dans la poitrine par le couteau de chasse du comte; puis, passant une des chemises de Guénolé au blessé, elle le laissa reposer, tandis qu'une tisane faite avec des herbes salutaires se préparait devant un feu de détritus de charbon.

Simon ne disait rien, mais il ne dormait pas.

Quelque désir qu'il éprouvât de rassurer Rosette sur son absence, il était résolu à n'en rien faire. La moindre démarche au château pourrait donner l'alarme.

La douleur de Rosette le servirait mieux que son calme. Il la dédommagerait plus tard de l'amertume des larmes versées.

Cependant une préoccupation lui traversa l'esprit.

— Le couteau! demanda-t-il à Jacotte; où est le couteau?

La femme montra le bahut dans lequel étaient renfermés les habits du dimanche.

— Donnez-le-moi! dit Simon; je veux le sentir sous le chevet de mon lit.

Jacotte le rendit au blessé qui le regarda avec une expression farouche.

— Tu ne manqueras pas ton coup la seconde fois! dit-il.

— Calmez-vous! là, doux Jésus, calmez-vous! La fièvre viendra assez vite pour que vous n'y ajoutiez pas encore la colère... Buvez votre tisane; c'est bon et salutaire! du tilleul et des violettes... tout ça cueilli par moi dans la forêt.

Le conseil de Jacotte fut suivi, et le blessé tomba dans une sorte de torpeur.

Il en sortit en entendant un bruit de voix au pied de n lit.

Alors, ouvrant les yeux tout grands, il reconnut le médecin.

— Merci d'être venu, docteur; voyez et jugez... Si je suis perdu, ne me le laissez pas ignorer, car j'ai des mesures à prendre; si je dois vivre, dites-le vite, et mettez-moi sur pied plus vite encore... Je n'ajoute point que je suis riche; vous savez que je ne suis pas ingrat.

Le docteur serra la main de l'intendant.

Il renversa ensuite doucement le blessé sur les oreillers, écarta la chemise et sonda la blessure.

Simon le vit pâlir.

— Eh bien? demanda-t-il.

— C'est une blessure horrible! dit-il; les organes essentiels ne sont cependant pas attaqués... Cette brave femme a fait provisoirement tout ce que l'on pouvait. Je vais tenter de rapprocher les lèvres béantes de la plaie avec des bandes de sparadrap... S'il ne survient pas d'accident imprévu, vous pouvez être sur pied dans un mois.

— C'est long!... murmura Simon.

Le docteur coupa le sparadrap, le fit doucement chauffer à la flamme d'une chandelle de résine, puis le colla adroitement et avec une telle habileté que les chairs se trouvèrent subitement rapprochées. Des compresses de toile déchiquetées, pour laisser circuler l'air, des bandes de toile prestement croisées sur la poitrine et tournées autour du torse achevèrent le pansement de Simon.

— Avez-vous quelques recommandations à me faire? demanda le docteur,

— Une seule : le silence.

— Il ne s'agit donc pas d'une attaque de voleurs?

— Il s'agit d'un crime plus lâche! Mais de ce crime je me ferai juge plus tard... La vengeance doit être savourée à froid...

« Une prière seulement... Je ne veux point charger Guénolé et sa femme de se munir à la ville de vins fins et de mets recherchés... Quand j'entrerai en convalescence, je vous prierai, lors de vos visites, d'apporter des vivres à votre malade.

— C'est entendu; diète absolue jusqu'à demain... Vous aurez la fièvre ce soir... Buvez les breuvages de la Jacotte... Efforcez-vous de dormir, et tâchez de ne penser à rien de capable d'agiter votre sang.

— Quand on veut guérir, on est obéissant, docteur.

Le médecin quitta la hutte tout songeur.

— Je donnerais quelque chose, dit-il, pour connaître le mot de cette énigme... Bah! je l'apprendrai le jour où Simon mangera sa vengeance... froide... comme il dit... un mot espagnol qui donne le frisson...

Thomas Roussel donna un coup d'éperon à sa jument et rentra au plus vite dans la ville de Dinan.

La nuit de Simon fut coupée par les accès de fièvre que le docteur avait prévus; Jacotte, qui s'était jetée sur un tas de flèche amoncelée dans un coin de la hutte, dormit à peine et se releva vingt fois pour maintenir dans son lit le blessé secoué par un violent accès.

Tandis que la femme du charbonnier le tenait dans ses bras, il répétait :

— Il faut que j'aille à la Tour-Ronde... laissez-moi passer... Quel compte à régler, Florent de Coëtquen!... Elle a faim, elle a faim... et puis ne dois-je pas lui prendre son enfant?... Le couteau est entré jusqu'au manche... Ah! tu crois à l'impunité, misérable! Tout se paie! tout se

22

paie!... Elle sera belle, le jour de ses noces, Rosette, avec sa robe lamée d'argent, semblable à celle de la marquise de Coëtquen.... Sur son front, elle portera une couronne d'or, et je la verrai sourire sous son voile... Qu'est-ce que cela me fait de mourir obscur et pauvre, si je vois ma fille belle et parée, si je sais qu'elle a le droit de s'asseoir au cercle de la reine?... Ah! tu as le poignet ferme, lâche assassin! si lâche que l'on douterait que ce soit ton coup d'essai!... Rosette! Rosette!... Comme elle doit compter les heures dans les ombres de sa nuit sans trêve! Du pain! elle demande du pain du fond de sa tombe!... Marquis Tanguy! marquis Tanguy! je sais un secret, un secret de vie ou de mort! Combien voulez-vous me le payer? Toute votre fortune, toute votre fortune, vous la donneriez pour le savoir... Ce serait beau, si je n'avais pas peur de... A moi!... Rosette, à moi!

Simon hachait ces phrases incohérentes, tantôt en se dressant sur son lit, tantôt en se tordant sur sa couche. Sa voix passait subitement de l'éclat de la menace aux caresses d'une tendresse infinie. Quand il prononçait le nom de sa fille, il semblait qu'il eût voulu lui envoyer le dernier baiser de ses lèvres pâles... Au contraire, en parlant de la Tour-Ronde, la terreur vibrait dans son accent, et quand le nom du comte Florent lui échappa, ce fut avec une explosion de haine.

La Jacotte était toute blême en écoutant ces mots étranges. Un moment elle s'épouvanta presque et le confia tout bas à son mari.

— C'est pas nos affaires, lui dit Guénolé; l'intendant a toujours été bon pour nous... Le délire, c'est comme des songes, des menteries... Repose-toi, femme, et souviens-toi que nous ne pouvons pas nous montrer ingrats.

Le lendemain, le médecin parut satisfait. Le quatrième

jour commençait ce mystérieux travail de la réparation qui fait pousser des bourgeons rosés sur les chairs bleues. Les lèvres de la plaie se rapprochaient, la suppuration diminuait, les douleurs s'apaisaient et avec l'appétit satisfait les forces revinrent.

Au bout de six jours, le docteur répondait complétement de son malade.

— Que dit-on de moi dans le pays? demanda Simon à Thomas Roussel.

— On vous regarde comme mort... Une mare de sang dans le bois, votre cheval trouvé sans maître suffisent pour établir cette croyance.

— M'a-t-on remplacé au château?

— Non, mais vous ne tarderez pas à l'être.

— On nomme les concurrents?...

— Pierre Sénéchal paraît devoir l'emporter.

— Il y a six jours que je suis ici! six jours! fit l'intendant d'une voix sombre.

« Il le faut! il le faut! quand j'en devrais mourir! »

Simon regarda en face le docteur et lui demanda :

— Si vous m'aviez privé de nourriture pendant six jours, serais-je mort?

— Non, répondit le docteur. La faim ne tue pas aussi vite qu'on se plaît à le dire... Vous avez la fièvre, d'ailleurs, et la fièvre soutient.

— De sorte que l'on vit sans manger?...

— Rien n'est précis à cet égard; on affirme qu'une semaine a suffi à Charles VII pour mourir de faim; mais il est des exemples d'hommes ayant vécu dix, douze et même dix-sept jours sans prendre d'aliments... Les êtres les plus faibles sont même ceux qui résistent davantage à ces terribles épreuves. Les documents les plus curieux que nous ayons à ce sujet ont été des fragments de journaux écrits par des gens décidés à se donner la mort par ce

moyen aussi lent que terrible, et quelques récits de nau-
fragés dignes de foi.

— Ainsi au bout de six jours la vie n'est pas éteinte?

— Ce serait un cas extrêmement bizarre.

Cette parole du docteur parut satisfaire le blessé

Un moment après il reprit :

— Pour des motifs que je ne puis confier même à votre
amitié, si je tiens à rassurer ma fille, je veux le faire
moi-même... Elle ne doit pas venir dans cette hutte...
Mais elle doit avoir quitté le château quand Pierre
Sénéchal y entrera... Il est donc absolument indispensable
que je me rende à Coëtquen...

— Dans l'état où vous êtes?...

— Puisque je ne suis pas mort du coup de couteau
que vous savez, c'est qu'il est écrit que j'en dois échapper...

— Je ne puis accepter la responsabilité...

— Vous n'en prenez aucune... Je commets une imprudence grave, mais je veux, je dois la commettre. Ceci
posé, donnez-moi un cordial, afin de me rendre assez fort
ur me rendre au manoir.

— Quand voulez-vous y aller?

— Ce soir.

— Vous reviendrez?

— Cette nuit même.

Le docteur versa dans un vase quelques gouttes d'un
élixir teinté de rouge; il banda la poitrine de Simon avec
un soin tout particulier et ajouta :

— Il se pourrait que votre obstination vous coûtât cher...
Afin de prévenir un malheur, je vous attendrai dans la
hutte avec la Jacotte.

— Merci, j'accepte; jusque-là, j'ai besoin d'être seul.

Thomas Roussel sortit, et Simon fit approcher de son
lit Guénolé qui ne comprenait pas que l'intendant pût songer à faire une course si longue dans l'état où il se trouvait.

— Écoute, lui dit Simon, on a besoin de charbon au château.

— Vous croyez? J'en ai cependant porté une fameuse provision.

— Cela ne fait rien; on doit en avoir besoin, te dis-je.

— Sensément, vous voulez qu'on en porte...

— C'est cela... Tu te rendras à Coëtquen ce soir... Et je me cacherai dans ta charrette, sous un habit pareil au tien... Tandis que tu feras tes affaires, je quitterai la carriole et je courrai rassurer ma fille... Tu me ramèneras ensuite à la hutte.

— Compris! dit Guénolé.

Deux heures plus tard, Simon, enveloppé des misérables habits de son hôte, le visage noirci par la poussière de charbon, la tête couverte d'un chapeau de paille effrangé, se coucha sur les grands sacs et s'abandonna au lent mouvement de Cocotte et de la Grise dont Guénolé ralentissait la marche à dessein.

Quand la voiture traversa le pont-levis, la nuit était presque venue.

Le charbonnier héla, cria, fit un vacarme de diable, et tandis qu'on s'occupait de lui, Simon se glissa dans la cour, gagna les communs et monta jusqu'à son appartement.

Il en trouva la porte ouverte.

Dans la première salle, la vieille Nanon filait.

En apercevant l'étranger qui s'avançait brusquement vers elle, elle poussa un cri de frayeur, arrêté subitement par un geste impérieux.

— Tais-toi! fit l'intendant, je suis Simon.

— Mon maître! fit Nanon avec plus d'effroi que de joie.

— Oui, ton maître.

— Ah! mon Dieu! fit-elle.

Et Nanon tomba agenouillée sur le parquet.

22.

— Où est ma fille ?

— Elle ne vous a pas rejoint ?...

— Rosette ignorait où j'étais.

— Mais alors, demanda Nanon en ouvrant des yeux agrandis par l'épouvante, alors Rosette est perdue !

— Rosette est perdue ! que veux-tu dire ? Mais parle donc ! Je t'ai confié ma fille, qu'en as-tu fait ?

— Votre fille, maître Simon, répondit Nanon blême d'angoisse, je ne sais pas ce qu'elle est devenue...

— Misérable !

— Vous auriez tort de m'accuser, j'ai rempli mon devoir... Nous vous avons pleuré sincèrement, croyez-le... Le lendemain du jour où ma chère Rosette mit ses habits de deuil, je la conduisis à sa chambre comme d'ordinaire, puis je la laissai seule... A partir de cette heure, je ne l'ai point revue... Le lendemain, quand, inquiète de son réveil tardif, j'entrai dans son appartement, le lit n'était pas défait, mais Rosette était partie !

— Partie ! répéta Simon avec stupeur, partie !

Une seconde après il ajouta :

— Son amour filial l'a rendue imprudente... Comme on ne rapportait point mon cadavre, elle aura voulu chercher, s'inquiéter elle-même... Où la trouver désormais ? Peut-être un doute terrible est-il entré dans son esprit, et, s'effrayant d'habiter Coëtquen, s'est-elle réfugiée dans un monastère ?... Oh ! je chercherai, je fouillerai ! Morte ou vivante, il faudra bien qu'on me rende ma fille.

Simon s'arrêta encore.

— Si elle n'était pas partie ! fit-il, si on l'avait fait disparaître... comme l'autre !...

Simon se dirigea vers un cabinet, ouvrit une petite armoire avec une clef cachée sous un vase et chercha sa lanterne sourde ; il ne la trouva point.

Quelques biscuits et une fiole de vin d'Espagne se trouvaient dans un placard; il les enfouit dans ses poches; puis, ouvrant la cassette dans laquelle il renfermait la clef de la Tour-Ronde, il y plongea vainement la main : la clef manquait.

Une sueur froide mouillait ses tempes.

Rentrant dans la pièce où se trouvait Nanon, il lui demanda :

— N'as-tu pas quitté cet appartement un jour, une heure?

— Non, répondit la servante; j'attendais le retour de Rosette; c'est la fille du jardinier qui me monte mes provisions depuis ces malheureux jours.

L'intendant chancela.

Il enleva cependant d'un flambeau le reste d'une chandelle de cire; puis, se tenant aux meubles, s'appuyant tour à tour contre le chambranle des portes et la rampe de l'escalier, il gagna la cour, après avoir répété à la Nanon :

— Je vais revenir!... attends-moi.

A chaque instant, Simon s'arrêtait; sa poitrine lui semblait près de se rouvrir; il lui semblait que tout son sang allait s'échapper par sa blessure.

Il rampa plutôt qu'il ne se dirigea vers la Tour-Ronde.

La porte donnant sur l'escalier céda sous ses mains. Quand il l'eut refermée derrière lui, il battit le briquet et alluma la bougie. A cette faible lueur, il se guida et descendit l'escalier suintant. Jamais il n'avait trouvé le couloir si sombre, l'escalier si rapide; jamais il ne lui avait semblé que l'épouvante pût atteindre dans l'âme d'un homme le degré d'horreur qui l'envahissait.

Quand il parvint à la dernière marche, il n'en pouvait plus. Deux pas encore et il se trouva en face de la porte scellant la tombe d'une créature humaine.

Il regarda et se crut sous l'empire d'un rêve en voyant clef dans la serrure.

— Aurais-je oublié de la fermer? se demanda-t-il.

Il tourna la clef, la porte céda.

— Un autre est entré ici après moi! balbutia Simon d'une voix sombre. Je tournais deux fois la clef... elle n'a reçu qu'un tour... On dirait que son propre poids a fait retomber cette porte!

Simon n'osait plus ouvrir.

Enfin, rassemblant ses forces, il tira la porte avec une sorte de violence et éleva sa bougie afin de regarder dans l'intérieur du cachot.

Une forme rigide, enveloppée de vêtements noirs, était allongée sur le lit de bois et de paille.

— Trop tard! murmura Simon, j'arrive trop tard!

Alors, d'une voix tremblante, il appela :

— Blanche! madame Blanche!

On ne lui répondit pas.

— Ce n'est pas une prison, fit-il, c'est un sépulcre!

Il s'approcha lentement, automatiquement, baissa la bougie qui menaçait de s'éteindre et se pencha vers le lit.

Ce qu'il vit alors lui arracha un de ces cris dont aucune langue ne saurait rendre le désespoir et l'horreur.

— Elle! fit-il, elle!

Dans le cadavre sur lequel la mort venait d'étendre ses pâleurs de cierge, il venait de reconnaître Rosette.

La place de Blanche de Coëtquen était occupée par sa fille!

Il ne comprit pas, mais il crut devenir fou.

Jamais Simon ne s'était rendu compte des étranges facultés de Rosette. Il avait bien été surpris de la trouver seule, la nuit, errant dans la maison ou le jardin, les yeux fixes, les lèvres muettes, mais il ne lui était point venu à l'esprit qu'elle était dans ces moments-là la proie d'un état plein de lucidité et de force nerveuse. Ses yeux fixes avaient alors une autre lumière que celle de la prunelle. Le somnambulisme, l'enlevant à elle-même, la rendait capable d'actes inconscients.

Ce fut sous l'empire de cette hallucination que Rosette, qui plus d'une fois avait suivi son père à la Tour-Ronde, le remplaça le lendemain du jour où Florent, pour se débarrasser d'un complice, lui planta un couteau dans le cœur. Elle sauva Blanche sans avoir conscience qu'elle lui rendait la vie; sans nul doute, la malheureuse enfant aurait repris le chemin de sa chambre et gravi de nouveau l'escalier de la tour, si la porte, retombant brusquement, ne l'eût à son tour enfermée.

Dieu seul sut le secret de cette agonie déchirante d'une fille de seize ans mourant de faim dans un cachot plein de ténèbres.

Les deux bras noués autour du cadavre, Simon resta comme anéanti. Il ne pensait pas, il ne définissait rien ; sa tête était un chaos sur lequel une seule pensée, vague, mais persistante, surnageait encore :

— Ceci s'ajoutera au compte de Coëtquen !

Simon se demanda ce qu'il allait faire. Appeler, crier, provoquer un scandale? De quoi cela lui servirait-il? Etait-il utile d'apprendre à Florent et à Gaël l'évasion si étrangement accomplie de Blanche et de son enfant?

— Est-ce pour donner une tombe à ma fille que je révélerais la vérité? Ah ! dit Simon, les oubliettes de Coëtquen valent mieux que tous les caveaux du monde... Le marquis Tanguy est mort... mes confidences ne seraient utiles à personne... Que je raconte l'emprisonnement de la jeune dame, on refusera de me croire... Mieux vaut me taire, me taire... jusqu'à ce que j'éclate, jusqu'à ce que j'accuse, jusqu'à ce que je me venge!

Il se releva en prononçant ces mots et, les mains éten-
dues sur le front de sa fille, il ajouta :

— Je le jure, Blanche de Coëtquen et toi, vous serez
vengées !

Puis il pleura en portant à ses lèvres les longs cheveux
blonds de Rosette.

D'un coup de son couteau, il en sépara une grande
mèche qu'il cacha dans sa poitrine.

Puis s'éloignant à reculons, soutenant dans ses doigts
fiévreux le reste de cire à demi consumée, il reprit :

— Vous serez vengées toutes deux ! vous serez vengées !

Il referma la porte à double tour et plaça la clef à côté
de la boucle de cheveux blonds.

La cire brûlante coula sur ses doigts, et il acheva de
monter dans les ténèbres.

Sans pensée, il allait devant lui, avec l'instinct qu'il
n'avait pas achevé son œuvre.

Nanon le vit se traîner le long des murs et le reçut
trébuchant sur le palier de l'escalier.

Sans brusquerie, il la repoussa et rentra dans sa
chambre. Il prit dans un coffre une liasse de papiers,
contrats de ventes, reçus, titres de propriétés. Dans un
angle, trouvant un sac rempli d'or, il l'enfouit dans ses
poches.

Deux autres sacs, gonflés d'écus, restèrent sur les ta-
blettes.

Il appela Nanon :

— Tu m'as été fidèle et dévouée, lui dit-il; cet argent
t'appartient; je veux qu'il adoucisse ta vieillesse.

— Je ne vous reverrai plus? demanda Nanon.

— Tu ne me reverras plus !

— Et Rosette, ma chère Rosette?...

— Tu crois en Dieu, prie pour elle !

— Vous quittez Coëtquen pour toujours, maître?

— Pour longtemps, bien longtemps! Si jamais la pioche démolit la Tour-Ronde, et l'incendie consume le château, si les maîtres de Coëtquen et de Vaurufier sont trouvés la poitrine sanglante sur les débris de leur manoir, c'est que je serai revenu à Coëtquen, Nanon!

Il ajouta d'une voix rapide et plus basse :

— Tu ne m'as pas vu! je suis mort pour tous!

— Soyez tranquille, je garderai le silence.

Tout à coup Simon éclata en sanglots :

— Rosette! dit-il, Rosette!

Un moment après, il se glissait dans la cour, où Guénolé, après avoir bu largement à l'office, jetait ses sacs au fond de la carriole.

Simon s'allongea sur les planches, rigide et froid comme un cadavre, et la voiture quitta la grande cour.

Mais quand elle se trouva éloignée du manoir d'une centaine de pas, Simon se souleva de nouveau, et étendant la main vers le château du marquis Tanguy

— Au revoir, dit-il, messieurs de Coëtquen ! au revoir!

XXV

LA FIN D'UN MARTYRE

Au moment où la marquise de Coëtquen s'affaissait sur le sol de la cabane, un vagissement parvint à son oreille.

— Hervé! fit-elle, Hervé!

Galvanisée par ce faible cri d'enfant, Blanche roidit ses muscles, souleva Jeanne et réussit à la mettre hors de l'atteinte du brasier.

Ce premier succès obtenu, elle aida la Fileuse à se tenir toute droite contre le chambranle de la fenêtre dont elle escalada l'appui avec une difficulté inouïe, doublée par la souffrance que lui causaient de cuisantes brûlures; puis, grâce à un miracle de dévouement et de sang-froid, elle approcha Jeanne de la croisée et l'attira au dehors.

C'était tout ce que pouvaient les forces expirantes de cette héroïque créature; elle ne glissa pas sur la lande, elle y tomba de toute sa hauteur, à la renverse, entraînant, en ayant soin de la protéger encore, Jeanne à demi morte et poussant des gémissements semblables à des râles.

Pour la seconde fois, une plainte d'Hervé fit tressaillir Blanche d'orgueil et de joie maternelle. Ne venait-elle pas de sauver, pour la seconde fois, d'un trépas auss terrible qu'imminent, le fils de Tanguy?

Ses mains tremblantes attirèrent près d'elle l'innocente créature; ce fut en elle la dernière manifestation de la vie, et on peut dire que ce mouvement fut presque l'instinct de la mère survivant à la défaillance de la femme, car à peine la marquise eut-elle rapproché Hervé de son sœur qu'elle cessa d'entendre les derniers crépitements de la flamme dévorant le toit de genêt et d'apercevoir la lueur rouge du brasier.

Jeanne ne donnait pas davantage signe d'existence, et pour ajouter à ce tableau quelque chose de fantastique joint à une profonde horreur, une des chèvres de Jeanne se mit à bêler doucement, appelant ses chevreaux que la terreur de l'incendie avait chassés de l'étable en flammes.

Tandis que ces événements se passaient au sommet de la lande, Patira, revenant de la paroisse de Saint-Hélen, gravissait le chemin creux.

Il ignorait à la fois et l'évasion de Blanche et le danger couru par Hervé.

Le retard apporté à sa rentrée par la commission dont l'avait chargé Jean l'Enclume l'avait mis dans une disposition d'esprit assez triste; de plus, un soupçon vague, une méfiance indécise, mais latente, le préoccupait. Il ne se rendait pas compte pourquoi le forgeron avait insisté d'une façon impérieuse pour que le soir même il portât à Saint-Hélen un soc dont Magloire Lenflé n'éprouvait pas un besoin pressant.

La voix de Jean sonnait faux quand il lui donna cet ordre; son regard brillait d'une mauvaise lueur; quelque chose de pervers couvait dans cette âme haineuse.

Le sentiment d'indéfinissable crainte dont Patira se sentit oppressé fut si violent qu'il se vit sur le point de désobéir à l'ordre de son maître. Il ne l'osa point. La journée n'était pas finie, Jean avait le droit de commander; Patira s'efforça de s'accuser de pusillanimité folle, et, ch rgeant le soc sur son épaule, il se hâta autant que ses forces le lui permettaient.

Le fardeau était énorme; deux fois il fut obligé de le poser à terre, et il perdit de la sorte un temps précieux. Arrivé chez le paysan, il ne trouva que sa femme et fut obligé d'attendre afin de rapporter l'argent que le lendemain il devait remettre à son maître.

Sa fatigue était donc extrême, quand l'adolescent commença à gravir le sentier raviné conduisant à la cabane de Jeanne.

A peine se trouvait-il dans la lande, que les clartés mourantes de l'incendie lui montrèrent dans toute son horreur un terrifiant spectacle. Ou plutôt il ne le détailla pas d'un seul regard; mais les rouges lueurs du brasier rappelant à sa pensée les craintes qu'il avait conçues, il redouta un immense malheur.

Avec une rapidité que son habileté d'acrobate pouvait seule faire comprendre, Patira traversa le champ d'ajoncs et atteignit le groupe immobile éclairé par le sinistre reflet des flammes.

Alors il reconnut Blanche.

Comment la jeune femme s'était-elle échappée de la Tour-Ronde? Il ne se le demanda pas. Depuis deux semaines, il vivait en plein drame. Son cœur et son cerveau se trouvaient exaltés, l'un par l'héroïsme et l'autre par la tendresse et le respect.

Il se mouvait dans un étrange milieu, plein de miracles du ciel, à côté de crimes dignes de l'enfer.

Tout ce qu'il voyait, c'est que la marquise de Coëtquen était devant lui, immobile, tenant sur sa poitrine sans palpitations Hervé gémissant avec une douceur de colombe blessée.

Le petit saltimbanque tomba à genoux.

— Madame! dit-il, madame! parlez-moi, répondez-

moi!... Ne me reconnaissez-vous pas? Je suis Patira, votre
serviteur, votre ami, un pauvre être qui se dévouera pour
vous jusqu'à sa dernière heure... Madame! vous ne pouvez
pas mourir, maintenant que vous êtes libre et que vous
voilà réunie à votre enfant!

Mais nulle voix ne répondait à Patira, et le malheureux
sentait son cœur se briser d'angoisse.

Patira crut que la marquise avait succombé à une
longue suite d'épreuves et de tortures. Cependant il ne
voulut rien négliger pour le salut des deux femmes, et, les
quittant un moment, il courut à quelques pas de là, jusqu'à
une source dont le filet d'eau tombant de la montagne
s'arrêtait dans une citerne creusée dans le granit. La maladresse des jeunes filles avait semé autour de la source
des débris de poteries, et la fraîcheur du lieu y faisait
croître avec abondance des plantes aquatiques et des
feuilles d'une taille gigantesque. Patira arracha une poignée de ces feuilles, puis quelques brins de jonc, remplit
les restes d'une cruche, transformés en tasse énorme, de
l'eau fraîche puisée à la source, puis il revint sur le lieu
du sinistre, se pencha vers la marquise, humecta son
front, mouilla ses lèvres et attendit son retour à la vie.

Un faible soupir lui apprit que ses soins ne demeuraient
pas sans résultat : lentement, Blanche ouvrit les yeux; son
premier mouvement fut d'attirer Hervé sur son sein, le
second de regarder Patira avec l'expression d'une reconnaissance infinie.

— Encore toi! lui dit-elle.

Le pauvre garçon saisit la main que la marquise lui
tendait, et il y colla ses lèvres.

Il s'empressa ensuite auprès de Jeanne, dont les blessures rendaient la situation plus grave que celle de la
marquise. Il mouilla d'eau les grandes feuilles dont il
avait fait provision, et s'en servit pour envelopper les pieds

et les mains de la Fileuse; ce bandage fut fixé par des brins de jonc, et le soulagement que ressentit la vieille femme l'arracha à sa torpeur.

— Les méchants ne triomphent pas encore! murmura-t-elle.

Elle se souleva et resta un moment penchée sur le coude, tandis que l'apprenti de Jean approchait de ses lèvres la grande tasse remplie d'eau.

— Mon beau chéri, mon amour! disait Blanche en berçant Hervé, je porterai tout le reste de mes jours le deuil de ton père, mort de la douleur d'un cœur brisé... Mais toi, pour remercier la Vierge de t'avoir préservé tant de fois d'une mort affreuse, toi, l'enfant du miracle, tu seras habillé de bleu et de blanc, les couleurs de la reine du ciel!

— Patira, reprit la vieille femme, les méchants ont fait leur œuvre de malice, et il convient pour la vengeance à venir qu'ils la croient complète... Pour tout le monde, la Jeanne est morte, écrasée sous les débris de sa maison... Elle est vieille, on met souvent le feu par imprudence... Il s'agit de trouver au plus vite une cache pour la jeune dame, l'enfant et moi! Lorsque je pourrai me tenir sur mes maigres jambes, sois tranquille, garçon : je réglerai mes comptes... Ça pourra être long, mais le diable n'y perdra rien...

Patira se mit à réfléchir.

— La grotte aux poulpiquets n'est plus bonne à rien, dit-il; la roche des fées est un entonnoir sans jour ni air... qu'est-ce que vous diriez de la vieille hutte du sabotier Cautloup? Depuis qu'il y est trépassé l'an dernier, nul n'y demeure, vu qu'elle est l'héritage de Firmin son fils... Mais Firmin fait son tour de France, et nous pouvons nous y établir pour quelque temps.

— Tu as raison, répondit la Fileuse, car la hutte du

sabotier est bonne; mais comment s'y rendre, Jésus Dieu, comment s'y rendre?

Blanche se leva, son enfant dans les bras.

— Dieu ne nous a pas sauvées de tant de misères pour nous laisser périr, dit-elle; Patira trouvera bien un moyen.

— J'ai ce qu'il faut, dit l'enfant.

Il courut vers l'angle extrême de la lande, où s'échafaudaient de longs fagots, en lia trois ensemble, prit une quatrième hart et l'attacha à l'espèce de claie qu'il venait de former, puis il dit à Jeanne et à Blanche :

— Madame, et vous la vieille mère, asseyez-vous sur cette espèce de traîneau; je passerai la bricole autour de ma taille et je vous ferai descendre de la sorte le chemin raviné. Si peu fort que je sois, je suffirai à cette tâche; une fois au bas de l'ancien lit du torrent, nous nous trouverons dans la forêt; la route n'est pas longue jusqu'à la loge abandonnée...

Blanche aida Jeanne à s'asseoir sur le traîneau, et, se confiant à l'adresse et au dévouement dont Patira lui avait donné tant de preuves, elle s'abandonna au mouvement de descente rapide que subit la claie de fagots.

Un quart d'heure après, les quatre malheureux se trouvaient à l'entrée du bois. Là se présentait une difficulté nouvelle : le traîneau ne pouvait passer entre les troncs d'arbres.

— Vous sentez-vous de force à marcher, madame? demanda l'adolescent à Blanche.

— Porter mon fils me ranime, répondit-elle.

— Je me charge de la Fileuse, alors ! ajouta Patira.

Puis se courbant vers la pauvre créature :

— Jetez vos bras autour de mon cou ! dit-il.

Jeanne n'hésita pas : elle savait que l'héroïsme double les forces... Ses mains saignantes se nouèrent sur la poitrine de Patira, et celui-ci, courbé en deux sous son fardeau, s'achemina du côté de la loge.

On la distinguait à peine sous la feuillée, car elle était couverte d'un amas de branches flétries. Patira dérangea la cloison de genêts, posa Jeanne sur un tas de fougère sèche, introduisit la marquise de Coëtquen, et dit avec l'expression d'une reconnaissance profonde :

— Merci, mon Dieu, de les avoir sauvées !

Jeanne céda vite à l'épuisement et s'endormit ; Blanche qui berçait son enfant appela Patira près d'elle.

— C'est donc vrai ? dit-elle d'une voix navrée ; le marquis Tanguy est mort ?

— Mort ! qui sait, madame ?... les seigneurs de Coëtquen l'affirment, mais personne n'a vu son cadavre... Vous aussi, vous êtes morte pour tous ; et cependant vous respirez !... Tandis qu'une lampe brûle devant votre tombeau dans la chapelle des cordeliers de Dinan, vous caressez le fils de monseigneur Tanguy à l'abri d'une hutte de sabotier... Qui nous prouve que l'apparent trépas de monseigneur n'est pas le fait du comte Florent et de son frère ? Ne peuvent-ils l'avoir séquestré comme ils firent de vous ?... Je sais bien qu'ils ont montré son testament au chapelain, mais il n'est pas plus difficile d'imiter l'écriture d'un homme que de rendre une créature vivante semblable à une trépassée comme vous sembliez l'être...

— Tu m'as toujours rendu l'espérance, cher enfant !

— Regardez là-haut, madame : elle descend du ciel, et c'est vous qui la première me l'avez appris.

Une heure plus tard, quand s'acheva l'entretien de l'enfant et de la marquise de Coëtquen, tous deux s'endormirent gardés par les anges chargés de veiller au sommeil des malheureux.

Le grand jour les éveilla.

Quand nous disons le grand jour, il ne faut pas prendre

ce mot dans son acception complète. Les bois restent toujours sombres. Seulement de larges trouées bleues, les baisers du soleil sur les mousses, des éclaboussures de lumière sur les feuilles trahissent le retour des rayons de l'aurore et des splendeurs du matin.

Patira ouvrit la porte de genêts :

— Si je ne vais pas à la forge, dit-il, le maître s'étonnera, et il ne faut pas qu'il s'étonne...

— Non, ajouta Jeanne, il ne le faut pas.

— Comment vivrez-vous pendant ce temps?

Blanche sentit alors, dans la poche de sa robe, le morceau de pain de Kadou l'aveugle.

— Nous avons de quoi manger... dit-elle.

Un faible bêlement qui se fit entendre à quelque distance arracha un cri de surprise et de joie à la Fileuse.

— La chèvre ! dit-elle, la chèvre qui cherche son nourrisson !

Les deux doigts sur ses lèvres, Patira siffla un air doux et lent.

Un second bêlement se fit entendre, et la Belle bondit jusqu'à l'entrée de la loge.

— Je n'avais pas encore rentré les chèvres, dit Jeanne, quand le misérable...

— Ne le nommez pas, je le connais.

Blanche caressait la tête cornue de la douce bête qui se couchait à ses pieds et léchait les mains d'Hervé.

— Pars, mon enfant, dit la marquise à Patira; Dieu pourvoit à tout, ne sois pas en peine...

— Que vous faut-il pour vous soigner, la Fileuse?

— Un peu de vieux linge ; Claudie t'en donnera.

— J'apporterai des provisions ce soir.

— Adieu, Patira ! dit la Fileuse d'une voix émue.

—Adieu, mon enfant ! dit Blanche d'une voix maternelle.

L'apprenti s'éloigna en courant.

Depuis deux semaines, il lui semblait que son corps était devenu de fer. La fatigue glissait sur lui sans abattre son corps grêle; il passait les nuits, traversait des dangers de toutes sortes, passait par mille émotions poignantes, et, au lieu de s'affaiblir, il se sentait grandir chaque jour davantage. Depuis qu'il savait se rendre utile, il se croyait invulnérable.

Cependant, quelque succès qu'il eût remporté en arrachant Hervé au double danger couru par lui, d'abord dans le cachot de Coëtquen, puis dans la grotte aux poulpiquets, il se sentait singulièrement préoccupé. Une haine infernale poursuivait non plus seulement Hervé et Blanche, mais Patira qui s'était déclaré leur protecteur.

— C'est lâche! disait-il, deux fois lâche! une vieille femme, un enfant! Tout cela pour arriver à moi... car Patira frappé dans ce qu'il aime est sans doute condamné d'avance... Faudra voir, pourtant! faudra voir... Si j'étais madame Blanche, je me sauverais à Nantes dès que mes forces seraient revenues... et je choisirais pour me défendre les matelots de Jean Halgan! En voilà des loups de mer à qui la besogne d'escharbouiller de mauvaises gens ne fait pas peur!... Pour ce qui est de la Jeanne, au cas où elle pardonnerait, je n'oublierai pas, moi! Je suis presque un enfant par l'âge, mais pour le courage je défierais tous les Bretons!

Le visage de l'enfant s'était coloré, son cœur battait avec violence, tout son être vibrait sous l'empire d'une exaltation puissante. Il comprit que l'excès de son émotion le pouvait trahir, et avant d'arriver à la forge il commanda à sa figure, d'ordinaire pâle et d'expression souffreteuse, de reprendre son masque. Il y réussit d'une façon complète, et lorsqu'il franchit le seuil de la maison de Jean l'Enclume, la tristesse seule, une sorte de tristesse hébétée, se lisait dans ses regards.

Kadoc et Trécor riaient d'un gros rire en affilant des outils.

Car ils n'étaient pas morts, les deux misérables découverts par Jean l'Enclume au moment où, croyant s'emparer du trésor mystérieux des poulpiquets, ils allaient tout simplement dérober les épargnes de leur patron.

Une terreur superstitieuse autant que la force herculéenne du forgeron les maintint à demi étranglés dans la grotte; l'évanouissement suivit cette leçon violente, et quand ils en sortirent respirant à peine, les yeux sortis à demi de l'orbite, l'aube blanchissait déjà la lande.

Leur esprit flottait dans des brouillards; ils ne se rendaient pas un compte bien exact de ce qui venait de se passer.

Le premier, Trécor retrouva assez de voix pour demander à son complice :

— Es-tu mort, Kadoc?

— M'est avis que je n'en vaux guère mieux.

— Si tu m'en crois, reprit l'Encorné, nous garderons le silence sur notre jolie expédition... Le grand diable qui défend le trésor des poulpiquets a la poigne solide... Tonnerre de Brest! j'ai cru qu'il me cassait le cou net comme un verre.

— Et moi, quand il me cognait le front contre terre, j'ai cru que mon crâne se fendait.

— Irons-nous à la forge? demanda Kadoc.

— Sans doute, afin de ne pas donner de soupçons.

— Mais nous avons des figures de pendus.

— Tu diras que nous nous sommes battus.

— Au fait! ça nous arrive assez souvent.

— Prends mon bras, dit Trécor; faisons une station au cabaret de Corentin; buvons un pot de cidre pour élargir le tuyau de la respiration et nous débrouiller les idées, et nous irons ensuite à la forge!

« Je te disais bien que les histoires de la Fileuse étaient des frimes : tu n'as pas voulu me croire.

— Toi ! tu as dit cela ? c'est un mensonge ! Tu croyais au trésor des poulpiquets.

— C'est pas vrai !

— C'est vrai !

— T'as menti !

— Répète voir un peu ? dit Kadoc.

— Oui, t'as menti !

L'Encorné se jeta sur Trécor le Borgne, et les deux misérables retrouvèrent soudainement des forces pour lutter.

Cependant la bataille ne fut pas longue. Trécor avait saisi Kadoc par l'appendice dont la nature avait décoré son crâne ; à son tour, l'Encorné venait d'asséner un formidable coup de poing sur le seul œil qui permît à Trécor de jouir des bienfaits de la lumière.

Après une scène de pugilat, qui rétablit dans leurs membres la circulation du sang, ils conclurent la paix en déclarant qu'ils étaient deux imbéciles, et, suivant leur premier projet, ils se rendirent chez le bonhomme Corentin La Fumade et vidèrent des pichets le cidre jusqu'à ce qu'ils eussent retrouvé leur amitié au fond des pots.

— Gagnons la forge, maintenant, dit Kadoc.

Ils y entrèrent sans plus de trouble que si rien d'étrange ne s'était passé durant la nuit.

Jean l'Enclume les gouailla sur les boursouflures de leur visage et la cravate rouge que formait à leur cou une ligne tuméfiée ; ils répondirent, comme ils en étaient convenus, que, n'ayant pas été d'accord sur la distance qui séparait Saint-Hélen de Dinan, ils s'étaient arrangés à coups de trique.

Un rire plein de bonhomie fut la seule réponse de Jean l'Enclume à leur confidence.

Ils continuèrent à travailler comme si aucun événement extraordinaire ne se fût passé dans leur vie.

Lorsque Patira, ayant mis en sûreté ses deux protégées et le petit ange, entra dans la forge, Kadoc et Trécor s'abandonnaient aux éclats d'une folle gaieté qu'accompagnait le bruit irritant de l'affilage des outils.

Sans mot dire, Patira s'occupa d'allumer le feu.

— Viens-tu d'un enterrement? demanda Trécor à l'apprenti.

— Non, répondit Patira; non, mais je n'en suis pas moins triste.

— Que t'est-il arrivé de nouveau?

— J'ai bien de la peine à trouver un logis à ma convenance... Des indiscrets m'ont décidé à quitter la grotte des poulpiquets, et depuis...

— Depuis tu logeais chez la Fileuse...

— Elle est morte... répondit l'enfant d'une voix sombre.

— Ça fait une sorcière de moins! ajouta Jean l'Enclume en apparaissant dans l'atelier.

— Taisez-vous, maître! taisez-vous! s'écria Patira en frappant le sol du pied.

— Oui-dà! tu le prends de haut et chaudement, mon gars! répondit Jean qui regarda l'apprenti avec une sorte de défiance.

— C'est que, voyez-vous, elle est morte d'une façon horrible!...

— Et comment cela? demanda Trécor.

— Brûlée vive! dit l'enfant.

Kadoc fit entendre un éclat de rire.

— Ça lui épargnera peut-être l'enfer! dit-il.

Dans son exaspération d'entendre railler le trépas de la Fileuse, et dans cette maison surtout, Patira sentit la colère envahir son cerveau. Il leva son lourd maillet et jetant sur Kadoc un regard de haine.

— Tu prends la tête de Kadoc pour une enclume? lui dit froidement le forgeron.

Ce mot calma brusquement Patira.

Il se mit à la besogne sans rien dire; mais son silence ne faisant point l'affaire de l'Enclume, celui-ci lui demanda :

— Quand est arrivé ce malheur?

— Tandis que je portais un soc à Lenflé, de Saint-Hélen.

— De sorte que, à ton retour...

— J'ai vu la lande tout illuminée comme par un feu de Saint-Jean.

— Un bûcher, quoi! fit ironiquement Trécor.

— Des cris ou plutôt des râles sortaient d'un amas de décombres, reprit Patira; j'ai couru... La flamme montait encore, mais la Jeanne ne criait plus.

— Le diable l'avait étranglée, murmura Kadoc.

— Alors, qu'as-tu fait? dit Jean l'Enclume.

— Je ne pouvais rien! Je me suis assis dans la lande et j'ai pleuré.

— Il a pleuré! Ah! ah! Patira a pleuré sur la Fileuse qui disait plus de patenôtres à Satan qu'à la Vierge!

— Je vous ai défendu de rire! dit Patira en s'avançant vers Trécor.

— Là! là! là! Ne dirait-on pas que l'on insulte ta mère?.... dit l'Encorné... Faut pas tant de susceptibilité que ça, mon garçon! La Jeanne était une vieille mégère, et, à moins qu'elle t'ait révélé le secret de ta naissance...

— Moi! fit Patira, je suis l'enfant de la grande route, le bohémien des sentiers perdus... Vous ne m'avez jamais aimé ici; la Fileuse m'a parlé doucement, elle m'a caché sous son toit, abreuvé du lait de ses chèvres, et je la pleure sans honte.

— Bien! dit une voix douce à côté de Patira.

La Claudie, qui venait d'entrer, avait entendu la fin de cette conversation et posait sa petite main sur l'épaule de Patira.

Jean l'Enclume se retourna vers sa femme d'un air courroucé :

— Que viens-tu faire ici, la Claudie?

— Je ne vous ai point vu hier, mon homme; il faut donc que ce matin je vous apprenne qu'on est venu de part de Joly vous prier d'affiler une paire de faux.

— C'est bon! dit Jean.

— Si tu n'as pas couché chez toi, dit Trécor, pourqu' n'es-tu point venu au cabaret du père La Fumade?

— Je n'avais pas soif, dit Jean.

— Cette bêtise! répliqua Trécor.

Et comme le sujet de cette conversation semblait lui déplaire, Jean dit brutalement :

— Hors d'ici, Claudie! les femmes ne sont bonnes qu'à faire perdre le temps aux compagnons!

Claudie sortit, après avoir jeté à Patira un affectueux regard.

Quand vint l'heure du repas, l'apprenti, en se mettant à table, glissa tout bas ces mots à la jeune femme :

— J'ai besoin de vieux linge et de quelques provisions.

— Tu les prendras sous le grand noyer, à la brune, répondit-elle en posant sur la table une casserole remplie de grous brûlantes.

En effet, quand la journée fut finie, Patira courut au noyer.

Noll l'y attendait :

— Voilà pour toi, dit-il; ma mère m'a recommandé le te dire qu'elle en déposerait chaque jour autant.

Patira enleva Noll dans ses bras, et l'embrassant avec tendresse :

— Merci! dit-il, et merci à ta mère... Mais tu comprends, Noll, pas un mot!

— Oh! sois tranquille! dit l'enfant; ma mère m'a dit que c'était le secret des anges, et ces secrets-là on ne les révèle jamais!

Une seconde caresse paya Noll de ce mot charmant; puis, s'élançant sur la route, Patira ne tarda pas à gagner les profondeurs du bois. Il étala ses modestes provisions auxquelles touchèrent à peine Blanche et Jeanne.

La marquise pansa elle-même les blessures de la Fileuse; quand un peu de calme et de soulagement eut succédé à ce premier moment, Blanche interrogea Patira sur l'attitude des gens du pays.

On parlait toujours de monseigneur Tanguy, les uns avec une grande espérance de le revoir, les autres avec le regret d'avoir perdu un si bon maître.

Jeanne, assise sur sa couche de fougère et de *flèche*, les yeux clos, le corps immobile, semblait regarder en dedans une vision étrange.

— Il est mort et cependant il respire, disait-elle; le linceul qui l'enveloppe ne tient point ses membres liés... Coëtquen, le château maudit à cette heure, reverra l'enfant de ses maîtres... Mais, hélas! hélas! tous ceux que j'ai vus brillants et superbes, heureux et honorés, n'en franchiront pas le seuil !

Un sanglot acheva ces étranges paroles, ressemblant presque à une prophétie.

Pendant la nuit, Blanche fut prise d'une fièvre ardente. On eût dit qu'elle se débattait au milieu d'un horrible cauchemar. Tantôt l'incendie l'enveloppait de son voile de flamme, tantôt les murs de son cachot, rapprochés par un étrange mécanisme, se resserraient jusqu'à la broyer entre leurs pierres sanglantes.

Au matin, elle n'avait plus conscience de ce qui se passait autour d'elle.

Durant huit jours, elle lutta contre les atteintes d'un mal progressif; au bout de ce temps, le délire se calma, le sang reprit son cours régulier, le cœur ses palpitations; mais le visage de Blanche respirait un calme si grand qu'il faisait songer à la mort.

Ses bras berçaient toujours Hervé, mais le regard qu'elle fixait sur lui se voilait de larmes, et l'on eût dit que la marquise prévoyait la douleur d'une séparation.

Trop vaillante pour ne point lutter contre le mal, elle le combattit sans le vaincre, et une nuit, appelant d'une voix éteinte Patira près de sa couche, elle lui dit d'un accent de plus en plus faible :

— Dieu ne veut pas que j'élève mon fils et que la joie suprême de le voir grandir me soit réservée... Dieu soit béni, même dans ses rigueurs ! Je me sens si lasse que je me réjouirais d'entrer dans le repos de la mort si je ne regrettais de laisser mon enfant bien-aimé...

« Pour la seconde fois, Patira, c'est en tes mains que je remets mon trésor... La Fileuse est vieille... Je veux que l'ami d'Hervé soit jeune !

« Mais tout seul, mon pauvre Patira, tu ne saurais suffire à cette tâche... Je tremble que quelqu'un devine la naissance véritable de mon fils et que de nouveaux ennemis naissent chaque jour sous ses pas... Ni toi ni aucun homme ne suffirait à le garder...

« Quand je ne serai plus... Oh! ne pleure pas, mon dévoué, mon fidèle !... Après ma mort, emporte Hervé dans tes bras jusqu'au monastère de Léhon, demande le père Athanase et dis-lui en lui confiant Hervé :

« — Voilà l'enfant de la Providence. »

Patira sanglotait; il ne répondit pas.

— Me le promets-tu? demanda Blanche.

— Sur la Vierge pleine de grâce, oui, madame!

— Et maintenant, répète après moi les paroles que je vais dire.

La marquise joignit les mains tout en maintenant Hervé sur son cœur, et récita l'*Ave Maria* d'une voix douce comme celle d'un ange.

Lorsqu'elle arriva à ces mots : *Priez pour nous... maintenant... et à l'heure de la mort,* elle poussa un grand gémissement, auquel répondit un cri d'angoisse de Jeanne.

— Allume la résine! dit la vieille femme d'un accent troublé.

La lumière pâle, fixée à la muraille de branchages, éclaira faiblement le visage de Blanche de Coëtquen; la Fileuse se traîna jusqu'au lit de la jeune femme.

— Patira, dit-elle, pose sur les paupières de la marquise de Coëtquen les mains d'Hervé doublement orphelin : aucun de nous n'est digne de rendre ce suprême devoir à la sainte martyre.

Malgré sa grande douleur, Patira garda la force d'obéir.

— J'ai entendu ce que t'a dit notre noble maîtresse, reprit la Fileuse; tu rempliras ses ordres aussitôt que nous l'aurons ensevelie.

— Et, demanda Patira, révélerons-nous la vérité?

— Non. Pour tous, madame de Coëtquen repose aux Cordeliers de Dinan...

« Le salut d'Hervé pourrait être compromis par une démarche imprudente...

« Pendant tout le jour, je prierai près de sa dépouille; la nuit prochaine, tu l'enseveliras sous le chêne des *Douze-Archers.*

« C'était une sainte, Patira; sèche tes yeux et réconforte ton âme : le paradis est pour celles qui lui ressemblent! »

Depuis quelque temps, l'apprenti de Jean l'Enclume

apprenait à triompher des plus cruelles douleurs. Il obéit à la vieille femme, prit entre ses bras Hervé endormi et attendit ainsi la fin du jour.

Jamais il ne put se rendre compte plus tard de la façon dont il travailla, parla, agit, durant cette journée qui lui parut interminable.

En quittant l'atelier le dernier, il emporta une bê(qu'il devait aiguiser le lendemain.

Seul, il creusa la fosse de Blanche et, tout seul encore, il la coucha dans ce dernier lit qu'il avait garni de fraîches feuilles de fougère. Ce fut l'unique linceul de la marquis, de Coëtquen.

Ce premier soin pieux rempli, Patira songea qu'il devait obéir à Blanche.

Il comprenait l'impérieuse raison de se hâter, mais en même temps son âme souffrait d'un déchirement cruel; il aimait Hervé de toute la puissance de son cœur d'enfant naïf et généreux.

Après avoir versé bien des pleurs, s'être vingt fois fait répéter par la Jeanne que le père Athanase lui permettrait de revoir le cher ange qui fixait sur lui ses yeux bleus animés d'une première pensée d'intelligence et de tendresse, Patira courut au monastère de Léhon.

Nous avons vu comment il y pénétra presque de force et se jetant aux genoux de l'abbé, lui tendit l'innocent en répétant :

— Asile et protection pour lui, mon père !

Le vieillard découvrit le visage de l'enfant, sur lequel se pencha à son tour Tanguy de Coëtquen, enrôlé désormais parmi les moines sous le nom de frère Antoine.

— Mais que pouvons-nous faire de cet enfant? demanda le père Athanase. Est-il sans parents? Comment se trouve-t-il confié à tes soins?

— C'est l'enfant de la Providence... mon enfant aussi, à moi... On l'habillera de bleu et de blanc : c'est un vœu fait à Notre-Dame... Oh! ne le repoussez pas, mon père! et vous, monsieur l'abbé, priez pour l'innocent! C'est une vie à sauver! c'est une âme à donner à Dieu!

Le prieur semblait très-ému, très-bouleversé, très-inquiet.

— Mon révérend père, dit frère Antoine, c'est Jésus fuyant la persécution et la mort... Gardez-le dans l'abbaye... je l'aimerai...

Les deux mains du père Athanase s'étendirent sur la petite créature en signe d'adoption.

Au milieu des larmes qui le suffoquaient, Patira trouva le courage de sourire.

— Qui es-tu? lui demanda le père Athanase...

— Patira, l'apprenti de Jean l'Enclume... Quand je serai maître forgeron, je demanderai la clientèle de l'abbaye pour avoir le droit de revoir et d'embrasser Hervé.

— Hervé! dit le prieur. Il n'a pas un autre nom?

— Dieu le connaît, mon père... N'est-ce pas, vous me permettez de revenir?

— Oui, cher enfant : car, sans que tu nous l'avoues, je devine qu'un grand dévouement se cache sous ta douce humilité... Et si, pour t'aider à devenir maître à ton tour, des leçons te sont nécessaires, viens, pauvre ignorant, t'asseoir sur les bancs de l'école : nous ferons de toi un homme habile comme tu es déjà un homme de cœur!

Ce fut à genoux que Patira remercia le père Athanase et frère Antoine. Puis, après un dernier baiser donné à Hervé, il courut rassurer Jeanne sur le succès de sa démarche et s'abandonner en même temps à toute l'amertume de ses regrets.

— Ne pleure pas! lui dit Jeanne ; nous avons une grande mission à remplir... Il faut que le comte Florent expie son crime et que Blanche de Coëtquen soit vengée : pour cette œuvre-là, nous sommes deux.

Jeanne oubliait Simon qui, lui aussi, avait juré de rendre outrage pour outrage, blessure pour blessure, et s'était enfui emportant sa haine au fond de son cœur, comme un imprudent emporterait une couvée de reptiles cachée dans le sein qu'ils devraient dévorer.

Ouvrage faisant suite à PATIRA :

LE TRÉSOR DE L'ABBAYE

PAR

RAOUL DE NAVERY

1 fort vol. grand in-18 jésus, prix : 3 fr

CH. BLÉRIOT, LIBRAIRE-ÉDITEUR
55, QUAI DES GRANDS-AUGUSTINS, A PARIS

BIBLIOTHÈQUE CHOISIE

NE CONTENANT QUE DES OUVRAGES IRRÉPROCHABLES
POUVANT ÊTRE MIS DANS TOUTES LES MAINS

A

AIMARD (Gustave)

fr. c.

Les Bandits de l'Arizona. 1 vol. in-12 . . . . 3 »

ALAIN DE LA ROCHE

Le Page de la duchesse Anne. 1 vol. in-12 . . . . 2 »

ANROSAY (Paul d')

Les Montrépan. 1 vol. in-12 . . . . 3 »

ARMOISES (Olivier des)

Les Deux Brigitte. 1 vol. in-12 . . . . 2 »
Benoite. 1 vol. in-12 . . . . 2 »
La Libre pensée. 1 broch. in-8 . . . . » 60
Le Divorce. 1 broch. in-8 . . . . » 60
Le Prêtre. 1 broch. in-8 . . . . » 60

ARVOR (Gabrielle d')

Dent pour dent. 1 vol. in-12 . . . . 2 »

AUDEVAL (Hippolyte)

Le Drame des Champs-Élysées. 1 vol. in-12 . . . . . 2 »
La Dame guerrière. 1 vol. in-12 . . . . 2 »
La Grande Ville. 1 vol. in-12 . . . . 3 »

AURGEL (G. d')

Roger de Perny. 1 vol. in-12 . . . . 2 »

B

BALLACEY (Henri)

L'Antre des Mystères. 1 vol. in-12 . . . . 2 »
Raphaëla (suite de l'Antre des Mystères). 1 vol. in-12 . . 2 50

BALLEYDIER (Alphonse)

fr. c.

Veillées de famille. 1 vol. in-12.	2 »
Veillées de vacances. 1 vol. in-12	2 »
Veillées du peuple. 1 vol. in-12.	2 »
Veillées du presbytère. 1 vol. in-12.	2 »
Veillées maritimes. 1 vol. in-12	2 »
Veillées militaires. 1 vol. in-12.	2 »

BARRY (Dr A.)

La Fiancée du capitaine Merle. 1 vol. in-12.	2 »

BARTHÉLEMY (A. de)

Jacques de Morangeais. 1 vol. in-12.	2 50
L'Affiquet de la marquise. 1 vol. in-12.	2 50
Le Double Louis d'or. 1 vol. in-12.	2 »

BARTHÉLEMY (Charles)

Voltaire et Rousseau jugés l'un par l'autre. 1 vol. in-12 .	2 »
Erreurs et mensonges historiques. 16 vol. in-12. (Voir le détail pages 21 et suivantes.)	32 »
Chaque volume se vend séparément	2 »

BEUGNY-D'HAGERUE (G. de)

Lucy. 1 vol. in-12.	3 »
Touriste et Pèlerin. 1 vol. in-12	1 50

BOUILLY (J.-N.)

Contes à ma fille. 1 vol. in-12	2 »

BOURZEIS (Honoré de)

Les Deux Pères. 1 vol. in-12	»

BUET (Charles)

Le Crime de Maltaverne. 1 vol. in-12	3 »
Les Rois du Pays d'or. 1 vol. in-12	3 »
Les Chevaliers de la Croix-Blanche. 1 vol. in-12. . . .	3 »
L'Honneur du nom. 1 vol. in-12	3 »
Philippe Monsieur. 1 vol. in-12	3 »
Le Maréchal de Montmayeur. 1 vol. in-12.	3 »
Hauteluce et Blanchelaine. 1 vol. in-12	3 »

fr. c.

François le Balafré. 1 vol. in-12. . . . .   3 »
La Dame Noire de Myans. 1 vol. in-12. . . . .   2 »

BUSSEROLLE (Louis de)

Les Deux vallées. 1 vol. in-12. . . . .   2 »

C

CABALLERO (Fernan)

La Mouette. 2 vol. in-12.. . . . .   4 »

CANTEL

Le Roi Polycarpe. 1 vol. in-12. . . . .   3 »

CARPENTIER (Em.)

Les Jumeaux de Lusignan. 1 vol. in-12. . . . . . .   2 »
Mémoires de Barbe-Bleue. 1 vol. in-12. . . . . . .   2 »
Les Vaillants cœurs. 1 vol. in-12. . . . .   2 »

CASSAN (Mme Marie)

Les Jeudis de Germain et de Marinette. 1 vol. in-12. .   2 »
Comment on devient millionnaire. 1 vol. in-12. . . .   3 »

CAUVIN (Jules)

Les Proscrits de 93. 1 vol. in-12 . . . .   3 »

CHANDENEUX (Claire de)

Les Ronces du chemin. 1 vol. in-12. . . . .   2 »
Les Terreurs de lady Suzanne. 1 vol. in-12. . . . .   3 »
Val-Regis la Grande. 1 vol. in-12. . . . .   3 »
Vaisseaux brûlés. 1 vol. in-12. . . . .   3 »
Cléricale. 1 vol. in-12. . . . .   3 »
La Vengeance de Geneviève. 1 vol. in-12. . . . . .   3 »

CHATEAUBRIAND

Études historiques, suivies du Voyage en Amérique. 1 vol.
in-12. . . . .   2 »
Le Génie du Christianisme, édition revue. 1 vol. in-12. .   2 »
Itinéraire de Paris à Jérusalem. édition revue. 1 vol. in-12.   2 »
Les Martyrs, édition revue. 1 vol. in-12. . . . . .   2 »

CHAUVIERRE (PATRICE)

fr. c.

Oronoko. 1 vol. in-12. . . . .   2 »

CHAUVIGNÉ (A. DE)

Recueil dramatique pour jeunes gens. 1 vol. in-12. . .   3 50
Théâtre de jeunes filles. 1 vol. in-12. . . . .   3 50

CHEVÉ

Histoire complète de la Pologne. 2 vol. in-12. . . . .   4 »

COOPER (FENIMORE)
ÉDITION CORRIGÉE

Le Cratère ou le Robinson américain. 1 vol. in-12. . .   2 »
Le Corsaire rouge. 1 vol. in-12. . . . .   2 »
Le Dernier des Mohicans. 1 vol. in-12. . . . . . .   2 »
L'Écumeur de mer. 1 vol. in-12. . . . .   2 »
Le Lac Ontario. 1 vol. in-12. . . . .   2 »
Les Pionniers. 1 vol. in-12. . . . .   2 »
La Prairie. 1 vol. in-12. . . . .   2 »
Le Tueur de daims. 1 vol. in-12 . . . .   2 »

CORDIER (ALPHONSE)

A travers la France, l'Italie, la Suisse et l'Espagne. 1 vol.
   in-12. . . . .   2 »
Aventures d'une mouche. 1 vol. in-12. . . . . . .   2 »
Madame Élisabeth de France, ses vertus, son martyre.
   1 vol. in-12. . . . .   2 »

CROLLALANZA (G. DE)

Les Compagnons de la chausse. 1 vol. in-12. . . .   3 »

D

DARCHE (JEAN)

Feminiana. 1 vol. in-12. . . . .   2 50

www.ingramcontent.com/pod-product-compliance
Lightning Source LLC
Chambersburg PA
CBHW050739030726
47505CB00002B/328